HÅKAN ÖSTLUNDH
Der Winter des Propheten

HÅKAN ÖSTLUNDH

DER WINTER DES PROPHETEN

DIE ELIAS-KRANTZ-TRILOGIE 1

Thriller

Aus dem Schwedischen
von Katrin Frey

GOLDMANN

Die schwedische Originalausgabe erschien 2018 unter dem Titel
»Profetens vinter« bei Bokförlaget Polaris, Stockholm.

Sollte diese Publikation Links auf Webseiten Dritter enthalten,
so übernehmen wir für deren Inhalte keine Haftung,
da wir uns diese nicht zu eigen machen, sondern lediglich auf
deren Stand zum Zeitpunkt der Erstveröffentlichung verweisen.

Dieses Buch ist auch als E-Book erhältlich.

Der Abdruck des Zitats auf S. 522 erfolgt mit freundlicher Genehmigung
des Verlags Kiepenheuer & Witsch: Zadie Smith, Swing Time. In der Übersetzung
von Tanja Handels. © 2017, Verlag Kiepenheuer & Witsch GmbH & Co. KG, Köln.

Penguin Random House Verlagsgruppe FSC® N001967

1. Auflage
Deutsche Erstveröffentlichung April 2021
Copyright © Håkan Östlundh 2018
by Agreement with Grand Agency
Copyright © der deutschsprachigen Ausgabe 2021
by Wilhelm Goldmann Verlag, München,
in der Penguin Random House Verlagsgruppe GmbH,
Neumarkter Str. 28, 81673 München
Umschlaggestaltung: UNO Werbeagentur, München
Umschlagmotive: Arcangel/Alexandre Cappellari, Des Panteva; FinePic®,
München; GettyImages/Johner Images
Redaktion: Maike Dörries
KS · Herstellung: kw
Satz: Uhl + Massopust, Aalen
Druck und Bindung: GGP Media GmbH, Pößneck
Printed in Germany
ISBN: 978-3-442-49018-9
www.goldmann-verlag.de

Besuchen Sie den Goldmann Verlag im Netz

Der Arzt im weißen Kittel über der blauen OP-Kleidung sitzt leicht zurückgelehnt auf seinem Bürostuhl, die Ellbogen auf den schwarzen Armlehnen, die Hände ineinander verschränkt. Er lächelt wohlwollend und strahlt Ruhe und Zufriedenheit aus, als ob das mit dem Hirntumor nun wirklich kein Grund zur Sorge wäre.

Elias betrachtet die wurstigen Finger des Arztes und versucht, sich selbst davon zu überzeugen, dass chirurgisches Können mehr mit Geschicklichkeit und Erfahrung als mit der Größe der Hände zu tun hat. Wahrscheinlich würden nicht diese dicken Finger, sondern Instrumente in seinem Gehirn herumstochern. Trotzdem.

»Ich möchte betonen, dass Sie keinen Krebs haben«, sagt Göran Gilbert. »Streng genommen handelt es sich nicht einmal um einen Tumor, auch wenn wir diesen Begriff verwenden. Habe ich mich verständlich ausgedrückt?«

Elias hat ihn mühelos verstanden, kann aber nicht

behaupten, dass ihn das beruhigen würde. Er hat einen Knoten im Gehirn, der da nicht hingehört, aber wächst. Das ist überhaupt kein gutes Gefühl, und wie die Ärzte das Ding nennen, findet er eher zweitrangig. Momentan fällt ihm das Denken generell schwer. Es ist, als hätte der Tumor bereits das Kommando über sein Gehirn übernommen und ihn gelähmt. Er schafft es nur mit äußerster Anstrengung, knappe Antworten auf die Fragen seines Arztes zu geben.

»So ein Meningeom...«

Da war er, der Name der Krankheit. Noch so ein Fachbegriff. MENINGEOM blinkt in Neonbuchstaben in seinem Kopf auf. Ein Wort, das er so schnell nicht vergessen wird. Es klingt nicht gut, es klingt wie maligner Tumor, auch wenn er genau das laut Göran Gilbert nicht ist: bösartig.

»Er ist vom umliegenden Gewebe klar abgegrenzt und bildet keine Metastasen«, fährt der Arzt fort. »Da brauchen wir uns keine Sorgen zu machen. Wir müssen diesen kleinen Knoten nur im Auge behalten.«

Elias war zum Arzt gegangen, nachdem eine überstandene Grippe hartnäckige Kopfschmerzen und eine merkwürdige akustische Veränderung auf dem rechten Ohr hinterlassen hatte. Er hörte nicht unbedingt schlechter, aber manchmal klang alles blechern, als hätte jemand die hohen Töne leiser gestellt, und manchmal deutlicher und detaillierter als sonst.

Die Symptome hatten ihn weniger beunruhigt als genervt, und er hatte angenommen, sie wären mit einer

Ohrspülung oder schlimmstenfalls einer Antibiotikabehandlung zu beheben. Als er aber die Alltagsverdrossenheit im Gesicht des Medizinstudenten im Praktischen Jahr einer nachdenklichen Betroffenheit weichen sah, war ihm der Verdacht gekommen, dass vielleicht doch nicht alles so einfach war.

Eine Überweisung und eine Computertomografie später sitzt er nun vor dem Neurochirurgen der Uniklinik in Uppsala.

Elias ist vierundzwanzig Jahre alt, bald fertig mit seinem Master, und die Ärzte wollen seinen Schädel aufbohren, um einen Tumor zu entfernen, der nicht bösartig und streng genommen auch kein Tumor ist. Die fehlende Eindeutigkeit gefällt ihm gar nicht. Als was würde denn jemand, der zu drastischer Ausdrucksweise neigt, das Ding in seinem Kopf bezeichnen?

»Der Tumor ist eigentlich nicht das Problem, sondern die Lage«, sagt Göran Gilbert.

»Ist die Lage ungünstig?«, fragt Elias angestrengt.

»Er befindet sich im Kopf, das meine ich.« Der Arzt bessert sein Lächeln nach.

»Aha.«

»Am Bein könnten die Kollegen aus der Poliklinik ihn innerhalb von zehn Minuten entfernen.«

»Aber Gehirntumore hat man selten am Bein, oder?«

Göran Gilbert lacht laut, löst die Hände voneinander und zeigt mit einem dicken Finger auf Elias.

»Eher selten, gebe ich zu.« Er sammelt sich wieder und angelt einen Kugelschreiber vom Tisch. »Nach den

Untersuchungen heute wissen wir hoffentlich mehr. Normalerweise unternimmt man bei dieser Art von Meningeom erst etwas, wenn unbedingt nötig. Man beobachtet den Tumor und mögliche Symptome, aber solange es Ihnen gut geht, besteht kein Grund zu operieren. Nun sind zwar bei Ihnen bereits Symptome aufgetreten, aber es könnte sein, dass die nur vorübergehend sind.«

»Und was passiert jetzt?«

»Wir machen heute eine Kernspintomografie, und sobald ich die Ergebnisse habe, melde ich mich. Falls Sie weitere oder aber eine Verschlimmerung Ihrer Symptome wahrnehmen, müssen Sie sich melden. Gut?«

Nein, gar nicht gut.

»Ich glaube schon«, sagt er.

Göran Gilbert steht auf und gibt ihm die Hand. Sie ist weich und warm. Und letzten Endes vielleicht gar nicht so groß, jedenfalls nicht viel größer als die von Elias.

Eine knappe Stunde später schließt Elias vor der Klinik sein Fahrrad auf. Es ist kalt, und unter seinen Schuhen knirscht der Schnee, als er sein Rad zum Dag Hammarskjölds väg schiebt. Befreit aus der engen Magnetröhre und mit der Klinik im Rücken kann er kaum glauben, was der Arzt gesagt hat. Vom Ohrenschmalz zum Hirntumor, wie konnte es nur dazu kommen?

Vielleicht stellt sich ja heraus, dass bei der vorangegangenen Untersuchung ein technischer Fehler aufgetreten ist, irgendeine Störung, die einen Schatten auf dem Röntgenbild verursacht hat. Und selbst wenn es sich nicht um einen gutartigen Tumor, sondern um Krebszellen handelt, kann er bestimmt mit denen weiterleben, bis er ungefähr mit achtundsiebzig Jahren oder so stirbt.

Er wischt eine dünne Eisschicht vom Sattel und fährt zurück in seine Studenten-WG in Luthagen. Seine Beine fühlen sich fremd und kraftlos an und scheinen ohne sein Zutun in die Pedale zu treten.

In der Wohnung in der Tiundagata ist niemand da. Das Wohnzimmer ist ein Sammelsurium ausrangierter Möbel aus ihren Elternhäusern und von Ikea, überall stapeln sich Fachbücher und kopierte Reader. Elias lässt die Schuhe an und setzt sich in den wenig anschmiegsamen Ohrensessel. Er klickt sich durch seine Kontakte und bleibt mit dem Daumen über *Papa* hängen. Was soll er sagen? Hallo, ich habe einen Hirntumor, aber mach dir keine Sorgen, es ist kein Krebs.

Bei dem Gedanken beginnt der Boden unter ihm zu schwanken. Wenn er seinem Vater davon erzählt, kann er sich nicht länger verstecken. Dann wird es real. Elias hat einen Hirntumor.

Eine dunkle Welle türmt sich vor ihm auf. Die Knöchel der Hand, die das Handy umklammert, treten weiß hervor.

Er hat einen Tumor im Kopf.

Er wird in der Neurochirurgie operiert werden.

Sie werden seinen Schädel aufbohren.

Jetzt tut er es. Er tippt auf den Bildschirm. Er weiß genau, wie sein Vater klingen wird. Gefasst, aber besorgt wird er präzise und irgendwie auch fordernde Fragen stellen. Hat er wirklich alle Informationen eingeholt, die ihm die Ärzte geben können? Kann er sein Studium fortsetzen? Elias wartet, aber es springt nur der Anrufbeantworter an.

Januar in Sarajevo. Bräunlicher Dunst über der Stadt. Unter der kalten Luftschicht zwischen den Bergen riecht es nach Brennholz und Braunkohle, Dieselabgasen und alten Autoreifen. Im besten Fall erinnert der beißende Geruch an Weihrauch, im schlimmsten verschlägt er einem den Atem.

Ylva nimmt die winterliche Atmosphäre in der Stadt nur am Rande wahr, so erfüllt ist sie von sich selbst und dem Mann unter ihr. Mit jedem Hinabsinken, jedem keuchenden Atemzug lässt sie sich tiefer in etwas hineinfallen, das schon jetzt zu gleichen Teilen Schmerz und Genuss ist. Es strahlt von innen aus, setzt sich zitternd in Arme und Beine fort, erfrischend sanft und brennend hart, bis in die Fußsohlen und Fingerspitzen.

Anders' Hände auf ihren Hüften ziehen sie nach unten. Sie stemmt sich hoch, weg von ihm, und er zieht sie immer fester und schneller wieder hinunter, bis es sie zerreißt und sie wimmernd auf ihm zusammenbricht.

Langsam macht sich der Alltag wieder bemerkbar:

Rauchgeruch, vermischt mit den Ausdünstungen von Haut und Geschlechtsteilen. Die Klimaanlage bläst lauwarme Luft auf ihre nackten Körper. Sie verstummt nie, aber nach vier Nächten hat sich Ylva an das Geräusch gewöhnt. Sie streicht über Anders' Brust, findet die Vertiefungen zwischen den Rippen und lässt ihre Hand dort liegen.

»Keine gute Idee, das hier«, sagt sie, obwohl sie das Gegenteil sagen will.

Anders lächelt und sagt, was sie für sich behält. »Trotzdem sind wir hier. Es muss also etwas bedeuten.«

Wie gerne würde sie ihm sagen, dass ihr schon lange nichts mehr so viel bedeutet hat. Aber da sie in der schwächeren Position ist, schweigt sie. Nicht nur wegen der Machtbalance. Sie darf ihren Gefühlen keinen freien Lauf lassen, weil diese Geschichte aller Wahrscheinlichkeit nur schlecht für sie ausgehen kann.

Sie begnügt sich damit zurückzulächeln.

Er ist verheiratet, sie ist seine Chefin.

Nicht gut.

Das geht jetzt schon bald vier Monate, aber dies ist das erste Mal, dass sie auf einer Dienstreise miteinander schlafen. Das verschwitzte Laken liegt zusammengerollt am Fußende, noch eine Stunde bis zum Abendessen im Dachgeschoss des Hotels.

»Du solltest dich langsam fertig machen«, sagt sie.

Anders wälzt sich scherzhaft auf sie und berührt ihre Nasenspitze mit seiner. »Spricht da meine Chefin oder meine...«

»Deine Chefin«, fällt sie ihm ins Wort. Sie will das Wort Geliebte nicht hören, schubst ihn weg und setzt sich auf.

»Du bist so hart«, sagt er. »Ich denke praktisch und will nicht, dass dich jemand drei Minuten vorm Abendessen schlampig angezogen aus meinem Zimmer kommen sieht.«

»Schlampig angezogen?« Er lacht. »Das klingt ein wenig...«

»Ist mir egal, wie es klingt. Los jetzt, damit du noch duschen und dich umziehen kannst.«

Anders rutscht an die Bettkante und sammelt seine Kleidungsstücke vom Boden auf.

»Hoffentlich beobachtet Kjell uns nicht durch den Türspion«, grinst er, während er sich die Unterhose anzieht.

Das würde Kjell nicht tun. Ylva ist die Einzige, die ein Zimmer hier auf diesem Gang hat. Ansonsten wäre sie das Risiko nicht eingegangen.

Anders zieht sich an, steckt sein Hemd in die Hose und klopft sein Jackett ab. Er bindet sich sogar die Krawatte um, zieht einen Kamm aus der Tasche und fährt sich damit einige Male durchs Haar, ehe er, Beifall heischend, die Arme ausbreitet und sie mit diesem intensiv dunklen Blick ansieht, der direkt in ihr Innerstes hineinzuschauen vermag.

»Na?«

»In Ordnung.«

»Mehr nicht?«

»Raus jetzt.«

»Okay, wir sehen uns oben.«

Er schaut durch den Türspion, wie er es ihrem Kollegen unterstellt hat. Sein dunkelblauer Anzug spannt an den Schultern, das frisch gekämmte Haar reicht genau bis an den Kragen. In diesem Moment würde sie ihn am liebsten zurückrufen, aber dafür ist sie zu klug und zu pragmatisch, und bevor sie sich verabschieden kann, ist die Tür auch schon hinter ihm ins Schloss gefallen.

Da sieht Ylva seine Aktentasche aus rotbraunem Leder auf dem Schreibtischstuhl. Rasch ist sie auf den Beinen, schnappt sie sich, aber vor der Tür hält sie inne, sie kann schließlich nicht nackt durch den Gang laufen. Dunkelheit hat sich über Sarajevo gesenkt. Der Schnee auf den Bergen, von denen die Stadt während des Krieges mit Granaten beschossen worden war, leuchtet hell im Mondlicht. Entlang der gewundenen Straßen bewegen sich kleine Lichtpunkte.

Ylva stellt die Aktentasche in den Kleiderschrank und macht die Tür zu. Sie soll nicht verräterisch dastehen, falls ein Mitarbeiter bei ihr an die Tür klopft.

Im Spiegel erhascht sie einen kurzen Blick auf ihren januarbleichen Körper, bevor sie sich in die Dusche rettet und das Wasser aufdreht. Während sie sich einseift und ihr Haar schamponiert, geht sie die Ortsbesichtigung und die Termine der vergangenen Tage noch einmal durch. Als sie sich einige Minuten später ein Handtuch um den Kopf wickelt und ihren Körper in ein großes

Badelaken hüllt, hat sie die inoffizielle Tagesordnung für das abendliche Arbeitsessen im Kopf.

Sie schminkt sich und holt etwas zum Anziehen aus dem Schrank, in den Augenwinkeln Anders' Aktentasche, die sie darin versteckt hat.

»Du siehst blass aus. Habt ihr gestern bei Snerkes hart gefeiert?«

Amanda steigt im Wohnzimmer aus ihren Wüstenstiefeln und legt ihre Jacke auf einen der alten Omasessel. Jeder Raum der Wohnung dient Amanda als Garderobe.

»Geht so«, antwortet er.

Elias wohnt seit zweieinhalb Jahren mit Amanda und Holger zusammen. Amanda kennt er vom Gymnasium. In der Elften waren sie kurz zusammen, aber es sollte irgendwie nicht sein. Stattdessen wurden sie Freunde.

»Ich mache Puttanesca. Willst du auch was?«, fragt sie.

»Nein danke.«

»Okay.«

Sie geht in die Küche. Das schulterlange, gefärbte und geföhnte Haar schimmert schwarz und kastanienfarben. Amanda gibt nicht viel Geld für Kleidung aus, aber auf die Haare legt sie Wert. »Ich mache genug für uns beide.

Wenn du nichts möchtest, kann ich den Rest morgen Mittag essen«, ruft sie.

»Danke.«

Elias glaubt Göran Gilberts Versicherung nicht, dass alles gut wird. Genau das haben sie ihm gesagt, als seine Mutter krank wurde. Kein Grund zur Sorge, sie wollten nur ein paar Untersuchungen machen, um ernsthafte Krankheiten auszuschließen. Als sich nicht länger leugnen ließ, dass etwas nicht stimmte, hieß es, das käme schon wieder in Ordnung. Krebs sei kein Todesurteil mehr, die Mehrheit der Erkrankten werde wieder gesund, die Behandlungsmethoden würden immer besser und effektiver. Das sagten sie, bis seine Mutter an den Morphiumtropf gehängt wurde, der in den letzten Wochen nur noch die Schmerzen lindern konnte.

»Worauf läuft es hinaus?«, hatte er Gilbert gefragt.

»Wie meinen Sie das?«

»Falls das Ding größer wird.«

»Dann könnte es irgendwann problematisch werden«, hatte der Arzt sich gewunden.

»In welcher Hinsicht?«

»Wenn der Tumor kontinuierlich weiterwächst, was nicht gesagt ist, und man ihn nicht behandelt, läuft es auf den Tod hinaus«, gab er schließlich zu und fügte rasch hinzu: »Aber dazu wird es in Ihrem Fall nicht kommen. Wenn es nötig ist, nehmen wir ihn raus. Ganz einfach.«

Elias hat die vergangenen Stunden damit verbracht, Gehirntumore zu googeln, alle möglichen Arten von Gehirntumoren. Er hat einen primären Hirntumor, der in der Hirnhaut wächst, ein Meningeom. Es stimmt, dass er gutartig ist, das hätte Gilbert sonst auch nicht einfach behaupten können, nur um ihn zu beruhigen. Elias zeigt zwei von vielen möglichen Symptomen: Kopfschmerzen und Veränderungen des Gehörs. Kopfschmerzen sind natürlich nicht sonderlich spezifisch, dafür kann es Hunderte von Gründen geben. Er vermutet, dass der Arzt in der Poliklinik Verdacht geschöpft hat, als er das mit dem Hören erwähnte.

Schwindel, Doppelbilder, Lähmungen, epileptische Anfälle, Persönlichkeitsveränderungen, vermindertes Reaktionsvermögen und eingeschränktes Erinnerungsvermögen sind typischere Symptome. Anders ausgedrückt: Man verliert Stück für Stück die Fähigkeit, zu denken und sich zu bewegen, bis man nur noch ein lallender Klumpen ist.

Nein, er hat keinen Hunger. Ihm ist schlecht. Das ist übrigens auch ein Symptom. Schwer zu sagen, was er schlimmer findet: sich in der Uniklinik auf einen Operationstisch zu legen und den Schädel aufbohren zu lassen oder abzuwarten und verschiedene Symptome zu beobachten, bis die Operation notwendig wird. Auch wenn sie das niemals wird. Ewig falscher Alarm. Fühlt sich das Bein taub an? Sieht er verschwommen? Ist das der Tumor, oder braucht er eine Brille? Jetzt hat er schon wieder seine Notizen für das Seminar vergessen – liegt das am Tumor, oder ist er nur zerstreut?

Die meisten Meningeome lassen sich leicht entfernen. Wenn sie nicht vollständig entfernt werden können, ohne das umliegende Hirngewebe zu beschädigen, gibt es andere Behandlungsmöglichkeiten wie zum Beispiel Bestrahlung oder Chemotherapie.

Aber es gibt auch einige, die eine sehr ungünstige Lage haben. In extrem seltenen Fällen kommt man nur an den Tumor heran, in dem man die Gesichtshaut vom Schädel löst und an den Augenhöhlen ein Loch bohrt.

An der Stelle hat er aufgehört zu lesen.

Als Ylva mit dem Aufzug nach oben fährt, singt ihr Körper noch immer von der Begegnung mit Anders. Sie weiß, dass sie sich zügeln muss, um ihn nicht zu verliebt anzusehen oder jedes Mal zu strahlen, wenn ihr Blick auf ihn fällt.

Die Fahrstuhltüren öffnen sich, sie ist im Dachgeschoss des Hotels angekommen. Die Kollegen sind bereits an der Bar versammelt. Alle außer Anders. Kjell aus der Balkanabteilung gestikuliert mit seiner Hornbrille in der Hand und erzählt den Botschaftsmitarbeitern vermutlich eine Anekdote aus Georgien. Von seinem Kopf steht ein Haarbüschel ab.

Außer Kjell ist Kristian Wigg da, ergrauter Referent für wirtschaftliche Zusammenarbeit, groß und schlank mit leichtem Bauchansatz. Anna Kroon, ihre schwedische Mitarbeiterin mit dem möwenartigen Lachen, die sich über jedes diplomatische Protokoll hinwegsetzt. Und schließlich Annas Kollegin vor Ort, Vesna Butoviç, die Ylva erst auf dieser Reise kennengelernt hat.

Im Speisesaal stehen altrosa Servietten in Zylinderform auf der Tischdecke im selben Farbton. Seelenloser internationaler Hotelstandard, weit entfernt von dem informellen Fest, zu dem sie gestern Abend im Rahmen der Ortsbesichtigung in Mostar eingeladen waren. Als sie auf die Kollegen zugeht, fällt ihr Blick auf die Oberkellnerin, eine Frau in weißer Bluse, der das schwarze Haar in einem schnurgeraden Zopf den Rücken hinunterfällt.

Auf ungefähr halber Strecke hebt eine unsichtbare Kraft Ylva hoch und schleudert sie haltlos durch den Raum.

Erst Sekunden später, als sie auf allen vieren herumkriecht, werden ihr der laute Knall und das Zittern des Gebäudes bewusst. Eher wie eine Erinnerung, als dass sie es tatsächlich spürt. Sie hebt den Kopf und sieht in verängstigte Augen. Warum liegt sie als Einzige auf dem Boden?

Ylva richtet ihren Blick auf die Oberkellnerin, die zu Bar und Küche hinüberschaut, als hoffe sie von dort auf ein Zeichen oder eine Anweisung. Der Barmann hat mitten in einer Bewegung innegehalten, in den Händen ein Geschirrtuch und ein Whiskyglas, das er gerade von Kalkflecken befreien wollte.

Draußen vor den Fenstern steigt dicker schwarzer Rauch auf, und eine Sirene gibt einen schmerzenden metallischen Ton von sich. Aus dem Aufzug, dessen Türen noch offen stehen, dringt Rauch. Die Druckwelle, die sie umgeworfen hat, muss aus dem Fahrstuhlschacht gekommen sein.

Ylva steht auf. Wenn sonst niemand etwas tut, muss sie die Sache in die Hand nehmen.

»Wir müssen hier raus«, sagt sie auf Englisch.

»Ja«, sagt die Oberkellnerin. »Wir müssen alles räumen.«

Und sofort ist das ganze Restaurant auf den Beinen. Die Oberkellnerin kommt zur Besinnung und erinnert sich an eine jahrelang zurückliegende Brandübung.

»Nicht die Fahrstühle benutzen«, ruft sie. »Nehmen Sie die Treppen. Nicht die Fahrstühle.«

In Anbetracht des Rauchs, der aus dem Schacht dringt, eine überflüssige Anweisung.

Bevor sie weitere erteilen kann, stürzen zwei Sicherheitskräfte herein und brüllen abwechselnd bosnische und englische Kommandos. Einer der beiden Männer trägt ein Maschinengewehr an einem Schulterriemen. Der andere postiert sich am Ausgang und hält die Leute von den Aufzügen, aber auch von den Treppen fern, sie sollen den Gang nach rechts gehen.

Die Gäste rennen schreiend in die Richtung, in die die Wachleute zeigen, eine Frau stolpert auf ihren hohen Absätzen, verschwindet aus dem Blickfeld, wird aber wieder hochgezogen.

Ylva sieht die entsetzten Blicke ihrer Angestellten, es droht Panik.

»Wo ist Anders?«, fragt sie laut.

Niemand antwortet.

Ylva lässt den anderen den Vortritt. Vesna hastet an ihr vorbei, Kristian, Anna... Sie hat das Gefühl, aus großer Höhe zu fallen, einem sicheren Tod entgegen.

Als Kjell an ihr vorbeikommt, packt er sie am Oberarm und zieht sie mit sich.

»Wo ist Anders?«, fragt sie erneut.

»Er hat gesimst, er müsse noch mal runter an die Rezeption.«

»Warum das?«

»Ich weiß nicht. Komm jetzt.«

Er zerrt sie weiter. In der Hoffnung, Anders könnte plötzlich auftauchen, sieht sie sich unablässig um.

Mit dem schrillen Feueralarm im Ohr werden sie durch den langen Gang geschleust. Als sie durch den beißenden Rauchgeruch eine scharfe Chemikalie wahrnimmt, wölbt sie eine Hand über Mund und Nase. Fünf, sechs Restaurantgäste, die Oberkellnerin und der bewaffnete Sicherheitsmann sind dicht hinter ihr.

Sie laufen eine schmale, schmutzige Treppe hinunter, in ihrem Rücken unverständliche Sprachfetzen und Körper, die sich an sie drängen. Sie stolpert, verliert das Gleichgewicht und bekommt im letzten Augenblick das Geländer zu fassen. Keine Zeit, stehen zu bleiben, sie muss weiter, wenn sie nicht noch einmal geschubst werden will. Irgendwie schafft sie es, die Schuhe auszuziehen und auf Strümpfen weiterzulaufen.

Sie erreichen das Erdgeschoss und eine Tür, die in das große Wiener Café des Hotels führt. Stühle und Tische liegen kreuz und quer durcheinander, dazwischen zerschmetterte Kronleuchter. Der Rauch ist noch dichter, er brennt in der Lunge, das Atmen fällt schwer. Licht spenden nur die Straßenlaternen draußen und ein greller Scheinwerfer über die Tür, durch die sie gerade hereingekommen sind. Ylva sieht zur Rezeption: noch mehr Rauch, Asche, zersplittertes Holz, und aus der Decke hängen Kunststoffummantelungen von Stromkabeln. Was von der Sprinkleranlage noch übrig ist, hält das Feuer in Schach, vermag es aber nicht zu löschen.

Er musste noch mal an die Rezeption.

Anders. Wo ist Anders?

Stimmen hinter und vor ihr treiben sie zur Eile an. Kälte und frische Luft schlagen ihr entgegen, und dann ist sie raus aus dem Gebäude.

Zwei hohe Straßenlaternen beleuchten den Hinterhof zwischen Hotel und Ferhadija-Moschee, der Asphalt unter ihren Füßen ist eiskalt. Hinter ihr scheppert etwas. Einer der Wächter fährt herum und hebt seine Waffe.

Es liegt kein Schnee, aber die Temperatur liegt unter dem Gefrierpunkt. Trotzdem schwitzt sie am ganzen Körper. Eigentlich müsste sie erleichtert sein, weil sie draußen ist, aber sie kann nur an das denken, was sie eben gesehen hat. Die Rezeption ist zerstört. Schutt und Asche.

Ein Einsatzfahrzeug der Polizei und ein ziviler Jeep donnern in den Hinterhof. Einer der Wachmänner sieht Ylva an und deutet auf den Jeep.

»Swedish Embassy?«

Ylva nickt, und sie bahnen sich zwischen Wasserlachen hindurch einen Weg zu dem Fahrzeug.

Als sie hinten einsteigt, hält sie inne.

»Wir können Anders nicht hier zurücklassen«, sagt sie auf Englisch. »Anders Krantz, er ist noch da drin.« Sie zeigt zurück zum Hotel und geht ein paar Schritte auf die offene Tür zu. »Wir sind sechs Personen von der schwedischen Botschaft. Einer von uns ist noch da drin. Anders Krantz. Ich glaube, er ist an der Rezeption gewesen.« Sie bewegt sich noch ein Stück auf die Tür zu, aber der Wachmann hält sie grob zurück.

»Können Sie nicht nach ihm sehen?«

»Wir tun bereits alles, was wir können. Setzen Sie sich bitte in den Jeep.«

»Aber wir können hier nicht ohne Anders wegfahren.« Ylva lässt nicht locker, bis sie unter Protest von den Männern in den Jeep befördert wird.

Sie finden alle Platz auf den beiden Rückbänken. Es ist sogar noch ein Platz frei. Ein sechster Platz. Der Sicherheitsmann setzt sich nach vorne neben den Fahrer.

Die Türen werden zugeknallt, und Ylva wird an die Rückenlehne gepresst, als sie mit quietschenden Reifen losrasen. Der Einsatzwagen fährt mit Blaulicht und Sirene voraus.

Wenn Anders an der Rezeption war, sieht es schlecht für ihn aus. Der Bereich rings um den Tresen war mehr oder weniger dem Erdboden gleichgemacht. Andererseits könnte er auch in seinem Zimmer oder im Fahrstuhl gewesen sein. Befindet er sich noch in dem brennenden Gebäude?

Ylva zieht ihr Handy aus der Tasche. Warum hat sie nicht gleich daran gedacht, ihn anzurufen?

»Wo fahren wir hin?«, fragt Kjell.

Der Wachmann dreht sich um, beantwortet aber nicht seine Frage.

»Keine Mobiltelefone«, sagt er.

»Verzeihung?«, erwidert Kjell.

»Keine Mobiltelefone«, wiederholt er. »Sicherheitsvorschrift. Handyortung, Sie wissen schon.«

»Ich muss den Kollegen anrufen, der noch im Hotel ist«, sagt Ylva. Sie hat bereits gewählt und sieht das Anrufsymbol auf dem Bildschirm.

»Ich will, dass Sie die Mobiltelefone jetzt abschalten«, sagt der Wachmann in scharfem Ton.

Ylva bekommt mit, wie die anderen ihre Handys herausholen und tun, was er von ihnen verlangt, während sie weiter auf ihr Display starrt. Warum wird sie nicht verbunden? Kann das verfluchte Netz in Sarajevo nicht ausnahmsweise einmal funktionieren, wenn man es wirklich braucht?

»Jetzt«, sagt der Wachmann. Diesmal wendet er sich direkt an Ylva. »Ich bestehe darauf«, sagt er.

»Ich auch.«

Begreift er nicht, dass ein Mitarbeiter fehlt? Das hat absolute Priorität.

»Sie können uns nicht vorschreiben, was wir zu tun und zu lassen haben«, sagt sie.

Das stimmt nicht ganz. Im Gegensatz zu Ylva und den Botschaftsmitarbeitern haben Kjell und Anders keinen Diplomatenstatus. Aber nun geht es ja um Ylva und ihr Handy.

Der Wachmann streckt eine große schwielige Hand aus. »Kann ich bitte die Handys haben?«

»Was?«

»Es dient Ihrer eigenen Sicherheit.«

»Wir sollten tun, was er sagt«, wirft Kristian Wigg auf Englisch ein.

Er sitzt eingeklemmt ganz hinten und muss den Kopf ein wenig einziehen. Immer so verdammt diplomatisch. Kapiert er nicht, dass sie nicht weiterkämpfen kann, wenn er ihr in den Rücken fällt? Sie ist die Anführerin der Gruppe, nicht er.

In Ylva flackert Widerstand auf, sie will protestieren, will nicht hören, dass sie nichts tun kann und dass Polizei und Rettungskräfte bereits tun, was in ihrer Macht steht, reißt sich aber zusammen, bevor sie aus der Haut fährt.

Der Wachmann nimmt ihr das Mobiltelefon aus der Hand. Sie lässt ihn gewähren, die anderen geben ebenfalls ihre Handys ab. Ylva nennt ihm Anders' Nummer, damit er oder jemand anders ihn anruft.

Mit seiner Beute im Schoß wendet er ihr den Rücken zu. Ylva starrt durch die Windschutzscheibe. Sie rumpeln über einen gepflasterten Platz und gelangen auf die Marsala Tita.

»Wo fahren wir hin?«, fragt sie.

Wieder antwortet niemand.

»Das muss eine Bombe gewesen sein«, sagt sie zu Kjell, der neben ihr sitzt.

Kjell lockert seine Krawatte und öffnet den obersten Hemdknopf.

»Oder könnte es ein Unfall gewesen sein? Eine Gasexplosion?«

»Die Sicherheitsmaßnahmen deuten darauf hin, dass es kein Unfall war«, sagt er.

Als sie die Spur wechseln und kurz darauf rechts abbiegen, neigt sich das Auto zur Seite, und Ylva wird kurz an Kjell gedrückt.

»Aber sie können doch eigentlich noch gar keine Schlüsse gezogen haben? Ist das nicht reine Routine?«

Kjell streicht sich über den Kopf, ein Schweißtropfen rinnt an seiner Schläfe hinunter.

»Was wollte er so kurz vorm Abendessen an der Rezeption?«, fragt er. »Ich begreife das nicht.«

»Hotel«, sagt der Wachmann.

»War das eine Antwort?«, fragt Kjell, an Ylva gewandt.

Rechts vor ihnen liegt das legendäre Holiday Inn, das nach einem Besitzerwechsel nur noch Holiday heißt. Was für eine Ironie, wenn sie dorthin gebracht würden, in dieses Refugium der Weltmedien und anderer Zugereister während der Belagerung, ein Hotel, das den Betrieb auch dann noch aufrechterhielt, als seine Vorderseite von Scharfschützen und Granaten beschossen wurde.

Nein, sie fahren mit hoher Geschwindigkeit am Holiday vorbei. Nach weiteren fünfhundert Metern bremst der Jeep vor einem Hotel mit zwei bewaffneten Wachen und einem Militärfahrzeug vor dem Eingang. Vom Anblick der im Dunkeln aufblitzenden Waffen wird Ylva schlecht. War die Explosion im Hotel mehr als ein Einzelereignis, der Beginn von etwas Größerem?

Der Wachmann streckt vorsichtig den Kopf aus den Metalltüren des Aufzugs, wendet sich zuerst nach rechts und dann nach links, betritt den hellgrünen Flur und signalisiert Ylva, dass sie ihm folgen soll.

Er lässt sie vorangehen, vorbei an dunkelbraunen Türen mit ansteigenden Nummern. Der Teppichboden unter ihren Füßen fühlt sich rau an. In jeder Hand hält sie einen Schuh. Sie wünschte, sie hätte Schuhe, in denen sie fliehen, um ihr Leben rennen könnte.

Der Wachmann öffnet die Tür von Zimmer 657 und schaltet das Deckenlicht an. Nachdem er sich kurz umgesehen hat, übergibt er ihr die Schlüsselkarte. »Bleiben Sie im Zimmer.«

Die Tür fällt hinter ihm zu, und sie ist allein.

Ylva starrt das zur Seite geklappte Messingplättchen am Türspion an, stellt sich direkt davor und sieht in den Korridor. Auf der linken Seite ist der Rücken des Wachmanns zu erkennen. Warum ist nur sie auf dieser Etage untergebracht? Wo ist Kjell abgeblieben?

Sie bleibt eine Weile stehen und wartet ab, ob noch jemand von ihren Kollegen zu einem Zimmer auf diesem Gang gebracht wird, weiß aber nicht genau, ob die Botschaftsangestellten im Hotel einquartiert oder nach Hause gefahren werden sollten. Als niemand auftaucht, schiebt sie die Abdeckung vor den Spion, überlegt, ob sie die Sicherheitskette vorlegen soll, lässt es aber bleiben.

Sie zieht die Strumpfhose aus, die an beiden Beinen Laufmaschen hat, und wirft sie in den Papierkorb unter dem Schreibtisch. Dann sieht sie sich nach ihrem Koffer um, aber der ist natürlich nicht da. Ihre Sachen sind alle noch im Hotel: Kleidung, Strumpfhosen, Kulturtasche, geeignete Fluchtschuhe.

»Scheiße.«

Der Kraftausdruck entfährt ihr mit einem Seufzer.

Sie muss die Botschafterin anrufen. Und jemanden bei Sida.

Ylva greift mit zitternder Hand nach dem braunen Hörer und bittet die Rezeptionistin, sie zu verbinden. Das Tuten in der Leitung beruhigt sie eine Weile, aber während sie darauf wartet, dass sich jemand meldet, überschlagen sich die Fragen in ihrem Kopf. Womit soll sie anfangen? Anders? Mit der Explosion? Viel kann sie nicht darüber sagen. Sie weiß ja noch nicht einmal, wo sie ist, stellt sie fest und blättert in einer Infomappe des Hotels, um die Adresse herauszufinden.

Im Hörer tutet es noch immer. Warum geht niemand dran? Schließlich gibt sie auf. Wo soll sie stattdessen anrufen? Sie hat alle Nummern auf ihrem Handy gespeichert. Dann fällt ihr ein, dass sie sich in einem ungewöhnlich geistesgegenwärtigen Augenblick die Telefonnummern der Zentrale des Außenministeriums und des Sicherheitsbeauftragten von Sida auf einem Kärtchen notiert hat. Sie findet das Kärtchen im Innenfach ihrer Handtasche zwischen einer Kaugummipackung und einer alten Kinokarte.

Ylva greift erneut zum Telefon und studiert das Kärtchen, während sie ungeduldig auf ein Tuten wartet. Sie klopft ein paarmal auf die Gabel, aber es bringt nichts.

Sie legt auf, wartet fünf Sekunden, nimmt den Hörer wieder in die Hand. Die Leitung ist tot.

Sie sieht sich nach ihren Schuhen um. Sie muss runter an die Rezeption. Wo hat sie ihre Schuhe gelassen? Sie betrachtet ihre nackten Beine, die zusammengeknüllte Strumpfhose im Papierkorb.

Hinunter zur Rezeption.

Noch einmal greift sie zum Hörer. Nichts. Sie knallt ihn auf die Gabel und setzt sich auf den lila Bettüberwurf mit einem Muster aus steifen Silberfäden. Anders, was ist mit Anders passiert? Und warum soll sie das Hotelzimmer nicht verlassen? Ylva sackt in sich zusammen und legt das Gesicht in die Hände. Ist Anders tot? Verletzt? Haben sie ihn ins Krankenhaus gebracht?

Raus jetzt. Warum hat sie ausgerechnet das als Letztes gesagt? Hätte sie nicht einmal die Maske fallen lassen und ihm gestehen können, wie viel er ihr bedeutet?

Ylva ist kurz davor, in Tränen auszubrechen, reißt sich aber zusammen.

Sie versucht es wieder mit dem Telefon, aber das ist genauso stumm wie vorhin. Sie muss nach unten. Und wenn sie hundertmal gesagt haben, sie soll in ihrem Zimmer bleiben.

Sie hat gerade den schmerzenden nackten Fuß in den rechten Schuh gesteckt, als es an der Tür klopft. Zweimal fest. Sie hat noch nicht geantwortet, als die Tür von einem Mann geöffnet wird, den sie noch nie gesehen hat. Er trägt eine schwarze Hose und eine graue Trainingsjacke mit einem roten Querstreifen. In den Händen hält er ihren Victorinoxkoffer und eine rotbraune Aktentasche.

Wortlos betritt der Mann das Zimmer und stellt beides auf die Gepäckablage.

»Mein Telefon funktioniert nicht«, sagt Ylva auf Englisch und zeigt auf den braunen Apparat auf dem Schreibtisch.

Er grinst breit, antwortet aber nicht.

»Ich muss dringend telefonieren. Ich muss die schwedische Botschaft kontaktieren. Es ist wichtig.«

Er klopft aufmunternd auf den Koffer.

»Kann ich zur Rezeption runtergehen, um zu telefonieren? Mein Telefon funktioniert nicht.«

Er schüttelt lächelnd den Kopf und streicht sich eine Strähne aus der Stirn.

»Verlassen Sie nicht den Raum. Die Botschaft wurde kontaktiert.«

»Aber...«

Rasch verlässt er den Raum und schlägt die Tür hinter sich zu.

Ylva bleibt mit ihrem halben Satz auf der Zunge stehen. Kontaktiert? Von wem? Was haben die der Botschaft mitgeteilt? Sie muss runter an die Rezeption. Sie wird nicht aufgeben, bevor sie telefoniert hat.

Aber erst umziehen, jetzt hat sie ja ihre Sachen. Eine Hose und andere Schuhe. Sie streckt den Arm nach dem Koffer aus, hält aber inne und legt eine Hand auf das weiche Leder von Anders' Aktentasche.

Sie dachten natürlich, es wäre ihre.

Vor einigen Stunden hat sie die vergessene Aktentasche noch als Komplikation betrachtet, jetzt empfindet sie sie eher als zärtliche Geste. Als einen Beweis, dass Anders sich bei ihr zu Hause fühlte, auch wenn zu Hause nur ein Hotelzimmer war. Er war nicht darauf bedacht, ja nichts liegen zu lassen. Er hat sich bei ihr heimisch gefühlt, wohl, sicher. Sie kann es sich nicht verkneifen, den Verschluss zu öffnen und den Deckel aufzuklappen. Ein Laptop in einer Schutzhülle, ein Collegeblock, ein Buch, ein paar Hefter und lose Blätter.

Schlagartig kommt ihr in den Sinn, ob er vielleicht zur Rezeption runtergefahren ist, weil er glaubte, seine Aktentasche dort vergessen zu haben. Hätte sie ihn retten können, wenn sie sich schnell den weißen Hotelbademantel übergeworfen und ihm barfuß hinterhergelaufen wäre? Dann hätte Kjell vielleicht genau in diesem Moment seine Tür aufgemacht und seine Schlüsse gezogen, aber Anders wäre nicht nach unten gefahren. Er wäre mit den anderen aus dem Dachgeschoss evakuiert worden und nicht in Stücke gerissen worden, im Fahrstuhl stecken geblieben und im Rauch erstickt...

Hätte sie ihm doch nur eine SMS geschickt.

Was, wenn er nur Zigaretten oder eine Zeitung kaufen gegangen ist und sie jetzt nicht erreichen kann, weil ihr dieser Idiot das Handy abgenommen hat?

Sinnlose Gedanken.

Raus jetzt.

Ein Brennen in der Brust. Warum kann man mit diesem Scheißtelefon nicht telefonieren? Ylva nimmt den

Hörer ab und lauscht. Nichts. Knallt ihn wieder auf die Gabel.

Sie holt tief Luft, räumt Anders' Tasche weg, legt ihren Koffer auf die Seite und klappt ihn auf. Es scheint alles da zu sein: Blusen und Jacken, die sie in den Schrank gehängt hatte, das Taschenbuch von Åsne Seierstad, *Zwei Schwestern*, und die Sachen aus dem Bad.

Sie zieht eine schwarze Hose und ihre roten New-Balance-Sneaker an, schaut durch den Spion in den Flur. Kein Mensch zu sehen. Vorsichtig öffnet sie die Tür und schleicht hinaus, überprüft noch einmal, ob sie die Schlüsselkarte in der Hosentasche hat, bevor sie die Tür zufallen lässt.

Die Übelkeit kommt wieder hoch. Die schwer bewaffneten Wachmänner vor dem Hotel. Sie zögert einen Augenblick, dann drückt sie auf den Fahrstuhlknopf. Sie ruft sich die Verantwortung, die sie für ihre Mitarbeiter trägt, ins Gedächtnis und nimmt ihren Pass aus der Handtasche.

Die Fahrstuhltüren öffnen sich mit einem diskreten Klingeln. Der Fahrstuhl ist leer. Sie geht hinein und drückt auf die Erdgeschosstaste, ein ziehendes Gefühl im Bauch, als der Aufzug fällt, bremst und sie dabei zu einer leichten Verbeugung zwingt.

Sie steuert die Rezeption an, die Sneakersohlen bewegen sich lautlos über den blanken Steinfußboden. Ein Mann in grünem Jackett und mit ordentlicher Kurzhaarfrisur blickt auf und lächelt sie an.

»Guten Abend, die Dame, was kann ich für Sie tun?«

Sie erwidert die Begrüßung und legt ihre rechte Hand, die gut sichtbar den Pass hält, auf den Tresen.

»Ich habe versucht, von meinem Zimmer aus zu telefonieren, aber mit dem Telefon stimmt etwas nicht. Gibt es hier unten einen Apparat, den ich benutzen kann?«

Die Lider des Rezeptionisten flattern kurz, dann lächelt er noch breiter. »Wir haben im Moment ein Problem mit der Verbindung.«

Die Übelkeit wird stärker. Ist es wirklich so schlimm? Sind die Telefonverbindungen aufgrund eines Staatsstreichs oder kriegsähnlichen Zustands unterbrochen?

»Es ist ungeheuer wichtig, dass ich in Schweden anrufe. Ich arbeite im Auftrag der schwedischen Regierung.« Sie deutet auf das Wort *diplomatique* ganz unten auf ihrem Pass. »Ich muss in Schweden anrufen.«

Der Rezeptionist reißt die Augen auf und sieht sich in alle Richtungen um, bevor er antwortet. »Ich versichere Ihnen, dass wir tun, was wir können, um die Leitungen wieder ...«

Weiter kommt er nicht, als aus dem Büro hinter der Rezeption ein schrilles Telefonklingeln zu hören ist. Ylva lächelt den Mann freundlich an.

»Die Leitungen scheinen wieder zu funktionieren.«

Der Rezeptionist blinzelt einige Male, räumt Papiere zur Seite und versucht sich an einem kläglichen Lächeln.

»Selbstverständlich. Einen Augenblick, bitte.« Er greift zu einem Hörer, tippt eine Nummer ein, anscheinend eine interne Nummer, und hat sofort jemanden am

Apparat. Das Gespräch dauert keine halbe Minute. Er legt auf.

»Einen Moment.«

»Ich muss wirklich telefonieren.«

Hinter ihr sagt eine Stimme: »Guten Abend.«

Sie dreht sich um und sieht sich einem kräftigen Mann in weißem Hemd und dunkelblauem Anzug gegenüber, nicht grellgrün wie die Kleidung des Hotelpersonals. Sie registriert einen weißen Fleck in der braunen Iris seines rechten Auges. Er verzieht keine Miene, doch sein Blick hinter der Gleitsichtbrille wirkt müde.

»Guten Abend. Ich wäre Ihnen sehr verbunden, wenn Sie mir behilflich sein könnten, in Schweden anzurufen.« Wieder erklärt sie, dass sie eine Gesandte der schwedischen Regierung ist, und zeigt ihren Pass.

Der Mann, der sich nicht vorgestellt hat, streckt fünf dicke Finger aus. Sie gibt ihm den Pass, der fast in seinen großen Händen verschwindet.

Er blättert stumm darin, dann sieht er den Rezeptionisten an und sagt etwas auf Bosnisch. Der Rezeptionist zeigt in das Büro, während er etwas erwidert. Sie diskutieren eine Weile. Schließlich macht der Mann eine auffordernde Geste, und der Rezeptionist stellt das Telefon auf den Tresen.

Ylva streckt die Hand nach dem Telefon aus, aber der Mann hebt die Hand mit dem Pass wie ein Stoppschild.

Er legt ihren Pass auf den Tresen, zieht das Telefon zu sich heran und wählt eine Nummer. Es folgt ein gedämpftes und abgehacktes Gespräch. Der Rezeptionist zieht die Schultern hoch und spitzt die Ohren. Der Mann im blauen Anzug schlägt den Pass auf und liest der Person am anderen Ende der Leitung irgendeine Angabe daraus vor.

Nachdem er aufgelegt hat, gibt er ihr den Pass zurück und schiebt das Telefon mit beiden Händen zehn symbolische Zentimeter in ihre Richtung. »Bitte sehr. Ein Anruf, dann müssen Sie zurück auf Ihr Zimmer.«

Ylva hat sich den Versuch, die Botschafterin zu erreichen, bereits aus dem Kopf geschlagen und wählt stattdessen die Nummer der Sicherheitsbeauftragten von Sida. Im Geiste schickt sie ein Stoßgebet zum Himmel. Und tatsächlich geht sie nach dem zweiten Klingeln dran.

»Sofia Nordin.«

»Hallo, Sofia, hier ist Ylva. Es ist…«

Ylvas Stimme versagt. Sie hustet einige Male, um sie wieder in den Griff zu bekommen.

»Du bist in Sarajevo, oder?«, fragt Sofia.

»Ja.«

»Ist was passiert?«

Ein entfernter Klingelton, schwingendes Läuten sanfter Glocken, das verstummt und nach einer kurzen Pause wieder einsetzt. Elias öffnet die Augen und blinzelt einen orange leuchtenden Fleck im Dunkeln an.

Sein Handy klingelt. Es liegt auf dem Wohnzimmertisch. Als er es schafft, den Blick zu fokussieren, wird aus dem orangen Fleck das Zifferblatt eines Weckers. Wer will morgens um halb vier etwas von ihm?

Er wundert sich, dass er doch noch eingeschlafen ist. Als das Bild von dem abgetrennten Gesicht schließlich verblasste, war es nach zwei.

Das Handy piepst hartnäckig weiter. Er dreht sich auf den Rücken und starrt in die Dunkelheit. Er muss aufstehen und drangehen, bevor das Klingeln die anderen weckt, schlägt die Bettdecke zur Seite und zwingt sich, die Füße auf den Boden zu stellen, aber er kommt zu spät.

Eine Tür geht auf, Schritte im Flur, dann wird zweimal fest an seine Tür geklopft.

»Elias, bist du da?«

Es ist Amanda.

»Ja«, flüstert er, unsicher, ob er zu hören ist.

Das Scharnier quietscht. Es ist zu dunkel, um sie zu erkennen.

Er streckt die Hand aus und knipst die Nachttischlampe an. Amanda kommt mit seinem Handy auf ihn zu. Auf dem Display leuchtet »Mari-Louise«.

»Deine Stiefmutter«, zischt Amanda.

Als er ihr das Telefon abnimmt, geht sie sofort aus dem Zimmer.

Seine Finger sind kalt und steif. Hellwach setzt er sich auf die Bettkante. Er spürt seinen Puls, genau da, wo das Brustbein endet, harte Schläge, die im ganzen Körper nachvibrieren. Es gibt nicht viele Gründe, aus denen Mari-Louise um diese Tageszeit anrufen würde.

Er ist jetzt ganz kalt, reglos wie ein spiegelglatter Dezembersee, der jeden Moment von einer Eisschicht überzogen wird.

»Elias, hier ist Mari-Louise.«

Ihre Stimme ist brüchig, heiser. Mit der Handykante am Ohr sitzt Elias stumm da, während sie sich sammelt. Er hört Amanda in der Küche den Wasserhahn aufdrehen, wickelt sich in die Decke und macht die Tür zu, die sie offen gelassen hat.

»Es geht um deinen Vater. Anders...«, krächzt Mari-Louise und verstummt.

Elias weiß schon, was sie zu sagen versucht. Seine Beine geben nach. Er sinkt auf den Stuhl vor dem Schreibtisch und legt die Stirn auf Zygmunt Bauman, den sie morgen im Seminar besprechen wollen.

Ist er jetzt Waise? Vierundzwanzig Jahre alt und ganz allein auf der Welt. Er wartet, aber als nichts mehr kommt, muss er die Frage stellen: »Was ist passiert?«

»Ich weiß nicht genau. Es gab eine Explosion im Hotel und...«

Er betrachtet den roten Stuhl am Fenster, auf dem seine Kleidungsstücke einen unförmigen Haufen bilden. Zwei schwarze Socken liegen ein Stück entfernt auf dem Fußboden.

»Eine Explosion? Eine Bombe?«

»Es scheint, als wüssten sie das noch nicht. Sie sagen, er wird vermisst. Sie finden ihn nicht.«

»Wer sagt das?«

»Jemand von Sida hat mich angerufen.«

»Wer?«

»Niemand, den ich kenne. Ich kann mich nicht erinnern, aber ich habe mir den Namen aufgeschrieben. Wenn du kurz wartest...«

»Lass. Was genau haben sie gesagt? Er kann doch nicht einfach weg sein?«

»Er könnte verletzt und in ein Krankenhaus gebracht worden sein. Sie untersuchen das.«

»Er ist also nicht...«

»Nein. Sie wissen nicht genau, was passiert ist.«

Elias stützt sich mit einer Hand am Schreibtisch ab und steht auf. Es ist also nicht so schlimm, wie er zuerst dachte. Explosion und verschwunden ist schon schlimm genug, aber zumindest scheint er noch am Leben zu sein.

Er muss wissen, was passiert ist, muss es mit eigenen Ohren hören und nicht gefiltert durch Mari-Louises Verwirrung. »Ich komme nach Hause.«

»Ja, tu das«, sagt Mari-Louise. »Es wäre wirklich schön, wenn du kommen könntest.«

Ein ersticktes Schluchzen dringt an Elias' Ohr.

»Ich nehme den ersten Zug.«

Neben dem Zug, der über die Uppsala-Ebene fährt, wirbelt Schnee auf, bleibt an den Fensterrahmen hängen und lässt nur schwarze Gucklöcher in die Januarnacht übrig. Es ist ein alter Zug. Elias hat sich in den mittleren Waggon mit den Sitzgruppen im offenen Großraum gesetzt.

Er hat seinen Vater vor sich gesehen, als er mit dem schweren Rucksack, in den er hastig Klamotten und Bücher gestopft hat, in der beißenden Kälte das letzte Stück der Dragarbrunnsgata entlangrannte, und er sieht seinen Vater noch immer vor sich. Das mittelblonde Haar, das er in letzter Zeit wieder etwas länger getragen hat. Der Blick, der immer herzlich ist, manchmal fordernd, aber nie hart oder verurteilend. Er war für Elias da, als seine Mutter starb. Er hat ihn unterstützt wie niemand sonst. Elias war achtzehn. An dem Tag hatte er das Gefühl gehabt, den großen und entscheidenden Schritt in die Erwachsenenwelt zu machen und das letzte bisschen seiner jugendlichen Bockigkeit hinter sich zu lassen.

»Der Prophet!«

Im Gang steht eine groß gewachsene Gestalt in beigem Dufflecoat mit grau-grüner Wollmütze auf dem Kopf und schwankt im Takt der unregelmäßigen Zugbewegungen hin und her.

Prophet ist er seit dem Gymnasium nicht mehr genannt worden und auch damals nicht besonders oft.

Elias kann den schwankenden Typen nicht einordnen, aber sie scheinen gleich alt zu sein. Es muss ein ehemaliger Klassenkamerad oder jemand aus seiner alten Schule sein.

»Der Prophet. Mann, ist das lange her.«

Er lässt sich auf die Sitzreihe gegenüber sinken, stellt seinen schwarzen Baumwollrucksack zwischen den Füßen ab und lacht.

»Erkennst du mich nicht?«

In der fünften Klasse hatte der Lehrer sie gefragt, ob sie die Bedeutung ihrer Namen kennen würden. Einige hatten überhaupt keine Ahnung, andere hatten eine kurze Antwort parat, der Heilige, die Schöne, der Sieger, aber Elias erzählte die ganze Geschichte aus dem Alten Testament, die ihm wiederum sein Vater erzählt hatte, von Elia, Gottes einzigem Propheten zu der Zeit, der die Propheten Baals aufforderte, die Existenz ihres Gottes zu beweisen. Elia gelang, woran andere gescheitert waren, und er ließ die vierhundertfünfzig falschen Baalspropheten töten.

Es lag vermutlich eher am Eifer als am Inhalt, dass seine Klassenkameraden Blut leckten. Elias hatte zu lange geredet, wusste zu viel über eine verstaubte Geschichte aus der Bibel und glaubte lächerlicherweise, sie hätte irgendetwas mit ihm zu tun.

Der Prophet war kein freundlicher Spitzname. Das sperrige Wort wurde drei Schuljahre lang mit herablassendem Tonfall ausgesprochen.

In der Achten oder Neunten war der Spitzname kaum noch zu hören. Und in der Oberstufe benutzte er ihn selbst ab und zu, wenn er Beiträge für die Schülerzeitung ins Netz stellte oder unter dem Deckmantel einer erfundenen Person etwas auf Facebook postete. Das war seine Art, den Namen für sich zu erobern, ihn sich anzueignen. Es verschaffte ihm Genugtuung. Eine Zeit lang lebte der Name in einem kleinen Kreis wieder auf, wurde mit einer gewissen, fast koketten Ehrfurcht verwendet. Er war reine Fiktion, aber Elias gefiel er. Dann geriet er in Vergessenheit.

»Du hast wirklich keine Ahnung, gib's zu.«

»Nein, habe ich nicht«, antwortet Elias aggressiv.

Der Platz vor ihm ist leer. Ungläubig starrt er auf das dunkelbraune Kunstleder, sieht sich im Waggon um. Oberhalb der Rückenlehnen der anderen Sitzgruppen sind einzelne Köpfe zu sehen, aber keiner mit Wollmütze. Der Zug rattert weiter durch die Winternacht.

Er muss geträumt haben. Einen aufdringlichen, extrem plastischen Traum, aber anders kann er es sich nicht erklären.

Vierzig Minuten später geht er vom Stockholmer Hauptbahnhof direkt zu den schwarzen Taxis, die in einer

Reihe warten. Keine Schlange um diese Zeit. Er übergibt dem Taxifahrer den Koffer, setzt sich auf die Rückbank und bittet ihn, in den Karlbergsväg 40 zu fahren. Der Taxameter leuchtet im Dunkeln, als sie sich in den Verkehr auf der Vasagata einfädeln.

Die Sorge über die Diagnose des Neurochirurgen ist vorübergehend in den Hintergrund gerückt. Ein Übel ist durch ein anderes ersetzt worden. Bosnien-Herzegowina, ein Land, in dem er noch nie gewesen ist. Die Jugoslawienkriege waren schon kompliziert und schwer verständlich, als sie stattfanden, aber mittlerweile sind sie ein Paradebeispiel dafür, wie schlummernder Nationalismus mithilfe von Lügen und Manipulation zum Leben erweckt und benutzt wird, um Nachbarn gegeneinander aufzuhetzen.

Sein Vater war in den meisten Ländern auf dem Balkan gewesen, mehrmals, genau wie im Mittleren Osten, in Nordafrika, Zentralasien und in einigen Ländern südlich der Sahara, aber noch nie ist Elias der Gedanke gekommen, die Reisen könnten gefährlich sein. Nicht einmal, wenn sein Vater im Mittleren Osten unterwegs war, hat er sich übermäßig Sorgen gemacht.

Und jetzt eine Explosion. Was mag das bedeuten? Hat er Splitter abbekommen? Ist ihm ein Fuß abgerissen worden? Ein ganzes Bein?

Elias bezahlt das Taxi und tritt durch die Haustür, über der die Jahreszahl 1907 in den Torbogen eingemeißelt ist. Er fährt mit dem Aufzug in den dritten Stock, aber als er vor der Wohnungstür steht, kann er seinen Schlüssel nicht finden. Er drückt auf den Klingelknopf. Der Klang ist ihm immer noch fremd.

Als sein Vater ihm erzählte, dass er mit Mari-Louise zusammenziehen würde, empfand Elias das zunächst als Verrat. Als ob sein Vater die Erinnerung an seine Mutter auslöschen wollte. Mari-Louise hatte ihm schnell den Wind aus den Segeln genommen, und jetzt kommt er meistens ganz gut mit ihr zurecht. Jedenfalls besser als mit seinem Stiefbruder Markus.

Die Tür geht auf.

»Elias.«

Mari-Louise ist blass, ihre Augen rot gerändert, das Haar ist ungekämmt, und die Schultern unter dem dicken weißen Wollpullover hat sie hochgezogen. Sie streckt die Arme aus, um ihn an sich zu ziehen. In dieser Sekunde, bevor sie ihn umarmt, offenbart sich ihm eine Mari-Louise, die er noch nie gesehen hat. Der normalerweise scharfe Blick geht ins Leere, als würde sie durch ihn hindurchschauen oder gar nichts wahrnehmen und vollkommen verloren sein. Der Körper in seinen Armen zittert und atmet keuchend ein. Elias streicht ihr vorsichtig über den Rücken.

»Hast du was Neues gehört?«

Sie schüttelt den Kopf. »Aber es kam in den Nachrichten.«

»Echt, was haben sie gesagt?«

»Nur ganz kurz.«

Mari-Louise streckt sich, und Elias zieht die Hände zurück.

»Im Radio«, fährt sie fort. »Sie haben keine Namen genannt. Explosion in einem Hotel in Sarajevo. Laut Angaben des Außenministeriums könnte ein schwedischer Staatsangehöriger zu Schaden gekommen sein. So ungefähr.«

»Über die Explosion haben sie nichts gesagt? Ob es eine Bombe war, ein Unfall oder…«

»Nein, nichts.«

Mari-Louise holt seinen Koffer herein und schließt die Tür. In allen Räumen brennt Licht. Im Esszimmer, im Wohnzimmer, in der engen, altmodischen Küche und in Mari-Louises Schlafzimmer.

Es ist eine große Wohnung. Mari-Louise wohnte bereits seit zwölf Jahren hier, als sein Vater beschloss, das Einfamilienhaus in Tyresö zu verkaufen und zu ihr in die Altbauwohnung mit den hohen Decken zu ziehen. Seitdem sind vier Jahre vergangen.

»Das Bett in deinem Zimmer ist bezogen«, sagt Mari-Louise, »aber ich weiß nicht, wie lange schon. Ich hole dir besser frische Bettwäsche. Du bleibst doch?«

»Ich bleibe«, sagt Elias, »aber das Bett ist jetzt nicht so wichtig.«

»Natürlich, entschuldige, ich dachte nur… Häng doch erst mal deine Jacke auf.« Sie sieht sich hastig um. »Warum melden die sich nicht? Sie müssen doch wissen, dass wir auf heißen Kohlen sitzen. Das ist… unmenschlich.«

Sie bedeckt die Augen mit der Hand und weint zurückhaltend und verkrampft.

»Nicht weinen.«

Elias macht einen Schritt auf sie zu, zögert kurz, aber dann zieht er sie genauso an sich, wie Mari-Louise es kurz zuvor mit ihm gemacht hat. Sie weint weiter. Seine Schulter wird feucht.

»Dass sie nicht wissen, wo er ist, könnte doch auch ein gutes Zeichen sein«, sagt er. »Bestimmt ist er in ein Krankenhaus gebracht worden, und sie haben nur noch nicht herausgefunden, in welches.«

»Mein Gott, Sarajevo, man kann sich doch vorstellen, wie die medizinische Versorgung dort aussieht.«

Er steht noch eine Weile so da und hält sie fest, aber dann zieht er sich aus der Umarmung zurück. Sie sind sich körperlich noch nie so nah gewesen. Eine Begrüßungsumarmung, das schon, aber nicht so. Es kommt ihm merkwürdig vor, insbesondere wenn sein Vater nicht da ist, wenn sein Vater vielleicht sogar ...

»Warum erfahren wir nichts?«

Sie ist nicht sie selbst. Durcheinander und irgendwie alt. Das ist Elias noch nie aufgefallen. Er dirigiert Mari-Louise auf einen Stuhl und übernimmt das Kommando. Er weiß, dass er das schafft, aber es geht nicht ohne Kampf. Tief in ihm zieht ihn etwas nach unten, drängt ihn, sich in seinem Zimmer einzuschließen und zu heulen.

Er zieht den blauen Parka aus und wirft ihn auf den Koffer. »Wer hat dich angerufen? Hast du die Nummer gefunden?«

»Ja, sie liegt neben dem Telefon«, sagt Mari-Louise und

geht vor ihm durch das Wohnzimmer in das frühere Servierzimmer vor der Küche.

Das Telefon steht auf einem dreibeinigen Hocker in der Ecke. Mari-Louise greift nach dem Block neben dem alten Tastentelefon. Der Tisch wackelt. Er stammt aus dem Haus in Tyresö und hat schon immer gekippelt.

»Hier.« Sie reicht ihm den Block. Ihre Handschrift ist fahrig, aber leicht zu lesen. *Sofia Nordin* und daneben eine Telefonnummer.

»Ist das eine Kollegin von Papa?«

»Das glaube ich nicht. Es war ja nach drei, als sie anrief. Bestimmt nur jemand, der zufällig Nachtdienst hatte.«

»Aus seiner Abteilung hat sich niemand gemeldet?«

»Nein, außer ihr hat keiner angerufen.« Mari-Louise zeigt auf die Nummer.

»Ich versuche mal, sie zu erreichen«, sagt Elias. Er wählt die Nummer mit seinem Handy und lauscht angestrengt zwischen den Freizeichen.

»Sofia Nordin«, sagt eine nächtlich verkratzte Stimme.

»Guten Morgen, hier ist Elias Ferreira Krantz, der Sohn von Anders Krantz.«

»Oh, guten Morgen. Zunächst einmal muss ich…«

»Wissen Sie mehr über meinen Vater? Haben die ihn inzwischen gefunden?«

»Es tut mir leid, aber ich muss Sie bitten, sich von mir zurückrufen zu lassen.«

»Ach. Und wann?«

»Nein, also, ich muss Sie zurückrufen. Aus Geheimhaltungsgründen.«

Er benötigt einen zusätzlichen Atemzug, um zu verstehen, was Sofia Nordin meint.

»Können Sie meine Nummer nicht sehen?«

»Bedaure, aber das sind unsere Vorschriften.«

»Okay, dann lege ich auf.«

Elias klickt das Gespräch weg. Mari-Louise sieht ihn fragend an.

»Sie muss zurückrufen.«

Das macht die Sache nicht klarer.

»Um sicherzugehen, dass ...«

Das Handy klingelt in seiner Hand. Elias setzt sich auf den dreibeinigen Stuhl zwischen dem Tisch und dem hohen Servierschrank. Der Block liegt griffbereit auf seinem Schoß, falls er etwas notieren muss.

»Hallo, Elias hier.«

»Hallo«, sagt eine exaltiert freundliche Stimme, ganz und gar nicht die von Sofia Nordin. »Rebecka Holmgren, Journalistin vom Expressen. Spreche ich mit Elias Ferreira Krantz?«

Ylva liegt mit ihren roten Turnschuhen auf dem Bett, um jederzeit für Feuertreppen gerüstet zu sein, falls der Alarm losgeht. Sie starrt an die Decke, bemerkt den Rauchmelder am anderen Ende des Raums, spürt das kratzige Brokatmuster der Tagesdecke unter ihren Handflächen. Seit der Explosion im Hotel Europe sind zwölf Stunden vergangen. Sie hat kurz geschlafen. Geschlummert. Wie lange? Zwei, drei Stunden?

Der Schlafmangel macht ihre Gedanken unscharf.

Was wollte Anders an der Rezeption?

Wie war es, als die Bombe explodierte? War er nah dran?

Die Hoffnung, dass er nicht dort war, sondern noch in seinem Zimmer oder im Fahrstuhl auf dem Weg nach oben, hat sie aufgegeben.

Seine Rippen unter ihren Fingern. Die Aktentasche auf dem Schreibtischstuhl.

Raus jetzt.

Ruckartig setzt sie sich auf, um die Bilder zu verscheuchen, reibt seufzend ihre Oberschenkel. Sie kann nichts tun, sie ist in ihrem Zimmer eingesperrt und hat keinen Kontakt zur Außenwelt, die Telefonleitung ist unterbrochen oder besser gesagt abgeschaltet, das Handy hat man ihr weggenommen. Sie hat versucht, sich mit ihrem Computer ins Internet einzuloggen, ist aber nur bis zum hoteleigenen Intranet gekommen, das über Frühstückszeiten, Zimmerservice und die Spa-Abteilung im Keller informiert.

Es klopft an der Tür. Dreimal. Kurz und nicht übertrieben laut. Sie steht vom Bett auf, fast sicher, dass auch diesmal jemand ins Zimmer stürmt, bevor sie geantwortet hat, aber als sie den Spion erreicht, ist die Tür noch geschlossen. Sie schiebt das Messingplättchen zur Seite und schaut in den Gang.

Der Mann vor der Tür trägt eine dunkelblaue Uniform mit einem gelben Abzeichen, auf dem ein Schild vor zwei gekreuzten Schwertern und die Abkürzung SIPA zu sehen ist. Er steht dicht vor der Tür, fixiert einen Punkt neben dem Spion und hat die eine Hand vor die andere gelegt wie ein Fußballspieler, der beim Freistoß schützend sein Geschlecht bedeckt. Er ist von der State Investigation and Protection Agency, ein Beamter der Bundespolizei, der sich mit Völkermord, organisiertem Verbrechen, Terrorismus und Korruption beschäftigt. Vorsichtig macht Ylva auf.

»Mrs Grey?« Der Mann lächelt kaum merklich. Sein Blick und die dichten Augenbrauen streben in eine andere Richtung.

»Ja?«

»Bratza Prskalo, SIPA Sarajevo.«

Ylva drückt die ausgestreckte Hand.

»Wären Sie so freundlich, mich zu begleiten?«, fragt er.

»Wohin?«

»Wir möchten Sie als Zeugin befragen.«

»Aha.« Sie nickt. »Selbstverständlich. Ich komme.«

Die polizeiliche Vernehmung erscheint ihr wie eine Befreiung, sie kann das Zimmer gar nicht schnell genug verlassen. Ohne weitere Fragen zu stellen, schnappt sie sich ihre Handtasche und nimmt den Mantel vom Haken hinter der Tür. Wird sie endlich etwas über Anders erfahren?

Sie fahren in einem schwarzen Volkswagen auf der großen Durchgangsstraße. Es ist noch früh, erst kurz nach acht, aber in der Stadt herrscht dichter Verkehr. Es geht langsam voran. Hinter einer grauen Wolkendecke ist soeben die Sonne aufgegangen. Nichts deutet auf Unruhen hin, keine über das normale Maß hinausgehende Militärpräsenz. Kurz vor dem Flughafen biegt der Polizeibeamte links ab.

Irgendwo hier verläuft die Grenze zum östlichen Sarajevo, das in der Republik Serbien liegt. Angeblich blüht an der Grenze die Kriminalität, weil niemand genau weiß, welche Polizei zuständig ist. Oft kommt gar keine, weil beide Behörden sich gegenseitig die Verantwortung zuschieben.

Fünf Minuten später fahren sie durch ein Tor auf ein

eingezäuntes Gelände, auf dem eine Art betongraue, plattenverkleidete Festung steht. Ylva erhascht nur einen Blick auf das Gebäude, bevor sie durch eine Seitentür hineingeführt wird.

Der Polizeibeamte bringt sie durch ein verglastes Treppenhaus in den ersten Stock und lässt sie allein in einem kahlen, fensterlosen Raum zurück, dessen Wände so grau sind wie das Gebäude von außen. Sie sitzt am Kopfende eines Tisches und wartet. Durch den Korridor hallen Schritte. Immer wieder rechnet sie damit, dass die Tür aufgeht und der Mann zurückkommt, aber es dauert. Als die Tür schließlich geöffnet wird – es sind bestimmt zwanzig Minuten vergangen –, tritt eine Frau ein. Sie sieht etwas jünger aus als Ylva, Mitte dreißig, tippt sie. Das rotbraune Haar fällt lockig über die Schultern ihres grauen Blazers.

Ylva versteht den Namen nicht richtig, als sie sich vorstellt, kann ihn aber auf dem Schild lesen, das der Frau an einem dunkelblauen Band um den Hals hängt. Gordana. Der Nachname verbirgt sich unter dem Revers.

Die SIPA-Beamtin Gordana mit dem unbekannten Nachnamen setzt sich in gebührendem Abstand ans andere Kopfende, legt einen schwarzen Füller auf den Tisch und blättert umständlich in ihren Unterlagen.

Gordana blickt zu ihr auf, dunkle Augen unter hochgezogenen Augenbrauen.

»Wo befand sich Anders Krantz, als Sie ins Restaurant im Dachgeschoss hinauffuhren?«

Sie spricht gut Englisch, nahezu akzentfrei. Es ist eher die Betonung als die Aussprache, die sie verrät.

»Ich weiß es nicht genau«, antwortet Ylva. »Aber er hat einem Kollegen per SMS geschrieben, dass er noch mal runter zur Rezeption müsste.«

»Es hat ihn aber keiner von Ihnen dort gesehen?«

»Soweit ich weiß, nicht. Wir waren oben im Restaurant verabredet. Diejenigen, die von außerhalb kamen, müssen in der Lobby eingetroffen sein, bevor er an der Rezeption war.«

Gordana schiebt ihre Unterlagen ein Stück zur Seite. »Hatten Sie persönlichen Kontakt zu Anders Krantz, nachdem Sie nach Ihren Terminen gestern ins Hotel zurückgehrt waren?«

Das fängt ja gut an.

»Ja, hatte ich«, antwortet sie.

Gordana wartet geduldig, fragt nicht nach. Als sie sich aufrichtet, verrutscht ihr Ausweisschild ein wenig. Der Nachname beginnt mit »Sem«, der Rest ist immer noch verdeckt. Merkt sie, dass Ylva krampfhaft überlegt, was sie antworten soll, ohne zu lügen oder wenigstens so wenig wie möglich?

»Er hatte noch eine Frage. Es ging um ein Detail. Wir wollten uns oben treffen.«

Raus jetzt.

Ihr wird heiß. Sie hat das Gefühl, die Polizeibeamtin könnte in sie hineinschauen.

»Wieso ist Anders Krantz zur Rezeption hinuntergefahren?«

»Das frage ich mich auch«, erwidert Ylva. »Ich weiß es wirklich nicht.«

»Wie lange ist Anders Krantz schon bei Sida angestellt?«

»Noch nicht lange. Seit einem Jahr etwa.«

Ein Jahr und dann das hier. Sie fühlt sich schuldig, vollkommen irrational, aber so ist es. Die merkwürdigen Fragen machen es nicht besser. Johannes Becker, Staatssekretär der Ministerin für technische Zusammenarbeit, hat Anders entdeckt und für den Posten als Leiter der Balkaneinheit empfohlen. Obwohl sie auf Johannes' Urteil vertraut, hatte sie sich darüber geärgert. Normalerweise mischte sich das Ministerium in die Besetzung von Stellen auf diesem Niveau nicht ein. Sie wollte sich ihre Mitarbeiter selbst aussuchen und sie nicht von oben aufgezwungen bekommen. Doch als sie Anders kennengelernt und seine Referenzen gesehen hatte, verflog ihr Ärger rasch. Er war genau der Richtige.

»Wissen Sie schon irgendwas Neues?«

Gordana sieht sie fragend an.

»Über Anders? Über die Vorfälle?« War es zu salopp, ihn nur beim Vornamen zu nennen? Zu schwammig? »Anders Krantz«, verbessert sie sich.

»Ich versichere Ihnen«, sagt Gordana, »dass Sie es erfahren, sobald es neue Erkenntnisse gibt. Aber dafür bin nicht ich zuständig, ich habe nur die Aufgabe, Ihre Zeugenaussage aufzunehmen.«

Mit anderen Worten, sie würde selbst dann nichts sagen, wenn sie etwas wüsste.

»Ich verstehe den Zweck dieser Befragung nicht ganz«, sagt Ylva.

»Wir wollen wissen, was unmittelbar vor der Explosion passiert ist und wo Anders Krantz sich befand«, antwortet die Polizistin.

Was spielt es dann für eine Rolle, wie lange er schon bei Sida arbeitet?, denkt Ylva.

»Waren Sie während Ihres gesamten Aufenthalts hier mit Anders Krantz zusammen?«

Es klingt, als wüsste sie etwas, als versuche sie, Ylva in eine Falle zu locken. Aber das bildet sie sich bestimmt bloß ein. Selbst wenn sie etwas wüsste, warum sollte sie nachfragen?

»Abgesehen von der frei verfügbaren Zeit im Hotel hatten wir drei aus Schweden uns jedenfalls die ganze Zeit im Auge. Wollen Sie darauf hinaus?«

Ohne auf Ylvas Frage einzugehen, schiebt Gordana ein Foto über den Tisch.

»Erkennen Sie diesen Mann wieder?«

Ihr Zeigefinger mit dem sorgfältig gefeilten und klar lackierten Nagel richtet sich auf einen Mann, der an einer Straßenecke vor einer Bar mit heruntergezogenen Rollläden steht. Ylva kann ihren Blick jedoch nicht von dem Mann losreißen, der schräg vor ihm steht. Obwohl er nur von hinten zu sehen ist, erkennt Ylva ihn sofort.

Vermisst. Dieses Wort hat Sofia Nordin verwendet, nachdem Elias die Journalistin abgewimmelt hat. Sein Vater wird vermisst.

Sarajevo ist eine moderne Stadt mit funktionierender Kommunikation, wie schwierig kann es da sein, einen schwedischen Sida-Angestellten auf Dienstreise ausfindig zu machen? Sein Vater ist schließlich kein Tourist, der sich in den Bergen verlaufen hat.

Elias würde Sofia Nordin gerne noch einmal anrufen, wohl wissend, dass es nichts bringen würde. Sie hat ihm versprochen, sich augenblicklich zu melden, sobald sie etwas Neues erfährt. Genau so hat sie es ausgedrückt. *Augenblicklich, Elias.*

Er geht auf die Homepage von SVT, Sveriges Television, und dann auf die von DN, Dagens Nyheter, und des Aftonbladet, aber abgesehen von einem Wissenschaftler, der sich über die Spannungen zwischen der Föderation Bosnien und Herzegowina sowie der Republik Serbien auslässt, und einem Terrorexperten, der reine Spekulationen anstellt, ist in der letzten halben Stunde nichts hinzugekommen. Von den Bildern des Hotels mit den weggesprengten Fenstern und der mit Glassplittern übersäten Straße davor wird ihm schlecht.

Er steht von dem taubenblauen Sofa auf und geht ans Fenster. Schmutzige Schneewälle säumen den Karlaväg. Autos fahren langsam in beide Richtungen. Es sieht friedlich aus, in gewisser Weise beruhigend. Die Dunkelheit, die Scheinwerfer, der Schnee. Er beneidet die dick eingemummelten Fahrer, die bei voll aufgedrehter Heizung in ihren Wagen da unten sitzen und außer dem Gekreische von überdrehten Frühstücksmoderatoren keine Sorgen haben.

Vermisst. Heißt das, dass sie ihn nur noch nicht identifiziert haben? Solange sie nicht wissen, ob er es ist, können sie nicht anrufen und mitteilen, dass sie ihn gefunden haben. Wenn die Explosion ... Nein, der Gedanke ist unerträglich.

Er will seine Snusdose holen, aber als er sie auf der Kommode stehen sieht, fällt ihm ein, dass er sich gestern Abend das letzte Beutelchen unter die Oberlippe geschoben hat.

Er findet Mari-Louise am Küchentisch. Mit dem Handy in der Hand sitzt sie da und starrt auf die Tischplatte.

»Ich gehe kurz raus.«

Sie sieht ihn fragend an.

»Snus kaufen.«

Sie hat die Lippen aufeinandergepresst. Die Verzweiflung in ihrem Blick wirkt ansteckend. Er verlässt die

Wohnung, ohne noch etwas zu sagen, zieht die Jacke an und läuft eilig die Treppe hinunter.

Der Bürgersteig ist von einer zehn Zentimeter dicken Schneeschicht bedeckt, die unter seinen Sohlen knirscht und daran kleben bleibt. Im Zeitungsladen an der U-Bahn kauft er drei Dosen Granit, öffnet eine, schiebt sich eine Portion Snus unter die Lippe und steckt die Dosen ein, bevor er den Kiosk verlässt.

Getrieben vor Sorge geht er weiter Richtung Eriksplan. Er beschließt, durch den Vasapark zu gehen, vorbei am Kunstmuseum mit der goldenen Fassade und der schneebedeckten Schlittschuhbahn, und als er das andere Ende des Parks erreicht hat, folgt er einfach der Dalagata weiter nach Süden. Er bewegt sich eilig vorwärts, während hartnäckig die immer gleichen Fragen in seinem Kopf kreisen, aber die Kälte bringt die Gedanken zur Ruhe, und er bekommt besser Luft.

An der burgähnlichen Gewerkschaftszentrale biegt er links ab, tätschelt der August-Palm-Statue den Kopf und läuft über den Adolf-Fredrik-Friedhof zum Sveaväg durch. Er schwitzt in seinem Parka, aber sein Gesicht ist steif gefroren. Er geht auf dem Sveaväg bis zur Odengata und dann zurück nach Hause. Als er den Odenplan überquert, wandern seine Gedanken zu dem Ding in seinem Kopf. Außer ihm weiß niemand von Elias Ferreira Krantz' Hirntumor. Seinem Vater hätte er es erzählt, aber wem soll er es jetzt erzählen? Mari-Louise? Er ist sich nicht sicher. Amanda? Sie stehen sich nah, aber nah genug für einen Hirntumor nun auch wieder nicht.

Er verlässt den Karlaväg und geht in Richtung Frejgata, bis er hinter dem Haus steht. Ein abgeschlossenes Eisentor zwischen zwei Plakaten, die immer noch den großen Weihnachtsfilm für die ganze Familie ankündigen, führt auf einen Hinterhof mit drei Eingängen ins Gebäude. Ihr Eingang ist der linke.

Während Elias auf den Aufzug wartet, streift er den Schnee ab. Eine nicht mehr ganz junge Frau in blauer Daunenjacke tritt mit einem Umzugskarton aus dem Fahrstuhl. Er begleitet sie zum Hauseingang und hält ihr die Tür auf. Sie bedankt sich höflich und kämpft sich vor bis auf die Straße.

Als er die Wohnung betritt, sitzt Mari-Louise mit dem Rücken zu ihm im Wohnzimmer. Sie dreht sich um, weil sie die Tür ins Schloss fallen hört, ihr Blick noch verschwommener als vorhin.

»Was ist passiert?«, fragt er.

Sie schüttelt den Kopf, bekommt kein Wort heraus.

Die feuchte Wärme unter der Jacke verdunstet schlagartig. Er beginnt zu zittern.

»Haben sie angerufen?«

Wieder schüttelt sie den Kopf, winkt ab.

»Was haben sie gesagt?«

»Nein, nein, das ist es nicht«, sagt sie.

»Was ist denn dann? War irgendwas in den Nachrichten?«

Am liebsten würde er sie schütteln. Ihr gequältes Gesicht und die unbegreiflichen Gesten machen ihn wahnsinnig.

»Jetzt sag schon!«

»Ich weiß nicht, es ist so merkwürdig…« Kraftlos zeigt sie mit nach oben gewendeter Handfläche auf das Arbeitszimmer.

Elias schlüpft eilig aus den Schuhen. Eine Sekunde lang glaubt er, sein Vater säße am Schreibtisch. Wäre wiederaufgetaucht und zurück nach Stockholm geflogen und würde bereits die Post öffnen, die in seiner Abwesenheit gekommen ist. Der Gedanke verfliegt so schnell, wie er aufgeblitzt ist, aber als er den leeren Stuhl sieht, ist er trotzdem enttäuscht.

Abrupt bleibt er stehen und braucht eine Weile, um zu verstehen, warum. Der Schreibtisch, auf dem kürzlich noch stapelweise Collegeblöcke, Papiere und Aktenordner lagen, ist leergefegt. Eine Schublade des Rollcontainers ist ein Stück herausgezogen, und im Bücherregal klaffen Lücken.

Elias dreht sich um. »War sie das? Die Frau, die aus dem Fahrstuhl kam…«

Bevor Mari-Louise antworten kann, rennt er an ihr vorbei zum Fenster, reißt es auf und schaut hinunter. Nichts. Sie ist schon weg. Er geht wieder ins Arbeitszimmer, zieht die leicht geöffnete Schublade ganz heraus. Bis auf einen Locher ist sie leer. Er dreht sich zu Mari-Louise um.

»Es hat mit Geheimhaltung zu tun«, sagt sie. »Wegen des Vorfalls in Sarajevo.«

Zitternd hebt sie die Hände, hat die Augen aufgerissen.

»Geheimhaltung?«, sagt er. »Das waren doch seine privaten Sachen.« Er zeigt auf den Schreibtisch. »Diese Blöcke waren seine privaten Arbeitstagebücher.« Er zeigt auf die Lücken im Bücherregal. »Und die Bücher? Was soll das?«

»Ich weiß auch nicht, Elias, aber sie hat gesagt, wir würden alles zurückbekommen... Also, falls sie versehentlich etwas mitgenommen hat.«

»Versehentlich«, schnaubt er.

»Elias, ich weiß auch nicht mehr als du.« Sie bemüht sich um einen entschiedenen Tonfall, aber ihre Stimme klingt verwundet.

»Auch wenn Geheimhaltung gilt, oder was immer sie behauptet hat, muss sie doch vorher Bescheid sagen. Sie kann doch nicht einfach eine Hausdurchsuchung machen. Wo kommt sie überhaupt her? Sida?«

Mari-Louises Augen werden feucht. »Ich weiß nicht. Es war so chaotisch. Aber ich glaube schon.«

»Weißt du wenigstens ihren Namen?«

Mari-Louise sieht ihn unsicher an.

»Was? Sie wird sich doch vorgestellt haben.«

»Sie hat gesagt, wie sie heißt, aber...« Sie wendet sich ab, wischt die Tränen stumm mit dem Zeigefinger ab.

Elias versucht, seine Atmung unter Kontrolle zu bekommen. Seine Brust hebt sich. Warum war sie nur so nachgiebig? Sie hätte entschieden widersprechen und nachfragen sollen. Stattdessen ist er jetzt wütend auf sie, bringt es aber nicht übers Herz, ihr Vorwürfe zu machen, als sie so vor ihm steht und weint, was ihn noch wütender macht.

Er geht in sein Zimmer und knallt die Tür zu.

Der Mann mit dem Rücken zur Kamera hält eine Zigarette in der Hand. Im Schein einer Straßenlaterne steigt der Rauch auf. Es ist Anders.

Gordana hustet. Ylva zwingt sich, den Blick von Anders loszureißen und sich dem anderen Mann auf dem Foto zuzuwenden. Dem Mann, auf den Gordana zeigt. Die Laterne wirft grelles Licht auf seine eine Gesichtshälfte. Er sieht skandinavisch oder westeuropäisch aus, hat dunkles Haar und eine schmale Nase, die blauen Augen sind leicht zusammengekniffen.

»Nein«, sagt sie, »ich kenne ihn nicht.«

Weder Ylva noch die Polizeibeamtin kommentieren den Umstand, dass Anders auch auf dem Foto zu sehen ist. Es muss spätnachts aufgenommen worden sein. Die Bar im Hintergrund ist geschlossen, und außer ihnen ist niemand auf Straße.

»Ist Anders Krantz verheiratet?«, fragt Gordana.

Immer mehr und immer merkwürdigere Fragen. Ylva kann sich ein Seufzen nicht verkneifen.

»Für diese Art von Auskünften wenden Sie sich besser an die schwedische Polizei. Über sein Privatleben weiß ich nicht viel.«

Gordana macht eine abwehrende Handbewegung. »Ich würde die Antwort gerne von Ihnen hören.«

Ylva sieht sie schweigend an und blinzelt übertrieben lange, als würde sie am liebsten die Augen schließen und alles vergessen.

»Ich gehe davon aus, dass Sie mit uns zusammenarbeiten wollen?«

Ylva zuckt zusammen, weil die Worte überraschend scharf klingen. Die Polizistin nimmt den Füller und trommelt damit ein paarmal auf ihren Notizblock.

»Wollen Sie damit sagen, dass Sie der schwedischen Polizei nicht vertrauen? Haben Sie vor, unsere Angaben zu überprüfen?«

Gordana starrt sie wortlos an, kann offenbar warten, falls nötig. Ylva gibt nach.

»Seine Frau heißt Mari-Louise Waldoff. Sie ist Juristin und arbeitet in der Rechtsabteilung des Finanzministeriums.«

»Kinder?«

»Ein Sohn, erwachsen. Die Mutter lebt nicht mehr. Im Prinzip ist das alles, was ich weiß.«

Sie beantwortet die banalen Fragen. Ihr Puls rast, die Hände sind feucht. Wieso plötzlich dieser aggressive Ton? Das ist schon eine merkwürdige Art, einen Gast aus dem Ausland zu behandeln, der gerade Opfer eines Attentats geworden ist.

Gordana macht sich Notizen. Ylva steigt ein metallischer Geruch in die Nase. Ist das Schweiß? Ihr eigener? Oder schwitzt die Polizistin?

»Was macht der Sohn?«

»Er studiert.«

»Wissen Sie, was er studiert?«

Erneut schließt Ylva die Augen, ihre Lider zucken unruhig.

»Hören Sie«, sagt sie. »Ich verstehe nicht, wieso Sie mir all diese Fragen stellen. Ich habe doch bereits gesagt, dass ich nichts über sein Privatleben weiß. Im Übrigen wüsste ich nicht, was das Studienfach seines Sohnes zur Sache tut.«

»Lassen Sie das meine Sorge sein.«

Ylva verschränkt die Arme. Sie hat sich bemüht, entgegenkommend zu sein, aber das hier ist lächerlich. Auf stur schalten kann sie auch. Sie fixiert das rechte Ohr der Polizistin und redet sich ein, ewig so dasitzen und vor sich hin starren zu können.

Schließlich beendet Gordana das Schweigen.

»Nun gut, belassen wir es vorerst dabei.« Sie legt ein Blatt Papier zur Seite. »Was haben Sie selbst studiert?«

»Wie bitte?«

»Haben Sie in Stockholm studiert?«

Ylva seufzt laut. »Sie wissen so gut wie ich, dass ich überhaupt keine Fragen beantworten muss, wenn ich nicht will.«

»Sie sind also nicht zur Zusammenarbeit bereit?«, kontert die Polizistin.

»Ich äußere mich gerne zu den Ereignissen im Hotel und was unsere Aktivitäten in Bosnien und Herzegowina betrifft«, sagt Ylva, sorgsam darauf bedacht, den offiziellen Namen des Landes zu verwenden. »Aber ich finde Ihre Fragen äußerst merkwürdig.«

»Waren Sie während Ihres Studiums politisch aktiv?«

Die Frage jagt Ylva einen Schauer über den Rücken.

»Waren Sie Mitglied einer Organisation oder Partei?«

Sie hat nicht die Absicht, weitere Fragen zu beantworten. Das hier ist Wahnsinn.

»Könnte ich ein Glas Wasser haben?«, bittet sie, um irgendwie von dieser idiotischen Vernehmung abzulenken.

»Gleich«, sagt Gordana, ohne von ihrem Notizblock aufzublicken. »Wenn wir hier fertig sind.«

Durch den Gang hallen Schritte. Sie verstummen abrupt, und es klopft an der Tür, die geöffnet wird, bevor Gordana etwas sagen kann. Die schwedische Botschafterin kommt in Begleitung eines kleinen Mannes in schwerem Wollmantel herein. Hinter ihnen versucht ein uniformierter Polizist, Augenkontakt zu seiner Kollegin zu bekommen.

Tove Holst zu sehen ist eine Erleichterung. Sie ist eine energische Erscheinung, groß, nach hinten gekämmtes Haar, leuchtende Augen. Ylva will hier weg, will hier nicht festgehalten werden und lügen müssen.

Der fremde Mann in dem Mantel gibt einen aggressiven Wortschwall auf Bosnisch von sich, der an die Polizistin am Tisch gerichtet ist. Ylva und die Botschafterin nicken einander diskret zu, während die Beschimpfung weitergeht.

Zögerlich steht Ylva auf, die Botschafterin macht eine aufmunternde Handbewegung.

»Sie hätten mich umgehend anrufen sollen«, flüstert sie.

»Das wollte ich, aber die haben uns die Handys abgenommen.«

Sie schiebt ihren Stuhl an den Tisch, um zu signalisieren, dass die Vernehmung für ihren Teil beendet ist. Gordana wirft einen verstohlenen Blick in Ylvas Richtung und will Einwände erheben, wird aber sofort zum Schweigen gebracht.

Der Mann im Mantel wendet sich an Ylva und die Botschafterin. »Wir gehen«, sagt er auf Englisch und deutet auf die Tür.

Ylva lässt sich das nicht zweimal sagen. Niemand erhebt Einspruch, als sie den Raum verlassen. Der uniformierte Polizist eilt voraus und öffnet verschlossene Türen mit seiner Karte.

Draußen schneit es, winzige Schneeflocken stechen wie eisige Nadeln in die Haut. Der Mann im Mantel dreht sich zu Ylva um und gibt ihr die Hand, ohne sich vorzustellen.

»Ich bitte vielmals um Entschuldigung. Die hätten Sie nicht einfach verhören dürfen.«

Er zeigt auf einen silbergrauen Mercedes und fährt sich mit Daumen und Zeigefinger über die Oberlippe, als wollte er einen Schnurrbart glattstreichen, den er nicht mehr hat. Er entriegelt den Wagen mithilfe der Fernbedienung und öffnet die hintere Tür.

»Danke«, sagt sie.

Die Rückbank knarrt, als Ylva sich neben die Botschafterin setzt.

»Wir fahren zurück zum Hotel, damit Sie Ihr Gepäck holen können, und dann zur Botschaft. Der Plan ist, Sie und Kjell noch heute Nachmittag mit Ihren ursprünglich gebuchten Rückflügen nach Stockholm zurückzubringen, aber falls das aus irgendeinem Grund nicht funktionieren sollte, übernachten Sie in einem Hotel in der Nähe der Residenz.«

Ylva lächelt dankbar.

»Vorher habe ich allerdings noch eine traurige Mitteilung für Sie.« Tove wendet sich Ylva mit dem ganzen Körper zu und legt ihr die Hand auf den Unterarm. »Anders Krantz ist tot.«

Alle Kraft, die sie seit gestern Abend mobilisiert hat, verpufft schlagartig. Ylva sackt in sich zusammen.

»Es tut mir leid.«

An sich dürfte sie nicht überrascht sein. Sie hat die Explosion bis in den siebten Stock gespürt, hat die Rezeption beziehungsweise das, was davon übrig war, gesehen, aber sie hat sich bis jetzt an die Hoffnung geklammert, er wäre doch nicht dort gewesen, als die Bombe explodierte.

Ihr namenloser Begleiter hat den Mantel ausgezogen und auf dem Fahrersitz Platz genommen. Er legt eine Hand aufs Lenkrad und dreht sich zu Ylva um. »Es tut mir leid, dass ich Sie damit belasten muss«, beginnt er, »aber bevor wir zum Hotel fahren, muss ich Sie um etwas bitten.«

»Aha?«

Ylva sieht erst Tove an, dann den Mann. Sie hat gedacht, es wäre vorbei. Was wollen sie denn noch von ihr?

»Mir ist bewusst, dass es viel verlangt ist, aber wir möchten Sie bitten, uns ins Leichenschauhaus zu begleiten, um Ihren Kollegen zu identifizieren.«

Ylva starrt das Armaturenbrett an. Die Geschwindigkeitsanzeige reicht bis 240. Die Zahl kommt ihr absurd vor. Kann man mit einem normalen Auto überhaupt so schnell fahren?

»Ist das okay?«, fragt er.

»Ja«, sagt sie, »ja klar.«

Ihr graut vor dem Anblick, aber die Gelegenheit, Anders ein letztes Mal zu sehen, will sie sich trotzdem nicht entgehen lassen.

Die Fahrt quer durch die Stadt zur Universitätsklinik dauert eine halbe Stunde. Sie halten vor einem Schlagbaum, der sofort hochgeht, als der Fahrer ein paar Worte ruft und mit einem Ausweis winkt.

Das riesige Krankenhaus ist aus Gebäuden zusammengewürfelt, die zum Teil noch aus dem neunzehnten Jahrhundert stammen. An einigen, offensichtlich einsturzgefährdeten Häusern sind Warnschilder angebracht. Sie passieren zwei nüchterne Hochhäuser und einen Bauhauskomplex und parken ein Stück abseits vor einem Haus mit Ziegeldach.

Der Fahrer zeigt ihnen den Weg zum Eingang.

»Hier ist die Rechtsmedizin«, sagt Tove.

Ylva starrt schweigend auf die ausgetretenen Steinfliesen. Sie zittert, weiß aber nicht, ob vor Kummer, Müdigkeit oder aus Angst vor dem, was sie erwartet.

Vor einer dunklen Holztür bleiben sie stehen. Der Glaseinsatz daneben ist mit einer dünnen Gardine verhängt. Ihr Begleiter drückt einen Knopf, der sicherheitshalber mit einem Pfeil markiert ist. Ein junger Mann in weißem Kittel und schwarzer Hose macht ihnen auf.

»Bitte sehr«, sagt er. »Da drüben können Sie Ihre Mäntel aufhängen.«

Er zeigt zu einem Raumteiler aus Walnussholz, hinter dem sich eine Garderobenstange mit Kleiderbügeln und zwei Türen mit den jeweiligen Symbolen für die Damen- und die Herrentoilette verbergen.

»Ich bin gleich wieder da.«

Der Mann im weißen Kittel lässt sie allein. Sie behalten ihre Mäntel an und setzen sich auf eine Bank. Ylva nimmt ihr Halstuch ab und steckt es in die Manteltasche. Sie sitzen stumm nebeneinander. Ylva hat erst einmal einen aufgebahrten Toten gesehen, ihren Großvater, aber der war friedlich eingeschlafen, zu Hause im eigenen Bett. Er hatte noch seinen blau karierten Flanellschlafanzug an, als Ylva und ihre Schwester ihn ein letztes Mal sehen durften.

Der junge Mann kommt zurück und bittet sie, ihm zu folgen. Ylva hat sich einen kahlen Raum hinter einer Glasscheibe vorgestellt, aber jetzt stehen sie direkt vor einer Bahre, auf dem die teilweise mit einem Tuch bedeckte Leiche liegt. Das Licht ist nicht besonders hell. Ylva unterdrückt den Impuls, nach der Hand der Botschafterin zu greifen. Sie bleibt stehen. Wünschte, sie hätte jemanden dabei, der ihre Hand hält.

»Wir haben Zeit«, sagt der Mann im Kittel.

Ylva geht ein paar Schritte aufs Kopfende zu, spürt Tove hinter sich.

Ein Großteil von Anders' Kopf ist mit einem grünen Operationstuch bedeckt. Sie braucht nicht zu fragen, warum. Der bloßliegende Teil ist in fleckigem Grau und Orange verfärbt.

Ist das wirklich Anders? Wie soll sie sagen können, ob er der Mann auf der Bahre ist? Das kann sie nicht, unmöglich. Vielleicht liegt ja ein Irrtum vor. Haben sie die Möglichkeit in Betracht gezogen, dass er vielleicht eine Gehirnerschütterung haben könnte und orientierungslos durch Sarajevo irrt, ohne sich verständlich machen zu können?

Sie sieht das hellbraune Muttermal am Hals und verliert das letzte bisschen Hoffnung.

Er ist es.

Jetzt ist sie ganz allein. Er war das Beste, was ihr seit Langem passiert ist, und dabei hat er gar nicht richtig zu ihr gehört. Wie alles im Leben hatte sie ihn nur geliehen. Noch dazu von einer anderen Frau.

»Anders.«

Ihre Lippen formen seinen Namen.

Der junge Mann im weißen Kittel kommt näher. Er hält etwas zwischen Daumen und Zeigefinger. Zuerst weiß Ylva nicht, was er von ihr will, aber als sie den Ring sieht, ihn in die Hand nimmt und darin »Mari-Louise« und ein Datum liest, begreift sie es.

Zuerst etwas Schweres und Hartes im Bauch, dann schlägt es über ihr zusammen wie eine Fieberwelle.

Sie gibt den Ring zurück, schleudert ihn beinahe von sich, stürzt hinaus zur Garderobe, auf die Toilette und beugt sich über die Kloschüssel. Sie erbricht das bisschen, was sie im Magen hat. Ein einziger schmerzhafter Krampf, dann ist es vorbei. Sie sackt auf den Fußboden. Sie will das alles nicht erleben. Sie will ihn wiederhaben.

Sarajevo, die Explosion, Anders.

Kann das Ganze nicht ein Albtraum sein, aus dem sie jetzt aufwachen kann? Sie weint, gestützt auf den Rand der Toilettenschüssel, zittert am ganzen Körper.

Raus jetzt.

Die letzten Stunden seines Lebens hat er mit ihr verbracht. Sie hat mit ihm in ihrem Hotelzimmer geschlafen. Und zu Hause wartet Mari-Louise, die noch immer nicht weiß, dass ihr Mann tot ist. Mitten in all dem Schrecklichen schämt sie sich.

Als sie wieder einen klareren Kopf hat, steht sie auf, klopft ihre Sachen ab, spült den säuerlichen Gallegeschmack aus dem Mund, wäscht sich das Gesicht mit kaltem Wasser und trocknet es mit den kratzigen grauen Papierhandtüchern ab.

Als Ylva aus der Toilette kommt, wartet Tove vor dem Leichenschauraum.

»Wie geht es dir?«

»Alles unter Kontrolle«, sagt Ylva.

»Möchtest du noch mal rein?«

Ylva bleibt abrupt stehen.

»Nein.«

»Du musst nicht«, sagt Tove.

Sie hebt besänftigend die eine Hand. In der anderen hält sie einen kleinen Umschlag.

Ylva räuspert sich mehrmals und schluckt. Es brennt im Hals.

»Er ist es«, sagt sie dann. »Es ist Anders.«

Die Botschafterin nickt.

»Ich habe ihn an seinem Muttermal am Hals erkannt.«

Dem Muttermal, das sie kurz vor seinem Tod geküsst hat.

»Und natürlich an dem Ring.«

»Ja, der Ring«, sagt die Botschafterin und reicht Ylva den Umschlag. »Nimm du ihn lieber.«

Ylva fühlt die Umrisse des Rings durch das Papier des offenen Umschlags. Sie faltet ihn zusammen, damit der Ring nicht hinausfallen kann, und steckt ihn sorgfältig in ein Fach ihrer Handtasche.

»Können wir ...« Sie sieht sich nach dem Ausgang um.

»Wir müssen noch auf unseren ... Fahrer warten«, sagt Tove.

»Wer ist der Typ eigentlich?«

»Er ist von der Entwicklungshilfe-Abteilung im Finanzministerium«, sagt Tove und fügt hinzu: »Glaube ich.«

Sie fahren zum Hotel. Während Ylva ihre Sachen holt, warten Tove und der Mann, den sie nun *den Fahrer* nennen, im Auto. Sie packt die letzten Gegenstände in den Koffer und will gerade das Zimmer verlassen, als sie innehält.

Sie legt den Koffer zurück auf die Ablage, packt ihre Kleidung wieder aus, verstaut Anders' Aktentasche ganz unten im Koffer und legt alles andere obendrauf.

Der Fahrer verfrachtet ihr Gepäck in den Kofferraum. Auf dem Weg zur Botschaft spielt sie diverse Szenarien durch, was sie mit dem Ehering machen, wie sie ihn Mari-Louise übergeben soll.

Anders hatte ihr erzählt, er habe Mari-Louise in einer Art von Euphorie geheiratet, als das Leben nach der Katastrophe eine unerwartete Wendung nahm. Er hatte geglaubt, für seinen Teil wäre es vorbei, hatte nicht damit gerechnet, noch einmal jemanden kennenzulernen, hatte sich nicht einmal vorstellen können, für eine andere Frau als Gabrielle etwas empfinden zu können. Doch dann hatte nach nur einem Jahr sein Eremitendasein geendet. Vielleicht war alles zu schnell gegangen. Auf jeden Fall die Heirat und der Einzug in Mari-Louises Wohnung.

So hatte er es ihr geschildert. Vielleicht war es aber auch nur die in seinen Augen für sie verträglichste Version der Wirklichkeit.

Tove hat ihr Handy am Ohr, offenbar telefoniert sie mit ihrer Assistentin. Es ist nicht mehr weit bis zur Botschaft in Ferhadija, nur ein paar Straßen vom Hotel Europe entfernt, aber aus der Richtung, aus der sie kommen, fährt man nicht am Hotel vorbei.

Langsam rollt der Wagen in die Fußgängerzone.

»Wo ist eigentlich Kjell?«, fragt Ylva, als sie vor der großen braunen Haustür der Nummer 20 stehen.

»Schon da«, sagt Tove.

Sie steigen aus und verabschieden sich von dem Fahrer aus dem Finanzministerium. Der Wachmann vor der Botschaft begrüßt sie herzlich. Ylva folgt Tove durch die

Panzerglasschleuse. Das Klicken, mit dem die letzte Tür hinter ihr ins Schloss fällt, ist eine Befreiung. Hier ist sie sicher.

Sie gehen die prächtige Habsburger Treppe ins schwedische Stockwerk hinauf und werden schon am Eingang von Kjell, Kristian, Anna und Vesna begrüßt. Während Fragen auf sie einprasseln, denkt Ylva an das Foto, das die Polizistin ihr gezeigt hat.

Was hat Anders mitten in der Nacht an dieser Straßenecke vor der geschlossenen Bar gemacht? Wen hat er dort getroffen? Falls der Mann auf dem Bild keine zufällige Begegnung ist. Anders war ein kontaktfreudiger Mensch, hat auf seinen Reisen immer schnell Leute kennengelernt. Vielleicht hat er einen Spaziergang gemacht, weil er nicht schlafen konnte, und ist zufällig mit jemandem ins Gespräch gekommen. Vielleicht hat der Mann auf dem Foto ihn angesprochen.

Wie auch immer, SIPA hatte die beiden fotografiert. Bleibt die Frage, wen der beiden Männer sie überwacht haben.

Sofia Nordin antwortet ausweichend. Es ist Elias' zweiter Anruf bei ihr, und wieder hat sie nichts Neues zu berichten. Ist sie genervt von ihm, weil er sich nicht darauf verlässt, dass sie sich augenblicklich meldet, wenn es Neuigkeiten gibt? Da ist etwas in ihrem Tonfall, das er nicht einschätzen kann.

Er legt auf und nimmt einen alten Pullover mit Mottenlöchern aus der Kommode. Seine Lieblingssachen sind alle in Uppsala. Er friert. Es ist kalt in der Wohnung, es zieht durch die alten Fenster.

Mari-Louise sitzt mit einer hellgrauen Wolldecke über den Schultern in einem der Sessel im Wohnzimmer und sieht zu Boden. Als sie ihn hört, blickt sie auf.

»Gibt es was Neues?«

»Nein.«

Ihr Gesicht befindet sich in Auflösung, die rotgeränderten Augen sehen ihn verunsichert an, der sonst so entschlossene Mund ist zu einer krummen Linie mit herabhängenden Mundwinkeln verzogen. Sie sieht aus, als hätte sie jegliche Hoffnung aufgegeben. Er wendet sich ab, kann ihren Anblick nur schlecht ertragen, während er selbst mit der Fassung ringt. Haben sie nicht die Pflicht, sich zusammenzureißen, solange sie noch nichts Genaues wissen?

»Hast du dich ein bisschen ausgeruht?«, fragt sie.

»Ich habe mich eine Weile hingelegt, aber nein, eigentlich nicht...«

Mari-Louise streicht das flachsblonde, von grauen Strähnen durchzogene Haar.

»Hast du die Nachrichten gehört?«, fragt er.

»Um zwei. Sie haben das Gleiche gesagt wie in der vorigen Sendung.«

Sie senkt den Blick wieder und schlingt die Arme um den Oberkörper. Elias setzt sich auf das Sofa und lauscht den Schneekristallen, die kaum hörbar an die Fensterscheiben geweht werden. Mari-Louises Handy klingelt, es vibriert scheppernd auf dem Wohnzimmertisch. Elias reicht es ihr. Mari-Louise sieht ihn verzweifelt an, aber dann geht sie doch dran.

Irgendwie ist durchgesickert, dass Anders seit der Explosion vermisst wird, und seit dem ersten Anruf vom Expressen am frühen Morgen werden er und Mari-Louise ununterbrochen von Journalisten bedrängt.

Offenbar ist auch jetzt ein Reporter am Telefon. Mari-Louise lehnt freundlich, aber entschieden ab und schafft es zu antworten, ohne eigentlich etwas zu sagen. Das kann sie gut.

Sie legt auf und seufzt tief. Einfach nicht mehr ans

Telefon zu gehen trauen sie sich nicht, schließlich könnten es Neuigkeiten über seinen Vater sein.

Es klingelt an der Tür. Mari-Louise bedeckt das Gesicht mit den Händen und stöhnt laut.

»Ich gehe«, sagt er.

Anrufe sind eine Sache, aber einfach vor der Tür zu stehen ist übergriffig. Es ist jetzt das dritte Mal.

»Mach nicht auf«, sagt sie. »Frag nur, wer es ist.«

»Schon okay.«

Im Flur rutscht er auf dem kleinen Kelim unter dem Kronleuchter aus. Er schiebt ihn mit dem Fuß wieder gerade hin, geht an der Garderobe vorbei und öffnet die Tür.

Auf dem Treppenabsatz stehen zwei Männer. Der eine um die fünfzig, der andere etwas jünger. Beide tragen Mäntel, die für dieses Wetter zu dünn wirken. Der Ältere hält ihm mit ruhiger Hand einen Ausweis hin. »Kommissar Jan Larsson«, sagt er. »Polizei. Sind Sie Elias Ferreira Krantz?«

»Ja.«

Er betrachtet das fahle, von schlechter Ernährung aufgeschwemmte und grobporige Gesicht des Mannes. Das eine Auge hinter den Brillengläsern tränt von der Kälte.

»Können wir einen Moment reinkommen?«

Als die kleine Propellermaschine planmäßig von der Startbahn des internationalen Flughafens von Sarajevo abhebt, knackt es in der Kabine. Ylva sitzt ganz vorne, Kjell neben ihr am Fenster. Der erste Abschnitt ist ein Katzensprung, in Belgrad steigen sie in einen größeren Flieger um.

»Mehr weißt du nicht?«, fragt Kjell, als sie ihre Flughöhe erreicht haben.

»Nein«, sagt Ylva.

»Hat die Polizei bei deiner Vernehmung nichts gesagt?«

»Kein Wort. Jedenfalls nicht über den Vorfall.«

Während sie in der Botschaft gewartet haben, wurde bestätigt, dass im Hotel eine Bombe explodiert ist. Aber welche Personen und welche Absicht möglicherweise dahinterstecken, hat man ihnen nicht gesagt.

»Wenn etwas passiert, dann nicht in Bosnien, habe ich immer gedacht.«

Kjell, der sonst immer einen gut informierten, ruhigen und optimistischen Eindruck macht, wirkt gestresst. Verletzlich.

»Wieso?«

Er sieht sie an und breitet die Arme aus, als wollte er einen Gymnastikball umfangen.

»Ich weiß natürlich, dass es überall passieren kann, und das tut es ja auch, aber... Ich meine, es gibt Orte, wo es definitiv stärkere Gründe gibt, beunruhigt zu sein. Dhaka, Kabul...«

Sie versteht, was er meint. Trotz der düsteren Erinnerungen an den Krieg und die ständige Präsenz von Sicherheitsleuten und Militär ist Sarajevo eine ruhige und friedliche Stadt, sehr viel beschaulicher als andere Orte, die sie im Dienst bereisen.

Kjell hat zwei Bier getrunken, während sie auf das Boarding gewartet haben. Ylva hat sich mit einem kleinen Glas Rotwein begnügt. So hat sie ihn noch nie erlebt.

»Was für ein Albtraum. Ich kann nicht glauben, dass er nicht in seinem Büro sitzt, wenn ich morgen früh komme. Das geht einfach nicht in meinen Kopf.«

»Wart ihr eng befreundet?«

Er schweigt eine Weile, als müsse er über die Antwort nachdenken.

»Nicht mehr, aber früher waren wir es. Wir haben beide in Uppsala Politologie studiert und uns dort vor ewigen Zeiten bei einem Seminar im altehrwürdigen Skytteanum kennengelernt. Eine Zeit lang haben wir sogar zusammengewohnt. So was vergisst man nicht, auch wenn wir privat schon lange nichts mehr miteinander zu tun haben. Er ist mir trotzdem nah.«

Kjell nimmt die Brille ab, hält sie mit beiden Händen fest, senkt den Blick.

Es ist so viel leichter, über Kjells Befindlichkeit zu sprechen als über ihre eigenen Gefühle. Sie muss vorsichtig sein, damit sie sich nicht verrät.

Sie fahren zusammen mit dem Schnellzug vom Flughafen nach Stockholm. Nachdem sie in Belgrad mit einer Stunde Verspätung gestartet sind, ist es fast neun, als der Arlanda Express im Hauptbahnhof einrollt. Ylvas Koffer liegt auf der Gepäckablage direkt neben dem von Kjell. Es ist natürlich nicht ganz korrekt, ihm die Aktentasche zu verheimlichen, was sie aber damit rechtfertigt, dass sie sie Mari-Louise zukommen lassen und zugleich sich selber schützen will. So wichtig wird die Tasche schon nicht sein.

Als sie sich am Taxistand verabschieden, nimmt Kjell sie fest in den Arm. Schweigend. Als er sie loslässt, gerät sie kurz aus der Balance.

»Nimm dir morgen frei«, sagt sie.

Kjell schüttelt den Kopf.

»Ich komme.«

»Tu, wonach dir am ehesten ist.«

Sie nehmen jeder ein eigenes Taxi. Der Fahrer hievt ihren als Übergepäck deklarierten Koffer in den Kofferraum. Sie steigt hinten ein, schließt die Tür und lehnt sich zurück. Sie kann jetzt loslassen, muss nur noch dem

Taxifahrer sagen, wohin sie will. Sie nennt ihre Adresse und schließt die Augen. Sofort wird sie in das Hotelzimmer zurückkatapultiert, zurück zu Anders. Sie macht sie wieder auf, aber nun nützt es nichts mehr, in die winterliche Dunkelheit zu starren und auf den Schneematsch am Fahrbahnrand, während sie den Söderled entlangfahren. Die Bilder von ihnen beiden im Bett, von der Aktentasche auf dem Schreibtischstuhl und seinem Rücken im Jackett auf dem Weg zur Tür lassen ihr keine Ruhe.

Wenn es sowieso keinen Unterschied macht, kann sie die Augen auch schließen. Sie spürt seine Lippen an ihrem Hals, ihren Brüsten, fühlt sie überall, es ist wie ein unfreiwilliger, schmerzhafter Rausch, dem man nicht entkommt. Er nimmt einfach seinen Lauf.

Das Handy klingelt. Sie kramt es dankbar aus der Handtasche. Jede Ablenkung ist willkommen. Es ist ihre Chefin, Fredrika Tillberg.

»Hallo, Ylva.«

Ihre Stimme ist verändert. Alle sind verändert.

»Es tut mir so leid, wirklich«, sagt sie.

»Danke.«

»Wie geht es dir?«

»Ganz okay.«

Den Umständen entsprechend, fügt sie beinahe hinzu, schluckt diese weitere Lüge jedoch herunter.

»Schrecklich, in was für einer Welt wir leben.«

Kann man so sagen, denkt sie.

»Die Polizei hat die Familie benachrichtigt«, fährt sie fort. »Ich habe schon mit ihnen gesprochen. Du auch?«

»Nein, ich wollte mich erst vergewissern, dass sie benachrichtigt worden sind. Aber wenn du bereits mit ihnen geredet hast, warte ich bis morgen.«

Ylva ist froh über einen Tag Aufschub. Das Taxi fährt am Ericsson Globe vorbei und mit zwanzig Stundenkilometern mehr als erlaubt in südlicher Richtung weiter nach Nynäshamn.

»Apropos. Johannes Becker hat morgen um zehn Uhr ein Meeting im Ministerium angesetzt. Fahr direkt dorthin, dann kannst du ausschlafen.«

»Mach ich.«

»Ich kann verstehen, wenn es dir schwerfällt. Sag Bescheid, falls du lieber nicht…«

Fredrika verstummt. Bis zu dem Moment, in dem sie das Meeting erwähnte, hat sie sich vermutlich keine Gedanken darüber gemacht, ob Ylva überhaupt in der Lage ist, zur Arbeit zu gehen.

»Ich hoffe, du…«

»Schon okay, Fredrika. Sonst würde ich es sagen.«

»Gut, dann sehen wir uns morgen.«

Fredrika verabschiedet sich. Ylva steckt das Handy wieder ein. Den Rest der Strecke verbringt sie gegen ihren Willen mit Anders.

Auf dem letzten Stück muss sie dem Taxifahrer wie üblich den Weg erklären, da nicht einmal das Navi das Haus am Magelungen findet. Von der Straße hinter hohen Fichten nicht zu sehen, steht das dreistöckige weiße Jugendstilhaus mit den Erkern und den Stuckreliefs hoheitsvoll am Hang zum Seeufer. Bei Hossin und Najide im Gästehaus brennt Licht. Sie sieht auf die Uhr, halb zehn, etwas zu spät, um anzuklopfen. Aber sie kriegen bestimmt mit, dass sie kommt. Sie haben alles im Auge.

Ylva bezahlt das Taxi, rollt den Koffer durch den Schnee zum Haus, geht in den Windschutz und schließt die schwere Eichentür auf. Sie macht Licht in der Garderobe, hängt ihren Mantel auf und hievt den Koffer in den Flur. Najide hat die Post hereingeholt, die in zwei ordentlichen Stapeln auf dem runden Tisch liegt. Ein Stapel Briefe und einer mit Zeitungen und Reklame.

Wenn Ylva verreist ist, sieht Najide nach dem Haus. Ylva hatte gesagt, das sei diesmal nicht nötig, aber jetzt hat es etwas Befreiendes, in einem Haus anzukommen, das nicht genauso aussieht, wie sie es verlassen hat.

Auf den auf drei Etagen verteilten insgesamt sechshundert Quadratmetern gibt es repräsentative Säle mit schönen Holzpaneelen, Bleiglasfenster im Treppenhaus, eine Küche, die groß genug für ein professionelles Team aus Köchen und das nötige Servicepersonal wäre. Absurd viel Platz für eine alleinstehende Person, aber so war es ja auch nicht gedacht.

Das gesamte Interieur ist ein wenig in die Jahre gekommen, und seit Ylva hier wohnt, hat es hier weder Köche noch Dienstmädchen gegeben. Zu Beginn des vorigen Jahrhunderts hatte sich ein Kriegsrichter der Küstenflotte das Haus für die Sommerfrische gebaut. Anfang der Sechziger ließ die Kommune die meisten Villen zugunsten der Hochhaussiedlung Farsta abreißen.

Das Haus, in dem Ylva seit elf Jahren lebt, ist eins der wenigen, das die Abrissmaßnahmen überlebt hat.

Ylva nimmt den Koffer mit in die Küche, die allein schon groß genug wäre, um eine Durchschnittsfamilie darin unterzubringen, nimmt eine Flasche Chianti aus dem Vorratsschrank, zieht den Korken heraus und schenkt sich ein Glas ein. Dem Jahrgang nach zu urteilen, könnte das gut eine Flasche aus Johans Nachlass sein.

Ylva und er sind, kurz nachdem sie sich kennengelernt haben, in das große Haus eingezogen. Die Kommune vermietet die Villen am See an Künstler, Kindergärten und ein paar andere öffentliche Einrichtungen. Sie hatten den Mietvertag vor allem der Tatsache zu verdanken, dass Johan Filmproduzent war und im Haus nicht nur wohnen, sondern auch sein Büro und Schneideräume einrichten wollte. Zeitweise hatten in der mittleren Etage bis zu sechs Personen gearbeitet. Auch wenn es nicht nur positive Seiten hatte, das Haus mit Johans Angestellten zu teilen, hatte sie es vom ersten Moment an geliebt: den Garten, die Möglichkeit, hier Feste zu feiern und tage- oder sogar wochenweise Übernachtungsgäste unterzubringen, ohne dass sie einem auf die Nerven gingen.

Bei ihrer Trennung hatte sie um das Haus gekämpft, weil sie das Gefühl hatte, dass ein Auszug ihr Untergang gewesen wäre, aber vielleicht wollte sie Johan damit auch nur bestrafen.

Die Scheidung war ein erbitterter und unschöner Rosenkrieg gewesen. Rechtsanwälte, Geschrei, Streit und Blockade auf beiden Seiten, bis Johan nach sieben Monaten und acht Tagen plötzlich nachgegeben und mit lässiger Verachtung auf alles bis auf ein paar Erbstücke aus seiner Familie und die wertvollsten Weine im Keller verzichtet hatte. Ylva hat sich den Grund nie erklären können, nahm aber an, dass ihn die Arbeit oder eine neue Frau auf andere Gedanken gebracht hatten. Er hatte bekommen, was er verdiente, und vielleicht war die Lässigkeit seine Art, es nicht zugeben zu müssen.

Sie ist Mieterin und bezahlt monatlich absurd viel Geld für das Haus, und obgleich sie viel dafür bekommt, ist es natürlich Wahnsinn, allein hier zu wohnen. Sie ist sich nicht sicher, ob sie die ursprünglichen Kriterien der Kommune überhaupt noch erfüllt, aber bisher hat niemand etwas gesagt. Eine Zeit lang hatte sie die obere Etage untervermietet, aber seit zwei Jahren lebt sie alleine im Hauptgebäude. Hossin und Najide wohnen kostenlos im Gästehaus. Sie sollen Miete zahlen, sobald sie eine Arbeit gefunden haben.

Ylva geht in die Hocke, öffnet den Reißverschluss ihres Koffers und nimmt Anders' Aktentasche heraus. Sie legt sie auf die Arbeitsfläche am Herd und will sie gerade aufmachen, als es an der Tür klingelt.

Ylva läuft zur Haustür.

»Komm rein!«, ruft sie, kein Zweifel, wer es ist.

Die Tür geht auf, und Najide schaut schüchtern herein, hat sich hastig ein Kopftuch umgebunden, an der Stirn lugt eine schwarze Strähne hervor.

»Komm rein«, wiederholt sie.

Najide eilt mit ausgestreckten Armen auf sie zu. »Wie

schrecklich! Ich habe einen großen Schreck bekommen, als ich es im Fernsehen gesehen habe. Zuerst dachte ich, du wärst es. Gott sei Dank, dass dir nichts zugestoßen ist.«

Ich lebe, denkt sie, aber dass mir nichts zugestoßen ist, kann ich nicht behaupten.

Najide umarmt sie, dann sieht sie sie mitfühlend an und schüttelt den Kopf.

»Mach dir keine Sorgen«, sagt Ylva.

»Ich kann nicht anders.«

»Danke, dass du die Post reingeholt hast.«

Najide lächelt zufrieden. »Im Kühlschrank steht frische Milch.«

»Wie lieb von dir. Ich gebe dir das Geld zurück.«

Ylva ist bereits auf dem Weg in die Küche, um ihre Handtasche zu holen.

»Nein, nein, nein. Das ist das Mindeste, was wir tun können. Bald zahlen wir Miete. Versprochen.«

Als Najide gegangen ist, wendet sich Ylva wieder der Aktentasche in der Küche zu. Sie kommt sich wie eine Archäologin vor, als sie sie vorsichtig öffnet, oder wie eine Grabplünderin.

Das einzige Buch unter all den Mappen macht sie neugierig. Am Cover erkennt sie, noch ehe sie es aus dem Koffer nimmt, *Swing Time* von Zadie Smith. Erst vor einer Woche haben sie über den Roman gesprochen. Oder besser gesagt, Ylva hat über ihn gesprochen. Anders hat ihr gar nicht erzählt, dass er sich das Buch auch gekauft hat.

Zwischen den Seiten steckt ein Zettel, die Quittung vom Pocketshop. Mit Datum. Er hat das Buch am Tag ihrer Abreise nach Sarajevo am Flughafen Arlanda gekauft.

Sie kneift die tränenden Augen zusammen, dann nimmt sie ihr Weinglas und schleudert es an die Wand.

Große Schneeflocken sinken durch die Nacht und glitzern unter den Straßenlaternen auf, bevor sie sich im Hinterhof zur Ruhe legen. Es ist vierzehn Minuten nach fünf Uhr morgens. Elias sitzt im Arbeitszimmer, der abgewetzte Polsterstoff des Bürostuhls riecht nach seinem Vater. Seine Anwesenheit im Raum ist fast greifbar.

Trotz fast fünf Jahren im Karlbergsväg ist sein Vater hier nie richtig heimisch geworden. Es war und ist Mari-Louises Wohnung, das Arbeitszimmer war die Ausnahme. Das war sein Schutzraum, in dem er bewahrte und verteidigte, wofür der Name Ferreira Krantz stand.

Am späten Abend ist Markus aus London gekommen und hat einen Strauß Nelken neben die Rosen von der Generaldirektorin von Sida gestellt. Elias und Markus sehen sich ähnlich, beide haben dunkles Haar und sind groß und schlank, aber das ist auch schon alles. Ansonsten gibt es nur wenige Gemeinsamkeiten zwischen ihnen, und sie haben nie genügend Zeit miteinander verbracht, um etwas dagegen zu unternehmen.

Schon im Flur, die Hand noch an der Klinke, hat Markus ihm sein Beileid ausgesprochen, aber in Wahrheit ist Elias' Vater Markus scheißegal. Er ist nach Hause gekommen, um Mari-Louise zu trösten, das ist alles.

In gewisser Weise gibt Markus Elias die Schuld an Mari-Louises Leid, weil es sein Vater ist, der gestorben ist. Er weiß, dass Markus selbst merkt, wie bizarr diese Logik ist, aber genauso empfindet er es insgeheim, auch wenn er es niemals zugeben würde.

Oder denkt Markus, er könne seinen Aversionen jetzt endlich freien Lauf lassen, weil Elias' Vater nicht mehr im Weg steht? Elias' Freibrief ist abgelaufen, und das sagt er ihm nur nicht laut ins Gesicht, um Mari-Louise vor weiteren Unannehmlichkeiten zu verschonen.

Elias zieht die untere Schublade des Rollcontainers auf. Die Hängeregister sind noch da, aber die Dokumente, die darin einsortiert waren, sind weg. Die Frau, die hier war, hat alles mitgenommen: Blöcke, fein säuberlich in Heftern und Ordnern abgeheftete Dokumente, lose Blätter. Ist das so üblich? Ihm fällt niemand ein, den er fragen könnte. Sofia Nordin? An ihre höflichen Versprechungen glaubt er nicht mehr. Im Nachhinein ist er davon überzeugt, dass sie bereits bei ihrem ersten Anruf Bescheid wusste, es aber bequemer fand, der Polizei die Benachrichtigung zu überlassen.

Elias schließt die Schublade. Er weiß nicht, was er tun oder sagen soll, kann weder weinen noch schlafen. Mari-Louise nimmt Schlafmittel. Markus schläft auch so gut.

Elias ist allein mit seinem Vater. Markus' und Mari-

Louises Anders Krantz ist ein anderer Mensch, einer, den Elias nicht kennt.

Gegenüber vom Schreibtisch hängen drei Schwarz-Weiß-Fotos vertikal übereinander. Auf dem oberen ist sein Vater zu sehen, der mit dem Ministerpräsidenten Göran Persson und einigen anderen Personen in einen Jet einsteigt. Neben der Treppe steht ein Personenschützer von der Säpo. Das Kabel seines Headsets ringelt sich am Hals hinunter.

Auf dem zweiten Bild ist der fünfjährige Elias mit Mama, Papa, Oma und Opa zu sehen. Das Foto ist bei einem Ausflug in einem kleinen Bergdorf in Ligurien gemacht worden. Elias sitzt auf einer niedrigen Kalksteinmauer, die anderen stehen um ihn herum. Neunzehn Jahre später sind nur noch er und Oma übrig.

Mari-Louise hat das Bild nie gemocht. Sie hat einmal zu Anders gesagt, es vermittele ihr das Gefühl, zweite Wahl zu sein. Sein Vater hatte darauf bestanden, dass es hängen bleibt, weil es ein Familienfoto sei. Er sagte, es ginge nicht um Gabriella, sondern um das Ganze. Dieses Argument hat ihm Mari-Louise nie abgekauft.

Das dritte Foto stammt aus der Studienzeit seines Vaters in Uppsala. Er sitzt mit Kjell Nyman und vier, fünf anderen an einem Tisch, der mit Gläsern, Flaschen und einem überquellenden Aschenbecher vollgestellt ist. Die Männer tragen Fliege, scheinen sich aber nicht ganz wohl damit zu fühlen.

Elias nimmt das mittlere Bild, auf dem auch er und Mama zu sehen sind, von der Wand und stellt es auf die

Kommode in seinem eigenen Zimmer. Er setzt sich aufs Bett und betrachtet das Bild. Was darauf zu sehen ist, ist so unendlich weit weg, Lichtjahre entfernt. Die Erkenntnis, dass abgesehen von seiner Großmutter in Italien nur noch er von der Familie übrig ist, dringt nur zögerlich zu ihm durch, wird immer wieder abgeblockt. Von tröstenden Hormonen, Verleugnung, widerstreitenden Hirnfunktionen. In ihm brodelt es, alles dreht sich, schmerzt, wird ausradiert und beginnt von Neuem.

Er ist nicht mehr dazu gekommen, seinem Vater von dem Tumor in seinem Kopf zu erzählen. Jetzt ist er genauso verkapselt in seinem Ich, wie er in seinem Schädel eingeschlossen ist.

Staatssekretär Johannes Becker hat breite Schultern und ist ein wenig zu groß für das gustavianische Mobiliar. Auch seine blonden Augenbrauen wirken genauso üppig wie seine Persönlichkeit. Für einen Mitarbeiter des Außenministeriums hat Ylva ihn immer angenehm unangepasst gefunden.

Erbfürstenpalais, zehn Uhr, wie vereinbart. Der Gustaf Adolfs torg vor den hohen, schusssicheren Fenstern wirkt farblos. Ylva, Johannes und Fredrika sitzen auf zwei Sofas aus dem achtzehnten Jahrhundert.

»Ich habe mit Tove gesprochen«, sagt Johannes. »Wir wollen Anders Krantz natürlich so schnell wie möglich zurück nach Schweden transportieren, aber wegen der polizeilichen Ermittlungen kann sich das noch hinziehen.«

Transportieren. Das Wort trifft Ylva.

»Hast du mit der Familie gesprochen?«, fragt er Fredrika.

»Ja, gestern, und Ylva fährt heute hin.« Fredrika sieht Ylva an. »Das hast du doch gesagt, oder?«

»Es ist mein Plan. Ich werde mal anrufen und fragen, ob es passt.«

»Bevor wir die Erlaubnis haben, den Leichnam heimzuholen, können sie leider nicht die Beerdigung planen«, fährt Johannes fort. »Aber so ist es eben.«

Er beugt sich zu Ylva vor. Das antike Möbelstück knackt beunruhigend.

»Weißt du mehr, als die Medien berichten?«, fragt er.

Ylva muss nachdenken. Sie ist zwar eine Zeugin, aber weiß sie deshalb mehr, als nicht schon unzählige Male im Netz und im Fernsehen wiederholt worden ist?

Mittlerweile wird die Hypothese verfolgt, dass die an der Rezeption platzierte Bombe per Fernsteuerung von einem Auto auf der Straße vor dem Hotel gezündet wurde. Zwei Augenzeugen haben, als die Glassplitter der Hotelfenster auf den Bürgersteig regneten, ein Auto starten und wegfahren sehen, es ist also plausibel, bislang aber nur eine Vermutung. Zwei Personen, Anders und ein weiterer Hotelgast, kamen unmittelbar durch die Explosion zu Tode. Ungefähr zehn Personen wurden verletzt, drei davon schwer. Der Mitarbeiter an der Rezeption überlebte dank des massiven und hohen Tresens.

»Sie haben mich abgeholt, um mich zu verhören«, sagt sie.

»Sie?«, fragt Johannes.

»SIPA. Das war alles sehr merkwürdig. Nicht die Tatsache, dass sie mich vernommen haben, aber die Fragen.«

Johannes zieht die Augenbrauen hoch. »Zum Beispiel?«

»Sie haben mich nach Anders' Familie und seinem früheren Berufsleben gefragt und wollten wissen, ob wir während des gesamten Aufenthalts zusammen waren. Dann haben sie mich gefragt, wo ich studiert habe und ob ich politisch aktiv war. Das war richtig unangenehm.«

»Solche Fragen hättest du nicht beantworten müssen«, sagt er sichtlich empört.

»Das habe ich auch nicht, jedenfalls nur zu Anfang, dann kam die Botschafterin mit jemandem vom Finanzministerium und hat die Vernehmung beendet.«

Ylva hört hinter sich eine Tür aufgehen und schnelle Schritte auf dem Parkett. Als sie sich umdreht, hat die Ministerin für technische Zusammenarbeit die Sitzgruppe bereits erreicht. Vanja Magnusson-Hallgren hat einen exakt geschnittenen weißblonden Pagenkopf und trägt knallroten Lippenstift. Ylva hat bei der Arbeit nicht oft persönlich mit ihr zu tun, hat sie aber von einigen gemeinsam besuchten Sitzungen in guter Erinnerung. Ylva und Fredrika stehen auf.

»Bleiben Sie bitte sitzen«, sagt die Ministerin.

Sie stehen bereits und geben ihr die Hand, Fredrika zuerst, dann Ylva.

»Mein herzliches Beileid.« Sie sieht Ylva an. »Sie wissen hoffentlich, dass wir helfen, wo wir können. Fredrika habe ich es bereits gesagt, aber Sie sollen es auch wissen.«

»Danke.«

Sie wechseln noch ein paar kurze Sätze, bevor Vanja wieder davoneilt.

»Ich will euch nicht länger aufhalten«, sagt Johannes. »Oder hast du noch etwas auf dem Herzen, Ylva?«

Sie wenden sich schon zum Gehen. Das Einfachste wäre es, einfach Nein zu sagen und sich zu verabschieden.

»Die Polizei in Sarajevo...«

Sie hat das Gefühl, Anders zu hintergehen, aber es der politischen Leitung ihrer Behörde vorzuenthalten käme ihr auch wie Verrat vor, und zwar einer, der im schlimmsten Fall auf sie zurückfällt.

»Sie haben mir ein Foto von Anders und einem anderen Mann gezeigt und mich gefragt, ob ich ihn kennen würde. Aber ich habe ihn noch nie gesehen.«

»War das Foto aus Sarajevo?«, fragt Johannes.

»Ja.«

»Ein aktuelles?«

»Das kann ich nicht sagen.«

Johannes nickt nachdenklich. »Es wäre gut, wenn ihr mich auf dem Laufenden halten könntet«, sagt er, an Fredrika gewandt.

»Das werden wir auf jeden Fall. Sorgst du dafür, Ylva?«

Ylva verspricht, sich darum zu kümmern, und Fredrika verabschiedet sich von Johannes. Als Ylva ihm die Hand gibt, bittet er sie, noch kurz zu bleiben.

»Ja«, sagt sie, »natürlich.«

Fredrika winkt ihr hastig zu, verschwindet und lässt sie mit dem Staatssekretär allein.

Sobald sich die hohen Flügeltüren hinter Fredrika geschlossen haben, setzen sie sich wieder hin.

»Mehr haben sie über dieses Foto nicht gesagt?«, fragt er.

»Nein.«

Erst jetzt wird ihr richtig klar, dass Anders offensichtlich von ihnen überwacht wurde. Warum sonst ihre Frage, wer der andere Mann war?

»Verdammt merkwürdig, aber nicht unsere Aufgabe, da nachzuforschen. Das soll die Polizei übernehmen.«

Er verstummt, offenbar beschäftigt ihn ein Gedanke. Die blaugrauen Augen wandern zum Fenster. Johannes ist ein paar Jahre älter als Ylva und gilt als sicherer Kandidat für das Amt des Ministers für technische Zusammenarbeit, wenn Vanjas Amtszeit um ist, oder sogar für das Außenministerium. Sein Vater war bei den Konservativen aktiv. Ein ungewöhnlicher Background für einen Sozialdemokraten. Außerdem wohnt er Gerüchten zufolge in einer herrschaftlichen Wohnung in der Styrmansgata. Das trägt zu seinem etwas fremdartigen Stallgeruch bei. Er fährt jeden Tag mit dem Fahrrad zur Arbeit, aber nur damit hält er sich nicht in so guter Form, dafür ist die Strecke zwischen seiner Wohnung und dem Außenministerium zu kurz.

»Du hast keine Ahnung, wer der Mann auf dem Foto ist?«, fragt er.

»Nein.«

»Nicht einmal eine Vermutung?«

Sie schüttelt den Kopf.

»Ja, ja.« Er streckt sich. »Die schwedische Polizei wird ihre eigenen Ermittlungen anstellen, aber natürlich auch mit der Polizei in Sarajevo zusammenarbeiten. Wahrscheinlich werden sie dich verhören wollen, und dann bist du bitte so kooperativ wie möglich.«

»Ja.«

»Aber du informierst mich hinterher bitte über die angesprochenen Themen?«

»Klar. Du ...« Sie zögert.

»Sag ...«

»Dieses Foto. Falls *du* etwas erfährst ... Wäre schon gut zu wissen, worum es da ging.«

»Klar. Ich halte dich auf dem Laufenden.«

Die Scheibenwischer fegen den Schnee weg, der liegen geblieben ist. Normalerweise fährt Ylva mit der U-Bahn zur Arbeit, aber da sie Anders' Aktentasche dabeihat, hat sie heute das Auto genommen. Die Aktentasche liegt mit einer großen Einkaufstüte von NK getarnt auf der Rückbank.

Sie durchquert Gamla Stan, fährt über die Norrbro und die Strömbro, wo dick eingepackte Gestalten mit hochgezogenen Schultern die Gehwege entlanghasten, und biegt hinter dem Grand Hôtel in den Strandväg ein. Seit gestern überlegt sie, wie sie den Tag am besten gestaltet. Ihr erster Gedanke war, Anders' Einheit zu einer kurzen Gedenkstunde zu versammeln, aber dann hat sie beschlossen, die ganze Abteilung einzuladen, alle, die nicht auf Dienstreise oder in einem Meeting sind. Das Haus wird vor Gerüchten brodeln, und da man sie und Kjell ohnehin mit neugierigen Fragen bombardieren wird, kann man auch gleich möglichst viele Leute so schnell wie möglich abhaken.

In der Tiefgarage steigt sie in den Fahrstuhl, in der einen Hand die NK-Tüte mit dem Aktenkoffer, in der anderen ihre eigene Tasche. Wundersamerweise gelangt sie an ihren Platz, ohne von jemandem aufgehalten zu werden, der wissen will, was in Sarajevo passiert ist.

Mit wenigen Ausnahmen arbeiten bei Sida alle im Großraumbüro, sogar die Generaldirektorin und ihre engsten Mitarbeiter. Ursprünglich wurde das Haus Ende der Fünfziger für die Kunsthochschule gebaut. Das Zimmer, das Ylva mit fünf anderen teilt, von denen im Moment niemand da ist, ist ein ehemaliges Atelier mit doppelter Deckenhöhe und einer Glaswand nach Norden, durch die man auf der gegenüberliegenden Seite des Hofes die Hochschule für Schauspiel, Film und Theater sieht.

Eigentlich soll die ganze Behörde nach Botkyrka umziehen, der Regierungsbeschluss steht bereits fest, aber die Angestellten zerbrechen sich darüber nicht den Kopf. Zuerst muss noch das Haus gebaut werden, und bislang gibt es nicht einmal ein Grundstück. Es wird also noch dauern.

Ylva justiert die Tischplatte auf Stehhöhe, bevor sie den Aktenkoffer aus der Einkaufstüte zieht und die Akten und den Notizblock herausholt. Die Akten gehören eindeutig Sida, der Notizblock ist ein Grenzfall, aber nachdem sie ihn kurz durchgeblättert hat, beschließt sie, ihn zu behalten, zumindest vorläufig. Möglicherweise enthält er von Anders erarbeitete Ergebnisse, die sie benötigen. Den Computer, der der Behörde gehört, legt sie ebenfalls beiseite. Sie wirft einen Blick auf *Swing Time* und zögert einen Moment, ehe sie das Buch in der unteren Schreibtischschublade verschwinden lässt. Das ist natürlich nicht richtig, aber sie möchte so gerne etwas von ihm behalten, etwas, dass sie anschauen und berühren kann.

Als sie Schritte im Flur hört, verstaut sie die Aktentasche und den Computer schnell in derselben Schublade wie das Buch. Auch die Akten und den Notizblock wirft sie hinein.

Kjell kommt mit schweren Schritten die Treppe herauf.

»Hallo«, sagt er, »wie geht's?«

Sie sieht, dass er die leere NK-Tüte auf ihrem Stuhl registriert.

»Ich weiß nicht«, sagt sie. Eine aufrichtigere Antwort kann sie nicht geben. »Wie geht es dir?«

»Beschissen trifft es ganz gut«, sagt er.

Kjell setzt sich auf den freien Platz direkt neben Ylva, streicht mit den Händen über die Oberschenkel.

»Ich habe Fredrika getroffen. Sie sagt, ihr wart im Außenministerium.«

»Ja, Meeting mit Becker.«

»Was hat er gesagt? Gibt es was Neues?«

»Er hat vor allem Fragen gestellt.«

»Also nichts?«

»Nein.«

Kjell streckt sich und holt tief Luft. »Ich kann noch immer nicht richtig begreifen, was da passiert ist.«

»Hier in Schweden ist es noch unwirklicher«, stimmt Ylva ihm zu.

»Heute Morgen hatte ich das Gefühl, wenn ich zur Arbeit komme, ist alles wie immer«, sagt Kjell. Er deutet auf den Flur. »Aber wenn ich seinen leeren Stuhl sehe…«

Ylva muss ihn irgendwie loswerden, um nicht in Tränen auszubrechen. Nicht dass es verwunderlich gewesen wäre, aber sie will nicht.

»Hast du mit seinen Angehörigen gesprochen?«, fragt Kjell.

Die Frage holt sie zurück auf den Boden.

»Noch nicht, aber ich wollte gerade seine Frau anrufen…«

Sie fummelt an ihrem Handy herum. Kjell versteht den Wink, steht auf und geht zögerlich in Richtung Treppe.

»Hast du die Rundmail gesehen?«, fragt sie. »Um drei.«

»Ja. Das ist gut.«

»Wollen wir uns eine Viertelstunde vorher treffen oder vielleicht zwanzig vor drei?«

»Ja.«

»Es erscheint mir naheliegend, die Sitzung gemeinsam zu leiten, da wir beide dort waren. Falls du nichts dagegen hast.«

Kjell schüttelt den Kopf.

»Und die von der Botschaft? Kristian, Anna und…«

»Sind über eine Konferenzschaltung verbunden.«

»Okay. Wir sehen uns zwanzig vor.«

Sie hört seine Schritte im Flur. Er geht nicht zurück an seinen Platz, sondern in die andere Richtung. Ylva wartet noch eine Weile, bevor sie aufsteht.

Die Balkan-Einheit sitzt in einem größeren Büro für zwölf Personen, drei davon sind da. Helena, eine der Sachbearbeiterinnen, kommt zu ihr und nimmt sie in den Arm, als Ylva vor Anders' Schreibtisch stehen bleibt. Die beiden anderen grüßen diskret. Sie spürt, dass sie sie beobachten.

»Ich kann es nicht fassen«, sagt Helena. »Es muss furchtbar gewesen sein.«

»Ja«, bestätigt Ylva, »es war furchtbar.«

Anders' Platz ist unbestreitbar leer. Es ist merkwürdig, dass Abwesenheit so greifbar ist.

Man merkt, dass Anders nicht lange hier gearbeitet hat. Sein Regal ist nicht voll. Sie sieht ihn vor sich, wie er sich mit dem Stuhl umdreht, wenn sie hereinkommt, sich leicht zurücklehnt und sie erwartungsvoll ansieht. Fast immer mit einem Stift in der Hand.

An der Pinnwand, die auch als Sichtschutz dient, hängt ein Foto von seinem Sohn. Er sitzt an einem Cafétisch auf einem großen Platz, anscheinend irgendwo in Italien. Ein schönes Bild, obwohl Elias, so heißt er, nicht ganz scharf ist. Er war damals achtzehn, das weiß sie, und er studiert in Uppsala Friedens- und Konfliktforschung. Im Herbst will er mit seiner Doktorarbeit beginnen. Sie weiß einiges über Anders' Privatleben. Man könnte sogar sagen, sie war ein Teil davon.

Der Schreibtisch ist überraschend aufgeräumt. Vorsichtig zieht Ylva eine Schublade des Aktenschränkchens heraus. Sie ist leer. Sie öffnet einen der Unterschränke des Bücherregals. Ebenfalls leer. Rasch öffnet sie die anderen Schubladen und Schränke. Alles ausgeräumt.

Sie läuft zurück durch den Gang, an ihrem eigenen Platz vorbei und eine Treppe hinauf in das Stockwerk, wo Sofia Nordin sitzt. Sofia ist eine der wenigen, die ein eigenes, wenn auch kleines Zimmer haben. Als Ylva hereinkommt, steht sie am Tisch und telefoniert. Eine elegante Gestalt in Schwarz und Grau, Edelstahlbrille, Haare wie Pfeffer und Salz.

»Ich war gerade unten bei Anders' Arbeitsplatz«, sagt Ylva, sobald Sofia das Telefonat beendet hat. »Wer hat seine Schränke ausgeräumt?«

Sofias Stirn bekommt zwei horizontale Falten.

»Was meinst du damit?«

»Sein Arbeitsplatz. Es ist kein Blatt Papier mehr da.«

Die Stirnfalten verdoppeln sich. Vier beunruhigende Sturmwellen.

»Im Ernst?«

»Es ist jemand dort gewesen und hat all seine Notizen, Akten, die Festplatte, wobei, ich weiß nicht, ob er eine Festplatte hatte, aber...«

Sofia nimmt die Brille ab, die an einer silberfarbenen Kette um ihren Hals hängt.

»Wusstest du nichts davon?«, fragt Ylva, obwohl die Antwort offensichtlich ist.

»Nein.«

»Unbegreiflich.«

»Ja«, sagt Sofia.

Allmählich weicht die Verwunderung, ihr Blick wird durchdringend. Schweigend sehen sie einander an. Im Hintergrund rauscht diskret die Klimaanlage.

»Was können wir tun?«, fragt Ylva.

»Ich werde der Sache nachgehen. Wenn wir keine Erklärung finden, müssen wir Anzeige erstatten.«

»Können wir denn gar nichts machen, ganz konkret?« Ylva wirft einen Blick in den Flur, sie ist sich nicht ganz sicher, warum, vielleicht hofft sie, eine der Überwachungskameras zu entdecken, die sie nicht haben, wie sie weiß.

»Ich kann im Besucherverzeichnis nachsehen«, sagt Sofia.

»Kommst du auch an Anders' Account auf dem Server heran?«

»Ja, aber...«

»Ich möchte eine Sache überprüfen.«

»Okay«, Sofia setzt die Brille auf, »aber nur in gegenseitiger Absprache. Dass ich die Möglichkeit habe, mich in die Accounts unserer Mitarbeiter einzuloggen, bedeutet nicht, dass ich jederzeit...«

»Ja, ja, ich verstehe schon«, sagt Ylva. »Ich gebe dir Rückendeckung. Wir haben das gemeinsam entschieden.«

»Na dann.«

Sofia setzt sich an den Computer, tippt eine Weile und wirkt immer entrüsteter.

»Ich verstehe das nicht.« Schließlich gibt sie es auf. »Das Konto ist entweder gelöscht oder blockiert. Ich komme nicht ran.«

»Das habe ich befürchtet.«

Ylva hat nicht die Absicht, Anders' Laptop in ihrer Schreibtischschublade zu erwähnen. Jedenfalls nicht, solange es nicht unbedingt nötig ist.

Die Frau, die ihr die Tür aufmacht, steht gebeugt da, ihre Haut ist aschfahl, das ehemals vermutlich flachsblonde Haar hebt sich kaum davon ab, und die Hand, die sich von der Türklinke löst, zittert.

»Hallo, ich bin Ylva Grey von Sida.«

Sie erhält einen flüchtigen Händedruck.

»Mari-Louise Waldoff. Kommen Sie rein.«

Was hat sie eigentlich hier verloren, zu Hause bei der betrogenen Witwe? Ist es nicht wahnsinnig respektlos, hier aufzukreuzen?

Ylva betritt den Wohnungsflur mit der Hutablage, dem Kleiderständer und einem gestopft vollen, aber aufgeräumten Schuhregal mit drei Etagen. Am hinteren Ende kann sie in ein Wohnzimmer mit großen Sesseln und einem gewittergrauen Sofa schauen. Anders' Zuhause. So dunkel und gediegen hat sie es sich nicht vorgestellt.

»Herzliches Beileid«, sagt sie. »Von mir persönlich und von der Abteilung.«

»Danke.«

Persönlich stimmt wirklich. Wenn Mari-Louise wüsste, wie sehr sie seinen Tod bedauert. Ist sie eine Heuchlerin? Wie ist es dazu gekommen, dass sie mit einem ihrer Angestellten schläft?

Sie hängt ihren Mantel an den altmodischen Kleiderständer, nimmt ihre Handtasche und folgt Mari-Louise durch den Flur.

»Ist es okay, wenn wir uns in die Küche setzen?«

Bevor Ylva etwas erwidern kann, spürt sie jemanden hinter sich und dreht den Kopf. Perplex macht sie einen Schritt zurück. Ein junger Anders steht vor ihr, etwas größer als das Original, feinere Züge, dickes dunkles Haar und markante Augenbrauen. Er ist eine Kopie seines Vaters, was auf dem Foto an Anders' Arbeitsplatz nicht zu sehen war.

»Anders' Sohn, nehme ich an«, bekommt sie schließlich heraus.

»Ja, das stimmt«, sagt er. »Elias.«

Sie gibt ihm die Hand. Es ist seltsam, ihn zu berühren. Sie stellt sich eine Liebkosung statt des Händedrucks vor. Er klingt sogar wie Anders. »Mein Beileid«, sagt sie zu Elias.

»Danke.«

»Ihr Vater war noch nicht lange bei uns, erst ein Jahr, aber er war sehr beliebt bei den Kollegen. Er war geradeheraus und ehrlich, man konnte gut mit ihm zusammenarbeiten.«

Ehrlich. Wieso sagt sie das? Das, woran sie unter keinen Umständen denken will, schleicht sich ins Gespräch ein.

Sie setzen sich an einen quadratischen, leeren Küchentisch aus unbehandelter Kiefer. Es ist eine typische alte Innenstadtküche, klein und eng, an der Wand hängt noch ein Gaszähler, die Wände sind irgendwann bis unter die Decke gekachelt worden, und jemand hat offene Regale eingebaut.

Elias fragt sie, ob sie Kaffee möchte. Keinen Kaffee, nein, aber gerne ein Glas Wasser. Er nimmt eine Flasche Ramlösa aus dem Kühlschrank. Mari-Louise mustert sie stumm, während Elias drei Gläser einschenkt. Er setzt sich wieder, stellt sein eigenes Glas zur Seite, als ob es im Weg stünde.

»Waren Sie mit meinem Vater zusammen, als es passierte?«

Mari-Louise zuckt zusammen und starrt Elias an. Ylva sieht sie an, wartet auf eine Art Einverständnis. Will sie es hören? Hält sie es aus? Mari-Louise senkt langsam den Blick.

»Ich war auch im Hotel, aber wir waren in dem Moment nicht zusammen.« Sie macht eine Pause, sieht Mari-Louise forschend an, kann keine Reaktion erkennen. »Es war unser letzter Abend in Sarajevo«, fährt sie fort. »Ein langer Tag mit vielen Terminen...«

Sie erzählt alles noch einmal. Von dem Abendessen, dem Hotelrestaurant, der SMS an Kjell, der Druckwelle aus dem Fahrstuhlschacht, wie sie stolpert und vor den Fenstern eine Rauchwolke aufsteigt.

»Davon hat er nichts gesagt«, sagt Elias.
»Wer?«
»Kjell.«
»Ich verstehe nicht ganz.«
»Er hat angerufen.«
»Ach. Tatsächlich?«
Warum wusste sie nicht davon? Er hätte sie informieren sollen.
»Ja. Papa und er kennen sich aus Uppsala. Sie sind alte Freunde.«
Ihr Ärger verfliegt so schnell, wie er aufgekommen ist. Natürlich darf Kjell die Familie kontaktieren, ohne Ylva davon zu erzählen.
»Das weiß ich.«
»Eine SMS hat Kjell gar nicht erwähnt.«
»Da müsst ihr ihn selbst fragen.«
Elias erkundigt sich ausgiebig nach dem Ereignis. Ylva wählt ihre Worte mit Bedacht zwischen seinem starken Bedürfnis, alles zu erfahren, und der zerbrechlichen Gestalt an seiner Seite, die jeden Augenblick in sich zusammenzufallen droht.

Schließlich verstummt Elias und sieht sich nachdenklich um. Ylva fragt sich, wie seine Mutter aussah, was er von ihr hat. Sie kann sich kaum vorstellen, dass er nicht hundert Prozent Anders ist.

Sie zieht den Briefumschlag mit dem Trauring aus der Tasche und schiebt ihn zu Mari-Louise hinüber. Anders' Aktentasche mit dem Laptop und den anderen Sachen liegt in der Einkaufstüte im Auto. Sie wollte sie eigentlich mit abliefern, hat sich aber in letzter Minute umentschieden, weil es vermutlich nicht klug wäre, die Aktentasche zurückzugeben und einen Teil des Inhalts zu unterschlagen. Dann besser alles behalten. Ihr Gewissen hat dieser Entschluss nicht erleichtert.

»Das ist sein Ehering«, sagt sie.

Mari-Louise öffnet den Umschlag, wirft einen Blick auf den Ring, nimmt ihn aber nicht heraus, und legt den Umschlag auf den Tisch. Ylva ist es unangenehm, Mari-Louise in diesem Moment gegenüberzusitzen. Es fühlt sich falsch an.

»Ist das alles?«

Ylva blinzelt unfreiwillig ein paarmal, aber Mari-Louise bemerkt es nicht, sie hat den Blick fest auf das Kuvert gerichtet.

»Ich gehe davon aus, dass die Botschaft Anders' persönliche Gegenstände an sich genommen hat und dafür sorgen wird, dass sie Ihnen so bald wie möglich gebracht werden. Eventuell werden sie für die polizeilichen Ermittlungen benötigt.«

»Ist das üblich? Alles zu beschlagnahmen?«, fragt Elias scharf.

»Wir beschlagnahmen gar nichts, wenn, dann war es die Polizei in Sarajevo.« Zu viel Verteidigung, sie muss sich auf Elias und Mari-Louise konzentrieren. »Ich kann mich aber gerne bei der Botschaft erkundigen, wann die Sachen geschickt werden. Vielleicht sind sie schon unterwegs.«

»Ich finde das schon verdammt merkwürdig. Nein, unverschämt. Total rücksichtslos...«

Damit hat sie nicht gerechnet. Fehlt nur noch, dass er nach dem Buch und dem Laptop fragt.

»Elias.«

Mari-Louise legt die ausgestreckten Finger auf seinen Arm, berührt ihn aber kaum, als hätte sie Angst, sich zu verbrennen.

»Ihr marschiert einfach hier rein und durchwühlt Regale und Schubfächer wie bei einer Hausdurchsuchung«, fährt er sie an.

»Elias«, wiederholt Mari-Louise.

»Was ...«, beginnt Ylva, wird aber unterbrochen.

»Sie hat sogar private Dinge mitgenommen ...«

Mari-Louise fängt laut und heftig an zu schluchzen. Sie hält sich die Hand vor Mund und Nase und beugt sich über den Tisch.

»Entschuldige«, sagt Elias leise und streicht ihr über den Rücken.

Mari-Louise weint immer unkontrollierter. Ein weiterer junger Mann steht plötzlich in der Tür, sieht Mari-Louise erschrocken an und eilt zu ihr, ohne Ylva Beachtung zu schenken. Er drängt sich zwischen Elias und Mari-Louise. »Mama?«

Er hat Ähnlichkeit mit Elias, sein Haar ist glatter und zurückgekämmt, aber er ist genauso groß und schlank. Seinem Aussehen nach könnte er auch Anders' Sohn sein.

Er wirft Ylva und Elias einen kurzen feindseligen Blick zu. »Könnt ihr bitte rausgehen?«

Ylva nickt, aber er hat sich bereits abgewandt.

»Dann verabschiede ich mich wohl besser mal«, sagt sie gedämpft zu Elias. Sie steht auf, schiebt ihren Stuhl an den Tisch und wirft Mari-Louise einen letzten Blick zu.

In Mari-Louises Augen flackert etwas auf. Sie schlägt mit der flachen Hand so fest auf den Tisch, dass eins der Gläser umfällt.

»Ja, tun Sie das!«, schreit sie. »Ich will, dass Sie gehen.«

Ylva kann sich nicht bewegen. Eine eisige Schocksekunde lang ist sie überzeugt davon, dass Mari-Louise alles weiß. Jetzt kommt die Verurteilung. Vor Sohn und Stiefsohn wird sie verkünden, wer Ylva wirklich ist. Doch im nächsten Moment verlöscht das Flackern in ihrem Blick, sie sackt wieder in sich zusammen und lehnt den Kopf an die hellblaue Hemdbrust ihres Sohnes.

Elias begleitet Ylva in den Flur. Rasch schlüpft sie in den Mantel und schnürt sich mit zitternden Händen die Schuhe zu.

»Sie hat alles mitgenommen«, zischt Elias leise genug, um in der Küche nicht gehört zu werden.

»Ich glaube nicht, dass dies der richtige Zeitpunkt ist«, sagt sie, »aber Sie können mich gerne anrufen.«

Sie will nur noch weg. Der Wutausbruch hat ihr Angst gemacht. Sie öffnet die Tür, und Elias folgt ihr ins Treppenhaus und zieht die Wohnungstür hinter sich zu.

»Einen ganzen Umzugskarton«, fährt er fort. »Sogar Papas private Tagebücher.«

Er steht dicht neben ihr und blinzelt nach den letzten Worten einige Male.

»Er hat Tagebuch geschrieben?«, kann sie sich die

Frage nicht verkneifen, hört selbst, wie nervös sie klingt. Hat Elias es auch gemerkt?

»Ein Arbeitsjournal«, verdeutlicht er.

Sie zieht eine Visitenkarte aus der Tasche und gibt sie ihm. »Sie können mich jederzeit anrufen oder mir eine E-Mail schicken. Ich antworte, so schnell ich kann. Versprochen.«

Elias studiert die Visitenkarte. »Das bleibt vielleicht besser unter uns. Ich glaube, das war alles ein wenig zu viel für Mari-Louise.« Er sieht sie verbissen an.

»Klingt, als gäbe es noch mehr zu besprechen.«

Sie fischt im Trüben, versucht, etwas aus ihm herauszubekommen, ohne preiszugeben, dass sie nicht weiß, wovon er spricht, auch wenn sie ahnt, was passiert ist. Die leeren Schubfächer an Anders' Arbeitsplatz, sein leergefegter Schreibtisch. Hier sind sie also auch gewesen.

»Ja, gibt es.«

Ihm ist anzusehen, dass er am liebsten sofort darüber sprechen würde, aber vielleicht hält er sich wegen Mari-Louises Ausbruch zurück.

»Es muss ein Missverständnis gewesen sein. Wie hieß die Frau, die...«

Er schüttelt den Kopf. »Ich war nicht zu Hause, habe sie nur unten im Hof gesehen. Mari-Louise hat sie...« Er deutet auf die Küche. »Sie hat sie nicht nach ihrem Namen gefragt oder ihn vergessen«, seufzt er.

»Rufen Sie mich an«, sagt Ylva.

Sie geht die Treppe hinunter. Ein dunkelgrüner Kokosteppich verschluckt das Geräusch ihrer Schritte.

Im Lauf des Abends hat es Frost gegeben. Der flache Hügel, auf dem das Haus steht, ist mit Eis bedeckt, aber das macht nichts, auf dem Weg vom Parkplatz zur Haustür hat Hossin Sand gestreut. Mit der schweren Tasche über der Schulter bewegt sie sich vorsichtig vorwärts. Noch immer hat sie Mari-Louises Wutschrei in den Ohren. Im ersten Moment war Ylva überzeugt gewesen, dass Mari-Louise sich auf sie stürzen und sie erwürgen würde, aber vermutlich hat der Wutanfall gar nichts zu bedeuten, redet sie sich ein. Mari-Louise steht unter Schock, hat ihre Gefühle nicht unter Kontrolle.

Sie geht direkt ins Arbeitszimmer und legt Anders' Laptop, das Buch und den Aktenstapel auf ihren Schreibtisch. Der Raum war ursprünglich das Wohnzimmer des Hauses, und man betritt ihn durch eine Art Galerie hindurch zwischen zwei imposant geschnitzten Holzpfeilern.

Den Schreibtisch hat ihr Vater gekauft, als sie in Buenos Aires lebten, und nach Stockholm transportieren lassen, als seine Dienstzeit dort vorbei war. Der Tisch war damals schon abgenutzt, und mit jeder kleinen Macke in dem dunklen Eichenholz ist eine Kindheitserinnerung verbunden. Einige stammen von ihr, als sie an der Seite eines Babysitters einen ganzen Abend geometrische Figuren aus dem Mathebuch abzeichnen musste.

Sie klappt den Laptop auf und schaltet ihn ein. Nachdem Anders' Sida-Account gelöscht und seine Schreibtische leer geräumt wurden, ist der Computer noch wichtiger geworden. Aber wie alle Rechner bei Sida verlangt er ein Kennwort. Ylva hat keine Chance, an die Dokumente heranzukommen, trotzdem hat sie auf ein Wunder oder besonderes Glück gehofft, aber keins von beidem tritt ein.

Sie gibt »Elias« in das Feld ein und drückt die Entertaste, aber so einfach ist es natürlich nicht.

Sie fährt den Computer hinunter und klappt ihn zu, will keine weiteren Fehlversuche riskieren, weil sie befürchtet, dass er sich dann vollständig sperrt. Stattdessen widmet sie sich den Akten. Es handelt sich um Berichte über die laufenden Projekte, die von Anna Kroon und Vesna Butoviç zusammengestellt wurden. Mit ihrer Hilfe hat sich Anders auf die Meetings vorbereitet. Ylva hat dieselben Berichte mit nach Sarajevo genommen, allerdings auf dem E-Reader, während Anders sie lieber ausgedruckt hat. Sie blättert den Stapel durch, um nachzusehen, ob er sich Notizen gemacht hat, dann legt sie ihn beiseite.

Die restlichen Dokumente sind das Fundament für

ein neues Projekt, das sie eventuell unterstützen werden. Ylva kennt keine Details, ist nur mündlich darüber informiert worden, daher liest sie die Unterlagen aufmerksamer. Es geht um eine Kooperation mit der Anwaltskammer des Landes und einigen zivilgesellschaftlichen Organisationen, die sich zum Ziel gesetzt haben, die Rechtssicherheit zu stärken. Das könnte möglicherweise ein kontroverses Thema sein, aber sie kann in dem Material nichts Aufsehenerregendes entdecken. Sie googelt einige Namen, die darin genannt werden, aber auch dabei tritt nichts Verdächtiges zutage.

Wenn es etwas Interessantes zu finden gibt, dann im Computer. Verborgen hinter einem Kennwort, wenn nicht gar verschlüsselt. Wie soll sie jemals darankommen?

Ylva schnappt sich Zadie Smith und geht in die Küche hinunter. Sie sollte etwas essen, aber die düstere Leere in ihrem Bauch inspiriert sie nicht zu großen Leistungen am Herd. Lustlos inspiziert sie den Kühlschrank, findet ein Stück Zucchini, das sie mit einer halben Zwiebel in der Pfanne anbrät und zu Pasta und einem Stück Feta isst, das am Rand schon verdächtig gelb ist.

Es schmeckt nicht besonders, aber sie hat sowieso keinen Appetit und lässt die Hälfte stehen. Dafür hat sie Lust auf ein Glas Chianti. Mittelmeerdiät. Sie sollte ihren Alkoholkonsum unter der Woche etwas einschränken. Ein Alkoholproblem hat sie nicht, aber sie trinkt definitiv zu viel. An den Abenden mit Anders hat sie aus Freude getrunken, an denen ohne ihn aus Sehnsucht, jetzt gegen die Trauer.

Sie setzt sich im kühlen Wohnzimmer auf das Sofa,

wickelt sich in die Wolldecke mit den breiten grünen Streifen ein, greift nach dem Buch und nimmt sich vor, ein Stück zu lesen. Sie will an der Stelle weiterlesen, an der Anders in Sarajevo aufgehört hat. Die Quittung steckt bei Seite 220. Er scheint ein schneller Leser gewesen zu sein. Ylva ist merkwürdig aufgeregt, als wäre dies ein Ritual, das sie in irgendeiner Weise verbindet.

Anders ist bis zu dem Teil des Buches gekommen, in dem ein Madonna-artiger Popstar in einem afrikanischen Land ein privates Wohltätigkeitsprojekt ins Leben ruft, das der *globalen Armut entgegenwirken* soll. Das Engagement des Popstars läuft mit der Zeit ins Leere, als private Interessen wie Adoption und Liebe in den Vordergrund treten. Als Chefin einer staatlichen Entwicklungshilfebehörde ist sie fasziniert davon, dass noch eine internationale Bestsellerautorin ein gescheitertes Wohltätigkeitsprojekt thematisiert. Die beiden letzten Romane von Jonathan Franzen, *Freiheit* und *Unschuld,* handeln in gewisser Weise auch davon, wie ein einzelner privater Akteur in die Irre geht, im einen Buch lässt er sich von den wohlklingenden Versprechungen eines Finanziers verleiten, im anderen Fall endet die Figur in einer Art um sich selbst kreisender Sekte.

Ylva fängt an zu lesen, verliert aber den Faden, bevor sie das Ende des ersten Satzes erreicht hat. »Unser zweiter Aufenthalt fand vier Monate später statt…« Sofort steht sie auf Strümpfen im Hinterhof des Hotels und sieht den Jeep und das Polizeiauto heranrasen. Die Wirklichkeit verdrängt die Fiktion.

Erst vor wenigen Wochen haben sie über das Buch gesprochen. Anders war kurz vor sieben Uhr gekommen und gegen neun gegangen. Ein Glas Wein, Sex und Zadie Smith. Jetzt bleiben ihr nur noch das Buch und der Wein. Alkohol und Literatur sind keine gute Kombination.

Sie hat die ganze Zeit geahnt, dass es schlecht für sie ausgehen würde. Stattdessen hat es für sie beide schlecht geendet, auf völlig andere Weise als erwartet.

Im Keller rumpelt es leise, als der Heizkessel anspringt. Als Ylva die Quittung wieder zwischen die Seiten schiebt, löst sich der Schutzumschlag. Sie klappt das Buch zu und faltet den Schutzumschlag auseinander. Auf die Innenseite hat jemand mit Bleistift *Mattias Klevemann* gekritzelt.

In der Ferne klingelt Ylvas Handy. Es liegt noch im Arbeitszimmer. Sie wirft die Wolldecke von sich und rennt mit dem Buch in der Hand die Treppe hoch. Als sie zum Telefon greift, klingelt es immer noch.

»Ylva Grey.«

»Hallo, hier ist Elias...«

Pause.

»Ferreira Krantz.«

»Hallo, Elias.«

Sie ist vom Treppenspurt außer Atem.

»Ich nehme an, du willst nach dem... Arbeitszimmer fragen?«

»Ja.«

Sie hat ihm eine Erklärung in Aussicht gestellt, aber

was soll sie ihm sagen? Stattdessen fragt sie: »Du weißt nicht zufällig, wie die Frau hieß, die bei euch war?«

»Nein, wie gesagt...« Er klingt gereizt, und sie kann ihn verstehen.

»Kannst du sie beschreiben?«

Er denkt nach, dabei atmet er ihr hörbar ins Ohr.

»Sie war um die vierzig, fünfzig. Eher vierzig, würde ich sagen.«

»Ich bin zweiundvierzig«, rutscht es ihr heraus.

»Ach, ich hab Sie für jünger gehalten.«

»Danke.«

Sie lacht kurz. Am anderen Ende der Leitung wird es still.

»Entschuldigen Sie, ich wollte Sie nicht unterbrechen.«

Warum hat sie sich bedankt? Im unpassenden Moment.

»Sie hatte schulterlanges Haar, mittelblond, glaube ich, und...« Er seufzt. »Also, ich habe sie nur kurz gesehen, als sie aus dem Fahrstuhl kam. Da wusste ich ja noch nicht, dass das wichtig ist.«

»Klar, verstehe ich.«

»Doch, eine Sache fällt mir ein«, sagt er. »Als ich ihr die Tür aufgehalten habe, hat sie sich bedankt. Der Dialekt klang schonisch.«

Mittelblond und aus Schonen. Rasch geht Ylva im Kopf die Sida-Mitarbeiterinnen durch, ohne Treffer. Sie muss später noch mal in Ruhe darüber nachdenken.

»Elias«, sagt sie, »morgen früh werde ich als Allererstes den Sicherheitsbeauftragten von Sida kontaktieren. Das wird vermutlich zu einer Anzeige führen. Mehr kann ich im Moment nicht sagen, weil ich, ehrlich gesagt, auch nicht mehr darüber weiß.«

Anders' Arbeitsplatz bei Sida erwähnt sie nicht.

»Wieso, haben Sie denn nicht...«

»Nein.«

Vielleicht klingt sie überzeugter, als sie in Wahrheit ist. Aber wie kann es jemand von Sida gewesen sein, wenn nicht einmal Sofia Nordin etwas weiß?

»Wer immer bei Ihnen zu Hause war, scheint nicht von Sida gewesen zu sein«, betont sie.

Ein überraschtes Keuchen am anderen Ende der Verbindung.

»Woher sollte sie denn sonst gewesen sein?«

»Ich weiß es nicht, Elias. Wenn wir Anzeige erstatten, werden Sie und Mari-Louise bei der Polizei Zeugenaussagen machen müssen.«

»Von mir aus gern.«

»Und dann nimmt die Polizei die Angelegenheit in die Hand. Wir können nicht mehr tun, als Anzeige zu erstatten.«

»Okay.«

Er klingt enttäuscht, als würde sie versuchen, sich aus der Affäre zu ziehen.

»Sie können mich jederzeit anrufen. Und ich werde Sie bezüglich der Anzeige auf dem Laufenden halten.«

»Sicher«, sagt er.

»Übrigens, darf ich Ihnen eine Frage stellen?«

»Fragen Sie einfach.«

»Sagt Ihnen der Name Mattias Klevemann etwas?«
Wieder wird es still.
»Könnte er ein Bekannter Ihres Vaters sein?«
»Nicht dass ich wüsste. Wieso fragen Sie?«
»Ach, nur ein Schuss ins Blaue. Ich melde mich wegen der Anzeige.«

Ylva legt auf und kneift vor Scham die Augen zusammen, als sie an das kokette Lachen denkt, das ihr rausgerutscht ist.

Immer wieder fantasiert er von Sarajevo. Das Hotel, die Rezeption, sein Vater. Er ist jetzt Vollwaise. Und vermisst seine Mutter mit einer Intensität wie schon lange nicht mehr.

Ferreira, alter Spaghettifresser. Arvid aus der 8c hat ihm am meisten zugesetzt. Dabei sah er nicht einmal besonders südeuropäisch aus. Aber als sie wussten, dass er aus Italien stammte, hat es ihnen eine Zeit lang besonders viel Spaß gemacht, ihn zu ärgern. Sogar der Prophet kam wieder in Mode. Der Propheeet. Arvids Stimme schallte über den gesamten Schulhof. ProFETTI. Irgendwann verlor Arvid die Lust und mit ihm die anderen. Zum Glück war Elias dünn, sonst hätten sie ihn nie in Ruhe gelassen.

Über den Spaghettifresser hat er sich wenig Gedanken gemacht, aber jetzt scheint er ihm plötzlich von Bedeutung zu sein. Er ist ein Teil seiner Identität. Er hatte eine Mutter aus Italien, die es nicht mehr gibt, und sein Vater hat aufgehört zu existieren, als er in Sarajevo von einer Bombe in Stücke gerissen wurde.

Er ist auf die Straße gegangen, um mit Ylva Grey zu telefonieren, wollte nicht, dass Mari-Louise zuhört. Nicht so sehr aus Rücksicht auf sie, sondern weil er sich ihre Sorgen und Fragen ersparen wollte.

Stimmen im Flur. Es ist nicht Markus. Mari-Louise hatte Besuch von Freunden, aber sind die noch da? Es ist nach eins.

Das Gespräch wird fortgesetzt, aber er kann nicht verstehen, worum es geht. Seine Gedanken wandern wieder nach Sarajevo. Und dann zu dem Ding, das in seinem Kopf wächst. Hätte er Gelegenheit gehabt, mit seinem Vater darüber zu sprechen, würde er sich anders damit fühlen, da ist er sich sicher. Er hätte ein wenig von alldem, was ihn beunruhigt, an ihn abgeben können. Er würde sich gestärkt fühlen, obwohl sein Vater nicht mehr da ist.

Mari-Louise kommt ins Zimmer. Sie hat die Hände erhoben und zieht am Ringfinger ihrer linken Hand.

»Elias.«

Ihr Blick flackert zwischen ihm und dem Schreibtisch hin und her, dann dreht sie sich halb und sieht verstohlen zur Tür.

»Ich weiß, es klingt seltsam, aber wir müssen...«

Ein leises Räuspern, ein angestrengtes Ausatmen.

»Wir müssen hier weg. Wir können hier nicht bleiben.«

Er schnaubt, ein beiläufiges Lachen entfährt ihm.

»Was redest du da, Mari-Louise? Ich verstehe überhaupt nichts.«

Mari-Louise sieht aus, als ob sie gleich anfängt zu weinen. Sie hebt die Hände und fuchtelt damit herum.

»Schau mal…«

Er sieht nur den halben Meter Luft zwischen ihren Handflächen.

»Du weißt, was deinem Vater zugestoßen ist. Es scheint alles darauf hinzudeuten, dass…«

Sie kann nicht weitersprechen, steht mit erhobenen Händen und offenem Mund da und rührt sich nicht.

Weil er im Flur Schritte hört, wendet er sich zur Tür um. Eine Frau mit mittelblondem schulterlangem Haar kommt ins Zimmer. Es ist die Frau, der er die Haustür aufgehalten hat, die Frau mit dem Karton.

Elias starrt Mari-Louise an. Jetzt will er eine Antwort.

»Das ist Annika«, sagt Mari-Louise. »Sie wird uns helfen.«

Eine ewig lange Pause. Er versucht, die Situation zu erfassen, aber es gelingt ihm nicht. Annika hat die Schuhe angelassen. Schmutzige Flecken auf dem Fußboden.

»Du hast gesagt, du würdest sie nicht kennen. Was zum Teufel ist hier los?«

»Elias, hör mir zu.«

»Natürlich höre ich zu. Rede! Erkläre es mir.«

Annika antwortet an Mari-Louises Stelle.

»Kjell ist verschwunden.«

Er hat also richtig gehört, sie spricht schonischen Dialekt. Ihr Blick ist grau und ernst. Elias dreht sich stumm zu Mari-Louise um, erhofft sich eine bestätigende Reaktion von ihr, sieht aber nur Verzweiflung und Hilflosigkeit.

»Kjell Nyman, ein Kollege von…«

»Ich weiß, wer das ist«, fällt er ihr ins Wort. »Was soll das heißen, verschwunden?«

»Ich weiß nur, dass er nicht mehr da ist. Wir glauben, dass es einen Zusammenhang mit dem gibt, was Ihrem Vater in Sarajevo zugestoßen ist, und Sie müssen hier weg.«

»Wieso?«

»Weil Sie hier nicht sicher sind.«

»Sicher?«

In seinem Rücken gibt Mari-Louise einen Wimmerlaut von sich.

»Du musst ihr zuhören, Elias.«

»Das tue ich doch«, sagt er, ohne sie anzusehen.

Annika kommt einen Schritt auf ihn zu. Verglichen mit Mari-Louise wirkt sie unerschütterlich wie Granit.

»In Sarajevo sind Ihr Vater und vermutlich auch seine Kollegen auf sensible Informationen gestoßen. Wir glauben, dass die Bombe, die ihn getötet hat, eigentlich für Kjell Nyman und Ylva Grey gedacht war und dass die Attentäter den beiden nach Schweden gefolgt sind.«

Es fällt ihm schwer, ihr zu glauben, beinahe fängt er an zu lachen.

»Wer sind Sie? Warum sollten wir Ihnen vertrauen?«

»Man könnte sagen, ich arbeite für die Regierung.«

»Könnte man sagen?«

Mit ein wenig gutem Willen könnte man über viele Leute sagen, dass sie für die Regierung arbeiten. Zum Beispiel über alle Angestellten an staatlichen Behörden. Wie sein Vater.

»Sie können jederzeit hier aufkreuzen«, sagt Annika,

ohne auf seine Frage einzugehen. »Möglicherweise geht es nur um Minuten.«

»Wieso hierher?«

Elias kann ihr nicht folgen. Warum sollten sie hierherkommen, falls diese Geschichte wirklich stimmt? Sein Vater ist doch bereits tot.

»Ich kann verstehen, dass es in Ihren Ohren dramatisch klingt, und das ist es auch.«

Annikas Stimme ist gedämpft und ruhig, ganz im Gegensatz zum Inhalt ihrer Botschaft.

»Sie kommen oder könnten kommen, um sich zu vergewissern, dass diese Informationen keine Spuren hinterlassen haben und dass Ihr Vater nicht...«

»Aber Sie haben doch bereits alles abgeholt«, unterbricht er sie.

Einen Augenblick lang ist es still.

»Das wissen sie nicht«, sagt Annika. »Und selbst wenn ich wüsste, wem ich es mitteilen soll, würden sie mir nicht glauben, sondern es selbst überprüfen wollen.«

Mari-Louise packt ihn an den Schultern. »Elias, wir haben keine Zeit für so etwas. Verstehst du das nicht?«

Er weicht einen Schritt zurück, befreit sich aus ihrem Griff.

»Diese Menschen sind vollkommen rücksichtslos«, sagt Annika. »Ein Leben oder auch zwei bedeutet ihnen nichts.«

Elias sieht Mari-Louise an. »Wie gut kennst du sie?«

»Gut genug«, sagt Mari-Louise. »Es bleibt dir nichts anderes übrig, als ihr zu vertrauen. Wir müssen los.«

Ihre Augen sind groß und verzweifelt.

»Ich werde Ihnen alles erzählen, was ich weiß«, sagt Annika, »aber jetzt müssen wir uns beeilen.«

»Begreif doch«, fleht Mari-Louise. »Wir können hier nicht untätig rumsitzen ... Bald ist es zu spät. Elias!«

Sie scheint kurz vorm Zusammenbruch.

»Bitte, Elias«, schluchzt sie, »wir müssen hier weg.«

»Okay, okay«, sagt er.

»Packen Sie warme Sachen ein«, sagt Annika.

Als er mit seiner Reisetasche zurückkommt, streckt Annika die Hand aus.

»Außerdem brauche ich Ihre Handys.«

Elias sitzt neben Mari-Louise auf der Rückbank eines weißen Skoda, der auf der E18 Richtung Norden fährt. Nach fünfzehnminütiger Fahrt sind sie auf der leeren Autobahn von Dunkelheit umgeben.

Er kann nicht behaupten, dass er sich nach der Entscheidung mitzukommen sicherer fühlt. Aber auch wenn er Annika nicht traut, muss er wenigstens Mari-Louise vertrauen.

Sie starrt schweigend durch die Windschutzscheibe, hält den Kopf gerade, den Hals gestreckt. Elias beugt sich zu ihr hinüber.

»Und was ist mit Markus?«, fragt er.

»Er ist zurück nach London geflogen.«

Er muss sich aus der Wohnung geschlichen haben, als Elias in seinem Zimmer war, buchstäblich auf Zehenspitzen, denn er hat keinen Laut gehört.

»Wo fahren wir hin?«, fragt er in Richtung Vordersitz.

Annika antwortet nicht. Vielleicht hört sie ihn nicht, weil die Spikereifen so einen Lärm machen. Er wiederholt die Frage noch einmal lauter.

»Wohin fahren wir?«

Sie wirft ihm im Rückspiegel einen Blick zu. »Grisslehamn.«

Sie fahren mit hoher Geschwindigkeit weiter. Annika starrt konzentriert auf die Fahrbahn.

»Was sind das für Informationen, auf die mein Vater gestoßen ist?«, fragt Elias. »Aus wessen Sicht sind sie sensibel?«

»Das kann ich Ihnen nicht sagen.«

»Wie praktisch.«

»Ich weiß nicht alles. Es ist besser für Sie, es nicht zu wissen.«

»Das ist doch lächerlich. Wie soll ich Ihnen glauben...«

»Sei still, Elias«, sagt Mari-Louise. »Annika ist hier, um uns zu helfen.«

Er gibt nach, jedenfalls vorläufig. Kurz vor Norrtälje fahren sie auf eine OKQ8-Tankstelle, die etwas abseits von der Straße hell erleuchtet daliegt. Annika dreht sich zu ihnen um.

»Wir müssen tanken.«

Sie rollen vor die Tanksäule Nummer 3. Annika sagt, sie sollen sitzen bleiben, steigt aus und füttert den Automaten mit Geldscheinen. Tonlose metallische Geräusche pflanzen sich in der Karosserie fort, als Annika den

Stutzen in die Tanköffnung steckt. Mit einem Surren setzt die Pumpe ein.

»Bist du dir wirklich sicher?«, flüstert Elias Mari-Louise zu.

»Inwiefern?«

»Dass es gefährlich wäre, zu Hause zu bleiben?«

Mari-Louise knetet die im Schoß gefalteten Hände.

»Weißt du irgendwas?«, drängt er sie. »Dann musst du es mir sagen.«

»Ich weiß nichts.«

Sie lässt ihren Blick über die Umgebung schweifen.

»Was ist dann mit dir los?«

Elias schaut nach rechts und links, dann dreht er sich nach hinten um. Soweit er es erkennen kann, sind sie allein hier.

Sie packt ihn fest am Arm. »Hör auf.«

»Womit?«

»Sitz still.«

Glaubt sie wirklich, dass ihnen jemand folgt?

»Du weißt etwas«, sagt er mit Nachdruck.

Er hört, wie der Tankstutzen herausgezogen und der Deckel auf den Tank geschraubt wird. Die Tür geht auf, und Annika setzt sich ans Steuer. Sie lässt den Motor an, und sie sind wieder unterwegs.

A mateure«, sagt Karolina Möller.
»Was meinst du damit?«
Die heruntergedimmte Beleuchtung der Armatur spiegelt sich in Vendelas Augen.
»Warum sie Amateure sind?«
»Ja.«
Sie halten großzügigen Abstand zu dem Skoda vor ihnen.
»Du siehst es doch selbst. Kein Auto auf der Straße. Man kann sie gar nicht verlieren. Im Berufsverkehr wäre es zwischen Roslagstull und Täby die Hölle gewesen, sie im Auge zu behalten.«
Das Auto, in dem Mari-Louise Waldoff und Elias Ferreira Krantz sitzen, biegt links ab in Richtung Grisslehamn und Öregrund. Als sie die Straßenbeleuchtung hinter sich lassen, wird es noch leichter, den roten Rücklichtern zu folgen. Sie selbst schrumpfen zu zwei anonymen Abblendlichtern zusammen, zu weit entfernt, als dass sich der Fahrer des Skodas den Kopf über sie zerbrechen müsste.

»Ich glaube, die fahren höchstens bis nach Öregrund«, sagt Karolina, »sonst würden wir nicht diesen Weg nehmen.«

»Was haben sie deiner Ansicht nach vor?«

»Genau das sollst du rausfinden.« Sie grinst Vendela an, die sich das lange schwarze Haar aus dem Gesicht streicht. »Vielleicht wollen sie sich von uns fernhalten«, fügt sie hinzu.

Falls es so ist, wie Karolina vermutet, und Mari-Louise Waldoff und Elias Ferreira Krantz sich in einer winterlich verlassenen Sommerhaussiedlung verstecken wollen, können sie unauffällig ein Sommerhäuschen in der Nähe beschlagnahmen und Vendela dort installieren.

Vendela sieht gut aus. Hübsche, entspannte Züge. Ihr Anblick macht einen froh und ruhig. Karolina findet sie ein bisschen zu hübsch. Für ihren Job. Sie zieht zu viel Aufmerksamkeit auf sich. Was im richtigen Kontext natürlich ein Vorteil sein kann.

»Du täuschst dich«, hat Vendela mal gesagt. »Für euch Weißen sehen doch alle Schwarzen gleich aus.«

Karolina musste ihr widersprechen. »Das gilt aber nicht für dich, fürchte ich.«

Vom Aussehen könnten sie kaum unterschiedlicher sein, Karolina groß, blass und rothaarig, Vendela zierlich, hübsch und dunkel. Aber das ist nur das Äußere. Als Personen sind sie sich viel ähnlicher. Karolina kennt die sture Zielstrebigkeit und das, was sie als gesunden Mangel an Geduld bezeichnet, von sich. Vendela ist noch etwas unsicherer als sie in ihrer beruflichen Rolle, aber das findet Karolina nur gesund. Sie ist neu im *Büro* und muss noch einiges lernen. Vendela ist bei der Arbeit direkt und im Privaten eher ausweichend. Aber das, was durchscheint, gefällt Karolina.

Aus der Personenrecherche ging hervor, dass sie im Alter von zwei Jahren von einem Östersunder Medizinerehepaar namens Bark adoptiert wurde. Anfänglich hatte sie Schwierigkeiten, sich anzupassen, im Alter von elf Jahren war sie bei einem Kinder- und Jugendpsychologen, aber als Teenager hatte sie keine Probleme mehr, was eigentlich untypisch ist, meistens ist es umgekehrt. Sie schloss die Schule mit Bestnoten in allen Fächern außer Religion ab und fing in Umeå ein Medizinstudium an. Im selben Jahr starb ihre Mutter. Es war nicht zu ermitteln, ob es etwas mit dem Tod der Mutter zu tun hatte, aber im Herbst brach sie das Studium ab, zog nach Stockholm und schrieb sich dort an der Technischen Hochschule ein.

Karolina hat sie von der FRA abgeworben, dem schwedischen Nachrichtendienst für Kommunikationsaufklärung, nachdem sie ein halbes Jahr leihweise im Büro gearbeitet hatte. Die Funkeinrichtung für nationale Verteidigung wollte sie zunächst nicht gehen lassen. Karolina musste erst versprechen, für adäquaten Ersatz zu sorgen, was ihr auch gelungen war. Jetzt gehört Vendela zu Karolinas festem Team, wo sie ihre IT-Kenntnisse ebenfalls sehr nutzbringend einsetzen kann.

Leute, die wirklich etwas vom Innenleben von Computern verstehen, faszinieren Karolina. Sie selbst ist auf diesem Gebiet nur eine anständige Freizeitamateurin.

Im Bewerbungsgespräch hat sie Vendela gefragt, was sie dazu veranlasst hat, für die FRA zu arbeiten. Die Herausforderung, hatte sie geantwortet, sie wolle da sein, wo herausragende Fähigkeiten gebraucht würden und man ständig die Grenzen des Möglichen ausweitete. Karolina ließ nicht locker. In dem Fall hätte es doch Alternativen zu einer Tätigkeit innerhalb der Verteidigung gegeben. In der Wirtschaft seien die Aufstiegsmöglichkeiten um einiges besser, und die Bezahlung betrage ein Vielfaches.

»Und dann? Smartphones optimieren? Oder mit Computerspielen reich werden?«, hatte sie erwidert. »Ich will etwas bewirken. Ich bin keine Idealistin, aber ich will etwas bewirken.«

Gute Antwort.

Als sie Älmsta erreichen und über den Väddökanal fahren, fängt es an zu schneien.

»Sei vorsichtig«, sagt Karolina. »Wegen der Tante am Steuer würde ich mir keine Sorgen machen, aber wer weiß, wer am Zielort auftaucht.«

»Glaubst du, Tanten können nicht gefährlich werden?«, fragt Vendela.

»Doch, klar, guck mich an.«

»Du bist doch keine Tante.«

»Das wollte ich hören.« Karolina grinst. »Ich habe sie überprüft. Typische Berufspolitikerin. Parteibuch seit dem vierzehnten Lebensjahr. Hat sich von der Jugendorganisation Schritt für Schritt hochgearbeitet.«

»Klingt wirklich nach einer Amateurin.«

»Sag ich doch.«

Das Fernlicht schweift über schneebedeckte Fichten. Der Weg windet sich bergauf und bergab durch den Wald, in dem hinter Bäumen immer wieder verlassene Sommerhäuschen hervorblitzen. Das Auto kämpft sich einen Hügel hinauf. Auf dem schmalen Waldweg, der vor dem neuerlichen Schneefall offenbar einigermaßen geräumt worden ist, liegt eine luftige Schicht Neuschnee. Nach hundert Metern biegen sie rechts ab und halten an.

»Sind wir da?«, fragt Mari-Louise.

»Ja, Sie können aussteigen. Nehmen Sie Ihr Gepäck mit.«

Als sie den Motor abstellt, sind sie einen Moment lang von Dunkelheit umgeben, bis Elias seine Tür öffnet und im Wageninnern das Licht angeht.

Er steigt aus und versinkt knöcheltief im Schnee. Über den Baumspitzen ist ein mächtiges Rauschen zu hören. Das Meer.

»Wir gehen hier entlang.«

Annika knipst eine Taschenlampe an und richtet den Lichtkegel auf eine Lücke zwischen den Bäumen. Elias erahnt eine Anhöhe, auf der windgepeitschte niedrige Fichten stehen. Er dreht sich zu Mari-Louise um. Sie ist ebenfalls aus dem Auto gestiegen und steht mit ihrer Tasche im Arm dicht hinter ihm.

Annika stapft in Winterstiefeln voraus. Ihre blaue Daunenjacke ist offen.

Auf der Anhöhe steht ein holzverkleidetes Sommerhaus, ziemlich groß für ein Wochenend- und Ferienhaus aus den Fünfzigern. Das Meer ist jetzt nah, im Dunkeln aber nicht zu sehen, die Luft ist feucht. Annika holt einen klimpernden Schlüsselbund hervor, schließt die Tür auf und macht Licht im Flur. Elias geht ihr hinterher. Sie streckt sich und legt den Hauptschalter im Sicherungskasten um.

»Es dauert eine Weile, bis es warm wird«, sagt sie. »Aber es gibt Brennholz, mit dem ihr Feuer im Ofen machen könnt.«

Sie geht wieder hinaus, und Elias glaubt zunächst, dass sie sie allein lässt, ohne sich zu verabschieden, aber Annika kommt mit zwei schweren Einkaufstüten zurück. Sie macht in weiteren Räumen Licht. Vor ihnen liegt ein schmaler Flur, von dem drei Türen abgehen. Links führen ein paar Stufen in eine kleine Küche mit hellblauen Schiebetronten hinauf. Sie stellt die Lebensmittel auf der Arbeitsplatte ab.

Vor dem Kanonenofen im länglichen Wohnzimmer stehen zwei grüne Sofas, zwischen zwei Lesesesseln türmt sich ein wackeliger Bücherstapel, und zwischen einen dieser Sessel und den Schrank ist ein kleiner Fernsehbildschirm gequetscht. Vor den vielen Fenstern eine Wand aus Dunkelheit.

Die Situation ist völlig absurd. Annika geht durchs Haus und erteilt ihnen praktische Anweisungen, während sie auf der Flucht vor einer Bedrohung sind, die sie nicht genau beschreiben kann.

»Unten am Hafen gibt es einen Ica-Supermarkt«, sagt sie. »Ich denke aber, dass Sie eine Weile mit Ihren Vorräten auskommen.«

»Eine Weile? Wie lange sollen wir denn hierbleiben?«, fragt er.

»Am Mittwoch komme ich wieder, spätestens um drei Uhr. Bis dahin haben wir das Problem hoffentlich gelöst. Bleiben Sie auf dem Grundstück, und reden Sie mit niemandem, wenn es sich vermeiden lässt.«

Das war eindeutig ein Befehl.

»Stehen wir etwa unter Arrest?«

»Es ist nur zu Ihrem Besten«, sagt sie.

Elias starrt sie eindringlich an. Sie wendet den Blick ab und scheint es plötzlich eilig zu haben, von dort wegzukommen, will sich nicht in eine Diskussion verwickeln lassen.

»Sie haben Ihren Vater getötet. Vielleicht auch Kjell Nyman. Das ist kein Spiel.«

Sie vermeidet Augenkontakt, und als Elias ihren abgewandten Blick studiert, sieht er deutlich, dass sie Angst hat.

Die roten Rücklichter verschwinden in der Dunkelheit. Sie sind allein mit dem Meer, das beharrlich am Küstenstreifen leckt.

»Und wie sollen wir Annikas Ansicht nach zu diesem Hafen hinunterkommen?«

Er dreht sich zu Mari-Louise um. Sie ist mit dem Koffer vor sich auf eins der Ledersofas gesunken.

»Es sind mindestens drei, vier Kilometer bis dorthin, es ist saukalt, und die Straßen sind nicht geräumt.«

»Müssen wir denn zum Hafen? Sie hat gesagt, wir sollen in der Nähe des Hauses bleiben und haben vorerst genug zu essen.«

Irgendetwas an ihrer Art, diesem Mangel an Neugier, provoziert ihn.

»Warst du hier schon mal?«, fragt er.

Sie hebt den Kopf. »Wie kommst du darauf?«

Warum beantwortet sie seine Frage nicht?

Er geht in die Küche und packt die Tüten aus, verstaut die Lebensmittel in Gefrierfächern und im Kühlschrank. Im oberen Fach ist etwas Gelbliches ausgelaufen und auf der Glasplatte eingetrocknet. Schaudernd knallt er die Tür zu und geht wieder ins Wohnzimmer. Mari-Louise sitzt noch genauso da wie vorher. Elias kontrolliert die Lüftungsklappe des Ofens und hockt sich vor die Luke. Es kommt ihm vor, als wäre es hier drinnen kälter als draußen, seine Zehen schmerzen, obwohl er Schuhe anhat.

»Wer ist diese Annika?«, fragt er. »Kennst du sie?«

Er versucht, einen unberührten Eindruck zu machen, hantiert geschäftig mit den Holzscheiten.

»Ich kenne sie von der Arbeit.«

»Hättest du das Papas Chefin nicht sagen sollen?«

»In dem Moment habe ich nicht daran gedacht, ich ...«

Nicht daran gedacht. Elias muss sich beherrschen, um sie nicht anzufahren. Wie kann sie nicht daran gedacht haben? Lügt sie, oder ist sie wirklich so neben der Spur?

Er reißt einige Seiten aus einer Boulevardzeitung, die zwischen den Holzscheiten steckt, knüllt sie zusammen und legt sie auf die hellgraue Asche im Ofen. Das Papier ist weich und feucht, knistert kaum. Er stapelt Holzspäne obendrauf, findet ein Streichholz, zündet es an und hält die Flamme ans Papier. Widerstrebend fängt es an zu brennen. Nachdem sich eine schwache grünliche Flamme durch ein paar Zentimeter Papier gefressen hat, flackert sie kurz auf und verlischt. Er versucht es noch einmal ohne Erfolg, zündet ein drittes Streichholz an, aber es klappt wieder nicht.

»Wir werden hier krepieren, verdammt noch mal«, zischt er und wirft die Streichholzschachtel durch den Raum.

Mari-Louise schluchzt. Seufzend steht Elias auf und geht die Streichhölzer holen, die unter einem staubigen Tisch mit einer Petroleumlampe und einer Miniatur eines Åländer Mittsommerbaums gelandet sind.

Als er sich umdreht, zittert Mari-Louise am ganzen Leib. Sie hat die Hand vor den Mund gedrückt, ihre Augen sind feucht und ängstlich aufgerissen. Er bemüht sich um ein Lächeln.

»Keine Sorge«, sagt er. »Es wird alles gut.« Er schüttelt die Streichholzschachtel, als ob sie eine kleine Rassel wäre. »Ich habe das nur so gesagt. Wir werden natürlich nicht sterben.«

Die Behauptung macht ihn mutlos und müde. Eine Lüge. Am Ende werden sie alle sterben. Vermutlich früher, als ihnen lieb ist. Er selbst mit einem beschissenen Tumor im Schädel.

Zehn nach sieben wacht Ylva auf. Sie hat die Nacht durchgeschlafen, aber ohne Tabletten wäre das nicht möglich gewesen. Sie hat sie sich nach der Trennung von Johan verschreiben lassen, und sie wirken immer noch, obwohl sie seit Jahren abgelaufen sind.

Sie knotet ihren Bademantel zu und geht ans Fenster. Ein blasser Streifen Licht über den Wipfeln am anderen Seeufer, das ist alles. Sie hat keine Vorhänge im Schlafzimmer. Es kann niemand hereinschauen, und die Helligkeit im Sommerhalbjahr stört sie nicht.

Der Schlaf hat ihr gutgetan. Sie fühlt sich gestärkt. Aber sie ist schwer verwundet, das spürt sie deutlich, nachdem sie nicht mehr wie im Nebel herumläuft. Eine tief klaffende Wunde.

Sie duscht, zieht Jeans und einen dicken Wollpullover an, holt sich eine Tasse Kaffee aus der Küche, kommt wieder herauf und setzt sich an den Schreibtisch. Sie fährt den PC hoch und googelt Mattias Klevemann. Der Nachname ist ungewöhnlich, und in Kombination mit dem Vornamen erzielt sie nur einen einzigen Treffer.

Klevemann wohnt im Albaväg auf Lidingö. Sie klickt ein schwarz-weißes Porträtfoto an. Ordentliche Frisur, wacher Blick hinter filigranem Brillengestell und längliches Kinn. Das Gesicht kommt ihr vage bekannt vor. Kein Wunder, immerhin hat sie bei Swedfund gearbeitet, einem dem Wirtschafsministerium untergeordneten Unternehmen, das davor dem Außenministerium unterstellt war und die Aufgabe hat, schwedische Firmen, die sich in Entwicklungsländern etablieren wollen, finanziell zu unterstützen.

Sida und Swedfund tauschen Informationen aus, aber abgesehen davon arbeitet Swedfund unabhängig. Die Idee dahinter ist, dass die Ansiedlungen schwedischer Firmen den Entwicklungsländern zugutekommen mit der Schaffung von Arbeitsplätzen, zur Verfügung gestelltem Know-how und dem Zugang zu Wirtschaftsnetzwerken. Ylva hat Klevemann vermutlich auf irgendeiner Konferenz kennengelernt, kann sich aber nicht daran erinnern.

Sie recherchiert weiter und hat kurz darauf seine aktuelle Tätigkeit herausgefunden. Er sitzt im Vorstand von Titan Network, einer IT-Consultingfirma. Sie nimmt an, dass die Firma an seinen Kenntnissen über Firmenansiedlungen im Ausland interessiert ist.

Warum hat Anders seinen Namen in den Schutzumschlag geschrieben? Hat es etwas mit Swedfund zu tun oder mit Titan Network?

Sie geht auf die Homepage von Swedfund und klickt sich durch ältere Projekte, entdeckt aber keine Anhaltspunkte. Es ist nicht zu erkennen, wer an welchem Projekt gearbeitet hat. Sie könnte Mikael Grahn bei Swedfund anrufen. Er würde ihr bestimmt helfen, wenn er kann, aber sie will ihn nicht am Wochenende belästigen, und außerdem muss sie sich genau überlegen, wie sie ihre Frage formuliert.

Ihr Handy vibriert. Sie schaut auf das Display und geht dran, obwohl sie die Nummer nicht kennt.

»Hallo, hier ist Karolina Möller von der Polizei.«

Ein kaum wahrnehmbarer Dialekt, eher Süden als Norden.

»Hallo?«

»Ich ermittele im Fall der Explosion im Hotel Europe in Sarajevo.«

»Ich wurde schon vorgewarnt, dass sich jemand melden würde«, sagt Ylva.

»Es wäre gut, wenn wir uns so bald wie möglich treffen könnten.«

»Ja klar. Wann?«

»Am liebsten heute noch. Ich kann zu Ihnen kommen, wenn es die Sache erleichtert.«

»Ich bin gerade auf dem Weg zur Arbeit.«

Eine halbe Lüge, sie hat überlegt hinzufahren, sich aber noch nicht entschieden. Jetzt spürt sie instinktiv, dass sie die Polizei nicht im Haus haben will, solange Anders' Aktentasche in einer Schublade im Schlafzimmer liegt und Schuld verströmt.

»Dann sehen wir uns dort?«, fragt Karolina Möller.
»Ja, das passt.«
»Sagen Sie eine Zeit.«
»Zehn Uhr dreißig?«

Da Samstag ist, nimmt sie das Auto. Auf dem Nynäshamnsväg ist wenig Verkehr, es ist immer noch kalt, der Schneematsch ist gefroren.

Sie parkt in der Tiefgarage und geht direkt zu Sofia Nordin hinauf. Wie vermutet ist sie auch an diesem Samstag am Arbeitsplatz. Die Tür steht offen, ein Lichtstreifen fällt in den Flur.

Zögerlich löst Sofia den Blick vom Bildschirm. »Solltest du heute nicht zu Hause bleiben?«

»Es kommt eine Polizistin.«

»Möller?«

»Dir entgeht auch nichts«, sagt Ylva.

Sofia lächelt matt. »Bei mir hat sie sich auch gemeldet.«

Ylva zieht einen der schwarz gepolsterten Stahlrohrstühle heran und setzt sich. »Ich war gestern bei der Witwe von Anders Krantz.«

Sie erzählt von dem ausgeräumten Arbeitszimmer und dem Gespräch mit Elias. Sofia richtet sich auf.

»Damit ist die Sache entschieden. Wir müssen Anzeige erstatten.«

»Am Anfang dachte ich, es wäre die Polizei gewesen.«

Sofia schüttelt energisch den Kopf. »Davon wüssten wir.« Besorgt lässt sie den Blick über den Schreibtisch schweifen, sie scheint etwas zu suchen.

»Was ist mit dem Besucherverzeichnis?«, fragt Ylva.
»Übergebe ich der Polizei.«
»Hast du es dir angesehen?«
»Das dauert ewig.«

Will sie damit sagen, dass sie noch Zeit braucht oder dass sie die zeitraubende Tätigkeit vollständig der Polizei überlassen will? Ylva lässt die Frage auf sich beruhen.

»Dann kann ich also ganz offen sein?«
»Aber ja, natürlich.« Sofia sieht sie bestürzt an. »Damit meine ich Offenheit gegenüber der Polizei. Nicht intern. Ich werde einen Bericht erstellen, den Fredrika der Ministerin für technische Zusammenarbeit übergeben kann, damit sie Rückendeckung von uns hat, aber außer Fredrika, dir und mir wird niemand eingeweiht.«

In Erwartung einer Bestätigung sieht sie Ylva über den Rand ihrer Brille hinweg an.

Ylva wartet an ihrem Schreibtisch auf die Polizistin. Draußen im Hof sind keine Filmstudenten oder Theaterschüler zu sehen. An einem Samstag kommen nicht einmal die Ehrgeizigsten vor zwölf. Auf den Parkbänken, die wie Puzzleteile geformt sind, liegt Schnee.

Was hat Anders in Sarajevo gemacht? Wer ist der Mann auf dem Bild? Welche Rolle spielt Mattias Klevemann? Spielt er überhaupt eine? Eine träge Welle von Sinnlosigkeit durchrollt sie. Dann klingelt ihr Handy, und sie muss hinuntergehen und Karolina Möller hereinlassen.

Ylva erblickt sie bereits von der Treppe. Karolina ist um die dreißig, vielleicht fünf Jahre jünger als Ylva, hat feuerrote Haare und wachsbleiche Haut. Als Ylva sich der Eingangstür nähert, setzt die Polizistin ein strahlendes Lächeln auf, das Ylva, von dem einen oder anderen Filmstar abgesehen, in dieser Perfektion noch nie gesehen hat. Entweder hat sie bei der Genlotterie einen Hauptgewinn gezogen, oder ein besonders gewissenhafter Kieferorthopäde hat sich an ihr ausgetobt.

»Ich nehme an, es geht hier entlang«, sagt Karolina Möller, nachdem sie sich begrüßt haben. Sie deutet auf den meterhohen schwarzen Pfeil, der nach oben zeigt.

»Schwer zu übersehen«, sagt Ylva.

Nebeneinander gehen sie die breite Treppe hinauf, durchqueren den hellen Raum, der Oase genannt wird und groß genug für die Belegschaft der ganzen Behörde ist. Unter der Woche dient er als Cafeteria.

»Ich würde mir gern das Büro von Anders Krantz ansehen, wenn ich schon mal hier bin.«

Karolina Möller bewegt sich leichtfüßig und geschmeidig. Ylva hat keine Komplexe wegen ihres Körpers, aber an Karolinas Seite kommt sie sich plötzlich plump und alt vor. Karolina ist groß, sie wirkt stark und stabil, Ylva würde sie als stattlich bezeichnen.

»Eigene Räume haben wir nicht«, sagt sie, »aber Sie können gerne seinen Schreibtisch sehen. Ich fürchte nur, Sie werden nicht viel Freude daran haben.«

Eine halbe Treppe unter Ylvas Arbeitsplatz stehen sechs schwarze Sessel um einen ovalen Couchtisch, dort nehmen sie Platz. Da sie allein in der Abteilung sind, stören sie niemanden und brauchen sich nicht in eins der Besprechungszimmer zurückzuziehen.

Karolina zieht die dunkelgrüne Jacke aus und entblößt eine Pistole in einem Hüftholster. Ylva kann es sich nicht verkneifen, die Waffe anzustarren, sie denkt an die Wachmänner im Hotel.

»Tut mir leid«, sagt Karolina, »aber es wäre ein Dienstvergehen, sie nicht zu tragen.«

Ylva reißt den Blick von der Pistole los. »Verstehe. Es ist nur so…« Sie verstummt und winkt ab.

»Ich nehme unser Gespräch auf.«

Karolina Möller legt ihr Handy und einen DIN-A5-Block auf den Tisch.

»Das ist okay«, sagt Ylva mit dem Gefühl, dass ein Nein zwecklos gewesen wäre.

Da Karolina das Handy nicht anrührt, nimmt Ylva an, dass die Aufnahme bereits lief, als sie hereinkam.

»Fangen wir mit den Personen an, die Sie in Sarajevo getroffen haben«, sagt Karolina.

Ylva steht auf. »Ich gebe Ihnen unseren Terminplan.«

Sie geht an ihren Schreibtisch, druckt den Plan aus und holt die ausgedruckten Blätter aus dem Drucker. Sie fühlen sich warm an.

»Ich nehme an, die Polizei aus Sarajevo hat Ihnen das Foto gezeigt?«, fragt sie, während sie sie Karolina überreicht.

Karolina antwortet nicht, sondern versendet mit ihren strahlend blauen Augen eine Gegenfrage.

»Das Foto von Anders und einem Mann, den ich nicht

kenne«, fährt Ylva fort. »Und die Polizei in Sarajevo anscheinend auch nicht. Es wurde mitten in der Nacht vor einer geschlossenen Bar aufgenommen.«

Sie rechnet damit, dass Karolina bestätigt, das Bild zu kennen, aber das tut sie nicht.

»Ich werde der Sache nachgehen«, sagt sie nur.

»Sie wissen nicht, wer der Mann auf dem Foto ist?«

Karolina beugt sich vor. »Wann hat man Ihnen das Bild gezeigt?«

»Als man mich verhört hat bei SIPA.«

»Wie hieß die Person, die Sie vernommen hat?«

»Gordana Sem… irgendwas. Den vollständigen Nachnamen konnte ich nicht lesen, aber vielleicht kann Ihnen die Botschafterin weiterhelfen, sie hat mich dort mit jemandem von der bosnischen Staatskanzlei abgeholt.«

»Sie hat Sie abgeholt?«

»Ja, und dafür bin ich ihr sehr dankbar. Das war ein seltsames Verhör. Ich habe mich ziemlich unwohl gefühlt, als die beiden auftauchten.«

Ylva berichtet von den merkwürdigen Fragen, dann gehen sie den Terminplan durch. Ylva erklärt, wer die jeweiligen Personen sind, welche Funktion sie in dem Projekt haben, an dem sie arbeiten, und wer sich schon aus früheren Projekten kannte. Karolina will alles wissen, auch über zufällige Begegnungen mit Unbekannten in der Stadt oder im Hotel.

Sie befragt Ylva detailliert zum Tag vor dem Attentat. Ylva sagt aus, dass sie von ihrer Rückkehr ins Hotel, bis sie hoch ins Restaurant gefahren ist, allein in ihrem Zimmer war.

Vollkommene Offenheit gegenüber der Polizei. Was, wenn sie etwas Wesentliches verschweigt? Aber was für einen Unterschied kann es machen, wenn sie erfahren, dass Anders eine Stunde in ihrem Zimmer verbracht hat? Und dann ist da natürlich das Notebook. Das wird sie nicht ganz so leicht erklären können.

Es wäre einfacher, wenn sie wüsste, worum es geht. Wenn sie wüsste, was in der anderen Waagschale liegt, könnte sie die Folgen der Wahrheit dagegen abwägen.

Stattdessen erzählt sie von dem gelöschten Account und den Dingen, die von Anders' Arbeitsplatz bei Sida und aus seinem privaten Arbeitszimmer im Karlbergsväg verschwunden sind.

»Haben Sie Anzeige erstattet?«, fragt Karolina. Ihre Augenbrauen sinken hinunter.

»Sofia Nordin bereitet gerade eine Anzeige vor, falls sie nicht schon fertig damit ist. Sie ist in ihrem Büro, Sie könnten also auch gleich mit ihr sprechen.«

»Das werde ich«, sagt Karolina.

»Von Anders' Arbeitszimmer habe ich gestern Abend erfahren«, sagt Ylva.

Sie hat das Gefühl, eine Entschuldigung liefern zu müssen, merkt aber im selben Moment, wie schwach die ist. Elias hat es ihr vor achtzehn Stunden erzählt.

»Ich hätte mich gestern bei Sofia melden sollen, aber... Ich stehe noch immer unter Schock, manchmal ist es nicht leicht...«

»Ich verstehe, machen Sie sich keine Gedanken«, sagt Karolina. Sie entspannt sich, klingt milder. »Im Karlbergsväg gibt es also zwei Zeugen?«, fragt sie weiter.

»Ja. Den Sohn und die Ehefrau.«

Karolina notiert etwas auf ihrem Block

»Das Attentat in Sarajevo…«, beginnt Ylva.

»Ja?«

»Mein erster Gedanke war, dass Anders einfach Pech gehabt hat, aber jetzt bin ich mir nicht mehr so sicher. Diese Diebstahlsdelikte, als solche muss man sie ja wohl bezeichnen, bei ihm zu Hause und bei Sida, haben die etwas mit dem Attentat zu tun? War es beabsichtigt…« Es widerstrebt ihr, das Ende des Gedankens auszusprechen. »…dass Anders stirbt?«, beendet sie den Satz.

»In diesem Punkt sind auch wir uns, so viel zumindest kann ich sagen, nicht mehr sicher. Wir versuchen herauszufinden, ob die Bombe tatsächlich ihm gegolten hat. Es gibt keine Beweise, aber einiges deutet darauf hin.«

»Aber warum?«, fragt Ylva.

»Wenn wir das wüssten, wären wir der Aufklärung des Falls schon sehr viel näher. Offensichtlich will jemand verhindern, dass wir erfahren, was Anders wusste. Deswegen sind diese Informationen von entscheidender Bedeutung. Alles, was er gesagt, geschrieben oder hinterlassen hat, könnte wichtig sein.«

»Ich verstehe.«

Karolina streckt die Hand nach Handy und Block aus. »Von der Botschaft haben wir seinen Koffer bekommen. Wissen Sie, ob er noch ein Gepäckstück bei sich hatte? Vielleicht ein kleineres Bordcase oder eine Aktentasche?«

Ylva ist froh, dass sie sitzt, denn sonst hätte sie sich irgendwo festhalten müssen.

»Ja, er hatte eine Aktentasche«, antwortet sie. »Zumindest hat er sie normalerweise dabei. Ich glaube, in Sarajevo auch.«

»Aber ganz sicher sind Sie sich nicht?«

»Nein.«

Karolina stellt den Wagen auf dem Besucherparkplatz des Filmhauses ab. Gärdet ist ein weitläufiges Feld auf der anderen Seite des Lindarängsväg. Zwei junge Schäferhunde springen hinter ihrem Herrchen her, der das Feld in Richtung Kaknästurm überquert.

Ihre Treffen mit Anders Krantz haben immer im Café des Kaknästurms stattgefunden. Dorthin hatten sie es beide nicht weit. Trotzdem war das Risiko gering, auf Kollegen zu stoßen, und falls doch, hätte er seine Anwesenheit mit einem kurzen Spaziergang durch Gärdet und der spontanen Idee, den Turm zu besteigen, erklären können. Man sieht ihn täglich, aber wer geht schon hinauf?

Sie hatten vereinbart, dass Karolina eine alte Bekannte seiner früheren Frau war, Gabrielle Ferreira. Wenn man lügt, soll man sich nicht zu weit von der Wahrheit entfernen.

Zu Beginn bestand Anders' Aufgabe darin, sich zu integrieren, zu beobachten und zu berichten. Sie trafen sich im Kaknästurm und tauschten Informationen aus.

In der ersten Zeit erhielt er mehr Informationen von ihr als umgekehrt. Sie verschaffte ihm das Hintergrundwissen, an das er selbst nicht herankam. Wirtschaftliche Verhältnisse, Überweisungen aus dem Ausland, Reisen, die nicht dienstlich waren, Telefonlisten. Nach einem halben Jahr gab es eine kritische Phase, in der sie sich zu fragen begann, für wen er eigentlich tätig war. Sie gab ihm, was er verlangte, bekam aber nichts Nützliches zurück. Im schlimmsten Fall hielt er sie auf Trab und schützte gleichzeitig die Identitäten, die er eigentlich enttarnen sollte.

Doch dann wechselte der Informationsfluss die Richtung. Karolina begriff sofort, dass das, was er lieferte, mehr war als nur das Ergebnis passiver Beobachtungen. Er hatte sich immer tiefer in etwas hineinbegeben und war dabei Risiken eingegangen, aber sie kommentierte das nicht, sondern ließ ihn machen.

Das letzte Mal hatten sie sich drei Wochen vor seiner Abreise nach Sarajevo getroffen, und nun war er nicht mehr da. Das war nicht ihre Schuld. Er hatte seine eigenen Entscheidungen getroffen. Nicht nur, als er sich bereiterklärte, sich bei Sida zu bewerben, sondern auch, als er weiter ging, als von ihm verlangt wurde. Aber vielleicht hätte sie ihn trotzdem warnen sollen.

Karolina setzt sich ins Auto und betrachtet die Rampe, die ins Filmhaus führt, diesen geschlossenen Betonkasten, während sie sich anschnallt. Als ihre Familie von Helsingborg in die Stockholmer Gyllenstiernsgata zog, war das *Bio Victor* das nächstgelegene Kino. Im Alter von fünfzehn Jahren sah sie sich von *Die rote Wüste* bis zu *GoodFellas* alles an. Das Filmhaus war ein außerirdisches Raumschiff, das seine Gangway heruntergelassen hatte und geneigte Erdenbürger zu einer Reise in fremde Galaxien einlud. Eine Nostromo oder eine Aniara. Ebenso schön wie beängstigend.

Im selben Maß, wie sich ihr soziales Netzwerk in der Hauptstadt von nicht existent zu umfassend entwickelte, nahmen ihre Kinobesuche ab. Heute ist ihr Leben sehr viel konkreter mit minimalem Spielraum für romantische Fantasien, aber das Filminteresse hat sie nicht verloren. Wenn sie Zeit hat, verzieht sie sich immer noch manchmal ins *Bio Victor*.

Die Fahrt zu ihrem Dienstzimmer in der Floragata dauert nur wenige Minuten. Sie parkt direkt gegenüber dem rosa Neobarockbau, wo sie über drei große Räume im Erdgeschoss verfügen. Das Gebäude sieht aus wie eine bunt verzierte Sahnetorte, ein ästhetischer Kontrapunkt zu ihrem grauen Audi, der so diskret ist, dass jemand mit einem weniger ausgeprägten Sinn für Details ihn auf einem großen Parkplatz leicht übersehen könnte.

Karolina Möller arbeitet für eine mit Sicherheit und Nachrichtendienstlichem befasste, dem Justizministerium untergeordnete Einheit. Diese noch junge Konstruktion gibt es erst seit drei Jahren. Offiziell bezeichnet sie sich, so wie heute, hin und wieder als Polizistin, aber ihr Beruf ist ebenso fließend wie ihre Identität, die ganz nach Bedarf geändert werden kann. Sie ist Inhaberin eines gültigen polizeilichen Dienstausweises, und falls ein Kollege von der Polizei sie im Register sucht, würde er in der Nationalen Operativen Abteilung fündig werden. Karolina hat per Benachrichtigung erfahren, wer eine solche Recherche über sie angestellt hat.

Karolina schließt die erste Tür auf, gibt den Code für die nächste und eigentliche Tür ein und hält ihre Karte ans Lesegerät. Der Alarm beginnt zu piepen, und sie schaltet ihn ab, nachdem sie beide Türen hinter sich geschlossen hat.

Zurzeit arbeiten nur sie, Vendela und Örjan Mardell, der Chef der Einheit, in der Floragata, aber bei Bedarf wird die Gruppe vergrößert. Sie sind sogar schon zu elft hier gewesen. Örjan Mardell ist selten hier. Karolina nimmt an, dass er zwischen mehreren Gruppen pendelt, wie viele genau es gibt, weiß sie nicht. Es gilt das Need-to-know-Prinzip, aber mit einer Einheit in Göteborg haben sie mal zusammengearbeitet.

Sie ruft Örjan an, der sich immer förmlich mit dem vollständigen Namen meldet, obwohl er eigentlich sehen muss, dass sie die Anruferin ist.

»Ich komme gerade von Sida«, sagt sie. »Anders Krantz' Schreibtische wurden leer geräumt, sowohl bei der Arbeit als auch zu Hause. Die Sicherheitsbeauftragte bei Sida hat Anzeige erstattet.«

»Ärgerlich, polizeiliche Ermittlungen könnten uns Schwierigkeiten machen. Wie heißt sie?«

»Sofia Nordin«, korrigiert ihn Karolina.

Örjan verspricht, sich darum zu kümmern.

»Gut, dass du angerufen hast. Noch was?«

»Nein.«

Er ist weg, ohne sich zu verabschieden.

Ihre Einheit hat mehr Befugnisse als die Polizei, aber weniger Verpflichtungen. Im Grunde bekommen sie für alles eine Genehmigung, solange sie es gut begründen können. Aber genauso oft nehmen sie sich Freiheiten heraus, werden aufgefordert, ihren Auftraggeber nicht nach unnötigen Details zu fragen und nicht über ihre Arbeitsmethoden zu informieren. Alle Weisungen erteilt Örjan, meist mündlich und unter vier Augen, es wird selten protokolliert. Bei Bedarf arbeiten sie mit dem militärischen Nachrichten- und Sicherheitsdienst, der Funkeinrichtung für Nationale Verteidigung und der Nationalen Operativen Abteilung zusammen. Auch mit der Sicherheitspolizei, aber nur wenn es gar nicht anders geht, denn die Sicherheitspolizei betrachtet das Büro als Konkurrenz. Ihre geringe Zahl erleichtert die Geheimhaltung und minimiert den bürokratischen Aufwand. Sie sind praktisch der Ermittlungs- und Sicherheitsdienst der Regierung.

Als Karolina sich an den Computer setzt, ist sie überhaupt nicht zufrieden mit sich. Der Bericht, den sie bis drei Uhr erstellen soll, ist voller irritierender Lücken.

Sie wird nicht schlau aus Ylva Grey. Karolina ahnt, dass sie etwas belastet. Ylva hat das Gespräch wie ein Segelboot zwischen lauter Untiefen hindurchmanövriert. Sie steht offensichtlich noch unter Schock nach den Ereignissen in Sarajevo, aber da ist auch noch etwas anderes. Hat sie Anders Krantz durchschaut? Das würde erklären, warum sie zweimal überlegt, bevor sie den Mund aufmacht.

Auf der Heimfahrt ruft Ylva Elias aus dem Auto an. Sie will ihn noch einmal genauer nach der Frau mit dem Umzugskarton befragen, die er unten im Innenhof getroffen hat, weil sie das Gefühl hat, dass er sich an mehr erinnern kann, als ihm bewusst ist. Er geht nicht ans Telefon.

Über dem Horizont, hinter einem schmalen Nebelstreifen, ist die Sonne zu erkennen, wie ein fusseliger Tennisball sieht sie aus. Sie spürt einen leise nagenden Hunger. Seit Sarajevo hat sie keinen Appetit gehabt. Es ist eher ein Gefühl von Leere, das sie zu verdrängen versucht.

Da vom Chianti nur noch eine Pfütze übrig ist, öffnet sie einen Cabernet von der Loire. Den hat sie selbst gekauft, erinnert sie sich. Johan hatte einen traditionelleren Geschmack: Bordeaux, Bourgogne, Côte du Rhône. In dieser Hinsicht war er vorhersehbar. Wenn sie es genau bedenkt, war auch sein Ehebruch ein Klischee.

Sie schenkt sich ein großes Glas ein und geht hinauf

ins Arbeitszimmer. Der Computer ist noch an, und sie sucht als Erstes Mattias Klevemanns Handynummer heraus, die sie sich nicht aufgeschrieben hat. Sie wählt die Nummer und wird nach einigen Klingeltönen an die Mailbox weitergeleitet. Sie spricht Namen und Nummer auf und bittet um Rückruf.

Sie überlegt, ob sie Mari-Louise Waldoff anrufen soll, weil sie in der Wohnung war und die Frau gesehen hat, befürchtet aber, dass Karolina Möller es merkwürdig finden könnte, falls sie davon erfährt. Was es ja auch wäre. Jetzt, da die Polizei eingeschaltet ist, sollte Ylva sich nicht mehr einmischen. Sie wählt trotzdem Mari-Louise Waldoffs Nummer, wird aber sofort an die Mailbox weitergeleitet.

Sie steht auf und holt Anders' Notebook aus dem Versteck in der Schlafzimmerkommode, klappt es auf und betrachtet die Tastatur, ohne genau zu wissen, was sie tun soll. Elias, denkt sie dann. Vielleicht fällt ihm ja etwas ein. Haustiere, ehemalige Wohnorte, Bootsnamen, die üblichen Passwortgeber.

Aber wie soll sie Elias erklären, dass sie Anders' Computer hat?

Sie geht zurück ins Schlafzimmer, um ihn wieder in der Kommode zu verstauen, aber dann sucht sie nach einem besseren Platz, öffnet den Wäscheschrank, schiebt das Notebook unter einen Stapel Bettbezüge und tritt einen Schritt zurück. Sieht das gut aus? Sie seufzt genervt. Es muss ihr doch ein sichererer Ort einfallen. Raum für Raum geht sie durchs Haus. Die Küche? Der Keller? Der

Dachboden? Alles erscheint ihr hoffnungslos offensichtlich, aber dann kommt sie darauf. Sie geht hinunter, verstaut das Notebook in einer Plastiktüte und versteckt es im alten Backofen. Sie zumindest würde nicht auf die Idee kommen, dort zu suchen.

Sie geht wieder nach oben, nimmt *Swing Time* aus der Nachttischschublade, ordnet es alphabetisch im Bücherregal ein und zieht ihr eigenes Exemplar heraus. Sie schiebt die Bücher zurecht, bis die Reihe ordentlich und hübsch aussieht.

Zufriedenheit erfüllt sie, bis ihr aufgeht, was sie hier eigentlich macht. Sie versteckt Gegenstände vor möglichen Eindringlingen.

Sie empfindet eine seltsame Schwerelosigkeit, dann wird ihr kalt.

Mari-Louise steht auf der Schwelle der offenen Terrassentür, durch die die Kälte hereinströmt. Immer noch schlagen Wellen gegen die eisbedeckten Klippen, die der bleiche Tag zum Vorschein gebracht hat, wuchtige Felsblöcke aus rotem und grauem Granit.

»Magst du die Tür schließen?«, fragt Elias.

»Mir ist so heiß.«

Ihre Stimme klingt leise, abwesend.

Endlich haben sie die Hütte warm bekommen, und sie steht da vor der sperrangelweit offenen Tür. Verliert sie jetzt völlig den Verstand? Oder wird sie krank?

»Vielleicht solltest du dich hinlegen.«

Sie antwortet nicht, starrt aufs Meer. Feuchte Kälte wirbelt ins Haus.

Er geht hinunter ins Schlafzimmer und legt sich mit einem Lehrbuch, das aufgeschlagen auf seiner Brust landet, aufs Bett. Es ist das einzige Buch, das er aus dem Karlbergsväg mitgenommen hat. Eigentlich sollte er nicht hier sein. Die Uniklinik kann ihn hier nicht erreichen. Vielleicht liegt bei ihm zu Hause bereits sein Todesurteil oder der Termin für ein weggeklapptes Gesicht.

Elias klammert sich mit beiden Händen an das Buch und versucht, sich an seine letzte Begegnung mit seinem Vater zu erinnern. Die Wochenenden, die er zu Hause in Stockholm verbracht hat, verschwimmen. Falls sie sich in den Weihnachtsferien zuletzt gesehen haben, weiß er genau, welcher Tag es war, aber ist er danach noch einmal ein Wochenende nach Hause gefahren? Mittels seines Pendlerabos könnte er es leicht herausfinden, aber das ist nicht Sinn der Sache. Es geht darum, die Erinnerung selbst zu aktivieren. Er will sich ohne Hilfsmittel erinnern, wie es war, als er ihn zum letzten Mal lebend gesehen hat, will sich die Bilder, das Gefühl und das Gesagte ins Gedächtnis rufen.

Da nichts in ihm auftaucht, waren die Weihnachtsferien vielleicht doch das letzte Mal. Am fünften Januar war er wieder gefahren, um eine Klausur zu schreiben. Das letzte richtige Treffen mit seinem Vater war jedoch am Neujahrstag. Papa, er und Mari-Louise waren zusammen essen gegangen. Elias war, eher müde als verkatert, um vier Uhr morgens nach Hause gekommen. Er hat den Tag als gemütlich in Erinnerung. Er beteiligte sich kaum an dem Gespräch, irgendwie entging ihm, worum es sich drehte. Der Abschied ein paar Tage später war hektisch. Er war gestresst, weil er beinahe seinen Zug verpasst hätte.

Er hätte so gerne ein prägnanteres Bild im Kopf, ein

paar bedeutsame Worte, ein bisschen Glanz, doch es kommt ihm alles so schemenhaft vor. Das macht ihn traurig, aber er fragt sich, ob es nicht eine dumme Idee ist, nach diesem einen Augenblick zu forschen. Vielleicht sucht er gar nicht nach diesem einen Augenblick, sondern nach einem Gefühl für die Summe gemeinsam verbrachter Lebenszeit.

Elias wirft das Buch zur Seite und steht auf. Er muss raus, hält das enge Schlafzimmer nicht mehr aus, hält Mari-Louise nicht aus.

Als er die Treppe hochkommt, steht Mari-Louise immer noch vor der offenen Terrassentür.

»Warum gehst du nicht raus, wenn dir so warm ist?«, sagt er mürrisch und bereut es sofort.

Auf gar keinen Fall will er, dass sie ihm Gesellschaft leistet. Sie sieht ihn verschlafen an und zieht tatsächlich die Tür zu.

»Ich gehe einkaufen«, sagt er.

Er fragt nicht, ob sie einen Wunsch hat. Sie bittet ihn auch nicht, ihr etwas mitzubringen. Er braucht lediglich einen Vorwand, um das Haus zu verlassen, will unten am Hafen schauen, ob ein Bus fährt.

Er zieht sich so warm an, wie die eingepackten Sachen es hergeben, und geht hinaus in den Schnee. Obwohl der leichte Schneefall die Konturen verwischt hat, sind die Reifenspuren von gestern noch zu sehen. Man hört nur die Wellen, die sich unermüdlich donnernd an den Felsen brechen. Kein Auto, kein Vogel, kein Mensch.

Er folgt den Reifenspuren des Wagens, der sie hierher

gebracht hat, geht in der linken. Schneekristalle wirbeln um seine Füße auf und bleiben an den Stiefelschäften hängen. Der Weg ist von einzelnen Sommerhäusern gesäumt und macht eine leichte Rechtskurve, die kein Ende zu nehmen scheint. Als er kurz darauf an eine Abzweigung kommt, hinter der die leichte Rechtskurve sich weiter fortsetzt, begreift er, dass er sich auf einer ringförmigen Schlaufe befindet. In dem Ypsilonwinkel zwischen den beiden Wegen steht eine grüne Eisenpumpe. Elias rüttelt am Griff, der wider Erwarten nicht festgefroren ist. Er pumpt einmal, woraufhin im Innern des Rohrs ein metallenes Scharren ertönt. Nach etwa zehn Zügen strömt klares, frisches Wasser aus dem Hahn. Elias hält die gewölbte Hand darunter, fängt das Wasser auf, beugt sich vor und trinkt. Es ist eiskalt und schmeckt gut. Er will die Prozedur gerade wiederholen, als er jemanden rufen hört.

»Hallo.«

Er dreht sich um. Mitten auf der Weggabelung steht ein schwarz gekleidetes Mädchen.

»Hallo«, antwortet er.

Die Stimme passt irgendwie nicht zu einer Jugendlichen, und als er näher herankommt, sieht er, dass es eine erwachsene Frau ist. Sie ist klein und zierlich, hat langes schwarzes Haar, ist von Kopf bis Fuß schwarz gekleidet, und ihre Haut ist so dunkel, dass sie auch fast schwarz wirkt.

»Hätte nicht gedacht, um diese Jahreszeit jemanden zu treffen«, sagt sie.

»Nein, die Saison hat wohl noch nicht richtig angefangen«, sagt er albern.

Es fällt ihm schwer, den Blick von ihr loszureißen. Er befürchtet, sie anzustarren.

»Ich schreibe in einer Woche Anatomieklausur«, sagt sie. »Dafür lerne ich. Und was machst du hier mitten im Winter?«

»In etwa das Gleiche.«

»Studierst du auch Medizin?«

»Nein, Friedens- und Konfliktforschung. Ich mache gerade meinen Master. Das sollte ich jedenfalls«, grinst er.

»Wo wohnst du?«, fragt sie.

Was passiert, wenn sie ihn fragt, ob er der Sohn von Arne und Lisa ist oder der von Nisse und Helena? Für zufällige Begegnungen haben sie keine Instruktionen bekommen, man hat ihnen nur gesagt, dass sie die Klappe halten sollen, aber dafür ist es jetzt zu spät. Er weiß noch nicht einmal, wem das Sommerhaus gehört.

»An den Klippen.« Er zeigt einigermaßen vage in die Richtung. »Ich wollte gerade einkaufen gehen«, fährt er fort, um weitere Nachfragen zu vermeiden.

»Zu Fuß?« Sie sieht ihn mit großen Augen an.

»Ja.«

»Das ist anstrengend mit schweren Einkaufstüten.«

Er zuckt mit den Schultern. »Mir bleibt nicht viel anderes übrig.«

»Hast du kein Auto?«

»Nein.«

Er hofft, dass der Hausbesitzer mit ihrem Aufenthalt

einverstanden ist. Was, wenn sie ihn verdächtig findet und die Polizei anruft?

»Ich kann dich fahren«, sagt sie.

»Was?«

»Ich fahre dich. Ich wohne da drüben.« Sie deutet mit dem Hinterkopf auf eine hellgrüne Blockhütte, in dessen geräumter Einfahrt ein schwarzer Jeep parkt.

»Sicher?«, fragt Elias. »Das wäre ja unglaublich.«

Er ist überwältigt, nicht nur weil er nicht zu Fuß gehen muss. Es ist, als wäre sie mit einem Helikopter gelandet, um ihn vom Nordpol abzuholen, wo er völlig allein herumgeirrt ist.

Sie zieht einen Lovikka-Fäustling aus und gibt ihm die Hand.

»Ich heiße Eva.«

Ihre Hand fühlt sich schmal, aber stark an.

»Elias.«

Ylva eröffnet das Abteilungsmeeting am Montagmorgen mit den neuesten Nachrichten über das Attentat in Sarajevo. Oder besser gesagt mit den Informationen, die Sofia Nordin und sie selbst für geeignet zur Weitergabe halten. Da sich sowieso alle den Kopf darüber zerbrechen, kann man auch offen darüber sprechen. Aber es ist nicht leicht. Anders' Tod beschäftigt alle, und die Sitzung verläuft zäh und unkonzentriert.

Hinterher schaut sie bei Sofia vorbei.

»Ich habe mich bei der IT-Abteilung erkundigt«, sagt Sofia sofort. »Wir sind aus einem ganz einfachen Grund nicht an Anders' Account herankommen: Es gibt keinen.«

Einen Augenblick bleibt Ylva stumm auf der Türschwelle stehen.

»Ich dachte, er wäre irgendwie blockiert«, fährt Sofia fort. »Aber er ist weg.«

»Du meinst, jemand hat ihn gelöscht?«

»Ja.«

Ylva geht einen Schritt auf den Schreibtisch zu. »Das ist doch Wahnsinn. Kann hier einfach jeder reinspazieren, Dokumente klauen und Dateien löschen?«

»Na ja, jeder nicht«, sagt Sofia. Sie presst die Lippen aufeinander und richtet sich auf.

»Ich wollte dir keinen Vorwurf machen«, sagt Ylva. Das wollte sie wirklich nicht.

»Aber es ist natürlich eine Riesenkatastrophe. Ich habe deswegen auch Anzeige erstattet«, sagt Sofia.

»Gibt es eine Sicherheitskopie?«

»Nichts mehr da. Im Moment wird untersucht, ob sich die Dateien wiederherstellen lassen, aber es sieht so aus, als wäre derjenige, der das getan hat, gründlich vorgegangen.«

Ylva hat Schwierigkeiten, das Gehörte zu verarbeiten.

Sollte sie alles an Karolina Möller übergeben? Das Notebook, *Swing Time*, Mattias Klevemann? Die Arbeit der Polizei ist nicht ihre Aufgabe. Sie hat selbst einen Job, einhundertvierzehn Angestellte im Valhallaväg und in den Botschaften weltweit, sie hat keine Zeit für so etwas.

Sie ruft Mattias Klevemann an, aber er geht nicht ans Telefon.

Bis zum Albaväg sind es höchstens zwanzig Minuten. Fünfzehn, wenn sie ein Taxi nimmt. Die Sitzung kann sie trotzdem vorbereiten.

Sie bestellt ein Taxi in den Borgväg, teilt mit, dass sie eine Stunde weg sein wird, und zieht den Mantel an. Als sie unten an der kleinen Sackgasse zwischen Filmhaus und Sida ankommt, wartet das Taxi bereits auf sie.

Der Taxifahrer fährt durch den Värtahafen. Sie rasen an den großen Finnlandfähren und den alten Speicherhäusern vorbei, in denen mittlerweile Galerien und TV-Produktionsfirmen logieren, und sind bald auf der Brücke. Die Eisschicht darunter ist mit Schnee bedeckt, das offene Wasser weiter draußen sieht kalt und uneinladend bleigrau aus.

Das Taxi biegt ab und fährt den Hügel hinauf, schlängelt sich an einer Baustelle vorbei und arbeitet sich durch endlose Kurven bis in den Albaväg hoch, wo sich große gepflegte Häuser an den Abhang klammern. Ylva bezahlt und steigt in der menschenleeren Straße vor einer grauen, holzverkleideten Jugendstilvilla aus. Die nächste Straßenlaterne wirft grelles Licht auf das schneebedeckte Dach und die Wetterfahne, aus der die Jahreszahl 1907 ausgestanzt worden ist. Hinter den Fenstern ist es dunkel, aber auf dem Weg zum Haus hat jemand Schnee geschippt und Sand gestreut. Unbewohnt ist das Haus jedenfalls nicht.

Ylva öffnet das Gartentor, geht zur Tür und klingelt. Sie hört eine Glocke, aber es kommt niemand und macht ihr auf. Sie drückt erneut die Klingel und klopft an die Tür, ohne sich viel davon zu erhoffen. Nachdem sie eine Weile gewartet hat, zieht sie einen Collegeblock aus der Handtasche und schreibt eine Nachricht. Sie könnte auch einen offiziellen Brief mit dem Briefkopf von Sida schicken, aber sie glaubt nicht, dass Mattias Klevemann dann begriffen hätte, wie dringlich ihre Bitte ist.

Elias sucht in der Hütte nach Hinweisen auf die eigentlichen Bewohner, er durchsucht Schubfächer, Regale, wühlt in den alten Zeitungen im Brennholzkorb, findet aber nichts.

Die Wellen sind schwächer geworden. Das dunkelgraue Wasser bewegt sich schwerfällig und träge und verschwindet ein Stück weiter draußen in einer Nebelbank. In dem kleinen Bücherregal auf der linken Seite sind die Krimis säuberlich von einigen preisgekrönten Romanen getrennt. Vom oberen Regalbrett blickt eine ausgestopfte Lachmöwe herunter. Neben dem Regal hängt eine Seekarte von der hiesigen Küste bis zu den Ålandinseln. Er studiert das Gebiet vor Grisslehamn, greift dann zum Fernglas auf dem Fensterbrett und späht nach draußen. Der Leuchtturm am Svartklubben taucht aus dem Nebel auf und verschwindet wieder.

Er hat über Sarajevo nachgedacht, hatte anfangs eine Art nordirischen Szenarios im Kopf. Sida betreibt mehrere Projekte in Bosnien-Herzegowina, deren Ziel es ist, Bosnier und Serben zusammenzubringen und zur Kooperation zu animieren. Sie setzen vor allem auf Jugendliche, denn alten Affen bringt man bekanntlich keine neuen Grimassen bei, die Jugend ist die Zukunft. Eine langfristige Arbeit. Könnte die Explosion das Ziel gehabt haben, Ansätze zu Einigungsprozessen im Keim zu ersticken? Doch das passt überhaupt nicht zu dem, was Annika über sensible Informationen gesagt hat.

Hinter ihm knackt es. Mari-Louise kommt die Treppe herauf.

»Guten Morgen«, sagt Elias.

»Ja, das kann man so sagen.«

Es ist nach eins. Ihr langes Haar, das immer frisch gebürstet aussieht, ist durcheinander und ein wenig gelockt, was sie jünger wirken lässt. Sie unternimmt ein paar erfolglose Versuche, es mit den Fingern zu ordnen, bevor sie in die Küche geht, dort herumhantiert und den Wasserhahn aufdreht.

»Eine Sache verstehe ich nicht richtig«, sagt er. »Warum sollen wir zwei in Gefahr sein?«

»Hier sind wir sicher«, sagt Mari-Louise. »Nur zu Hause sind wir...«

»Ach ja?«, bricht es aus ihm heraus.

»Ja.«

»Aber wenn es so simpel ist, wenn es wirklich nur mit unserem Aufenthaltsort zusammenhängt, hätte man uns doch auch in eine Wohnung in der Stadt bringen können und nicht in diese beschissene Hütte.«

Mari-Louise kommt aus der Küche, bleibt im Türrahmen stehen. »Annika will uns helfen. Das musst du verstehen. Und die Hütte gehört einer Bekannten von ihr. Was ist so seltsam daran?« Sie ballt die herunterhängenden Hände zu Fäusten.

»Wer ist sie überhaupt? Wenn ich ihr vertrauen soll, muss ich wissen, wer sie ist.«

Mari-Louise antwortet nicht.

»Du sagst mir nicht, wer Annika ist. Du sprichst von *denen*, aber ich habe keine Ahnung, wer *die* sind. Was ist denn so geheim?«

Mari-Louise atmet heftig, scheint Anlauf zu einem Weinkrampf zu nehmen. Er will sie nicht aufregen, aber er kann auch nicht einfach den Mund halten.

»Du weißt etwas, das sehe ich dir an.«

Sie sagt immer noch nichts, legt sich eine Hand auf die Brust unter dem hellgrauen Kaschmirpullover.

»Ich höre«, sagt er.

Elias macht eine einladende Geste. Mari-Louise sieht an ihm vorbei aufs Meer. Eis drückt knirschend gegen die Klippen.

»Jetzt sag endlich was und lüg mich nicht weiter an.«

Etwas zu hart, aber er kann es sich nicht verkneifen. Unter ihrem rechten Auge zuckt es ein paarmal, dann dreht sie sich um und verschwindet wieder in der Küche. Klappert übertrieben laut herum.

Elias bleibt stehen und starrt ihr hinterher. Er ist unten am Hafen nicht dazu gekommen, nach dem Busfahrplan zu schauen, weil Eva ihn abgelenkt hat, aber eine Bushaltestelle hat er gesehen. Wenn Mari-Louise ihm keinen guten Grund nennen kann, warum sie hierbleiben sollten, ist er weg. Er kann zu Fuß zum Hafen gehen oder Eva fragen, ob sie ihn fährt. Oder er nimmt eins der drei Fahrräder aus dem Geräteschuppen.

»Mari-Louise«, sagt er laut.

Sie antwortet nicht. Er muss sie dazu bringen, ihm zu sagen, was sie weiß, aber er hat keine Ahnung, wie er sie in diesem Zustand davon überzeugen soll. Ein staubiger alter Radiowecker klappt eine neue Minutenzahl auf. Er geht in die Küche. Mari-Louise beugt sich über die Spüle.

»Du musst es mir erzählen.«

Sie zittert. Er legt ihr die linke Hand auf die Schulter. Sie sinkt unter der Berührung in sich zusammen, bleibt stumm, steht einfach da, ohne sich umzudrehen. Er legt die rechte Hand auf ihre andere Schulter. Langsam dreht sie sich zu ihm um, sieht ihn nicht an, hält den Kopf gesenkt. Sie legt die Arme um seine Taille und drückt sich schluchzend an ihn. Sie weint, aber der große Heulkrampf bleibt aus. Eine Strähne ihres ungekämmten Haars verfängt sich in seinem Bart.

Er ist Mari-Louise noch nie so nah gewesen. Sein Ärger weicht einer Art von Zärtlichkeit. Ihr Körper strömt Wärme aus. Er würde gerne mit ihr weinen, seinen Schmerz mit ihr teilen, aber seine Tränen sind unter Verschluss, er kommt nicht an sie heran.

Sie entzieht sich ihm, holt ein paarmal tief Luft und scheint plötzlich einen klaren Kopf zu bekommen. Ihr Blick ist weniger verschwommen, sie hat einen entschlossenen Zug um den Mund und verlässt die Küche, ohne ihn anzusehen.

Elias folgt ihr ins Wohnzimmer. Mari-Louise zieht einen Stuhl unter dem Esstisch hervor und setzt sich. Erst jetzt wendet sie sich ihm zu, ein kurzer Blick über die Schulter, und Elias setzt sich ganz vorne auf die Kante des Stuhls mit den Armlehnen, legt die Unterarme aber auf die Oberschenkel, faltet die Hände und hört zu. Aufmerksam.

Mari-Louise tupft sich die Nase mit einem Papiertaschentuch ab. »Okay, ich werde erzählen.« Sie sieht ihn immer noch nicht an.

Vier Stunden später auf dem Weg zur U-Bahn rumort der Gedanke an Klevemann in ihrem Hinterkopf. Oder vielmehr der Gedanke an Klevemann und Anders. Womit hat sich Anders neben seinem eigentlichen Auftrag noch beschäftigt? Sie hat Angst, Dinge zu erfahren, die sie nicht wissen will, etwas, das ihr Bild von dem Mann ankratzt, in den sie verliebt war. Verliebt ist. Die Gefühle sind noch da, obwohl er es nicht mehr ist. Wie so häufig sind die Phantomschmerzen größer als die Liebe, aber sie lassen sich nicht betäuben.

Da es nie ihr Ding war, den Kopf in den Sand zu stecken, zieht sie das Handy aus der Tasche und ruft Elias an. Er geht nichts ans Telefon. Sie versucht es bei Mari-Louise, aber da ist es genauso.

Ylva recherchiert die Nummer von Mari-Louise Waldoffs Sohn Markus und tippt sie ins Handy ein. Er meldet sich, kurz angebunden, was sie angesichts der Umstände ihrer letzten Begegnung nicht verwundert.

»Ich habe versucht, Mari-Louise zu erreichen«, sagt sie, »aber sie scheint nicht zu Hause zu sein.«

»Sie ist in Portugal«, sagt er knapp.

»Aha, wo in Portugal?«

»Porto. Sie hat Freunde dort.«

»Wissen Sie, wie ich sie erreichen kann?«

Er schweigt eine Weile, bevor er antwortet.

»Sie hat ihr Handy dabei, aber ich glaube nicht, dass sie ans Telefon geht. Sie steht ziemlich unter Druck.«

»Aber Sie haben Kontakt zu ihr?«

»Sie ruft mich an. Das ist einfacher so.«

Es rauscht im Hörer, als würde da, wo er ist, Wind wehen.

»Ich muss los«, sagt er. »Ich bin mit Freunden unterwegs und...«

»Verstehe«, sagt Ylva. »Wenn sie anruft, richten Sie ihr doch bitte aus, dass ich gerne mit ihr sprechen möchte.«

»Sie können ihr ja eine SMS schicken«, sagt er. »Aber ich richte es ihr natürlich aus.«

»Danke, das ist gut. Und ist Elias auch bei ihr in Porto?«

»Ja, ich glaube schon. Ich muss jetzt aufhören.«

»Okay. Danke.«

Ein letzter Windstoß, und das Gespräch ist unterbrochen.

Elias' Sinne sind gespannt. Als Mari-Louise ihre Sitzposition ändert, knatscht der Polsterbezug. Über dem Heizkörper wirbelt Staub durch die Luft. In der Wand zwischen Küche und Wohnzimmer hört er eine Maus herumrennen.

»Annika arbeitet in der Parteizentrale.«

Mari-Louise schaut in die Dunkelheit vor den Fenstern.

»Im Sveaväg?«, fragt er.

»Ja.«

»Dann arbeitet sie keineswegs für die Regierung.«

»Nein, aber…«

In ihrer Stimme schwingt nervöser Ernst mit. Wenn sie sich nur nicht umentscheidet und beschließt, doch nichts zu sagen.

»Sie wollte nicht, dass ich es dir sage.«

»Wieso nicht? Ich finde das extrem seltsam.«

Mari-Louise verschränkt trotzig die Arme vor der Brust. »Soll ich nun erzählen oder nicht?«

»Klar«, sagt er, »sprich weiter.«

»Sie hat sich gemeldet, nachdem...« Mari-Louise macht eine Pause, blickt zur Seite, ballt die Fäuste. »Nachdem das in Sarajevo passiert war. Sie hat mir genau das Gleiche erklärt wie dir, als sie uns abgeholt hat, dass Anders nämlich an sensible Informationen herangekommen sei, die möglicherweise der Grund dafür sein könnten, warum jemand die Bombe im Hotel gezündet habe. Sie sagte, sie müsse alles mitnehmen, was im Arbeitszimmer sei, weil es sich um Eigentum der Regierung handele, aber auch wegen der Geheimhaltung.«

»Und du vertraust ihr?«

»Ich kenne sie schon lange von der Arbeit, und wir verstehen uns gut. Wir sind zwar nicht eng befreundet, aber ich habe keinen Grund, ihr zu misstrauen.«

Elias muss zugeben, dass es in gewisser Weise plausibel klingt. Die Parteizentrale der Sozialdemokraten... Andererseits wirft das Ganze mehr Fragen auf, als es beantwortet.

»Aber wenn sie die Wahrheit sagt, warum kümmert sie sich dann darum? Es hätte jemand von Sida kommen müssen oder von der Polizei.«

»So weit habe ich nicht gedacht.«

»Hast du überhaupt was gedacht?«, fragt er spöttisch.

Beschämt senkt sie den Blick. Sie hat jetzt zum zweiten Mal gesagt, dass sie nicht nachgedacht hat. Er glaubt ihr nicht. Dafür ist Mari-Louise zu intelligent. Einmal vielleicht, aber nicht zweimal.

»Natürlich kam es dir seltsam vor, dass sie gekommen ist, um Papas Sachen zu holen.«

Mari-Louise atmet schwer. »Ja, das stimmt, aber ich dachte, es hat seinen Grund.«

»Zum Beispiel?«

»Dass sie die Polizei oder Sida nicht einweihen wollten. Warum genau, weiß ich nicht, aber ich dachte, es geht darum, uns zu schützen.«

»Hat sie das zu dir gesagt?«

Mari-Louise nickt stumm.

»So wie es unserem Schutz gedient hat, uns hierherzubringen?«

»Ja. Ich verstehe nicht, was daran in deinen Augen so merkwürdig ist. Elias, das hier ist die Wirklichkeit. Sie haben deinen Vater umgebracht.«

Er zuckt zusammen, als sie das sagt. Zum ersten Mal schreckt sie nicht vor dem Wort zurück. Sarajevo, die Bombe, der Tod. Er wird in eine brutale Fantasie hineingeschleudert mit höchst realen Bildern des zerstörten Hotels. Rauch, Feuer, Glasscherben.

Er schiebt die Bilder beiseite und fixiert Mari-Louise, die sich auf ihrem Stuhl zusammenkauert.

»Denk nach. Warum sollte jemand aus der Parteizentrale Papas Sachen holen? Vielleicht kommt sie gar nicht von dort.«

»Doch, das weiß ich«, sagt Mari-Louise.

»Merkwürdig ist es in jedem Fall.«

Elias verliert den Faden. Was ist daran so schwer zu verstehen? Oder will sie es nicht verstehen? Verschweigt sie ihm etwas anderes?

»Wie heißt sie weiter?«, fragt er.

»Das...«, murmelt Mari-Louise.

»Hat sie keinen Nachnamen? Heißt sie ganz anders? Vielleicht stimmt das, was du sagst, überhaupt nicht.«

Ihre Stimme überschlägt sich, als sie antwortet: »Annika Jarl.«

»Annika Jarl?«

»Du hast mich verstanden«, sagt sie gekränkt.

»Warum war das so schwer? Durftest du mir ihren Namen auch nicht sagen?«

»Manche Dinge verstehst du nicht«, murmelt sie.

»Ja, das merke ich«, sagt er mit übertriebener Deutlichkeit.

Mari-Louise blickt zur Seite, schweigt.

»Jetzt rede schon. Erklär es mir.«

Nichts.

Elias seufzt laut und demonstrativ. Er muss sich mit anderen Dingen beschäftigen als mit Annika Jarls Konspirationstheorien. Er hat die Nase voll. Er hat nicht vor hierzubleiben.

Ohne noch etwas zu sagen, rast er die Treppe hinunter, schlüpft in seine Stiefel, schnappt sich die Jacke und knallt die Tür hinter sich zu.

Mit öffentlichen Verkehrsmitteln braucht man eine halbe Stunde vom Karlaplan bis Farsta Strand, von dort weitere fünf Minuten zu Fuß zwischen hohen Tannen. Kein Auto, kein Mensch.

Ylva hängt ihren Mantel an den Messinghaken in der Garderobe, geht mit der Tasche in der Hand weiter, bleibt aber im Eingangsbereich stehen. Es gab Momente, in denen sie überlegt hat, eine Alarmanlage einbauen zu lassen. Sie fürchtet sich nicht im Dunkeln und ist auch sonst nicht besonders ängstlich, aber an manchen Abenden setzen die sechshundert Quadratmeter Einsamkeit ihr zu.

Sie lauscht, schnuppert, betrachtet die massiven Prismen des Kronleuchters. Irgendetwas ist anders. Ein Geruch?

Waren Hossin oder Najide im Haus? Die beiden kommen eigentlich nur ins Haus, wenn sie verreist ist. Ylva geht weiter in die Küche, stellt die Tasche auf einen Stuhl und betrachtet den Backofen. Hat sie die Ofenklappe so hinterlassen? Sie weiß es nicht mehr genau.

Sie macht das Deckenlicht aus und tastet sich im Schein einer kleinen LED-Leuchte zum Backofen neben dem Herd. Die Luke gibt ein metallisches Singen von sich, als sie sie aufklappt, verkohlter Geruch schlägt ihr entgegen. Sie steckt die Hand hinein und fühlt auf der rechten Seite. Die Tüte mit dem Notebook ist noch da.

Sie drückt die Ofenklappe fest zu, lässt das Licht in der Küche aus und eilt ohne Mantel zu Hossin und Najide hinüber. Najide öffnet, nachdem sie einen Blick durchs Küchenfenster geworfen hat.

»Hallo, ich wollte nur was fragen.«

»Komm doch rein, es ist so kalt.«

»Ja klar. Entschuldige.«

Ylva tritt ein, und Najide macht die Haustür hinter ihr zu. Jacken und Mäntel hängen an Kleiderhaken im schmalen Flur, und an die Fußleisten schmiegen sich aufgereihte Schuhe.

»Warst du heute zu Hause?«, fragt Ylva.

»Ja.«

»Den ganzen Tag?«

»Ja.«

»Du hast nicht zufällig jemanden vorbeikommen und bei mir anklopfen gesehen?«

Zwischen Najides Augenbrauen bildet sich eine kleine Falte.

»Hast du jemanden erwartet?«

»Nein«, versichert Ylva, »ich wollte nur fragen.«

»Ach so. Nein, ich glaube nicht. Ich habe jedenfalls niemanden gesehen.«

»Könntest du jemanden übersehen haben?«

Sie schiebt die Oberlippe beim Nachdenken vor. »Klar kann das sein.«

»Aber wenn hier eine Weile ein Auto gestanden hätte, wäre es dir doch aufgefallen, oder?«

»Ja.«

Ylva spürt, wie sich ein von den Lippen ausgehendes Lächeln im ganzen Körper ausbreitet.

Najide sieht sie fragend an. »Ich habe das Haus im Auge, das weißt du.«

»Ja, das tue ich.«

»Und wenn ich was für dich tun kann…«

»Nein, nicht nötig«, sagt Ylva. »Aber wenn dir etwas auffällt, egal was, dann sag Bescheid.«

»Egal was?«

»Also wenn du ein Auto siehst oder jemanden, der bei mir klingelt.«

Najide wirkt verlegen. Hat sie sie erschreckt?

»Das Haus steht ja den ganzen Tag leer und ist so abgelegen.«

Damit kann Najide offenbar etwas anfangen. Sie nickt. Ein ganz normaler Einbrecher ist etwas Konkretes und nicht übermäßig beängstigend.

Als Ylva über die vereiste Einfahrt zurück zum Haus balanciert, blitzen am Waldrand zwei Scheinwerfer auf und kommen langsam näher.

Als der Wagen in die Einfahrt einbiegt und vor dem Haus stehen bleibt, erkennt sie einen grauen Audi. Im

Innenraum geht das Licht an, und sie erkennt das rote Haar.

»Gut, dass ich Sie erwische«, sagt Karolina Möller, als sie ausgestiegen ist. »Ich würde gerne den Terminplan, den Sie mir gegeben haben, mit Ihnen durchgehen. Wir hatten letztes Mal nicht so viel Zeit.«

»Das nenne ich Einsatz.«

»Ich möchte einen vollständigen Zeitstrahl für Anders Krantz' Aufenthalt in Sarajevo erstellen und suche mir überall die Bausteine zusammen.«

Karolina hängt ihre Jacke auf. Ylva geht voraus und macht im Wohnzimmer Licht. Sie fand es schon immer unglaubwürdig, wenn in Fernsehkrimis wichtige Zeugen lügen, weil sie fremdgegangen sind. Und trotzdem landet sie bei ihrer ersten polizeilichen Vernehmung ihres Lebens an genau diesem Punkt. Sie hat ausgesagt, allein in ihrem Hotelzimmer gewesen zu sein, obwohl Anders bei ihr war. Sie hat wegen der Aktentasche gelogen und hat Gegenstände, die erstens als Beweismittel dienen könnten und ihr zweitens nicht gehören, an sich genommen. Mit jeder weiteren Lüge und jedem Tag, der vergeht, wird es schwieriger werden, das zu erklären.

Sie setzen sich auf die Sessel vor dem offenen Kamin. Karolina sieht sich um. Die brusthohe Vertäfelung aus schwarz lackiertem Eichenholz, die Orangerie und der große Kamin mit den Gipsornamenten lassen Besucher für gewöhnlich staunend verstummen.

»Schön haben Sie es hier.«

»Danke.«

»Tolle Sache, so ein offener Kamin.«

»Ist Ihnen kalt? Ich kann gerne einheizen.«

»Nein danke, geht schon.«

Karolina scheint den Blick zu schärfen.

»Sie haben Ruß an der Hand.«

Das stimmt. Sie hat schwarze Flecken am Arm und am kleinen Finger. Ruß vom Backofen.

»Oh.«

Sie reibt an der Fingerkuppe, aber der Fleck geht nicht weg.

»Sorry, Berufskrankheit«, sagt Karolina.

»Einen Augenblick.«

Ylva geht in die Küche und wäscht sich die Hände mit dem Gefühl, dass Karolina bereits geschlussfolgert hat, wo sie Anders' Laptop versteckt. Den Fleck am Ärmel reibt sie nicht heraus.

»Sie haben nach dem Terminplan gefragt«, sagt sie, als sie wieder im Wohnzimmer ist.

»Ja, genau. Noch etwas, bevor wir damit anfangen. Kennen Sie einen Mattias Klevemann?«

Ylva setzt sich und nutzt die kurze Pause, um sich zu sammeln. Das Ganze ist ein Sumpf, in dem sie zu versinken droht.

»Nein«, sagt sie, »der Name kommt mir zwar vage bekannt vor, aber nein, ich kenne ihn nicht.«

Mit einer Taschenlampe, die er im Flur gefunden hat, findet Elias den Weg vom Haus zum Schuppen.

Eins der drei Fahrräder muss nicht aufgepumpt werden. Er fegt Mäusekot vom Sattel und schiebt das Rad zwischen Harken und gestapelten Gartenmöbeln hindurch. Sogar das Licht funktioniert.

Am Hafen ist eine Bushaltestelle. Der Plan ist, nach Uppsala zurückzufahren und dort den Bescheid aus der Neurochirurgie abzuwarten, falls er nicht bereits gekommen ist.

Er steigt auf das Fahrrad, der Sattel ist etwas zu niedrig eingestellt, aber nicht so gravierend, dass es sich lohnen würde, nach Werkzeug zu suchen. Da es im Schnee nur langsam vorangeht, fährt er im Stehen. Am Ende der Wegschleife sieht er, dass bei Eva Licht brennt. Er stellt sich vor, wie sie über ihren Büchern hockt und sich Knochen, Muskeln, Sehnen und Organe einprägt. Hat sie eine Tasse Kaffee neben sich? Oder eine Tüte Süßigkeiten?

Er hätte Lust, sie zu fragen, ob sie ihn fährt, möchte sich aber, wo er sich endlich entschieden hat, nicht von den Launen und Zeitplänen anderer abhängig machen. Er rollt an einer Ansammlung grüner Briefkästen vorbei und biegt rechts ab.

Hier ist die Straße geräumt und teilweise vereist, aber die Kälte hat das Eis aufgeraut, sodass er schneller fahren kann. Bergauf muss er ein Stück schieben, aber dann geht es wieder abwärts. Je schneller er rollt, desto stärker wird das Gefühl, mehr Glück als Kontrolle über das Rad zu haben. Trotz der Handschuhe friert er an den Händen. Die Kälte beißt ihm in die Wangen, es müssen mindestens zehn Grad minus sein.

Es gibt nur ihn und den Lichtfleck vor dem Fahrrad. Der Abhang scheint kein Ende zu nehmen. Er wird noch schneller. Er wagt nicht, zu kräftig zu bremsen, weil er Angst hat, ins Schleudern zu kommen, und als der Weg endlich flacher wird, leuchtet der Lichtkegel direkt in den Wald, weil die Straße eine unerwartete Kurve macht. Er lenkt nach rechts, aber das Fahrrad gehorcht ihm nicht, fährt einfach geradeaus weiter und schleudert ihn aus der Kurve. Zwei Birken kommen auf ihn zu und knallen ihm in die Seite.

Ihm bleibt die Luft weg. Als er wieder auf die Beine kommt, dreht es sich in seinem Kopf. Das einzige Fleckchen Licht ist das rote Rücklicht. Er steht still, bis er das Gleichgewicht wiedergefunden hat, klopft sich den Schnee ab, so gut es geht, tastet sich vor bis zum Fahrrad und hebt es auf. Seine Seite tut weh. Hat er sich eine Rippe gebrochen? Langsam schiebt er das Fahrrad und kommt immerhin so schnell voran, dass er mit der Lampe einen Meter weit sehen kann.

Er denkt an Eva und an die Alternative einer warmen Autofahrt anstelle seiner ungnädigen Landung im Straßengraben. Warum ist er nicht zu ihr gegangen und hat an die Tür geklopft?

Die Straße biegt nach links ab, und ein paar hundert Meter weiter sieht er eine Straßenlaterne. Dies ist die Straße zum Hafen. Hier ist geräumt und gestreut, er wagt sich wieder auf den Sattel. Es tut weh, aber es geht. Vorsichtig radelt er durch den Ort, eine Kapelle, vereinzelte Häuser, kleine Fischerhütten am Kai und oben auf der Anhöhe ein hell erleuchtetes Hotel.

Unterhalb des Hotels findet er die Bushaltestelle. Er liest den Fahrplan und muss feststellen, dass der letzte Bus bereits abgefahren ist. Der nächste fährt erst morgen früh um sieben. Elias schaut hinauf zum Hotel mit dem Neonschild auf dem Dach. HAVSBAD. Soll er dort übernachten? Er kann sich gerade schlecht vorstellen, zu Fuß bis zur Hütte zurückzulaufen. Er schiebt das Fahrrad hoch zum Eingang des Gebäudes, das gerne aussehen würde wie eine Pension der vorigen Jahrhundertwende, aber aus jeder Pore Neubau atmet.

Es tut gut, in die Wärme zu kommen. Er reibt seine Hände und registriert einen nicht besetzten Rezeptionstresen und einige Treppenstufen oberhalb des Eingangsbereichs eine Bar. Auf einem grauen Stück Treibholz ist das D in HAVSBAD mit einem R überschrieben.

In den niedrigen Sesseln und Sofas in der Lounge sitzen nur wenige Personen. Versteckte Lautsprecher spielen »Hey Boy« von den Teddybears. Die Decke ist hoch, und die an Atelierfenster erinnernde Fensterfront geht auf die gefrorene Meeresbucht hinaus, in der eine offene Rinne zu den Anlegern verläuft.

Elias geht zu der gut sortierten Bar hinüber, wo es eine übertrieben große Auswahl an Single Malt Whiskys gibt. Der Barkeeper im schwarzen Hemd blickt von seiner Beschäftigung auf.

»Haben Sie sich geprügelt?«

»Wie bitte?«

»Sieht jedenfalls so aus.«

Der Barkeeper zeigt auf seinen Mund.

Elias betastet seine Oberlippe. Blut klebt an seinen Fingern.

»Ich bin mit dem Fahrrad gestürzt«, sagt er.

Der Barkeeper zeigt in Richtung Eingang. »Direkt gegenüber von der Rezeption ist eine Toilette.«

Elias dreht sich um und fragt sich, ob hier öfter Leute hereinkommen, die sich gerade geprügelt haben. Er findet die Toiletten und betrachtet sich im Spiegel. So schlimm ist es gar nicht, ein kleiner Blutfleck unter dem einen Nasenloch. Nasenbluten, das plötzlich versiegt ist.

Er wäscht das Blut ab und nutzt die Gelegenheit, sein Haar glattzustreichen, das bei dem Überschlag mit dem Fahrrad durcheinandergeraten ist. Er hebt den Pullover und stellt sich seitlich zum Spiegel. Ein breiter roter Abdruck verläuft diagonal über den Brustkorb. Wenn eine

Rippe gebrochen wäre, müssten die Schmerzen stärker sein. Probehalber atmet er einige Male tief ein und aus. Alles im erträglichen Bereich.

Als er wieder in die Havsbar kommt, läuft ein Song von Robyn. Er bleibt in der Tür stehen und mustert die schwarzhaarige Frau, die sich auf einen der Barhocker gesetzt hat. Auch von hinten ist sie unschwer zu erkennen.

Er steuert den Barhocker neben ihr an, als sie sich umdreht.

»Elias.«

Er sieht sein Spiegelbild hinter den Flaschen. Da hat sie ihn also gesehen. Er setzt sich.

»Sag nicht, dass du zu Fuß hier bist.«

»Fahrrad gefahren.«

Er betrachtet die Zapfhähne, die Hof und Staropramen zu bieten haben. Er hätte Lust auf ein Bier, fühlt sich aber zu verfroren für ein kaltes Getränk. Eva hat ein Glas Rotwein vor sich, Elias bestellt auch eins. Der Barkeeper serviert es ihm kommentarlos.

Nach einem Schluck Wein berichtet er Eva von dem Überschlag und dann in gedämpftem Ton von dem Missverständnis, das sein Anblick beim Barkeeper ausgelöst hat. Am Ende erzählt er ihr, dass er eigentlich zum Hafen geradelt ist, um mit dem nächsten Bus nach Stockholm zu fahren.

»Im Winter fährt der letzte Bus früh«, sagt Eva.

»Habe ich gemerkt.« Er hebt sein Glas. »Ist aber nett, dich hier zu treffen.«

Beim Lächeln kneift Eva die Augen zusammen. Sie stoßen an. Ihm läuft ein Schauer über den Rücken, er fühlt sich angenehm wehrlos, wenn ihre Augen so glitzern.

Eva klappt die Rückbank um und verstaut das Fahrrad routiniert im Kofferraum. »Ich bringe dich morgen früh hin«, sagt sie, als sie im Auto sitzen, »aber nicht zum Sieben-Uhr-Bus. Wenn, dann zu dem um halb zehn.«
Er versichert ihr, dass das völlig okay wäre. Der Jeep kommt mühelos die glatte Steigung hinauf, und Elias zeigt ihr die Kurve, aus der er geflogen ist.
»Kein Wunder«, sagt sie. »Das sind mindestens neunzig Grad.«
Als sie die Schlaufe erreichen, biegt sie zu ihrem Haus ab und schaltet den Motor aus.
»Magst du kurz mit reinkommen?«
»Klar.«
Er kann ein erfreutes Lächeln nicht unterdrücken.
»Dann können wir noch ein Glas Wein trinken.«
An der Bar hat er sich gefragt, ob sie sich keine Gedanken machte, weil sie noch Auto fahren musste, aber während er zwei Gläser in sich hineingeschüttet hat, hat sie ihres nur halb getrunken.
Elias folgt ihr durch hohen Schnee zu einer Blockhütte. Eva öffnet eine massive Tür zu einem Flur, in dem sie ihre Jacken aufhängen und die nassen Stiefel abstellen, bevor sie in den Wohnbereich gehen. Elias hat etwas im Stil wie im Freilichtmuseum Skansen erwartet, aber das Wohnzimmer ist überraschend modern eingerichtet und hat eine

Front aus Glastüren zu einer schneebedeckten Ebene, die ebenso gut ein Rasen wie eine Wiese sein könnte. In einer abgetrennten Ecke des Raums befindet sich eine Küche, die sich diskret in die ergrauten Wände einfügt.

Eva holt eine Flasche Wein und zwei Gläser.

»Setz dich«, sagt sie.

Elias bleibt vor dem Wohnzimmertisch stehen, auf dem ein dickes Anatomiebuch aufgeschlagen neben schmaleren Bänden, einem Collegeblock und einer fast leer gegessenen Tüte Geleehimbeeren liegt.

»Warum grinst du?« Eva stellt die Gläser auf den Tisch.

Zuerst will er nichts sagen, weil es ihn in gewisser Weise verrät, aber dann erzählt er es doch: »Als ich vorhin hier vorbeigefahren bin, habe ich mir vorgestellt, dass du hier sitzt und beim Lernen Süßigkeiten isst.«

»Bin ich so leicht zu durchschauen?«

Er würde gerne kontern, weiß aber nicht, wie, ohne zu offensichtlich zu werden.

»Zumindest, was Süßigkeiten angeht«, sagt er schließlich.

Ziemlich schwach, aber immerhin erntet er ein Glitzern ihrer zusammengekniffenen Augen, während sie den Korken aus der Flasche zieht. Elias setzt sich auf einen niedrigen Lehnsessel mit geflochtener Sitzfläche und Rückenlehne. Eva schenkt Wein ein und setzt sich in einen identischen Sessel ihm gegenüber. Er nimmt das Buch vom Tisch und blättert aufs Geratewohl darin.

»Okay«, sagt er, »was ist atrium dextrum?«

»Hör auf und nerv mich nicht.« Sie lacht.

»Jetzt sag schon. Kannst du das alles?«

»Ich will jetzt Wein trinken«, sagt sie.

Elias blättert weiter, schlägt das Buch aber beim Querschnitt eines Gehirns zu. Es ist keine Zeichnung, sondern ein echtes Gehirn, in Scheiben geschnitten.

»Prost und willkommen bei mir zu Hause.«

Sie stoßen an. Eva strahlt übers ganze Gesicht, und er spürt, wie er sich entspannt.

»Guter Wein.«

Er schmeckt nach Himbeeren mit einem Hauch von Veilchen.

»Warte.« Sie springt auf und fummelt an ihrem Handy herum. »Ich zeige dir was.«

Er wartet, falls man das so nennen kann, und ist gespannt, was sie ihm vorspielen wird. Nachdem sie eine Weile eine Playlist durchsucht hat, ertönen aus einem Lautsprecher irgendwo im Raum, mit dem sich das Handy offenbar verbunden hat, tiefe Celloklänge. Sie bleibt stehen und strahlt ihn an, auch wenn es offensichtlich die Musik ist, die sie zum Strahlen bringt.

Die tief brummenden Basstöne treffen ihn in den Bauch, werden leichter und fliegen davon, bevor sie zum Bass zurückkehren. Sie hören schweigend zu. Die Musik ist fantastisch. Düster, aber gut.

»Habe ich vor ein paar Wochen entdeckt. Bachs Cello-Suiten von einem japanischen Cellisten. Jian Wang.«

»Schön«, sagt er. »Geht direkt in einen hinein.«

Sie nickt, scheint sich zu freuen, dass ihn die Musik auch berührt.

»Ich habe Cello gespielt«, sagt sie.

»Hast gespielt?«

»Mit sechzehn habe ich aufgehört. Es nahm zu viel Zeit in Anspruch. Ich musste mich entscheiden und habe gemerkt, dass ich keine Musikerin werden möchte.« Lächelnd schaut sie in ihr Weinglas.

»Nicht dein Stil?«, fragt er.

»Nein. Ich bin eher der Alles-oder-nichts-Typ.« Sie trinkt einen Schluck Wein.

»Ganz allein in einer Hütte in einem verschneiten Sommerhausgebiet zu sitzen und Anatomie zu lernen, finde ich ganz schön extrem«, sagt er.

»Das muss jemand, der mitten im Winter allein in einem verschneiten Sommerhausgebiet hockt und für Friedens- und Konfliktforschung lernt, gerade sagen.«

Sie sieht ihn neugierig an, und er breitet die Arme aus, als hätte sie ihn ertappt. In gewisser Weise hat sie das auch. Er hatte den erfundenen Grund seines Aufenthalts fast vergessen.

Sie zieht sich schnell aus, und irgendwie fallen auch seine Kleidungsstücke, ohne dass er es richtig mitbekommt. Luftmoleküle prallen sanft auf seine nackte Haut. Der ganze Raum scheint ihn zu liebkosen. Eva drückt sich an ihn, ein warmer Körper in Bewegung, und er kann kaum atmen. Sein Herz rast, er ist hart und weich, vollkommen anwesend und zugleich auf dem besten Weg, das Bewusstsein zu verlieren.

Ist er so betrunken? Ist sie es? Weiß sie überhaupt, was

sie tut? Sie küsst seinen Hals, und er atmet heftig ein, als wäre er unter Wasser gewesen und gerade an die Oberfläche gekommen. Ihre Zunge ist in seinem Mund, aber es fühlt sich nicht wie ein Kuss an. Er ist seltsam passiv, will es tun, aber sie scheint ihn zurückzuhalten. Er versteht nicht, was sie mit ihm macht. Es ist neu, aber es ist gut.

Sie spielt mit der Zunge in seinem Ohr, küsst ihn auf den Hals, wandert über seine Brust, nimmt seine Brustwarze in den Mund, das hat noch niemand getan, und ihm ist auch noch nie der Gedanke gekommen, dass er es wollen könnte. Es beginnt mit einem Vibrieren in seinem Innern, steigert sich, und als sie hinuntersinkt und seinen Bauch küsst, weiß er nicht mehr, wo er ist. Die weichen Lippen, die warme Zunge, die seinen Bauch hinunterstreicht, ihre Atemzüge auf seinem nackten Schwanz. Sie bläst spielerisch dagegen, oder ist es die Luft, die mit ihm spielt?

Durch ihre Lippen dringt ein weicher Luftzug, der über ihn streicht wie ein Pinsel oder eine Feder. Mehr braucht es nicht.

Elias schlägt im Dunkeln die Augen auf, horcht nach dem Echo eines Traums. Er ist allein im Bett. Ist er ohnmächtig geworden, als es ihm kam, oder ist es nie passiert?

Die Verwirrung beruht teilweise auf dem anhaltenden Rausch. Nachdem sie sich die Weinflasche geteilt hatten, war ein spanischer Brandy aus den Vorräten ihrer Eltern zum Vorschein gekommen.

Er liegt reglos da und lauscht, hört keine Geräusche aus dem Badezimmer oder einem anderen Teil des Hauses und nimmt daher an, dass er allein im Haus ist. Er tastet sich vor bis zur Bettkante, findet am Kopfende eine Leselampe, knipst sie an und blinzelt in das helle Licht, das ihm aus dreißig Zentimetern Entfernung in die Augen scheint.

Als er sich an die Helligkeit gewöhnt hat, bemerkt er seine Kleidung auf dem Boden. Er erinnert sich an irgendwelche zweideutigen Bemerkungen über ärztliche Untersuchungen, und dann… Ist es wirklich passiert, oder hatte er Sex mit seinem eigenen Gehirn?

Er sieht sich nach Evas Sachen um, kann sie aber nirgendwo entdecken. Er schleicht aus dem Zimmer, kalte Bodenbretter unter den bloßen Füßen, er stößt die Tür zum anderen Schlafzimmer auf und erahnt ein Etagenbett mit glatt gezogenen Tagesdecken auf beiden Matratzen. Auch dort keine Eva.

Elias versucht, seine getrübten Gedanken zu sortieren. Etwas hat ihn geweckt. Ein Geräusch. Aus dem Unterbewusstsein treibt das dumpfe Geräusch einer zufallenden Holztür an die Oberfläche. Aber warum sollte sie im Stockdunklen und bei Minusgraden mitten in der Nacht hinausgehen?

Er sieht sich im schwachen Lichtschein aus dem Schlafzimmer um, weiß nicht genau, was er sucht, entdeckt ein Blatt Papier auf einem Regalbord neben der Haustür. Es ist ein alter Brief vom Eigentümerverein, gedruckt auf hellgrünem Papier. Er legt das Schreiben zurück und geht wieder ins Schlafzimmer, wo er auf einer Truhe am Fenster einen Koffer findet. Er enthält Kleidung, sonst nichts. Es kommt ihm schäbig vor, in ihrer Unterwäsche zu wühlen, aber nach den Geschehnissen der vergangenen Tage ist er misstrauisch geworden.

Elias macht den Koffer zu, hebt ihn von der Truhe herunter und klappt diese auf. Es sind nur Bettdecken und Kissen darin. Oder ist da noch etwas? Er schiebt die Hand an der Seite hinein und bekommt eine Art Buchumschlag zu fassen. Es ist ein Fotoalbum. Offenbar hat es schon ein paar Jahre auf dem Buckel, Elias blättert schnell. Die Fotos sind im Sommer gemacht worden, in sengender Sonne vor der Hütte, auf den Klippen, unten im Hafen und an einem schönen Sandstrand. Die Personen auf den Bildern sind, von wenigen Ausnahmen abgesehen, ein Paar um die dreißig und zwei kleine blonde Jungen. Kein dunkelhäutiges Mädchen. Er schaut sich das ganze Album an. Kein einziges Foto von Eva.

Gehört die Blockhütte wirklich Evas Eltern? Aber warum sollte sie lügen?

Als er draußen Schritte hört, schiebt er das Album schnell wieder zwischen Truhenwand und Decken und stellt den Koffer auf die Truhe. Er macht das Licht aus und legt sich leise ins Bett.

Die Tür wird aufgerissen und gleich darauf geschlossen. Da ist es, das gleiche Geräusch, ein müdes und ganz leicht klapperndes Rumsen an den Türrahmen, dann raschelnde Laute und kurz darauf Schritte, die näher kommen.

Eva kriecht zu ihm unter die Decke, schmiegt sich weich an seinen Rücken und legt die Arme um ihn. Elias liegt mit offenen Augen da und starrt in die undurchdringliche Dunkelheit.

Vor Rosenbad, dem schwedischen Regierungssitz, stößt das dunkelgraue Wasser des Norrströms auf dicke Wälle aus grünlichem Eis. Es spricht alles dafür, dass der strenge Winter das Land noch mindestens einen Monat im Griff behalten wird. Extreme Kälte, Russenwinter, Schneerekord, Wetterwarnung.

Der Staatssekretär im Justizministerium, ein Mann knapp unter vierzig mit schweren Lidern, begrüßt Karolina und ihren Chef mit einem hastigen, aber festen Händedruck.

Karolinas Ansicht nach gibt es drei mögliche Gründe, wenn Örjan Mardell sie zu einem Termin im Ministerium mitnimmt. Erstens: Er glaubt, sie könne etwas daraus lernen. Zweitens: Er will, dass sie alle Nuancen ungefiltert mitbekommt. Drittens: Er möchte eine Zeugin dabeihaben, wenn Wünsche an ihre Einheit gerichtet werden, die in keinem Protokoll oder sonst irgendwo festgehalten werden. Worum es diesmal geht, hat sie ihn nicht gefragt.

»Henning ist bei unserem Treffen dabei«, sagt der Staatssekretär. »Sie kennen sich vielleicht von früher?«
»Nein, ich hatte noch nie die Ehre«, sagt Örjan.

Karolina auch nicht, aber sie erkennt den Parteisekretär der Sozialdemokraten natürlich.

Henning Eriksson streckt die Hand aus, das Haupt erhoben, er strahlt Neugier und Engagement aus. In dem kahlrasierten Schädel spiegelt sich das Deckenlicht. Er ist kleiner als Karolina und muss bei der Begrüßung zu ihr aufblicken. In der Öffentlichkeit ist er vor allem als Marathonläufer bekannt, aber für einen eingefleischten Langstreckenläufer sieht er ungewöhnlich athletisch und kompakt aus.

Sie weiß, dass er mit zehn Jahren Mitglied bei den Jungen Adlern geworden ist und schon als Achtzehnjähriger Vorsitzender im Bezirk Stockholm war. Er war bereits ein gewichtiger Sozialdemokrat in der Region Stockholm, bevor er Parteisekretär und Wahlstratege wurde. Man kennt ihn als Macher, der sowohl im öffentlichen Sektor als auch in der Wirtschaft über ein großes Netzwerk verfügt.

Henning grinst breit. Der Blick, den er an Karolina hinuntergleiten lässt, bekräftigt seinen Ruf als Konferenzficker. Seine Anwesenheit macht sie misstrauisch. Henning Eriksson ist in der Partei ein mächtiger Mann, gehört aber nicht der Regierung an und hat keinen Posten in der Regierungskanzlei.

Karolina faltet ihre lange, schwarz gekleidete Gestalt auf einem von Rosenbads zierlichen Sofas zusammen. Örjan Mardell setzt sich neben sie, seine Ringerfigur sieht in dem dunkelgrauen Anzug eingesperrt aus. Henning Eriksson und der Staatssekretär setzen sich ihnen gegenüber.

»Karolina hat sich vorgestern mit unserem französischen Freund getroffen«, leitet Örjan das Gespräch ein.

Wie immer kommt er sofort zur Sache. Henning und der Staatssekretär sehen sie erwartungsvoll an.

»Ich habe eine Mahnung erhalten.«

Henning stöhnt auf. »Das ist ein verdammt heikles Problem.«

»Eine fremde Macht, die die Entscheidungen der Regierung in eine bestimmte Richtung lenken möchte«, sagt Karolina. »In der Tat delikat.«

»Möchte? Sie lassen uns keine andere Wahl.«

»Eine Hand wäscht die andere«, sagt Örjan. »Informationen gibt es nicht umsonst.«

»Sie wissen ganz genau, in welcher Lage wir sind. Die Entscheidung der ISP geht konform mit dem schwedischen Gesetz, an diesem Deal ist alles korrekt, aber sie wissen von diesem ... verdammten Durcheinander und scheinen bereit zu sein, es zu nutzen. Das ist pure Erpressung.«

»Das wissen wir erst, wenn wir sie unter die Lupe genommen haben.«

Henning rümpft die Nase. Örjan weiß genauso gut wie er, dass es dazu niemals kommen wird.

»Die Opposition würde das Wort Erpressung mit Begeisterung aufgreifen und daraus machen, dass wir nicht mehr Herr im eigenen Haus sind.«

Örjan nickt mit einer gewissen Leere im Blick, als wäre

er der Meinung, Henning gäbe Binsenweisheiten von sich.

»Sollten wir das Risiko nicht trotzdem eingehen?«, fragt Karolina. »Die Alternative...«

»Die Alternative ist mir bekannt.«

Henning wirft ihr einen ungehaltenen Blick zu. Er ist es nicht gewohnt, von jüngeren Mitarbeitern belehrt zu werden, noch dazu von einer, deren Namen er kaum kennt. Karolina ist bewusst, dass es ihr nicht zusteht, sich in diesem Raum zum Risikomanagement zu äußern, aber wenn Örjan sie mitschleppt, hat er sich das selbst zuzuschreiben.

Der Staatssekretär gibt keinen Mucks von sich. Seine Anwesenheit ist nur eine Formalität. Henning hält die Zügel vollständig in der Hand.

»Diese verfluchte Bombe in Sarajevo verschärft die Situation. Und da ihnen das klar ist, machen sie jetzt so einen Druck. Was wissen Sie? Glauben Sie, es besteht ein Zusammenhang? Der Ministerpräsident hätte gerne einen Lagebericht.«

Letzteres fügt er hinzu, als hätte er das Gefühl, seine Anwesenheit legitimieren zu müssen.

»Anders Krantz hat in Sarajevo jemanden getroffen«, sagt Örjan.

»Wen?«

»Das wissen wir nicht, aber es hatte nichts mit der Dienstreise zu tun.«

»Sondern mit dem Auftrag, den er von Ihnen hatte?«

Henning legt die Handflächen aneinander und zeigt mit den Fingerspitzen auf Örjan, während er sich gleichzeigt nach vorne beugt. Er sieht aus wie ein halbherzig betender buddhistischer Mönch.

»In gewisser Weise ja, aber er ist weitergegangen und hat auf eigene Faust gehandelt. Wir glauben, dass er Informationen erhalten hat, die für unsere Ermittlungen von Bedeutung sein könnten, und dass er deswegen aus dem Weg geräumt wurde.«

»Aber Sie haben niemanden gefunden.«

Hennings Fragen kommen wie aus der Pistole geschossen. Örjan kann kaum seine Sätze beenden. Er sieht Henning mit neutralem Gesichtsausdruck an. Falls er verärgert ist, lässt er es sich nicht anmerken, das würde er in einer solchen Situation nie tun.

»Nein.«

»Haben Sie sein Gepäck untersucht, seinen Laptop?«

»Der Laptop ist samt seiner Aktentasche in Sarajevo verschwunden.«

Aus irgendeinem Grund verstummt Henning. Er presst zwei Finger auf seine Unterlippe.

»Okay, von diesen mutmaßlichen Informationen gibt es also keine Spur?«

»Im Moment nicht.«

Henning hustet. »Was machen wir nun mit den Franzosen?«

»Wir könnten gar nichts machen und hoffen, dass sich das Problem von alleine löst«, sagt Örjan. »Aber das ist riskant.«

Henning rutscht unruhig hin und her. Seine Hand fährt nach oben und streicht über den glatten Schädel.

»Außerdem können die Franzosen eins und eins zusammenzählen«, fährt Örjan fort. »Wenn wir nicht eingreifen und die Sache geht schief, verschaffen wir ihnen einen Vorteil. Wenn sie wissen, dass wir noch mehr zu verlieren haben, wenn die Korruptionsaffäre ans Licht kommt, werden sie noch mächtiger.«

»Was ist die Alternative?«, fragt Henning.

Er streckt das Kinn vor. Örjan dreht sich zu Karolina um und überlässt ihr die Antwort.

»Die Alternative ist, zu handeln und aufzuräumen.«

Henning sieht sie von oben herab an, er hätte das Gespräch lieber mit Örjan fortgesetzt.

»Auf diese Weise entwaffnen wir die Franzosen«, sagt sie. »Es sieht natürlich nicht gut aus, aber lieber ein kleiner Eklat, als den Kopf in den Sand zu stecken und etwas viel Schlimmeres zu riskieren.«

»Sie meinen einen kalkulierten Shitstorm?«

»Ja.«

»Sie raten uns also, ein Opfer zu bringen.«

»Das wäre eine Möglichkeit«, sagt Örjan. »Opfer wird es ohnehin geben. Die Frage ist, ob Ihnen Entlassungen und Skandale lieber sind als tote Mitarbeiter. Einen Toten haben Sie bereits zu verzeichnen, und wenn wir nichts tun, lässt sich nicht ausschließen, dass es weitere gibt.«

Ungeduldig massiert Henning die Armlehnen. »Ist denn Aufräumen, wie Sie es genannt haben, überhaupt möglich?«

»Sie meinen, rein juristisch?«, fragt Örjan.

»Ja. Wenn man Anklage gegen jemanden erhebt, will

man schließlich auch, dass es für eine Verurteilung reicht.«
Er breitet die Arme aus, als verlange er von den beiden, die Karten auf den Tisch zu legen.

»Die Antwortet lautet Nein ...«

»Dann wird es schwierig.« Henning beißt entschlossen die Zähne zusammen.

»Momentan zumindest«, fährt Örjan fort. »Aber wir arbeiten daran. Ich glaube, die Franzosen können uns helfen, aber nicht ohne Gegenleistung.«

»Das ist keine große Hilfe«, sagt Henning mürrisch. »Dann sind wir wieder da, wo wir angefangen haben. Sie verlangen von der Regierung eine bestimmte Entscheidung, damit sie dichthalten.«

»Nicht unbedingt«, sagt Karolina. »Aber es ist eine Mutprobe. Wer zuerst die Nerven verliert, hat verloren.«

Henning zuckt zusammen und setzt sich kerzengerade auf.

»Das ist eine gute Zusammenfassung«, sagt Örjan. »Wie lange warten wir ab? Entweder das oder eine diplomatische Lösung. Aber für Letzteres ist unsere Abteilung nicht zuständig.«

»Nein, das ist sie nicht«, sagt Henning und schaut beim Weitersprechen an ihnen vorbei durch den Raum. »Es könnte ein Ausweg sein. Wenn ich das so höre, glaube ich, Sie haben recht.«

Henning Eriksson atmet hörbar durch die Nase aus und steht dann auf, um zu signalisieren, dass das Treffen beendet ist.

Kaffeegeruch weckt Elias, er zwingt sich, die Augen zu öffnen. Eva sitzt auf der Bettkante und hält ihm einen hässlichen braunen Keramikbecher hin.
»Ich glaube, den kannst du gebrauchen.«
Er setzt sich auf und nimmt ihr den Becher ab. Er hat lange wach gelegen und die Bilder aus dem Fotoalbum an seinem inneren Auge vorüberziehen lassen, aber am Ende hat der Kater die Oberhand gewonnen, und er ist eingeschlafen.

Eva trägt einen abgetragenen Bademantel in Weinrot mit weißen und schwarzen Streifen. Ihre Füße stecken in grauen Filzpantoffeln. Weder der Bademantel noch die Hausschuhe scheinen ihr zu gehören.

Elias trinkt den Kaffee, und sein Kopf wird klarer. Er zieht zu voreilige Schlüsse. Was bedeutet schon ein altes Fotoalbum in einer Truhe? Dafür gibt es sicher eine einfache Erklärung.

Er berührt Evas Arm. Lachend legt sie den Kopf schief, entwindet sich seinem Griff und steht auf. Er sucht ihr

Gesicht nach Spuren von Unmut ab, aber sie sieht weder verlegen noch nachsichtig aus.

»Ich fürchte, wir haben gerade den Bus verpasst«, sagt sie.

Draußen ist es schon hell. Erst jetzt fällt ihm ein, dass er ja einen Bus erreichen wollte.

»Wie spät ist es?«

»Er fährt in fünf Minuten«, sagt sie. »Das schaffen wir nicht, aber in zwei Stunden fährt der nächste.«

Vor dem Fenster fallen dicke Schneeflocken. Wohin soll er fahren? Nach Stockholm oder direkt nach Uppsala? Etwas in ihm möchte lieber bleiben. Nicht in der Hütte mit Mari-Louise, sondern hier bei Eva. Am liebsten würde er hierbleiben und alles vergessen, was in den vergangenen Tagen passiert ist. Alles hinter sich lassen und sich etwas ganz anderem hingeben.

Er stellt die Tasse auf den Nachttisch, steht auf und zieht sich an. Eva beobachtet ihn ungeniert, unternimmt aber keine Anstalten, sich zu nähern oder ihn zu berühren. Er unterdrückt ein Seufzen und zieht den Pullover über die blauen Flecken.

»Ich gehe nach Hause und packe meine Sachen«, sagt er. »Wirklich nett von dir, dass du mich fährst.«

»Ist doch selbstverständlich. Um elf hole ich dich ab.«

»Nicht nötig. Ich komme bei dir vorbei.«

»Ich hole dich ab.«

Der Schnee fällt dichter, als Elias zunächst gedacht hat. Sobald er sich nicht mehr im Schutz der Bäume befindet, peitscht der Wind ihm entgegen. Er schiebt das Rad und stellt es in den Schuppen. Der Wind kommt aus Nordost, oben auf dem Hügel ist er scharf und eisig.

Vorsichtig zieht Elias die Tür hinter sich zu und klopft sich den Schnee von den Kleidern. Er ruft ein gedämpftes *Hallo*, will Mari-Louise nicht wecken, falls sie noch schläft. Nicht aus Rücksicht, sondern um zu vermeiden, mit ihr sprechen und ihr erklären zu müssen, wo er gewesen ist. Am liebsten würde er unbemerkt verschwinden.

Er hängt seine Jacke auf und stellt die Schuhe zur Seite, geht ins Schlafzimmer, packt seine wenigen Sachen zusammen und wirft noch schnell einen Blick oben ins Wohnzimmer, damit er nichts vergisst.

Er trägt seine Reisetasche in den Flur, bleibt stehen und horcht an Mari-Louises Tür. Soll er ihr einen Zettel hinlegen? Vielleicht besser, als wenn sie nichts weiß.

Als es an der Tür klopft, zuckt er zusammen. Sein erster Impuls ist, nicht aufzumachen, sich Jacke und Schuhe anzuziehen und die Hütte durch den Hinterausgang zu verlassen. Dann geht er doch zur Tür, rechnet mit Annika Jarl. Er beschließt, sich nichts anmerken zu lassen.

»Hallo.«

Eva strahlt im Schneetreiben wie die Sonne.

»Komm rein.«

Sie streift den Schnee von den Ärmeln und betritt den Hausflur.

»Ich war auf der Homepage von SL«, sagt sie. »Im gesamten Bezirk gilt eine Unwetterwarnung, in Stockholm ist es noch schlimmer als hier, es ist also fraglich, ob überhaupt Busse fahren.«

»Fraglich?«

»Es gibt keine Informationen zu einzelnen Buslinien. Jedenfalls im Moment nicht. Umfangreiche Verspätungen und eingestellte Fahrten, die Seite wird laufend aktualisiert. So ungefähr.«

»Aha«, seufzt er.

»Ich habe jedenfalls beschlossen, ein paar Tage früher nach Hause zu fahren«, sagt sie. »Gegen ein oder zwei Uhr könnte es aufhören zu schneien. Wenn du willst, kann ich dich bis nach Stockholm mitnehmen.«

»Wirklich? Das wäre perfekt.«

Er hat absolut nichts gegen ein paar Stunden mit Eva im Auto.

»Glaubst du, wir kommen durch?«

»Diesen Jeep hält so schnell nichts auf. Im schlimmsten Fall musst du aussteigen und schieben.«

Er grinst über den Scherz. Sie lächeln sich schweigend an. Er hat das Gefühl, dass sie in ihm lesen kann wie in einem offenen Buch, und wendet sich ab.

»Ich komme wieder, sobald es aufgehört hat zu schneien«, sagt sie.

Als Eva weg ist, öffnet er vorsichtig die Tür zu Mari-Louises Zimmer. Sie ist nicht da. Er hat sich schon Sorgen gemacht, sie könnte eine Schlaftablette zu viel genommen haben, aber so schlimm war es wohl doch nicht.

Vielleicht hat sie einen Spaziergang gemacht und

irgendwo Schutz vor dem Schneetreiben gesucht? Oder hat sie sich abgesetzt? Vielleicht sogar schon gestern? Welche Ironie, wenn er derjenige wäre, der alleine zurückgeblieben ist.

Karolina Möller und Örjan Mardell steigen in den Fahrstuhl. Karolina drückt die Taste für das Erdgeschoss. Sie fahren die kurze Strecke hinunter, ohne ein Wort zu sagen. Örjan bindet seinen Schal und knöpft den dunkelblauen Mantel zu.

Es ist wenig beneidenswert, einen möglichen Skandal gegen einen anderen abwägen zu müssen, wenn man beide lieber vermeiden würde. Je länger der Ministerpräsident und seine Ratgeber sich mit der Entscheidung Zeit lassen, desto größer das Risiko, dass sie keinen von beiden vermeiden können.

Henning Erikssons Anwesenheit ist eine Sache, aber dass er das Gespräch so eindeutig in die Hand genommen hat, gefällt Karolina nicht. Es ist ungewöhnlich, Anweisungen von einem Parteisekretär zu bekommen. Sie fragt sich, für wen sie eigentlich arbeitet, die Regierung oder die Partei?

Der Fahrstuhl bleibt mit einem Ruck stehen, die Türen gleiten zur Seite. Sie gehen durch einen kurzen Korridor und werden von einem Wachmann durch eine Tür gelassen, die direkt zur Personalkantine führt. Von dort aus gelangen sie unauffällig hinaus auf die Drottninggata. Sie schleichen sich, mit anderen Worten, durch den Kücheneingang hinaus.

In der Fredsgata, wo Karolina geparkt hat, bläst ein scharfer Wind, und Örjans dunkles, zurückgekämmtes Haar steht zu Berge.

»Soll ich dich irgendwo absetzen?«

»Ich komme mit zur Torte«, sagt er.

Sie hat einen Strafzettel bekommen, den sie in den Rinnstein wirft. Im System wird er sowieso versanden.

»Wie lautet deine Zusammenfassung?«, fragt sie, nachdem sie den Motor angelassen und in Richtung Gustaf Adolfs torg losgefahren ist.

»Weiter beobachten und auf eine belastbarere Beweislage hinarbeiten, aber nicht eingreifen. Nicht bevor wir nicht grünes Licht bekommen.«

»Findest du nicht...«

Sie zögert. In ihrem Beruf ist es nicht üblich, Vorgesetzten zu widersprechen. Henning Eriksson zählt sie zwar eigentlich nicht dazu, aber es widerstrebt ihr trotzdem.

»Wolltest du etwas sagen?«

Besser, sie spricht es aus.

»Hat Hennings Anwesenheit dich auch irgendwie an Ebbe Carlsson erinnert, oder ging es nur mir so?«

»Ebbe Carlsson?«, gibt Örjan trocken zurück.

»Du weißt, was ich meine.«

»Schon, aber...«

Er zieht sich den Schal vom Hals.

»Henning kann gut mit Eric Hands, dem Haupteigner der Atlas-Gruppe. Ich nehme an, sie haben ihn deswegen eingeschaltet. Wenn sie mit den Franzosen eine Lösung aushandeln wollen, muss Atlas ebenfalls Kompromisse eingehen.«

Karolina ist seit achtzehn Monaten involviert. Daher hat Örjan sie zu einem Treffen mit dem Franzosen Emmanuel Lambert nach Brüssel geschickt.

Sie haben sich an einem Mittwochnachmittag um halb drei im Chez Richard getroffen, einem einfachen Bistro in der Rue de Minimes, gleich um die Ecke vom Place du Grand Sablon. Sie saßen fast allein unter der blauen Markise, die sie nur teilweise vor dem starken Licht schützte. Zwei Espressi und beschlagene Mineralwassergläser standen auf dem runden Tisch. Karolina Möller lief der Schweiß den Rücken hinunter. Emmanuel Lambert nahm die Sonnenbrille ab und lächelte sie an.

Lambert hatte eine militärische Vergangenheit und war Sachverständiger in einer Institution, die noch am ehesten der schwedischen Staatskanzlei entsprach, aber welchen Titel er offiziell trug, wusste Karolina nicht genau.

»Wir haben ein gemeinsames Problem«, hatte er gleich zu Beginn gesagt. Angesichts der Hitze war seine Stirn erstaunlich trocken.

»Ich höre«, sagte sie.

Er trank den letzten Schluck aus seiner Tasse und beugte sich über den Tisch, bevor er fortfuhr: »Kennen Sie die schwedische Firma Atlas Schield?«

»Zivile und militärische Überwachung im Großen wie im Kleinen, viel mehr weiß ich nicht«, sagte sie.

»Sie liegen im Ranking der größten schwedischen Unternehmen auf Platz neununddreißig und machen einen Umsatz von vierundvierzig Milliarden. Vor einigen Jahren hat Frankreich groß in ein ziviles Flugmanagementsystem von Atlas Schield investiert.«

Sie nickte und setzte ein interessiertes Gesicht auf, spielte die Ahnungslose.

Emmanuel Lambert führte eine geballte Faust zum Mund und hustete, bevor er sich noch ein Stück weiter nach vorn beugte. Karolina hatte das Gefühl, dass es eher Teil der Dramaturgie als eine Vorsichtsmaßnahme war. Abgesehen von zwei jungen Männern am anderen Ende der Terrasse waren sie allein.

»Aber jetzt will Atlas Schield der Türkei ein militärisches Schlachtfeldüberwachungssystem verkaufen, das auf dem gleichen Kommunikationssystem beruht wie das zivile Produkt, das Frankreich für den Flugverkehr nutzt. Für das Unternehmen ist das Geschäft fünfhundertzweiunddreißig Millionen wert, das sind mehr als zehn Prozent ihres Jahresumsatzes. Das, was die Firma innerhalb von zehn Jahren für Ausbildung, Investitionen und Updates ausgeben muss, nicht mitgerechnet.«

»Inwiefern ist das ein Problem?«

Emmanuel rümpfte die Nase.

»Mittlerweile kann niemand mehr einschätzen, wo die Türkei heute, ganz zu schweigen davon, wo sie morgen stehen wird. In der Türkei gibt es Kräfte, die im Verbund mit Gruppen und Staaten sind, in denen der Hass auf Frankreich wächst. Hass, der solche Täter wie diejenigen hervorbringt, die hinter Charlie Hebdo, Bataclan und Nizza stecken.«

Lambert machte eine Pause und warf routinemäßig einen Blick auf die Straße, bevor er fortfuhr.

»Das Verschlüsselungssystem von Atlas Schield gehört zu den besten auf dem Markt. Von außen kaum zu hacken, aber wenn jemand vom türkischen Militär, der mit diesen Gruppen sympathisiert, wem auch immer von ihnen Zugang zur Hardware verschafft, haben sie das System innerhalb eines halben oder ganzen Jahres geknackt. Davor kann sich niemand schützen.«

»Das Dilemma ist mir bekannt.«

Vendela hatte es ihr erklärt. Wenn der Feind Zugang zu einem Verschlüsselungssystem bekommt, kann er es von einem Spezialisten auseinandernehmen lassen, der dabei Schwächen erkennt, die nicht einmal dem Hersteller bewusst sind. Die FRA zum Beispiel lässt IT-Systeme von schwedischen Behörden eine Woche lang von sechs unabhängigen Personen auf ihre Sicherheit überprüfen. Ein Feind hingegen kann sich ein bestimmtes Produkt aussuchen und sechzig Personen ein Jahr lang beschäftigen, um die Verschlüsselung zu knacken. Ein Hersteller hat zu viele Produkte, um in jedes einzelne so viel Zeit zu investieren. Da ist der Angreifer im Vorteil.

Lambert grinste noch breiter.

»Das hoffe ich. Ein Land oder eine Gruppierung innerhalb dieses Landes, das wir nicht genau einschätzen können und das sich in einer instabilen Region befindet, kann sich leicht Zugang zur Hardware verschaffen… Allein der Gedanke, dass sich jemand in den zivilen Flugverkehr über Frankreich hackt und ihn manipuliert, ist ein Albtraum. Wir werden alles tun, was in unserer Macht steht, um alles zu verhindern, das möglicherweise zu diesem Horrorszenario beiträgt.«

Die Sonne brannte. Sie fühlte sich benommen, wischte sich mit der Papierserviette den Schweiß von der Stirn und trank einige große Schlucke Wasser. Ein Eiswürfel berührte sie an der Oberlippe.

»Wir sollten uns vielleicht in den Schatten setzen? Mein Fehler.«

»Keine Sorge.« Karolina setzte ein strahlendes Lächeln auf.

»Meine Frau ist rothaarig. Sie mag auch keine Sonne.«

Sie überhörte seinen Kommentar.

»Ich bin zwar nicht mit den Details vertraut, aber ich kann Ihnen versichern, dass jeder Export auf diesem Gebiet sorgfältig von der Inspektion für strategische Produkte geprüft wird. Jedes genehmigte Geschäft muss mit ihren Vorschriften übereinstimmen. In Ihrem Fall klingt es jedoch eher so, als würde Ihre Vereinbarung mit Atlas Schield darüber entscheiden, ob sie exportieren können oder nicht. Müssten Sie das nicht eigentlich mit denen besprechen?«

»Ich kenne die Vorschriften der ISP«, fiel er ihr ins Wort. »Die ISP ist ein Teil des Problems.«

»Inwiefern?«

Lambert atmete ruhig und leise ein und bemühte sich um einen freundlichen Tonfall.

»Ich würde das Thema nicht ansprechen, wenn ich keine Gründe dafür hätte, und ich möchte betonen, dass ich nicht gekommen bin, um Ihnen Vorwürfe zu machen. Ich hoffe, wir können zusammenarbeiten. Es dürfte auch in Ihrem Interesse liegen, der Sache auf den Grund zu gehen.«

»Welcher Sache auf den Grund zu gehen?«

»Da wir wissen wollen, mit wem wir Geschäfte machen, haben wir uns den Atlas-Konzern früher schon einmal angesehen, aber als dieses Türkeigeschäft zustande kam, beschlossen wir, gründlicher vorzugehen. Dabei sind wir auf einige Dinge gestoßen, die für Sie von Interesse sein dürften.«

»Ich höre Ihnen zu«, versicherte Karolina.

»Wir sind überzeugt, dass Atlas bei diversen Exportgeschäften sowohl von Beamten als auch von Politikern unterstützt wurde. Vor dem Hintergrund schwedischer Gesetze sind höchst zweifelhafte Geschäfte von Behörden bevorzugt behandelt worden, wichtige Fragen, die Schwedens Beziehungen zu Dritten betreffen, sind nicht an Ihr Außenministerium gerichtet oder irgendwie umgelenkt worden, bevor sie den Minister erreichen. Und das gilt nicht nur für Atlas oder für die ISP.«

Was Lambert ihr im *Chez Richard* erzählt hatte oder

behauptete, war beängstigend. Falls es stimmte. Im Kern bedeutete es, dass ein möglicherweise parteigebundenes Netzwerk in den schwedischen Behörden bestimmten Politikern und Unternehmern Dienste erwies und dafür sorgte, dass deren Angelegenheiten den bürokratischen Apparat reibungslos durchliefen, dass Fördergelder gezahlt und Genehmigungen erteilt wurden. Ob das aus Parteitreue oder Eigennutz geschah, war unklar. Vielleicht sowohl als auch. Es betraf die ISP, auf deren Tisch die Angelegenheiten des zivilen Flugverkehrs landeten, aber auch andere, nicht namentlich erwähnte Behörden.

»Wir sind so weit gekommen, wie es uns möglich ist«, sagte Lambert. »Und wir sind sicher, dass es eine Person mit einer wichtigen koordinierenden Funktion in ihrer Behörde für internationale Zusammenarbeit gibt.«

»Sida?«

»Genau.«

»Wissen Sie, wer es ist?«

Er schüttelte den Kopf. »Es muss jemand in einer Leitungsposition sein.«

Sie verstand auch das, was er nicht aussprach. Frankreich wollte Atlas am Export in die Türkei hindern und bot als Gegenleistung dafür Diskretion an. Besser, der schwedische Staat traf die Entscheidung, als dass Frankreich sich die Hände schmutzig machen musste, indem es Atlas erpresste. Allerdings waren außergewöhnliche Maßnahmen nötig, um einen Deal zu stoppen, der sich bereits im Angebotsverfahren befand. Wie sollte die Regierung eingreifen und eine Genehmigung verweigern, wenn Lamberts überzeugendste Argumente um jeden Preis geheim gehalten werden mussten?

Nachdem Karolina ihrem Chef Bericht erstattet hatte, bekam das Büro den Auftrag, Lamberts Behauptungen zu verifizieren. In diesem Zusammenhang hatten sie Anders Krantz angeworben und mithilfe von Johannes Becker vom Außenministerium im Januar des vergangenen Jahres bei Sida untergebracht. Eine überschaubare Operation, die eigentlich kein Risiko barg und lange Zeit auch keinen Nutzen gebracht hatte.

Wenn sie aufgeflogen wären, hätte es in einem zwar peinlichen Skandal enden können, der aber rasch in Vergessenheit geraten wäre. Man hätte ein paar Beamte entlassen, mehr nicht. Politische Konsequenzen für die Regierungspartei wären nicht ausgeschlossen gewesen, aber davon hätte man erst nach der Wahl erfahren.

Dann hatte Anders Krantz in Sarajevo jemanden getroffen, und ein paar Tage später war er tot, in einem Hotel von einer Bombe zerfetzt.

Jetzt ist es ein Spiel mit sehr viel höheren Einsätzen.

Elias wird in das hypnotische Wirbeln der Schneeflocken vor dem Fenster hineingezogen, losgelöst aus Zeit und Raum, bevor sich das Unwetter legt. Er kann nicht aufhören, an das schwarz glänzende Haar zu denken, den wohlgeformten Mund und die Augen, die so schön lachen, wenn sie ihn ansehen. An dieser Stelle bremst er sich etwas, weil der Gedanke so kindisch ichbezogen ist.

Bestimmt lachen ihre Augen alle Menschen an und sind einfach Teil ihrer Persönlichkeit, sagt er sich. Sein Ego hält dagegen. Sie haben das Bett geteilt, wenn auch ursprünglich aus eher praktischen als anderen Gründen. Und außerdem hatte sie den Arm um ihn gelegt, als sie zurück unter die Decke schlüpfte.

Aber am Morgen hatte sie sich ihm auf charmante, aber entschiedene Art entzogen.

Er reißt sich von den Schneeflocken und dem inneren Disput los. Einsamkeit umschließt ihn. Was wird passieren, wenn er wieder in Uppsala ist? Wird man ihn operieren? Soll er sich um ein Promotionsstudium bewerben? Wen soll er um Rat fragen, jetzt, da sein Vater tot ist?

Mari-Louise und er haben noch nicht über das Begräbnis gesprochen. Sie hatten zu viele andere Dinge im Kopf. Ihnen wurde zwar noch nicht mitgeteilt, wann der Leichnam aus Sarajevo überführt wird, aber sie sollten allmählich trotzdem mit der Planung beginnen.

Elias senkt den Blick und entdeckt etwas unter dem Wohnzimmertisch. Neben dem Tischbein liegt ein schimmernder Perlmuttknopf. Er beugt sich hinunter, um ihn aufzuheben, sicher, dass er nicht ihm gehört, und als er mit ausgestrecktem Arm gebückt dasteht, erblickt er in den Augenwinkeln noch etwas anderes unter dem Wohnzimmertisch. Eine Sekunde lang glaubt er, es wäre eine tote Maus, aber dann begreift er, dass es keineswegs ein Tier ist.

Er legt den Knopf auf den Tisch, bevor er sich hinkniet und nach Mari-Louises schildpattgemusterter Haarspange greift. Er stemmt sich mit der linken Hand in die Hocke hoch und starrt die Spange an, in der ein Büschel von Mari-Louises Haar klemmt. Ein richtig dickes Büschel, und die ausgefransten Spitzen sind ausgerissene Haarwurzeln, an denen noch ein blutiges Stück Haut hängt.

Die Übelkeit beginnt als kalter Druck in seinem Unterbauch und steigt langsam in die Brust auf. Er legt die Haarspange weg und nimmt den Knopf in die Hand. Er könnte definitiv von der Bluse stammen, die Mari-Louise gestern anhatte.

Elias sinkt erneut auf die Knie und schaut sich den Fußboden unter und hinter den Möbeln genau an, findet aber nichts mehr.

Er steht wieder auf, versucht, logisch und rational zu denken, aber die Gedanken wirbeln durcheinander. Wann hört es endlich auf zu schneien, wann kommt er hier weg, ist er in Gefahr, soll er zu Eva gehen und sie überreden, sofort loszufahren? Auch wenn sie bei diesem Unwetter nur langsam vorankommen, wäre das allemal besser, als hierzubleiben. Jeden Moment kann jemand hereinkommen und Elias mitnehmen, so wie offenbar jemand Mari-Louise mitgenommen hat.

War es das, wovor Annika sie beschützen wollte? Hat es sie jetzt eingeholt? Er erinnert sich an das Geräusch der Tür, das ihn mitten in der Nacht geweckt hat, und an Eva, die von draußen hereinkommt. Wo ist sie gewesen? Hier?

Warum war sie gestern Abend eigentlich in Havsbad? Warum begibt man sich spätabends auf eine eisglatte Straße, um in einer leicht schmuddeligen Bar in ein Glas Wein zu schauen? Kam sie nicht wie gerufen?

Ein Motorengeräusch reißt ihn aus der Erstarrung. Das Auto muss ganz in der Nähe sein, sonst hätte er es bei diesem Wetter nicht gehört. Er schleicht in den Flur und guckt durch die kleine Scheibe in der Haustür. Zwischen den Fichten sieht er Evas schwarzen Jeep. Der Wagen hält an.

Warum kommt sie jetzt? Wenn es aufhört zu schneien, hat sie gesagt. Er weiß nicht, was er glauben soll, hat aber nicht vor zu bleiben, bis er herausgefunden hat, dass seine paranoidesten Gedankengänge durchaus real sind. Er steckt die Füße in die Stiefel, zieht die Jacke an, stopft Mütze und Handschuhe in die Taschen, überprüft, ob er sein Portemonnaie dabeihat, und läuft die Treppe zur Verandatür hinauf.

Glücklicherweise gibt es an der Außenseite einen Knauf, sodass seine Flucht nicht allzu offensichtlich wird. Elias zieht die Tür zu und entdeckt an der Wand daneben einen verschneiten Besen. Elias muss kräftig an dem an der Wand festgefrorenen Besen ziehen, mit dem er die Spuren, die er in der Nähe des Hauses hinterlässt, verwischt. Hinter einem kleinen Hügel wirft er ihn weg.

Er läuft etwa fünfzig Meter. Seine Stiefel sind nicht zugeschnürt, und in die Schäfte ist Schnee eingedrungen. Er bleibt stehen, entfernt den Schnee, so gut es geht, bindet die Schnürsenkel zu, schließt den Reißverschluss seiner Jacke, setzt die Mütze auf und zieht die Handschuhe an, bevor er weiterläuft. Nach weiteren hundert Metern erreicht er flaches, offenes Gelände, das mit runden Steinen in der Größe von Handbällen bedeckt ist. Er ist noch nicht weit von der Hütte entfernt, aber als er sich umdreht, sieht er nichts als wirbelnde Schneeflocken.

Ist es hysterisch, sich Hals über Kopf in den Schneesturm zu stürzen? Nein, Mari-Louise ist verschwunden, das hat er sich nicht eingebildet. Jemand hat ihr ein Haarbüschel ausgerissen, möglicherweise Eva. Er kann es sich nicht erlauben, das Risiko einzugehen.

Er kann kaum erkennen, wo er die Füße hinsetzen

muss. Immer wieder rutscht er zwischen die Steine und ist froh, dass die hohen Winterstiefel seine Knöchel vor dem Schlimmsten bewahren.

Die Klippen sind trügerisch, überall lauern Spalten, über die man springen oder durch die man hindurchklettern muss. An einem sonnigen Sommertag sicher kein großes Ding für einen sportlichen Vierundzwanzigjährigen, aber im Schneesturm bei zehn Grad minus lebensgefährlich.

Elias hat vor, sich durch die Bucht bis zum Hafen zu kämpfen. Er hat die Seekarte in der Hütte gründlich genug studiert, um zu wissen, dass es irgendwo hier entlanggehen müsste, aber in dem Schneetreiben und der einbrechenden Dämmerung kann er nur wenige Meter weit sehen. Orientieren kann er sich nur, indem er die ganze Zeit in der Nähe des Wassers bleibt, aber dort ist er auch dem kalten, feuchten Wind ausgesetzt.

Er bewegt sich in einem Korridor zwischen dem Donnern der brechenden Wellen und den Klagelauten windgepeitschter Kiefern. Die rechte, dem Meer zugewandte Gesichtshälfte ist bereits steifgefroren. Er stellt den Kragen seiner Jacke auf und wünscht, er hätte einen Schal, mit dem er ihn hochbinden kann. Er keucht vor Anstrengung, ringt mit dem Wind und dem tiefen Schnee.

Ein tiefer Spalt stoppt ihn. Soll er herumgehen oder durchklettern? Zögerlich bleibt er an der Kante stehen und versucht, hinter den Schneeflocken etwas zu erkennen, und entdeckt ein paar Absätze, die er als Treppe benutzen kann, um auf dieser Seite hinunterzugelangen.

Einige Meter entfernt auf der anderen Seite erkennt er auch welche. Er macht einen großen Schritt nach unten, es geht gut, er steht mit beiden Füßen auf dem ersten Absatz und steigt hinunter zum nächsten.

Als er den rechten Fuß auf die nächste Stufe setzt und seinen Schwerpunkt verlagert, rutscht er mit dem Fuß zwischen zwei Steine. Er fällt vornüber, spürt ein Zerren im Bein und glaubt für einen grauenhaften Moment, der Knochen würde brechen, aber er schafft es, sich mit einer Hand festzuhalten und gleichzeitig zur Seite zu beugen. Der Fuß löst sich, und er rutscht liegend die Klippen hinunter, statt kopfüber zu stürzen.

Er hebt einen Arm, um seinen Kopf zu schützen, und landet überraschend sanft. Elias bleibt noch einige Sekunden liegen, um Luft zu holen, dann stemmt er sich mit ausgestreckten Armen auf alle viere hoch. Da ist etwas unterm Schnee. Kein Gestrüpp, tiefgefrorenes Heidekraut oder Strandhafer. Etwas Größeres. Er scharrt mit einer Hand im Schnee, sieht etwas, gräbt tiefer, schaufelt den Schnee mit beiden Händen zur Seite. Stoff. Helle, dicke Wolle. Er erkennt den Mantel wieder, zu dem der Ärmel gehört. Noch einmal schaufeln, und vier gefrorene Finger kommen zum Vorschein.

Ylva ist gerade vom Mittagessen zurück, als Mattias Klevemann anruft.

Sie holt tief Luft. Jetzt muss jeder Schachzug wohlüberlegt sein.

»Gut, dass Sie anrufen.« Sie bemüht sich, nicht zu begeistert zu klingen, will ihn nicht verschrecken. »Können wir uns vielleicht treffen?«

»Worum geht es?«

Seine Stimme ist kratzig, als wäre er gerade aufgewacht oder hätte heute noch mit niemandem gesprochen.

Soll sie irgendein altes Sida-Projekt als Vorwand aus dem Ärmel zaubern oder sagen, wie es ist? Sie riskiert es, die Wahrheit zu sagen.

»Es geht um unseren Mitarbeiter Anders Krantz. Ich weiß nicht, ob es Ihnen bekannt ist, aber er ist kürzlich bei einem Attentat in Sarajevo ums Leben gekommen.«

»Doch, entsetzlich. Das ist mir sehr nahegegangen.«

Es wird still. Hat er aufgelegt? Nein, er hustet.

»Kannten Sie ihn?«

»Nein, nicht wirklich. Wir haben zwar beide in Uppsala studiert, aber das ist lange her.«

»Ich wäre froh, wenn wir uns sehen könnten«, sagt Ylva. »Ich würde Ihnen gerne ein paar Fragen stellen.«

Sie hört ihn angestrengt ins Handy atmen.

»Um zwei im Mornington«, sagt er. »Passt das?«

»Das ist gut. An der Bar?«

»Ja, ich hatte nicht vor, ein Zimmer zu nehmen.«

Ylva versucht gar nicht erst, ein Taxi zu erwischen, und geht zu Fuß zum Hotel. Unter einem übrig gebliebenen Schirm mit dem Logo der Schwedischen Kirche spaziert sie auf dem Karlaväg vom Radiohaus bis zur Nybrogata. Sie kommt sich vor, als hätte sie sich die Identität einer Pastorin oder zumindest einer ernsthaft gläubigen Frau erschlichen.

Sie hört die Schaufeln der Räumfahrzeuge über den Asphalt scharren, sieht sie aber nicht. An manchen Stellen ist der Schnee zu Wällen zusammengeschoben, und sie muss durch knietiefe Schneewehen stapfen.

Auf dem letzten Stück bis zum Mornington Hotel sieht sie keinen Menschen. Das eine oder andere Auto fährt im Schneckentempo an ihr vorbei, aber sie ist die Einzige, die zu Fuß unterwegs ist. Vorm Hoteleingang klappt sie den Schirm zusammen, stellt das Handy auf lautlos, schaltet die Audio-Memo-Funktion ein und denkt dabei kurz an Karolina Möller, die sie dazu inspiriert hat.

Sie geht an der Rezeption vorbei, die aus einem betont unprätentiösen Schreibtisch mitten in der Lobby besteht, deren Wände mit alten Büchern bedeckt sind, und biegt rechts ab zum Restaurant.

Klevemann ist schon da. Er sitzt in einer Nische, die durch eine mit weißen Lilien dekorierte Milchglasscheibe vom Rest des Raums abgeteilt ist, und hat ein halb volles Glas Bier vor sich.

»Hallo, Ylva Grey.«

Sie reicht ihm die Hand.

Er blickt auf und mustert sie kurz, bevor er sie begrüßt.

»Mattias.«

Sein Atem riecht nach dem Alkohol vom Vortag. Entweder war das Foto, das sie im Netz gefunden hat, alt, oder er ist in den vergangenen Jahren rasch gealtert. Sein Gesicht ist zerfurcht, er hat dunkle Ringe unter den müden Augen.

Ylva legt ihren Mantel über einen Stuhl und das Handy auf den Tisch, setzt sich auf das weinrote Ledersofa und bestellt bei dem aufmerksamen Kellner, der bereits an den Tisch gekommen ist, einen Kaffee. Klevemann hat seine dunkelblaue Kapitänsjacke nicht ausgezogen. Er ist glatt rasiert, aber am Mundwinkel hat er eine Stelle vergessen. Die Hand, die zum Bierglas greift, zittert.

»Sie haben zur selben Zeit wie Anders in Uppsala studiert?«, beginnt sie.

Ein Nicken über dem Bierglas, das nervös zwischen dem Tisch und Klevemanns Mund hin- und herpendelt.

»Das sagte ich bereits am Telefon. Warum wollten Sie mich eigentlich treffen?«

Sie wirft einen unbeabsichtigten Blick auf ihr Handy, aber wer tut das nicht hin und wieder?

»Hatten Sie in letzter Zeit Kontakt zu Anders Krantz?«

»Nein.«

Er schiebt sein Bierglas zur Seite und fegt ein paar unsichtbare Krümel von der lackierten Birkenholzplatte.

»Überhaupt keinen?«

»Wir hatten beruflich einige Male miteinander zu tun, aber das ist alles.«

»Worum ging es da?«

»Um gar nichts«, sagt Klevemann. »Unsere Wege haben sich zufällig gekreuzt.«

»Rein zufällig?«

»Ob es Zufall war, kann ich Ihnen nicht sagen, schließlich bewegen wir uns teilweise in den gleichen Kreisen. Wir gehörten ja früher zum Außenministerium.«

»Aber er hat nicht versucht, aus einem bestimmten Grund Kontakt zu Ihnen aufzunehmen?«

»Nein.«

Ylva faltet die Hände und legt sie auf die Tischkante. »Er hat sich Ihren Namen notiert, als wir in Sarajevo waren.«

»Meinen Namen?«

Nach einigen Versuchen gelingt es Klevemann, eine Lesebrille aus seiner Innentasche zu ziehen. An die zitternden Hände scheint er sich gewöhnt zu haben, jedenfalls unternimmt er nichts, um sie zu verbergen.

»Haben Sie die Notizen dabei?«

»Nein, tut mir leid«, sagt Ylva, »ich habe mich undeutlich ausgedrückt. Er hat nur Ihren Namen notiert.«

»Ach, das war alles?«

»Ja.«

Er steckt die Lesebrille wieder ein.

»Kein Kontext also?«, fragt er. »Sonst nichts, womit Sie es in Zusammenhang bringen?«

»Nein, außer Sarajevo nichts.«

Er richtet sich auf und legt die Handflächen auf den Tisch. »Bedauerlicherweise kann ich Ihnen nicht weiterhelfen. Er hat sich nie bei mir gemeldet.« Klevemann rutscht auf dem Sitzpolster nach vorn. »Entschuldigen Sie mich einen Moment, ich muss zur Toilette.«

»Natürlich.«

Mühsam steht er auf. Ylva trinkt einen Schluck von dem mittlerweile lauwarmen Kaffee. Sie hat sich mehr erhofft.

Irgendetwas stimmt nicht mit Klevemann. Er hat offensichtlich ein Alkoholproblem, und das vermutlich nicht erst seit gestern. Und trotzdem wurde er erst kürzlich für einen Leitungsposten rekrutiert. Sie muss ihn fragen, was sie bei Titan Network eigentlich machen.

Klevemann lässt sie warten. Ylva trinkt den fast kalten Kaffee aus und betrachtet das verwaiste Bierglas auf dem Tisch. Nach einer Viertelstunde beginnt sie, sich Sorgen zu machen. Sie geht an die Bar und erklärt dem Barkeeper, ihrer Begleitung sei schlecht geworden. Ob er vielleicht auf der Herrentoilette nach ihm sehen könne.

»Grau meliert, blaue Kapitänsjacke, um die fünfzig?«

»Ja.«

Verbissen lächelnd macht sich der Barkeeper auf den Weg, vielleicht hat er Angst vor dem Anblick, der sich ihm womöglich bietet.

Während die Sekunden vergehen, denkt Ylva unwillkürlich an die zerbombte Rezeption in Sarajevo, den Rauch, die Flammen und den grausamen Geruch nach verbranntem Mobiliar. Dann ist er wieder da, zupft am Revers und reibt kurz die Hände aneinander.

»Niemand da. Ich habe in allen Kabinen nachgesehen.«

Ylva dreht sich um und schaut aus dem Fenster. Auf der Straße ist auch kein Mensch zu sehen. Klevemann hat sich aus dem Staub gemacht.

Mari-Louises offene Augen sind mit einer Schicht aus Eis und Schnee bedeckt, die Wimpern abgebrochen. Elias weicht mit rudernden Armbewegungen zurück, schiebt sich rückwärts aus dem Felsspalt heraus, fällt in den Schnee. Er will flüchten, so weit weg wie möglich, aber er kann sich nicht bewegen. Sein Magen verkrampft sich. Er glaubt, sich übergeben zu müssen, das Zwerchfell zieht sich zusammen. Er stößt einen schluchzenden Laut aus, dann löst sich der schmerzhafte Krampf, und stattdessen ergreift eine lähmende Übelkeit Besitz von seinem ganzen Körper.

Er kann sich nicht überwinden, sie anzusehen. Das Schlimmste sind die Wimpern. Wahrscheinlich hat er sie abgebrochen, als er den Schnee von ihr gescharrt hat.

Er hat sich die ganze Zeit getäuscht. Sie sind wirklich in Gefahr, aber er hat es angezweifelt, sich geradezu über sie lustig gemacht. Und jetzt ist sie tot. Muss er auch sterben? Papa, Mari-Louise und dann er? Werden sie ihn erschießen? Ihm den Schädel zerschmettern? Wird Eva diejenige sein, die ihn tötet? Oder Annika Jarl? Hat sie sie hierhergebracht, um sie umzubringen, und nicht, um sie zu schützen?

Er lehnt sich an die Klippen und schließt die Augen. Er kann genauso gut hier sterben, einschlafen und den Rest der Kälte überlassen, einfach nicht mehr aufwachen. Ein leichter und schmerzloser Tod im Vergleich zu dem, was ihn erwartet, wenn sie ihn finden.

Während der Sturm sie erneut unter einer Schneeschicht begräbt, sinkt er neben Mari-Louise in sich zusammen. Sein Körper wird schwer und schwerer, die Atmung verlangsamt sich, er fällt immer tiefer ins Dunkle.

Als sein Kopf nach vorne kippt, wird Elias wach und springt auf. Hat er den Verstand verloren? Er wird sterben, wenn er nicht weitergeht.

Schwankend macht er ein paar Schritte durch den Schnee. Weitergehen oder sterben. Er will nicht sterben, aber wie soll er hier wieder rauskommen, wenn er nicht einmal versteht, was los ist? Eva. Ein Anflug von Wut bringt ihn dazu, den Rücken zu strecken und einen Schrei zu unterdrücken, den er nicht auszustoßen wagt.

Sein Körper zittert unkontrolliert. Er weiß nicht, ob er friert, weint oder wütend ist und ob das Nasse auf seinen Wangen Tränen oder Schnee ist.

Weitergehen. Weitergehen oder sterben.

Aber erst muss er sich eine Markierung einprägen, damit er Mari-Louises Leiche wiederfindet. Er sieht sich um. Er ist von schneebedeckten Klippen umgeben, eine sieht aus wie die andere, und der Rest ist Schneetreiben. Weit und breit nichts, woran der Blick hängen bleibt.

Er geht los, hat keine Ahnung, wie er es bis zum Hafen schaffen soll, weiß nicht einmal, wie er die nächsten zehn Meter schaffen soll, sein Herz ist ein hohles Samengehäuse, leicht wie eine Feder. Er nimmt sich zehn Schritte vor, und wenn er so weit gekommen ist, die nächsten zehn.

Schritt für Schritt kämpft er sich über kippelnde Steine, in Felsspalten hinein und wieder raus, über vereiste Flächen, von denen der Schnee weggeweht ist, die ganze Zeit im scharfen Wind aus Nordost. Als er zehnmal zehn Schritte gegangen ist, spürt er, dass er noch mal zehnmal zehn schaffen wird. Allmählich kehren Kraft und Hoffnung zurück, und nach weiteren zehnmal zehn Schritten hört er auf zu zählen.

Er kann sich den Hafen, die Bushaltestelle und den Bus, der ihn von hier wegbringt, genau vorstellen. Niemals hätte er gedacht, dass ein ganz normaler SL-Bus, der mit kaltem Licht hinter beschlagenen Scheiben langsam auf eine Haltestelle zurollt, eine Vision des Paradieses darstellen könnte.

Nach fast einer Stunde Kampf – es ist unmöglich, genau zu sagen, wie lange er gebraucht hat oder wie weit die Strecke war – werden die Klippen flacher, und nachdem er noch ein Stück gegangen ist, kommt er an einen Strand. Der Schneefall hat nachgelassen, aber dafür ist es jetzt richtig dunkel.

Etwa zehn Meter vom Ufer entfernt ist auf einer Felsplatte ein kleines Haus zu erkennen, weiß auf der Wasserseite, rot Richtung Land. Er bleibt hinter dem Haus stehen, genießt die Pause von dem beißenden Wind, ruht die schmerzenden Beine aus. »Albert Engströms Atelier. Winterpause. Willkommen im nächsten Sommer!«, steht auf einem Stück Pappe in einem der Fenster.

Während er weitergeht, erinnert er sich, am Vorabend im Hafen ein Schild gesehen zu haben, das hierher gezeigt hat. Die Stelle kann nicht weit entfernt sein. Nach fünf oder zehn Minuten sieht er die Lichter der Hafenanlage und des Hotels oben auf der Anhöhe.

Das letzte Stück bis zum Hafen führt durch einen Garten, aber das große, gutshofartige Steinhaus scheint unbewohnt zu sein, in keinem Fenster brennt Licht. Jetzt trennt ihn nur noch der letzte Bogen der Hafenbucht von der Bushaltestelle.

Bei den niedrigen Baracken am Fischereihafen bleibt er noch einmal stehen. Langsam kommen sein hämmerndes Herz und die keuchende Atmung zur Ruhe. Endlich hat er ebenen Boden unter den Füßen, Asphalt. Es fühlt sich an, als wäre er nach stürmischer Überfahrt an Land gegangen.

Er schaut zwischen den Fischerhütten zur anderen Seite hinüber. Es ist dunkel, den Bus hat er vermutlich verpasst. Falls überhaupt Busse fahren, aber dass der Busverkehr eingestellt wurde, kann Eva sich auch ausgedacht haben, um ihn in ihr Auto zu locken. Langsam bewegt er sich an den Hütten entlang, die sogar in dieser eisigen Kälte den Geruch von geräuchertem Fisch verströmen. Hinter der letzten hält er zögernd inne.

Was macht er, wenn ihn an der Bushaltestelle jemand erwartet? Eva in ihrem schwarzen Jeep. Es wäre naheliegend, ihn dort abzupassen. Vom Fähranleger hat man den Hafen, die Bushaltestelle und den Weg hinauf zum Hotel im Blick. Im Prinzip sind das die Möglichkeiten, die er hat: der Bus nach Stockholm, die Fähre nach Åland oder das Hotel.

Er begutachtet sein Spiegelbild im Fenster der Hafenbaracke. Sein weißes Gesicht ist teilweise von Schnee bedeckt. Er setzt seine Mütze ab, schüttelt sie aus und streift, so gut es geht, den Schnee von Jacke und Hose.

Kaum hat er ein paar Minuten gestanden, fängt er an zu frieren. Er muss ins Warme, aber ins Hotel traut er sich nicht. Er geht auf den Ica-Supermarkt zu.

Als ihm die Wärme aus dem Laden entgegenschlägt, kommen ihm fast die Tränen. Am liebsten würde er sich auf den Boden setzen und nicht mehr aufstehen. Er mobilisiert seine letzten Kräfte, das letzte bisschen Charme und Freundlichkeit, und geht zu der Kassiererin an der einzigen geöffneten Kasse. Sie ist in seinem Alter und hat sich pechschwarze Kunstwimpern angeklebt.

»Hallo«, sagt er.

Sie sieht ihn so erstaunt, um nicht zu sagen erschrocken an, dass er die Mütze abnimmt.

»Ich stecke mit dem Auto fest«, sagt er.

Es ist das Einzige, was ihm einfällt, und an einem Tag wie diesem wird es niemanden wundern.

»Ich bin eine Ewigkeit gelaufen, weiß nicht mal, wie spät es ist, mein Handy…«

Ein Schauer durchrieselt seinen Körper, geschmolzener Schnee läuft ihm die Stirn hinunter. Er wischt ihn weg.

»Weißt du, ob die Busse fahren?«

Es dauert eine Weile, bis die Kassiererin, die laut ihrem ovalen Namensschild Josefin heißt, etwas sagt. Offenbar weiß sie nicht genau, wie sie mit der Situation umgehen soll.

»Ich glaube, ja, aber nicht nach Plan. Ich weiß aber nicht, ob heute noch ein Bus fährt. Es herrscht totales Chaos.«

Sprachlos steht er vor ihr. Also kein Bus. Er zwingt sich zu einem Lächeln.

»Gibt es hier ein Café oder irgendeinen Ort, wo ich …«

»Möchtest du einen Moment reinkommen?«, fragt sie.

Wir sind doch drinnen, denkt er.

»In den Personalraum«, sie zeigt in den hinteren Bereich des Supermarkts. »Du kannst einen Kaffee trinken, dich eine Weile aufwärmen und dein Handy aufladen.«

»Ja, das wäre, ja …« Vor Erleichterung holt er tief Luft. »Das wäre großartig, echt nett, wenn ich …«

Sie zwängt sich hinter der Kasse hervor und winkt ihn hinter sich her. »Hier rein.«

Sie drückt eine weiße Schwingtür mit einer kleinen Fensterscheibe auf.

Ist sie allein hier? Und er der einzige Kunde, falls man es so nennen kann? Eigentlich merkwürdig, dass sie an der Kasse sitzt, wenn der Laden leer ist.

»Wohin willst du denn?«, fragt sie.

»Nach Hause«, antwortet er vage.

Sie fragt ihn nicht, warum er nicht unterwegs irgendwo angeklopft und gefragt hat, ob er mal telefonieren kann, anstatt sich durch den Schneesturm zu kämpfen.

»Zurück nach Stockholm«, verbessert er sich. »Ich war im Sommerhaus meiner Eltern und habe gelernt. Bescheuert, bei diesem Wetter vor die Tür zu gehen.«

Sie kommen in einen fensterlosen, aber hellen Raum mit einem großen weißen Tisch und einer kleinen Küchenzeile.

»Setz dich«, sagt sie.

Er zieht die Jacke aus und hängt sie über einen Stuhl.

»Wir haben einen Trockenschrank. Ich kann sie da reinhängen, wenn du willst.«

»Gerne. Das wäre super«, sagt er.

Sie nimmt einen weißen Becher mit Ica-Logo aus dem Schrank und schenkt ihm Kaffee aus einer Maschine ein.

»Möchtest du Milch?«

»Nein, ist okay so.«

Sie stellt den Becher vor ihn hin, er umfasst ihn und spürt das warme Porzellan an den Handflächen.

»Danke.«

Als er den Becher hebt, beginnt sein Arm zu zittern. Er muss den Becher mit beiden Händen festhalten.

»Ein Glück, dass du jetzt drinnen bist.«

Er nickt.

»Ich heiße Josefin.«

Sie gibt ihm die Hand.

»Entschuldige…« Hastig stellt er den Kaffee ab. Er

überlegt, ob er einen anderen Namen nennen soll, aber dann entscheidet er sich für seinen richtigen. »Elias.«

»Du bist ja völlig durchgefroren«, sagt Josefin.

»Ja.«

Er macht Handgymnastik und grinst albern. Er denkt an Mari-Louise, die zwischen den Felsen unter einer dicken Schneeschicht liegt, während er im Personalraum eines Ica-Supermarkts sitzt und Kaffee trinkt. Warum hat er nicht auf sie gehört? Er kneift die Augen zusammen, um dem gefrorenen Blick zu entfliehen.

War es seine Schuld? Hat der Mörder ausgenutzt, dass er sie allein zurückgelassen hat? Oder hat er sich damit selbst gerettet?

»Was ist mit dir?« Josefin mustert ihn stirnrunzelnd.

»Kann ich hier ein Telefon benutzen?«

»Natürlich.«

Sie angelt ein Handy aus der Hosentasche, entsperrt es und reicht es ihm.

»Danke.«

Er hat den Blick bereits auf den Bildschirm gerichtet.

»Ich hänge in der Zwischenzeit deine Sachen auf.«

Sie nimmt die Jacke, die Mütze und die nassen Handschuhe mit. Kaum ist er allein, tut sich in ihm ein dunkler Abgrund auf, er bricht in Tränen aus. Er versucht, sich zusammenzureißen, damit Josefin ihn nicht hört, und daher ist es ein verkrampftes Weinen, das stoßweise aus seiner Nase strömt. Er kann kein Ende erkennen. Oder doch, eins, aber daran will er nicht denken.

Dunkelheit, Eis, abgebrochene Wimpern. Der leere

Blick. Er hat keine Chance. Was soll er tun? Reicht es nicht, dass er einen Tumor im Kopf hat? Wenn er das hier überlebt, wird der immer noch da sein. Er hat seine Atmung nicht unter Kontrolle und hofft, dass Josefin noch eine Weile braucht.

Als er sich schließlich beruhigt hat, tippt er 112 ins Handy ein, zögert aber, bevor er das grüne Hörersymbol drückt. Er fühlt einen Widerstand, sein Bauchgefühl sagt ihm, dass er die Polizei jetzt noch nicht kontaktieren sollte, und wenn, dann nicht über den Notruf, sondern bei jemandem, dem er vertraut.

Er löscht die drei eingetippten Ziffern, weiß, wen er stattdessen anrufen kann, findet die Nummer. Er sieht, wie sich die Verbindung aufbaut, drückt das Handy ans Ohr. Am anderen Ende klingelt es.

Digitales Rauschen, als sie drangeht.

»Ylva Grey.«

Sie schleichen mit vierzig Stundenkilometern durch den bis Älmsta knietiefen Schnee. Ab der Brücke über den Kanal ist die Straße geräumt. Ylva wirft einen kurzen Blick zu Elias neben sich. Er starrt durch die Windschutzscheibe, für einen Moment beleuchten die letzten Straßenlaternen sein Gesicht, dann wird es wieder von der Dunkelheit verschluckt.

Er ist mit schweren, kraftlosen Schritten vom Supermarkt zum Auto gegangen, aber obwohl er einen erschöpften Eindruck macht, schwelt unter der Oberfläche eine Unruhe, die jederzeit aufflackern kann.

»Dann warst du nicht mit Mari-Louise in Portugal?«, hat sie ihn gefragt.

»Portugal? Mari-Louise ist nicht in Portugal. Von wem hast du das?«

»Von ihrem Sohn.«

Ylva hat keinen Moment gezögert, als Elias sie mit vertrautem Du darum gebeten hat, ihn abzuholen. Sie hatte geahnt, dass irgendetwas nicht stimmt.

Als sie Älmsta hinter sich gelassen haben, dreht er sich zu ihr.

»Mari-Louise ist tot«, sagt er. »Die haben sie umgebracht. Ich habe es selbst gesehen.«

Ylva fährt an den Straßenrand und hält an. Seitlich am Hals flattert ihr Puls.

»Was sagst du da? Jemand hat sie umgebracht, und du hast es gesehen?«

Der Motor brummt im Leerlauf. Elias schluckt, sagt aber nichts.

»Wer sind *die*?«

»Ich weiß es nicht. Ich habe nicht gesehen, wie sie sie getötet haben«, flüstert er. »Ich habe sie unten bei den Klippen gefunden, aber irgendwie hängt es mit Sarajevo zusammen. Kjell ist auch verschwunden.«

»Was?« Ylva zuckt zusammen.

»Hast du nicht davon gehört?«

»Nein. Verschwunden?«

»Ja.«

Trotz der warmen Luft, die ihr entgegenbläst, hat sie das Gefühl, die Temperatur würde schlagartig sinken, Kälte frisst sich in sie hinein. Nicht auch noch Kjell.

»Wann soll denn das passiert sein?«, fragt sie.

»Vor... ich muss nachdenken. Ich komme mit den Tagen durcheinander. Es muss am Freitag gewesen sein.«

»Elias. Ich habe Kjell erst vor ein paar Stunden bei der Arbeit getroffen.«

Er sieht sie abwesend an.

»Was ist?«

»Das Aas hat mich angelogen.«

»Wer hat dich angelogen? Nun verstehe ich gar nichts mehr.«

»Annika Jarl.«

Was hat der arme Kerl durchgemacht? In seinem Kopf scheint ein einziges Chaos zu herrschen.

»Du musst von Anfang an erzählen. Wer ist Annika Jarl? Wie seid ihr in Grisslehamn gelandet?«

»Annika Jarl ist eine Bekannte von Mari-Louise«, sagt er. »Sie arbeitet in der Parteizentrale der Sozialdemokraten, das hat Mari-Louise zumindest behauptet. Sie hat zuerst Papas Arbeitszimmer leer geräumt und ist am späten Freitagabend bei uns zu Hause aufgetaucht und hat gesagt, wir müssten weg, weil wir dort nicht mehr sicher seien.«

Die Worte kamen schnell und atemlos heraus.

»Warum solltet ihr in eurer Wohnung nicht mehr sicher sein?«

»Genau das habe ich sie auch gefragt. Da hat sie gesagt, Kjell wäre verschwunden. Sie hat gelogen. Damit ich aufhöre, kritische Fragen zu stellen, und mitkomme, nehme ich an.«

»Und was hat Mari-Louise dazu gesagt?«

Elias wendet sich ab. Nach einer langen Pause fährt er fort: »Vielleicht hat sie auch gelogen. Ich weiß es nicht. Irgendetwas hat sie mir jedenfalls verheimlicht.«

»Diese Annika Jarl hat euch also nach Grisslehamn gefahren und dort in der Hütte allein gelassen?«

»Zu unserer Sicherheit, hat sie gesagt.«

»Und Mari-Louise ist tot, das weißt du ganz sicher?«
»Ja, ich habe sie gefunden. Tot. Die Leiche war gefroren. Sie muss seit gestern Nacht dort gelegen haben.«

Ylva umklammert das Lenkrad. Es ist schon schwer genug, die Bombe in Sarajevo zu akzeptieren, aber das muss sie, sie war schließlich dabei, aber das hier?

»Könnte es ein Unfall gewesen sein?«

Er schüttelt gequält den Kopf.

»Während ich weg war, ist in der Hütte irgendetwas passiert.« Er sieht Ylva an. »Jemand war da und hat sie gewaltsam gezwungen mitzukommen. Ich habe die Spuren gesehen.«

»Vielleicht hat sie versucht, über die Klippen zu fliehen. So wie du.«

»Glaubst du mir nicht?«

Seine Augen blitzen.

»Doch, natürlich. Ich versuche nur, alle Möglichkeiten in Betracht zu ziehen.«

Elias atmet schwer. »Ich weiß nicht genau, was passiert ist, aber Mari-Louise ist tot. Die sind zu allem fähig.«

Seine Stimme klingt anders, als sie sie in Erinnerung hat. Rauer und tiefer. Vielleicht ist er heiser, weil er Stunden draußen im Sturm verbracht hat, oder es liegt an dem, was er erlebt hat. Im Rückspiegel leuchten Scheinwerfer auf. Ylva legt den ersten Gang ein und fährt weiter.

»Wir müssen die Polizei alarmieren«, sagt sie.

»Nein«, schreit er fast.

Sie muss sich auf die Fahrbahn konzentrieren, spürt aber seine Verzweiflung.

»Was meinst du damit?«, fragt sie so ruhig, wie sie kann. »Natürlich rufen wir die Polizei an.«

»Nein«, wiederholt er. »Überleg doch mal, was alles passiert ist. Wenn wir überleben wollen, müssen wir vorsichtig sein. Extrem vorsichtig. Es mag eine Lüge gewesen sein, dass ich in Gefahr bin, als ich aus Stockholm weggebracht worden bin, aber jetzt bin ich es definitiv. Ich war mit Mari-Louise in der Hütte, ich weiß, dass dort etwas passiert ist. Aber ich habe einen Vorsprung. Die wissen nicht, wo ich bin, und ich werde es ihnen nicht leicht machen, mich zu finden.«

Sie will ihm widersprechen, will sagen, dass sie genau deshalb zur Polizei gehen müssen, doch als sie die Verzweiflung in seinen Augen sieht, beschließt sie, ihm seinen Willen zu lassen, zumindest vorerst.

»Dann müssen wir aber wenigstens anonym Meldung erstatten. Wir können sie nicht einfach da liegen lassen.«

In Norrtälje machen sie Halt. Elias kauft sich ein billiges Handy, eine Prepaidkarte und eine Dose Snus.

»Mach dein Handy aus«, sagt er, als sie wieder im Auto sitzen.

»Warum soll ich mein Handy ausschalten?«

»Damit dein Handy nicht am selben Ort geortet werden kann wie das Prepaidhandy, das bei der Polizei anruft, um das mit Mari-Louise zu melden.«

»Wer sollte auf die Idee kommen, das zu überprüfen?«

Trotzdem tut sie, worum er sie bittet. Elias wartet bis Roslagstull, bevor er die Polizei Norrtälje anruft und von der Frau zwischen den Klippen in Grisslehamn berichtet. Er beschreibt die Stelle, so gut er kann, legt auf, schaltet das Handy aus und wirft die Prepaidkarte aus dem Fenster.

Psycho, denkt Elias, als sie vor einer Villa, die ihn an den Hitchcock-Klassiker erinnert, aus dem Auto steigen.

Ylva schließt auf und lässt ihm den Vortritt. Er bleibt ihm Flur stehen und sieht zu, wie sie die Tür von innen verriegelt, dann folgt er ihr, während sie überall das Licht anmacht. Über dem Wohnzimmertisch schwebt eine Kupferlampe mit langen roten Seidenfransen.

»Du kannst erst mal hierbleiben«, sagt sie. »Hast du Hunger?«

Elias muss in sich hineinhorchen.

»Am liebsten würde ich heiß duschen.«

»Das kann ich verstehen. Ich zeige dir das Bad.«

Sie geht vor ihm die Treppe hinauf. Die Dusche. Wieder denkt er an *Psycho*, aber innen ist das Haus nicht so unheimlich wie von außen, und in Ylvas Gesellschaft fühlt er sich wohl. Er vertraut ihr. Sofern er dazu in der Lage ist.

»Ich habe leider nichts Frisches zum Anziehen für dich, aber ich kann Hossin fragen. Vielleicht leiht er dir was.«

»Hossin?«

»Hossin und Najide wohnen im Gästehaus. Sie sind aus Afghanistan geflüchtet.«

Er sieht sich um. »Wohnst du allein hier?«

»Ja.«

Mehr sagt sie nicht dazu und öffnet die Tür zu einem Schlafzimmer. Mitten im Raum steht ein Bett mit einer geblümten Tagesdecke, daneben eine dunkle Eichenkommode.

»Danke.«

Sie lässt ihn im Schlafzimmer allein, und er hört sie die Treppe runterlaufen. Die Haustür wird geöffnet und fällt wieder zu. Er stellt sich an die Treppe. Denkt sie daran, von außen abzuschließen? Ja, er hört einen Schlüssel im Schloss. Er ist allein in dem großen Haus. Frei, aber immer noch in einem Versteck.

D u hast ihn verloren?«, fragt Karolina. »Was ist passiert?«

»Er hat das hier gefunden.«

Vendela legt eine braune Papiertüte auf Karolina Möllers Schreibtisch. Karolina schaut hinein, wird aber aus dem Inhalt nicht klüger.

»Er findet eine Haarspange und verschwindet? Das musst du mir erklären.«

»Eine Haarspange und einen Knopf.«

»Und?«

Selbst Vendela sieht in dem charakterlosen Licht der Neonröhren farblos aus. Sobald es dunkel wird, verwandelt sich ihr Unterschlupf in der Floragata von einer prächtigen Altbauwohnung in Östermalm in ein trostloses Beamtenbüro.

»Sie hat sich offenbar gewehrt, als sie sie geholt haben. Elias hat die Haarspange und den Knopf gefunden, seine Schlüsse daraus gezogen und die Hütte verlassen.«

»Aber auf einem anderen Weg.«

»Ja, er ist über die Klippen geflüchtet. Es hätte keinen Sinn gehabt, ihn zu verfolgen. Man hat kaum die Hand vor Augen gesehen, geschweige denn Spuren. Der letzte Bus für heute ist weg, und da saß er nicht drin. Morgen setzen wir die Suche fort.«

Vendela geht zu ihrem Schreibtisch und dreht den Stuhl in Karolinas Richtung, ehe sie sich setzt.

»Ist er vielleicht noch da draußen?«

Vendela kneift angestrengt die Augen zusammen und guckt zur Seite. »Kann ich mir kaum vorstellen. Das Wetter war zwar grauenhaft, aber er war nicht am Ende der Welt. Es gibt dort jede Menge Sommerhäuser, in denen man Unterschlupf finden kann, und er ist ein gesunder Vierundzwanzigjähriger.«

»Und Mari-Louise? Gibt es keine Möglichkeit, die Leiche von dort verschwinden zu lassen?«

»Zu riskant. Ich hielt es für klüger, wenn die Polizei sie findet.«

Karolina fühlt sich nicht zum ersten Mal von Vendelas unbefangenem Ehrgeiz provoziert. Schweigend mustert sie sie, während sie ihren Unmut hinunterschluckt. Fühlt sie sich von ihr bedroht? Kann sie sich deshalb so schlecht beherrschen? Wenn, dann wäre das Gefühl nicht logisch. Oder steckt vielleicht etwas anderes dahinter als ihre Angst vor Konkurrenz?

»Es war ein Fehler, mich nicht zu kontaktieren.«

Vendela setzt sich aufrecht hin, will offenbar etwas einwenden oder sich möglicherweise entschuldigen, aber Karolina kommt ihr zuvor.

»Du hast die Lage nicht falsch eingeschätzt. Diesmal nicht. Aber vergiss nicht, dass ich diejenige bin, die letztendlich die Entscheidungen fällt. Manchmal kannst du die Gesamtsituation nicht überblicken.«

»Kann sein, dass ich etwas voreilig war.«

»Es ist durchaus denkbar, dass du in Situationen gerätst, in denen du keine Zeit hast, dich mit mir abzusprechen. Dann verlasse ich mich natürlich darauf, dass du auf der Grundlage deiner Kenntnisse die bestmögliche Entscheidung triffst. Aber das war hier nicht der Fall.«

»Nein.«

»Okay.« Karolina greift nach ihrem Handy. »Wir brauchen mehr Leute, um den Karlbergsväg und die Wohnung in Uppsala zu observieren. Du organisierst das. Ich rufe Örjan an. RPS muss einen Riegel vorschieben, bevor alle Polizisten aus Norrtälje etwas von einem Mord in Grisslehamn hinausposaunen.«

Eine Fertigsuppe aus Süßkartoffeln und Linsen und ein paar belegte Brote sind alles, was Ylva anzubieten hat.

»Wenn man eine Weile alleine gelebt hat, verliert man die Lust am Kochen.«

Elias sitzt am Küchentisch. Er scheint so beschäftigt, die Suppe in sich hineinzulöffeln, dass er ihre Entschuldigung gar nicht hört.

»Gewohnt oder gelebt?«, fragt er nach einer ganzen Weile. Offenbar hat er doch zugehört.

»Gelebt.«

Zu spät versucht sie, den Seufzer zu unterdrücken, der ihr entfährt und nichts mit dem Gesagten zu tun hat.

Elias isst weiter, nimmt sich das erste Brot. Die Sachen, die Hossin ihm geliehen hat, sind zu kurz und zu weit. Eine Stonewashed-Jeans und ein weißer Kapuzenpulli mit Aufschrift.

»Wenn du mir deine Größen aufschreibst, kann ich dir morgen was zum Anziehen kaufen«, sagt sie.

Er nickt und zeigt auf seinen Mund. Ylva denkt über das nach, was Elias ihr auf der Fahrt von Grisslehamn erzählt hat, dass jemand aus dem Hauptquartier der Sozialdemokraten sie unter Vortäuschung falscher Tatsachen dorthin gelockt hat und dann Mari-Louise genau dort umgebracht wurde. Was hat das zu bedeuten? Hat Annika Jarl wirklich versucht, sie in Sicherheit zu bringen, es aber nicht geschafft? Aber warum hätte sie lügen sollen?

»Hat sie wirklich gesagt, dass sie im Parteihauptquartier arbeitet?«, fragt sie, als Elias mit dem Essen fertig ist.

»Sie sagte, sie arbeite für die Regierung oder, um ganz genau zu sein, sie arbeitet im Sveaväg, hat Mari-Louise mir erzählt.«

Elias schiebt den Teller zur Seite und stützt die Ellbogen auf den Tisch.

»Und als sie behauptete, ihr würdet in Gefahr schweben, hat sie also gesagt, das hänge mit dem zusammen, was Anders in Sarajevo zugestoßen ist?«

»Ja.«

Wenn er die Wahrheit sagt, müsste er eigentlich zur Polizei gehen und alles, was er weiß, zu Protokoll geben, aber es macht ihr Angst, dass diejenigen, die ihn in diese Situation gebracht haben, so mächtig zu sein scheinen. Und wieso sollte jemand aus der Parteizentrale involviert sein? Das hört sich gar nicht gut an, da ist doch was faul.

»Ich glaube, ich brauche ein Glas Wein«, sagt sie. Ylva geht zum Vorratsschrank und schenkt sich ein Glas Rotwein ein. Sie sieht Elias zögernd an, ehe sie ihn fragt, ob er auch ein Glas möchte. »Das ist alles, was ich dir außer Fertiggerichten und Brot anbieten kann.«

»Ja, gerne. Du hast nicht zufällig Valium da?«

»Ich habe Schlaftabletten«, sagt sie.

»Entschuldige, schlechter Scherz. Ein Glas Wein ist super.«

Sie schenkt noch ein Glas ein, stellt es auf den Tisch und setzt sich ans Kopfende.

»Standet ihr euch nah, du und Mari-Louise?«

»In gewisser Weise.« Er trinkt einen Schluck und weicht ihrem Blick aus.

»Du brauchst nichts zu sagen, ich …«

»Das ist es nicht«, sagt er. »Wir haben uns gut verstanden. Ich war neunzehn, als Papa bei ihr eingezogen ist, vielleicht war es deswegen einfacher.«

Er fingert am Weinglas herum, betrachtet fasziniert seine eigene Hand und hält sie sich zu spät vor den Mund, als er husten muss.

»Hat sie noch mehr über Annika erzählt?«

Er denkt nach, dann schüttelt er den Kopf. »Sie hat nur gesagt, ich könne ihr vertrauen. Annika tue das alles nur, um uns zu beschützen.«

»Nehmen wir mal an, dass das stimmt, obwohl sie über Kjell die Unwahrheit gesagt hat, wer könnte dann deiner Ansicht nach … Mari-Louise umgebracht haben?«

Er sieht sie ernst an. »Annika hat behauptet, Papa wäre in den Besitz von Informationen gekommen, deren Verbreitung jemand unbedingt verhindern wollte, und diese Leute könnten zu uns nach Hause kommen. Sie seien skrupellos, und ein Menschenleben bedeute ihnen nichts.«

Er ist außer Atem. Ylva holt tief Luft. Sie versteht kein Wort, begreift aber, dass Elias mit einem unentwirrbaren Knäuel aus Ereignissen und Behauptungen, wahren wie falschen, ringt.

»Da war noch etwas«, sagt er. »Ich wollte schon gestern von dort weg. Ich habe Mari-Louise unter Druck gesetzt, bis sie mir gesagt hat, wer Annika ist, es war extrem mühsam, und ich glaube, sie hat mir nicht wirklich alles erzählt. Jedenfalls habe ich danach beschlossen, zurück nach Uppsala zu fahren. Der letzte Bus war aber schon weg.«

Er verstummt, scheint den Faden verloren zu haben und seinen Gedanken nachzuhängen, aber dann wird er plötzlich wach und spricht weiter.

»Als mir klar wurde, dass ich nicht von dort wegkommen würde, bin ich ins Hotel gegangen. An der Bar habe ich Eva getroffen. Wir haben uns in der Sommerhaussiedlung kennengelernt. Sie sagte, sie würde dort für eine Prüfung lernen. Sie hat mich im Auto mitgenommen und angeboten, mich am nächsten Morgen zum Bus zu bringen. Sie hat mich auf ein Glas Wein eingeladen, es blieb nicht bei dem einen, und ich…«

Er trinkt einen großen Schluck, stellt das Glas wieder ab und starrt auf die Tischplatte.

»Ich bin bei ihr eingeschlafen. Mitten in der Nacht bin ich aufgewacht, keine Ahnung, wie spät es war, vielleicht zwei oder drei, und sie war nicht da. Eine Weile später kam sie zurück, aus irgendeinem Grund war sie draußen gewesen. Ich meine, man geht doch bei zehn Grad minus nicht einfach in die stockdunkle Nacht hinaus, um Luft zu schnappen.«

Er sieht Ylva an. Wartet auf eine Antwort.

»Nein«, sagt sie. »Klingt unwahrscheinlich.«

»Und als ich dann am Tag darauf«, fährt er fort, »zur Hütte ging, um meine Sachen zu holen, war Mari-Louise nicht mehr da. Ich fand das ausgerissene Haarbüschel und bekam Panik, weil ich dachte, Eva hätte etwas damit zu tun.«

»Du glaubst, sie hat Mari-Louise getötet?«

»Ja, oder zumindest… Da wusste ich ja noch nicht, dass Mari-Louise tot war, aber… Irgendetwas war passiert, und irgendetwas stimmte mit Eva nicht, sie hatte gesagt, das Sommerhaus würde ihren Eltern gehören, aber…«

Elias kippt versehentlich sein Weinglas um. Der Wein fließt über den Tisch und tropft auf den Fußboden.

»Scheiße.«

Ylva steht auf, um einen Lappen zu holen, aber Elias ist schneller. Er stellt das Glas wieder hin, wischt den Tisch ab, spült den Lappen aus, kommt zurück und entfernt die restlichen Spuren von Tischkante und Fußboden.

Er setzt sich wieder. »Ist es nicht ein zu großer Zufall, dass sie zur gleichen Zeit wie ich in der Bar auftaucht? Und was hat sie nachts draußen gemacht? Ich weiß nicht, bin ich vollkommen paranoid?«

Es hört sich nach einem Albtraum der schlimmsten

Sorte an, einem, der nicht enden will und so überzeugend ist, dass man ihn für real hält. Aber das braucht sie ihm nicht zu sagen.

»Nein«, sagt sie. »Es ist ja wirklich passiert. Ich will mir gar nicht ausmalen, wie es dir gehen muss. Zuerst dein Vater und dann das hier.«

Elias schaut auf seine Hände, antwortet nicht. Ylva schweigt ebenfalls. Sie würde gerne seine Hände halten, seine ganze Person schreit nach Trost.

»Ich habe darüber nachgedacht«, sagt er nach einer Weile, »dass ich jetzt keine Eltern mehr habe. Mein nächster Verwandter in Schweden ist ein Stiefbruder, der mich hasst. Ich bin mir nicht sicher, ob er überhaupt als Verwandter durchgeht. Im Grunde gibt es nur noch mich.« Er reißt die Augen auf. »Er weiß noch gar nichts davon.«

»Wer?«

»Markus, mein Stiefbruder. Dass sie tot ist.«

Ylva nimmt seine Hand und drückt sie fest. »Wir kriegen das alles irgendwie hin. Wir müssen eine Erklärung finden, aber vor allem müssen wir dafür sorgen, dass du dich sicher fühlst.«

Ein Lächeln huscht über sein Gesicht, dann zieht er die Hand weg.

»Heute Nacht kannst du jedenfalls ruhig schlafen, da niemand weiß, dass du hier bist. Um deinen Stiefbruder kümmern wir uns morgen. Wir kriegen das hin«, sagt sie mit Nachdruck.

Sie hat keine Ahnung, wie.

Elias ist todmüde, aber er bezweifelt, dass er einschlafen kann. Es wird ein Kampf zwischen seinem erschöpften Körper und dem Gedankenkarussell in seinem Kopf werden. Er bezieht sein Bett mit Bezügen, die nach muffigem Wäscheschrank riechen. Der Raum ist kühl, aber die Daunendecke hält ihn warm. Wider Erwarten schläft er fast sofort ein.

Als er aufwacht, ist es noch immer dunkel im Zimmer. Er hat keine Ahnung, wie spät es ist, und tastet auf dem Fußboden nach seinem Handy. 06:15. Er knipst die Leselampe an. Auf dem Stuhl neben dem Bett liegen die geliehenen Kleidungsstücke. Da bricht alles wieder über ihn herein. Der Ernst der Lage, der Tod. Es schnürt ihm die Brust zu, und er muss sich im Bett aufsetzen, um Luft zu bekommen.

Mari-Louises eisblinde Augen starren ihn an. Liegt sie immer noch dort, oder haben sie sie mittlerweile gefunden? Er hat noch nie einen so eindeutig leblosen Körper gesehen. Erstarrt, mit Schnee bedeckt, unempfindlich gegenüber Kälte und Sturm.

War es Eva? Als er sich daran erinnert, wie sie den Arm um ihn gelegt hat, als sie von draußen hereinkam, springt er auf und zieht sich mit zitternden Händen an.

Ylva steigt am Karlaplan aus der U-Bahn und geht zu Fuß auf dem Valhallaväg weiter. Die Bürgersteige sind noch immer kaum passierbar. Auch heute arbeiten die Räumfahrzeuge, Schaufeln krachen auf den Asphalt.

Anders ist tot, und sein Sohn schläft in ihrem Haus. Es ist, als wäre ein Teil von Anders' Leben, an dem sie nie teilhatte, bei ihr eingezogen. Elias ist dieser Teil. Seine Anwesenheit im Haus beunruhigt sie, aber gleichzeitig hat sie Mitleid mit ihm. Sie hat sich gestern mehr als einmal eingebildet, dass sein forschender Blick sie auf die gleiche Weise durchschaut, wie Anders immer alles gesehen hat, was sie vor ihm verbergen wollte.

Seit sie erfahren hat, dass Mari-Louise tot ist, wehrt sie sich gegen den zynischen Gedanken, dass sie jetzt frei ist. Aber ist sie das wirklich?

Was Elias erzählt hat, geht ihr unaufhörlich durch den Kopf. Was hat Anders gewusst, das jemanden so weit hat gehen lassen?

Sie muss sich sammeln, hat einen langen Tag vor sich. Ein Nachgespräch mit den Chefs der verschiedenen Einheiten, das Echo-Meeting in Brüssel muss vorbereitet werden und mittags dann ein Willkommensessen für den bulgarischen Botschafter im Außenministerium. Das übliche Programm mit Aperitif im Blauen Salon und Drei-Gänge-Menü in der Galerie. Sie ist entsprechend gekleidet, die hochhackigen Schuhe hat sie in der Tasche.

Ylva arbeitet eine Stunde intensiv, dann findet das Treffen mit den Chefs der Einheiten statt. Kjell ist stellvertretender Balkanchef, und es ist gut möglich, dass er Anders' Nachfolger wird. Die Sitzung ist ungewöhnlich schnell beendet. Oder hat sie die anderen zur Eile angetrieben? Beim Aufbruch hat sie das Gefühl, dass Kjell sie Kontakt suchend ansieht, aber sie verlässt fluchtartig den Besprechungsraum, bevor er etwas sagen kann.

Ihr Handy klingelt. Karolina Möller. Sie klickt den Anruf weg und steckt das Telefon in die Tasche.

An manchen Tagen wünschte sie, sie hätte ein eigenes Zimmer mit einer Ampel an der Tür, wie man sie auf alten Bildern aus Ämtern sehen kann. Dann könnte sie auf Rot schalten, und niemand käme auf die Idee, bei ihr anzuklopfen.

Ylva sucht die Nummer von Mikael Grahn von Swedfund heraus.

»Ach, hallo, schön, von Ihnen zu hören«, ruft er.

Egal was man von ihm will, Mikael Grahn klingt immer enthusiastisch, Ylva kann ihn nur schwer einschätzen.

»Danke, gleichfalls.«

»Wie geht es Ihnen? Viel zu tun wie immer?«, erkundigt er sich.

»Das kann man wohl sagen.«

»Entschuldigung, ich bin ein Idiot. Anders Krantz, mein Gott, und Sie waren mit ihm in Sarajevo, oder? Es tut mir wirklich leid. Geht es Ihnen einigermaßen?«

In gewisser Weise schwingt sogar in seiner Beileidsbekundung Begeisterung mit.

»Ich komme zurecht«, sagt sie.

»Das ist wirklich entsetzlich. Weiß man schon mehr über den Vorfall?«

»Mikael«, sagt sie, ohne auf seine Frage einzugehen. »Ich wollte Sie etwas fragen.«

»Klar.«

»Sie hatten vor etwa einem Jahr einen Angestellten namens Mattias Klevemann.«

Es folgt eine kurze Pause, eher ein Rhythmuswechsel als echtes Schweigen, aber deutlich genug, um die Dissonanz zu bemerken. Mikael gibt ein zustimmendes Brummen von sich.

»Anderthalb Jahre ist das her, würde ich sagen.«

»Woran hat er gearbeitet? Ich meine, ganz konkret, für welche Regionen beziehungsweise Bereiche war er zuständig?«

»Das ist bei uns nicht in Stein gemeißelt. Landeskundliche Kenntnisse können von Vorteil sein, aber manchmal ist Fachwissen gefragt. Wir versuchen, da flexibel zu sein.«

»Und Klevemann?«

»Er hatte viel mit Ostafrika zu tun, aber auch mit Balkanprojekten. Darf ich fragen, warum Sie das wissen möchten?«

Er radiert den ernsten Ton mit einem Lachen aus.

Ylva hat keine Ahnung, worauf sie eigentlich aus ist, hat sich aber trotzdem eine glaubhafte Erklärung zurechtgelegt.

»Ich gehe einigen offenen Fragen nach, die Anders hinterlassen hat. Seine Projekte müssen schließlich von anderen weiter vorangetrieben werden.«

»Ich verstehe. Glaube ich.«

Letzteres fügt er mit einer tastenden Langsamkeit hinzu.

»Anders hatte Kontakt zu Klevemann, und ich habe mich gefragt, worum es ging«, verdeutlicht sie. »Aber dann habe ich festgestellt, dass er gar nicht mehr bei Ihnen arbeitet.«

»Schon seit einer ganzen Weile, wie gesagt. Spielt das jetzt noch eine Rolle?«

»Vielleicht nicht, aber ich wollte der Sache trotzdem nachgehen. Warum hat er aufgehört?«

Es knistert in der Leitung.

»Das kam ganz plötzlich. Er erhielt ein Angebot aus der freien Wirtschaft und war von einer Woche auf die andere weg. Wir konnten ihn nicht einmal mehr richtig verabschieden.«

»Und seitdem haben Sie nicht mit ihm gesprochen?«

»Nein. Aber warum sprechen Sie nicht mit Mattias

selbst?«, fragt er freundlich, aber sie hört Misstrauen heraus.

»Er ist schwer zu erreichen«, antwortet sie einigermaßen wahrheitsgemäß.

»Das haben seine ehemaligen Kollegen hier auch gesagt...« Er verstummt.

»Sie könnten mir nicht vielleicht eine Projektliste schicken?« Ylva bemüht sich um einen entspannten und beiläufigen Tonfall. »Damit ich sehen kann, woran er gearbeitet hat.«

Er zögert einen Augenblick, aber dann sagt er auf seine typische Art: »Selbstverständlich. Ich kümmere mich darum. Sie haben die Liste spätestens morgen früh im Posteingang.«

Elias ist allein in dem großen Haus, allein mit sich selbst. Er versucht, nicht daran zu denken, dass in seinem Kopf etwas wächst. Wenn er zu lange um das Thema kreist, gerät er in einen unerträglichen Sog, und dort will er nicht hin. Es ist, als würde zwischen Hirn und Schädel ein fremdes Wesen umherkrabbeln.

Stattdessen versucht er, sich auf das zu konzentrieren, was er vor Augen hat, das schöne und faszinierende Haus.

Eine Stunde lang geht er durch die Räume, teilweise aus Neugier, aber in erster Linie will er wissen, wo und wie er hinausgelangt, falls er überstürzt flüchten muss. Nach Grisslehamn möchte er vorbereitet sein.

Es gibt einen zusätzlichen Kücheneingang und eine undichte Verandadoppeltür in der Orangerie neben dem Wohnzimmer. Elias öffnet die klapprigen Türflügel, die Scheiben scheppern, und anschließend lassen sie sich nur mit Mühe wieder schließen.

Es gibt nicht viele Räume, aber sie sind groß. Eine Halle mit dunkelgrünem Kachelofen und Bücherregalen an allen Wänden führt zum Wohnzimmer, das aufs Wasser hinausgeht. Er stellt sich vor, dass es früher der Speisesaal war oder ein Herrenzimmer, in das sich die Männer in den Dreißigerjahren nach einem guten Essen zurückzogen, um Zigarren zu rauchen und über den Börsencrash nach dem Zusammenbruch des Unternehmens von Streichholzkönig Ivar Kreuger zu diskutieren.

Das Haus hat zwei Treppen, eine große, elegante in der Halle und eine schmale Küchentreppe.

Im oberen Stock befinden sich ein Arbeitszimmer und zwei Schlafzimmer, das von Ylva und das, in dem er geschlafen hat. Das Arbeitszimmer, in das man durch eine Art Säulengang gelangt, ist unglaublich. Links im Raum steht ein dunkler Schreibtisch mit einem PC-Tower. Rechts gruppieren sich vier Sessel um eine dicke Eichenplatte, die auf zerlesenen alten Bänden des Nordischen Konversationslexikons und einem Exemplar von Jansons *Kunst* ruht.

Das obere Stockwerk wirkt wegen der Dachschrägen kleiner. Es gibt dort drei weitere Schlafzimmer und einen Raum voller Bücherregale mit einem übertrieben tiefen Sofa vor einem Fernseher.

Elias geht wieder hinunter und setzt sich an den Computer im Arbeitszimmer, der bereits ein paar Jahre auf dem Buckel hat und mit einem seltsamen Klagelaut hochfährt, als ob die Festplatte einen Knacks hätte.

Er öffnet eine Karte der Umgebung. Abgesehen von dem Gebäude, das Ylva als Gästehaus bezeichnet, liegt das Grundstück vollkommen abgeschieden auf einer bewaldeten Landzunge und ist auch von nirgendwo aus einsehbar. Die nächsten Nachbarn wohnen zweihundert Meter entfernt. Gut fünfhundert Meter in nördlicher Richtung ist ein U-Bahnhof, und wenn man weitere hundert oder zweihundert Meter nach Norden geht, erreicht man einen S-Bahnhof.

Nach vier Tagen ohne Internet ist es ein gutes Gefühl, wieder vor einem Computer zu sitzen. Er checkt seinen Uni-Account, aber dort sind nur Rundmails von seinem Institut eingegangen, die typischen Informationen zu Semesterbeginn. Seine Freunde mailen nur noch, wenn sie große Anhänge verschicken.

Er lässt die Finger über die Tastatur gleiten, betrachtet den blinkenden Cursor in der Adresszeile des Browsers, atmet bestimmt zehnmal aus und ein. Zwanzigmal. Dann tut er es, obwohl er weiß, dass er es nicht tun sollte. Er recherchiert im Netz und in wissenschaftlichen Datenbanken, die über die Universität zugänglich sind. Wenn man das Symptom Persönlichkeitsveränderungen eingibt, findet man unendlich viele Beispiele für ungewöhnliches Verhalten.

Die vorherrschende Meinung innerhalb der Hirnforschung scheint zu sein, dass die Evolution unsere Gehirne mit einem Paket von größtenteils mechanischen Programmen ausgestattet hat, deren Aufgaben sich oftmals überschneiden und die permanent miteinander verhandeln und diskutieren. Falls ein Programm aufgrund einer Verletzung oder erhöhten Drucks, der zum Beispiel von einem Tumor ausgelöst wird, ausfällt, können andere Programme diese Aufgaben teilweise übernehmen. Der Vorteil ist, dass ein begrenzter Hirnschaden keine Katastrophe sein muss, der Nachteil, dass merkwürdige Nebeneffekte entstehen können.

Je nach Bereich, den der wachsende Knoten außer Gefecht setzt, muss er sich darauf gefasst machen, sich plötzlich auf einem Dach wiederzufinden, wo er sich an lebenden Objekten als Scharfschütze betätigt (zum Glück hat er keinen Zugang zu Waffen), seine Eltern mit dem Messer abzustechen (was schwierig wird, da sie ohnehin nicht mehr leben), in der Öffentlichkeit unflätige Ausdrücke zu brüllen oder die Hose herunterzulassen, sich auf einmal sexuell zu Zehnjährigen hingezogen zu fühlen oder manisch sein Geld im Casino Cosmopol zu verprassen.

Er weiß nicht, was schlimmer ist, der Gedanke, dass einer dieser Zustände bei ihm eintreten könnte, oder der Gedanke, dass er all das bereits in sich hat, den Mörder, den Pädophilen, den Exhibitionisten, den Drogenabhängigen, die vorläufig noch von einem ausgleichenden Wertesystem, das möglicherweise nur angelernt ist, in einer inneren Balance gehalten werden.

Elias spürt ein Kribbeln im Rücken und dreht sich mit dem Stuhl zur Tür um.

Die Haustür ist abgeschlossen, niemand weiß, dass er hier ist, und trotzdem hat er das Gefühl, dass sich jeden Moment jemand anschleichen könnte.

Er schiebt den Bildschirm ein Stück nach rechts und dreht ihn so, dass er die Tür hinter den Pfeilern im Auge hat, während er tiefer in die Materie eindringt.

Viele der Hirnforscher beginnen früher oder später, meist früher, über die Frage zu philosophieren, was wir mit unseren Sinnen wahrnehmen und was es in der uns umgebenden Welt tatsächlich gibt. Der Beitrag der Hirnforschung dazu lautet, dass das Bild der Welt, so wie wir sie sehen, was also mithilfe elektrischer Spannungssignale der Stäbchen und Zapfen in unseren Augen an unser Gehirn weitergeleitet wird, darauf beruht, dass wir Menschen sind. Unser Bild der Welt gilt nur für unsere Art. Das, was da draußen eigentlich existiert, das Ding an sich, können weder wir noch Schimpansen oder Katzen wirklich erkennen.

Diese philosophische Ebene interessiert Elias nicht vorrangig. Ihn fesselt vor allem die Theorie, die als *retrospective storytelling* oder *retrospective editing of consciousness* bezeichnet wird. Allein schon der Begriff klingt faszinierend: retrospektive Bewusstseinsbearbeitung. Die Hirnforschung stellt die Frage, in welchem Umfang wir eigentlich selbst über unsere Handlungen bestimmen. Versuche zeigen, dass bewusste Willensentscheidungen den Impulsen, die die Muskeln in Bewegung setzen, in manchen Fällen nachgeordnet sind. Zuerst kommt also die Handlung, und unser Gehirn konstruiert dann im Nachhinein eine Geschichte, die uns glauben macht, wir hätten sie aus einem speziellen Grund ausgeführt. Der Gedanke ist beängstigend. Das Leben in der *Matrix*. Vielleicht liegen wir in Wirklichkeit in einer Nährlösung und dienen als menschliche Batterien für Maschinen, während man uns mit Vorstellungen von einem Leben, das wir zu führen glauben, füttert. Nicht sehr wahrscheinlich, aber die Crux ist, dass wir nie wissen können, ob es nicht doch so ist. Es wird niemals ein Morpheus mit einer roten und einer blauen Pille auftauchen.

Was ist eigentlich Bewusstsein? Existiert es überhaupt? Gibt es so etwas wie ein Ich? Laut jüngsten Theorien innerhalb der Hirnforschung ist unser Bewusstsein, das wir als zusammenhängenden Film erleben, faktisch mit individuellen Instinkten vergleichbar, die wie Kohlensäurebläschen in einem Sektglas an die Oberfläche aufsteigen und auf einer Zeitebene verknüpft werden, wenn sie an die Oberfläche gelangen. Das, was wir als Jetzt bezeichnen.

Aber wenn das Bewusstsein im Grunde nur auf Instinkten beruht, was haben wir dann eigentlich zu sagen? Der Gedanke, dass alles mehr oder weniger vorherbestimmt ist, wozu wir fähig sind oder wie wir in gewissen Situationen reagieren werden, bedrückt ihn. Was hat es dann für einen Sinn, sich an der Universität abzurackern, um Wissen zu erwerben, zu verstehen versuchen, was seinem Vater zugestoßen ist, zu essen und zu trinken und den Tag zu überleben? Das Schlimmste ist, dass es nicht einmal einen Sinn ergibt, nach einem Sinn zu fragen.

Elias recherchiert weiter und findet nach einer Weile eine annähernde Antwort, provisorisch und nicht vollkommen befriedigend, aber viel mehr kann man von der Wissenschaft auch nicht erwarten. Der Theorie nach besteht das Bewusstsein aus vielen konkurrierenden Instinkten. In der einen Situation setzen sich einige von ihnen durch, unter anderen Umständen gewinnen andere das Rennen. Daraus ergibt sich eine unüberschaubare Variationsbreite. Als Individuen sind wir nicht vorhersagbar. Gewisse Entscheidungen mögen zwar vorherbestimmt sein, aber es gibt zu viele Variablen, die man niemals messen könnte, als dass wir Menschen füreinander vorhersagbar wären. Das ist ebenso unmöglich wie eine langfristige Wetterprognose. Chaostheorie, angewandt auf das menschliche Gehirn.

Auf der anderen Seite, betont derselbe Wissenschaftler, brauchen wir vor unseren Instinkten keine Angst zu haben. Die natürliche Selektion bevorzugt unbewusste Prozesse. Schnelle und automatische Vorgänge sind das Erfolgsrezept. Dieser Gedanke gefällt Elias.

Er sucht weiter und entdeckt eine Fallstudie über einen Mann, der aufgrund eines Hirnschadens keine Bewegungen mehr wahrnimmt, sondern nur noch eine Reihe von Standbildern, ungefähr wie in einem alten Stummfilm mit extrem wenigen Bildern pro Sekunde.

Heißt das, der Mann kann Details sehen, die aufgrund der Schnelligkeit von Bewegungen eigentlich nicht wahrnehmbar sind?

Das eröffnet interessante Möglichkeiten. Wenn Elias Glück hat, entwickelt er völlig neue Fähigkeiten oder vielleicht eine ureigene Superkraft.

Wahrscheinlicher ist jedoch, dass er verrückt und abstoßend wird. Mit runtergelassener Hose auf dem Odenplan »Ficken« schreit und von der Polizei abgeführt wird, während Eltern ihre kleinen Schützlinge auf den Arm nehmen und rasch den Platz evakuieren.

Nach zwei Stunden in der Welt der Hirnforschung zwingt er sich aufzuhören und schaltet den Computer zur Sicherheit aus. Zerstreut nimmt er das Bücherregal hinter dem Schreibtisch in Augenschein. Es ist voll von politischer und historischer Literatur, Büchern über Entwicklungshilfe, Untersuchungen und dem einen oder anderen Roman. Er blättert in einem Wälzer, der davon handelt, wie man Präsidenten, Minister und Botschafter begrüßt und wie man sie im Verhältnis zueinander bei Empfängen und festlichen Abendessen platziert.

Er stellt das Buch wieder ins Regal und bemerkt einen Zeitungsartikel, der eingerahmt an der Wand hängt. Auf einem Schwarz-Weiß-Foto ist ein Auto zu sehen, das teilweise aus einem See herausragt. Das Wasser reicht ungefähr bis zur Hälfte der Fenster. »Die Frau, die am Dienstagabend aus bisher nicht bekanntem Grund in ihrem Sportwagen in den Magelungensee fuhr, konnte nur dank des entschlossenen Eingreifens von zwei Passanten vor dem Ertrinken gerettet werden. Die Frau wird im Krankenhaus behandelt, soll aber keine lebensgefährlichen Verletzungen erlitten haben. Zeugen haben dem *Aftonbladet* gegenüber ausgesagt, die Frau sei absichtlich in den See gefahren.«

Ylva drückt Elias eine Tüte Kleidung in die Hand. Er schaut hinein.

»Danke, das sieht gut aus«, sagt er.

»Ich habe auch Snus gekauft.«

»Oh.« Sein Blick sucht gierig danach.

Sie überreicht ihm die Tüte mit den Snusdosen. »Das Handy und die anderen Dinge, um die du mich gebeten hast, sind auch dabei.«

»Perfekt.«

Elias öffnet eins der Döschen und schiebt sich ein Beutelchen Snus unter die Oberlippe, bevor er sich umziehen geht.

Ylva geht in die Küche und nimmt eine Flasche Wein aus dem Vorratsschrank. Sie wählt bewusst einen Rotwein aus dem Minervois aus, einen Wein, den Anders und sie an ihrem ersten gemeinsamen Abend getrunken haben. Sie schenkt sich ein großes Glas ein und atmet das würzige Aroma ein. Mit jedem Atemzug kommt sie näher heran. An die Gerüche, die Liebkosungen, die zärtlichen Worte. Sie sollte es nicht tun, aber sie kann es nicht lassen, diesen masochistischen Genuss, für den sie einen hohen Preis zahlt.

Meistens haben sie sich bei ihr getroffen. Ihre Begegnungen waren berauschend intensiv, aber diskret.

Als Elias hereinkommt, zieht sie die Nase aus dem Glas und richtet sich auf. Er trägt eine Jeans, einen dunkelgrünen Lambswoolpullover und dicke Socken, die sie gekauft hat, obwohl sie nicht auf der Liste standen. Er hat sicher schon bemerkt, wie kalt der Fußboden ist.

Als sie ein Auto den Hügel hinunterfahren hört, stellt sie das Glas ab und schaut aus dem Küchenfenster, erkennt den grauen Audi wieder.

»Ich glaube, das ist die Polizei«, sagt sie.

Er sieht sie mit ängstlichen Augen an, dreht sich um, als hielte er Ausschau nach einem Fluchtweg, bereit, sich in den Schneesturm hinauszustürzen.

»Wenn du willst, geh nach oben.«

»Ja«, antwortet er knapp. Er rennt zur Treppe, bleibt aber auf der untersten Stufe stehen. »Versprich mir, der Polizei nichts zu sagen, bevor du nicht mit mir geredet hast.«

»Versprochen«, sagt sie. »Geh jetzt rauf. Und sei leise.«

Sie weiß nicht, ob es die richtige Entscheidung ist, ihn vor der Polizei zu verstecken. Er weiß viele Dinge, die die Polizei erfahren sollte. Gleichzeitig ist ihr nur zu bewusst, dass sie selbst Dinge vor ihrem Arbeitgeber, der Polizei und vor Elias geheim hält.

Er verschwindet nach oben. Ylva begutachtet den Eingangsbereich und die Küche. Keine vergessene Snusdose, kein verräterischer Kassenzettel oder ein unpassendes Kleidungsstück?

Es klingelt.

Als Ylva die Tür aufmacht, steht Karolina bereits im Windfang.

»Gut, dass ich Sie erwische«, sagt sie.

Ylva lässt sie herein.

»Es wäre besser, wenn Sie sich vorher melden und wir eine Zeit vereinbaren«, sagt sie. »Dann fahren Sie nicht vergeblich hier raus.«

»Das habe ich versucht«, sagt Karolina.

»Ich habe es gesehen, aber ich hatte einen harten Tag, ein Meeting nach dem anderen. Ich konnte nicht ans Telefon gehen, und jetzt bin ich völlig kaputt.«

»Das verstehe ich, ich mache es auch ganz kurz.«

Karolinas Blick schweift durch das Wohnzimmer, wo sie beim letzten Mal saßen, aber Ylva bleibt stehen.

»Wenn, dann muss es sehr kurz sein. Ansonsten kommen Sie besser morgen zu Sida.«

Karolina kommt näher. Etwas zu nah, findet Ylva.

»Hatten Sie Kontakt zu Elias Krantz?«

»Ja, als ich die beiden besucht habe. Oder wie ist die Frage gemeint?«

»Danach nicht?«

»Er hat sich an dem Freitag noch am selben Abend bei mir gemeldet, weil er noch ein paar Fragen hatte.«

»Er hat Sie angerufen?«

»Ja.«

»Aber er war nicht bei Ihnen?«

»Nein.«

»Hat er sonst irgendwie Kontakt zu Ihnen aufgenommen?«

Ylva schüttelt den Kopf. »Um die Wahrheit zu sagen, habe ich versucht, ihn zu erreichen, aber er ist nicht ans Telefon gegangen.«

»Warum wollten Sie mit ihm sprechen?«

»Er hat sich Gedanken über die Dokumente gemacht, die aus dem Arbeitszimmer seines Vaters verschwunden sind. Ich habe ihm versprochen, ihm Bescheid zu sagen, sobald wir Anzeige erstattet haben.«

Karolina steckt die Hände in die Jackentaschen. »Na dann, das war auch schon alles, was ich von Ihnen wollte. Jedenfalls, wenn ich es ganz kurz machen soll.«

»Ich möchte mich nicht querstellen, aber ich muss dringend ins Bett. Und vorher brauche ich ein Aspirin.«

Oder ein großes Glas Wein.

»Ich will Sie nicht aufhalten.«

»Sie können mich gerne morgen Vormittag um halb elf im Büro aufsuchen. Da habe ich eine Lücke.«

»Ich melde mich«, sagt Karolina. Sie geht in Richtung Garderobe, bleibt aber nach wenigen Schritten stehen und dreht sich um. »Sie sollten uns in Ruhe die Ermittlungen machen lassen.« Ohne die Hände aus den Jackentaschen zu nehmen oder sich näher zu erklären, sieht sie Ylva entschlossen an.

»Ich werde ja wohl ein Gespräch mit unserem Sicherheitsbeauftragten führen dürfen.« Ylva merkt selbst, wie beleidigt sie klingt. »Meinten Sie das?«, fügt sie hinzu und bereut die Frage sofort.

»Wenn Zeugen falsche Informationen bekommen, können sie wertlos werden. Oder wenn man sie einschüchtert.«

Sie geht, ohne noch etwas zu sagen. Meint sie damit Klevemann? Woher weiß Karolina, dass sie sich mit ihm getroffen hat? Oder meint sie Elias?

Ylva geht auf Zehenspitzen zur Küchentür und bleibt dort stehen, bis der Audi zwischen den Bäumen verschwunden ist. Erst dann wagt sie, nach ihm zu rufen.

Ylva macht im Keller Licht und geht die schmale Treppe hinunter, die bei jedem Schritt knarrt. Elias folgt ihr. Es ist kühler dort unten und riecht nach feuchtem Zement.

»Ich dachte, es wäre gut, diesen Ausgang zu kennen, falls du wieder von dieser Möller belagert wirst. Oder von jemand anderem.«

»Was wollte sie?«

»Sie hat nach dir gefragt.«

Er bleibt stehen. »Ist das wahr?«

»Sie wollte nicht wissen, ob du hier bist, sondern ob wir Kontakt hatten.«

Es scheint ihn zu beruhigen, aber nur wenig.

»Außerdem hat sie gesagt, ich solle mich nicht in die polizeilichen Ermittlungen einmischen. Ich bin nicht sicher, was sie damit meinte, aber es war unangenehm, als ob sie mich im Visier haben. Sie könnte dich gemeint haben, aber ... Weißt du noch, dass ich dich gefragt habe, ob du einen Mattias Klevemann kennst?«

»Ja.«

»Ich habe ihn vor ein paar Tagen getroffen. Möglicherweise hat sie sich darauf bezogen.«

Ylva erzählt von der Notiz in Anders' Buch und von der seltsamen Begegnung mit Klevemann in der Bar vom Mornington Hotel.

»Hast du der Polizei erzählt, dass du dich mit ihm getroffen hast?«, fragt er.

»Nein.«

»Gut.«

»Ich weiß nicht. Ich hatte das Gefühl, sie wüssten es trotzdem.«

»Da hast du's«, keucht er. »Sie beobachten dich.«

»Vielleicht hast du recht. Lass uns ein andermal darüber reden«, sagt sie.

Sie geht weiter durch den Korridor und schließt die Tür zum unterirdischen Gang auf. Sie zeigt auf eine massive Stahltür, die keine Klinke hat, aber dafür mit großen Riegeln ausgestattet ist.

»Sieht aus wie ein Schutzraum«, sagt Elias.

»Hinter der Tür liegt ein unterirdischer Gang zum See. Ich weiß nicht genau, wofür er da ist. Es heißt, er sei in den Dreißigerjahren als Fluchtweg gebaut worden, einer anderen Version zufolge hat er etwas mit einem Forschungsprojekt zu tun, das in den Fünfzigern im See durchgeführt wurde. Wie auch immer, er ist jedenfalls hilfreich, wenn man unbemerkt hier wegwill.«

»Hast du ihn schon mal benutzt?«

»Nicht zu diesem Zweck. Johan und ich haben ihn

einmal geöffnet, als wir ein Fest veranstalteten und unten am See etwas zu trinken serviert haben. Aber das ist einige Jahre her. Ich gehe kaum noch in den Keller.«

»Wäschst du nicht?«

»Das macht das Personal.«

Elias hält inne, starrt sie an.

»Das war ein Scherz.«

»Kann ich die Tür aufmachen?« Er legt eine Hand auf einen der beiden Riegel.

»Meinetwegen, aber du solltest nicht ohne Schuhe da reingehen, es ist sehr kalt und schmutzig da unten.«

Ylva beobachtet ihn, während er sich mit der Tür abrackert.

»Man muss kräftig ziehen, sie ist eingerostet.«

Die Riegel geben ein grelles Quietschen von sich, als Elias mit beiden Händen kräftig daran zerrt. Eine nackte Glühbirne beleuchtet eine Treppe, die in einen Tunnel hinunterführt.

Das Haus steckt voller Überraschungen. Diesen unterirdischen Gang, den Ylva als Tunnel bezeichnet, hat er bei seinem Rundgang übersehen.

Zwischendurch fällt es ihm schwer, ihren Blick zu deuten, das bereitet ihm Unbehagen. Er hat das Gefühl, ihr nicht folgen zu können, ihren Ansprüchen nicht zu genügen. Sie ist scharfsinnig und schnell, aber sie ist auch fast zwanzig Jahre älter als er, und wenn sie ihm nahe kommt, passieren Dinge mit ihm. Er will nicht, dass sie es ihm ansieht. Sie fände ihn mit Sicherheit lächerlich.

Sie sind wieder in die Küche hochgegangen. Ylva hat ihm den Rücken zugewendet. Das Haar fällt in weichen Locken über ihre Schultern. Sie hat eine schöne Stimme, beruhigend, tief. Er kann sie sich gut bei Teamsitzungen und Vorträgen vorstellen, aber auch als verbale Liebkosung, wenn Ylva es will.

Sie beugt sich über den Herd, öffnet die Luke des alten Backofens und kramt darin herum. Dann holt sie eine Plastiktüte heraus und zieht einen Laptop aus der rußigen Tüte.

»Der hat deinem Vater gehört.«

»Bist du sicher?«

»Ja.«

Er nimmt ihr den Computer ab und merkt an ihrer Art, ihn loszulassen, dass sie nicht die Absicht hatte, ihn herzugeben.

»Wieso hast du seinen Laptop?«

Ganz offensichtlich zögert sie. Ihr Blick bohrt sich in seinen, und während einiger langer Sekunden ist er zwischen dem Impuls, mit dem Computer wegzulaufen, und dem Wunsch, sich nach vorn zu beugen und seine Lippen auf ihre zu pressen, hin- und hergerissen. Er weiß nicht, wo dieser Wunsch plötzlich herkommt.

Aber es passiert nichts.

»Es gab ein Missverständnis in Sarajevo«, sagt sie. »Sie dachten, er wurde mir gehören. Ich hätte ihn Mari-Louise übergeben müssen, aber …«

»Zum Glück hast du es nicht getan.«

Er dreht den Laptop um, als würde das Gehäuse etwas

über den Inhalt des Flash-Speichers verraten. Noch vor einigen Tagen hätte er jemanden, der einen Computer im Backofen aufbewahrt, für nicht ganz richtig im Kopf gehalten, jetzt fragt er nicht einmal mehr nach dem Grund.

Ylva braucht Elias nicht aufzufordern, in seinem Gedächtnis nach früheren Adressen oder Namen verstorbener Hunde zu kramen. Er kennt das Kennwort. Er tippt eine kurze Ziffernfolge ein und ist drin.

»Die Frage ist, wonach wir suchen«, denkt er laut, während seine Finger über der Tastatur schweben.

Sie sind ins Arbeitszimmer umgezogen. Elias hat den Laptop mitgenommen und Ylva das Weinglas voller quälender Erinnerungen. Er hat auf dem Lehnstuhl am Schreibtisch Platz genommen. Ylva geht vor der Bücherwand auf und ab. Sie will verfolgen, was auf dem Bildschirm passiert, hat aber nicht die Ruhe, sich einen Stuhl zu holen und neben Elias zu setzen.

»Wir versuchen es mit Klevemann«, sagt Elias. Er gibt den Namen ins Suchfeld ein und drückt auf Enter. »Nichts.« Er sieht zu Ylva auf.

»Und Swedfund?«, fragt sie.

Er gibt es ein, erzielt einige Treffer, die sich als Veranstaltungseinladungen und andere Rundmails erweisen.

»Titan Network, Annika Jarl.« Hektisch versucht Ylva, sich mit den Händen weitere Vorschläge zuzufächeln.

Elias tippt die Suchbegriffe ein, aber ohne Erfolg. Er lehnt sich zurück und starrt wütend den Monitor an.

»Da scheint nichts zu sein«, sagt er mutlos.

»Oder es ist alles gelöscht«, sagt Ylva. »Wenn sein Account auf dem Server gelöscht ist, dann...«

»Ah.« Hastig setzt Elias sich auf und öffnet ein neues Fenster. »Stimmt, so ist es. Er hat noch ein zweites Benutzerkonto ausschließlich hier auf dem Laptop. Offensichtlich will er nicht, dass die Daten auf dem Server von Sida landen.«

»Kannst du dich da einloggen?«

»Mal sehen.«

Ylva betrachtet die Rotweinpfütze auf dem Boden des großen Kelchs. Wenn Anders nicht bei ihr im Hotelzimmer gewesen wäre, hätten sie gar nichts.

Elias beugt sich über den Laptop. »Ich logge mich aus dem Sida-Account aus. Und dann probieren wir den aus, der nur *anders* heißt.«

Er kommt mit demselben Kennwort in das Benutzerkonto hinein, findet den Ordner mit den Dokumenten und durchsucht systematisch die Ordnerstrukturen. Die gleiche Flut von Dateiordnern wie im Sida-Account. Er klickt sich manuell durch.

Einer der Ordner erregt Ylvas Aufmerksamkeit. Tief in ihrem Innern beginnt eine Saite zu vibrieren, in einer unkontrollierten, bedrohlichen Schwingung.

»Kannst du den Ordner öffnen?«, fragt sie.

»Welchen?«

»Den da.«

»Klar.« Elias' Hand verharrt auf halbem Weg zur Tastatur. Jetzt hat er es auch gesehen. Er dreht sich zu Ylva um. »Ist es vielleicht besser, wenn du den Ordner selbst öffnest?«

Sie kann den Blick nicht von dem Ordner abwenden.

yg

Warum steht da ihr Namenskürzel? Worum geht es hier? Ihr Puls hämmert aggressive Sturmwellen durch ihren Körper.

»Sollen wir den Platz tauschen?«, fragt Elias.

»Ja«, sagt sie.

Er steht auf, und sie lässt sich auf den Stuhl fallen, hebt langsam die Hände über die Tastatur. Seltsamerweise zittern ihre Finger kein bisschen. Elias zieht sich taktvoll ans Kopfende des Tisches zurück, von wo aus er den Bildschirm nicht sehen kann. Ylva holt tief Luft und öffnet den Ordner mit einem Doppelklick. Vielleicht geht es gar nicht um sie, denkt sie noch, bevor sich an die zwanzig Dokumente auf dem Monitor aufreihen. Sie klickt eins davon an.

Ylva Magdalena Grey. Ihr Einkommensbescheid vom vorigen Jahr. Sie öffnet ein anderes Dokument. Sie braucht eine Weile, um zu begreifen, dass es sich um ein Verzeichnis all ihrer Dienstreisen in den vergangenen fünf Jahren handelt. Sie muss ziemlich lange lesen, bis ihr aufgeht, dass es die Personenanalyse ist, die vor ihrer

Anstellung bei Sida durchgeführt wurde. Sie selbst hat sie nie zu sehen bekommen, aber hier ist sie, auf Anders' Laptop.

Sie fühlt ein Stechen in den Fingern, ihre Handflächen sind feucht und ihr Kopf eiskalt. Schweigend sitzt sie vor dem Computer, kommt sich durchsichtig und in Auflösung vor, als wäre sie dabei zu verdunsten.

»Was ist?«, fragt Elias.

Sie antwortet nicht, sondern öffnet weiter ein Dokument nach dem anderen. Es sind Sida-Dokumente, die Projekte betreffen, an denen sie gearbeitet hat, Gruppen, denen sie angehört, externe Kontakte, Beschlüsse, die sie gefasst oder mitunterzeichnet hat. Es ist ein ausführliches Protokoll ihrer Arbeit. Sogar Johan und die Gütertrennung kommen vor, abgestempelt vom Amtsgericht, und eine Auskunft von der kommunalen Wohnungsgenossenschaft über die Mietkosten für das Gebäude in Farsta Strand.

Sie wusste, dass es für sie kein Happy End geben würde, aber doch nicht so! Es brennt im Hals, der ganze Körper schmerzt. Muss sie all ihre Erinnerungen korrigieren? Jede Berührung, jedes zärtliche Wort? Und noch immer begreift sie nicht, warum.

Ylva stützt sich am Tisch ab und steht auf. »Ich brauche eine Pause.«

Sie geht ein paar wankende Schritte, spürt Elias' Blick. Wie viel hat er verstanden?

Sie bleibt stehen, dreht sich um.

»Wir müssen morgen weitermachen. Ich bin zu müde.«

»Okay.«

Er sieht besorgt aus. Besorgt und ein bisschen verängstigt. Was soll er sagen? Er ist ein Junge. Anders' Junge in ihrem Haus.

Sie geht in die Küche hinunter. Kann unmöglich noch etwas vom Anders-Krantz-Wein trinken, diesem romantischen, sentimentalen, masochistischen Anders-Krantz-Wein. Sie sucht eine andere Flasche heraus, entkorkt sie und schenkt sich ein neues Glas ein.

Sie trinkt einen großen Schluck, der auf der Zunge vibriert, kommt sich vor wie ein Idiot, jämmerlich und gedemütigt und so wütend, dass sie am liebsten auf jemanden einprügeln würde. Aber auf wen? Sie trinkt, starrt in die Dunkelheit, trinkt, betrogen, bestohlen, nicht mehr wert als ein Klevemann. Sie hat versucht, Mattias Klevemann eine Erklärung für eine achtlose Bleistiftnotiz im Schutzumschlag eines Romans abzupressen. Dabei hätten sie sich die Hand reichen können.

All die Nächte, in denen Anders zu ihr gekommen ist. Sie hatte keine Ahnung, wie er es Mari-Louise erklärte, und es war ihr auch egal, wenn er sie auszog und Liebe mit ihr machte. Was hatte das eigentlich zu bedeuten? Sie zweifelt plötzlich an allem und wird niemals eine klare Antwort bekommen.

Der Wein hilft nicht mehr. Am Ende nimmt sie eine Schlaftablette, weil sie sicher ist, dass sie ohne sie die ganze Nacht kein Auge zumacht. Sie döst ein, wacht aber im Stockdunklen wieder auf. Der Rausch ist starken

Kopfschmerzen gewichen. Gespannt wie eine Feder liegt sie da, hat die Zähne so fest zusammengepresst, dass ihr Kiefer schmerzt. Mit einem schweren Seufzer dreht sie sich auf die Seite, tastet nach dem Handy auf dem Nachttisch. Es ist fünf vor zwei.

Beim Einstellungsgespräch hatte Anders Krantz so überzeugend gewirkt, eloquent, kompetent und, es ließ sich nicht leugnen, charmant. Ihr anfänglicher Ärger, dass man ihn ihr in gewissem Sinne aufs Auge gedrückt hatte, legte sich rasch. Es wäre ein Dienstvergehen gewesen, ihn nicht mit offenen Armen zu empfangen. Er war der perfekte Kandidat für die Stelle.

War Anders' Lebenslauf eine Fiktion, der sie nicht widerstehen konnte, bewusst mit verlockenden Erfahrungen auf dem Gebiet der Entwicklungshilfe gewürzt? Warum wollten diese Leute, wer immer sie waren, ihn um jeden Preis bei Sida einschleusen?

Was hat er dort gemacht?

Sie wirft die Decke zur Seite, kann nicht liegen bleiben. Sie knipst die Nachttischlampe an, zieht den Morgenmantel mit dem Paisleymuster und rote Stricksocken über, geht ins Badezimmer, löst im Zahnputzbecher eine Aspirintablette auf und schleicht ins Arbeitszimmer. Leise macht sie die Tür hinter sich zu und setzt sich an den Schreibtisch.

Der Laptop ist ausgeschaltet. Sie wartet ungeduldig, bis er hochgefahren ist, streicht mit den Händen über die blankgewetzten Armlehnen des Stuhls. Als das System bereit ist, hat sich die Kopfschmerztablette aufgelöst. Sie trinkt den Inhalt des Bechers in einem Zug und öffnet den yg-Ordner.

Am vergangenen Abend war sie zu aufgewühlt, um es zu bemerken, aber jetzt sieht sie, dass es auch einen kn-Ordner für Kjell Nyman, einen ft-Ordner für Generaldirektorin Fredrika Tillberg und fünf weitere Ordner für sämtliche Abteilungschefs und einige Einheitenchefs bei Sida gibt. Kjell ist der Einzige, der keine Leitungsposition hat.

Sie öffnet Fredrikas Ordner. Darin sind Dienstreisen, Treffen, Kontakte, Einkommensbescheide, private Ausgaben und privates Vermögen aufgelistet. Alles, was sie auch in ihrem eigenen Ordner gefunden hat, und ein bisschen mehr. Sie liest mit einer Mischung aus Wut und schlechtem Gewissen, weil sie auf die gleiche Weise im Leben ihrer Kollegen herumschnüffelt, wie Anders es getan hat. Seite für Seite geht sie einen Ordner nach dem anderen durch.

»Bist du wach?«

Ylva zuckt zusammen.

Elias lehnt am Türrahmen.

»Gott, habe ich mich erschreckt.«

»Sorry.«

»Ich habe dich gar nicht gehört, war so versunken.«

Er kommt ins Zimmer.

»Ich konnte nicht schlafen. Was wir da gefunden haben...«

»Worum geht es da eigentlich?«

»Das verstehe ich auch nicht«, sagt sie. »Ich versuche es, aber ich weiß es nicht.«

Elias kommt um den Schreibtisch herum und stellt sich dicht neben sie. Schweigend betrachtet er etwas hinter ihr.

»Warum hast du ihn gerahmt?«, fragt er.

Sie wirft einen Blick über ihre Schulter an die Wand. »Den Artikel?«

»Ja.«

»Um mich daran zu erinnern, wozu ich fähig bin.«

»Warst du eine der Personen, die die Frau gerettet haben?«

»Nein, ich war diejenige, die das Auto in den See gefahren hat.«

Sie sieht ihm an, dass er ihr nicht folgen kann.

»Okay, du bekommst die Kurzversion zu hören«, sagt sie. »Ich kam nach Hause und ertappte Johan mit der zweiundzwanzigjährigen Putzfrau, rannte hinaus und fuhr seinen Porsche in den See. Ich war so blind vor Wut, dass ich nichts anderes im Sinn hatte, als das zu zerstören, woran er am meisten hing. Ich kam nicht aus dem Auto und wäre beinahe ertrunken. Zum Glück sind Leute ins Wasser gesprungen und haben mich gerettet.«

Elias steht etwas zu lange so da, als traue er sich nicht, sie anzusehen.

»Findest du das völlig verrückt?«

»Nein.« Er muss lachen. »Ich wünschte, ich hätte ein paar Porsches in Seen versenken können.«

»Du bist jung. Du hast noch Zeit.«

Mit einem breiten Grinsen auf den Lippen dreht er sich um.

»Du hast übrigens recht«, sagt sie.

»Womit?«

»Wir gehen nicht zur Polizei, bevor wir nicht wissen, worum es hier geht.«

Ylva steht auf der letzten Rolltreppe, die vom U-Bahnhof Karlaplan hoch zur Straße führt, als ihr Handy klingelt. Bevor sie es aus der Tasche gezogen hat, ist sie auf dem Valhallaväg. Auf dem Bildschirm leuchtet der Name von Johannes Becker auf. Sie nimmt den Anruf entgegen und berichtet von der Begegnung mit Karolina Möller.

Die Menschen auf dem Gehweg sind im grellen Licht des entgegenkommenden Verkehrs dunkle Silhouetten.

»Wieso wollte Möller wissen, ob du mit Elias Kontakt hattest?«, fragt er.

»Das würde ich auch gerne wissen, aber ich habe sie nicht gefragt. Die Polizei sagt einem in der Regel nicht, warum sie bestimmte Fragen stellt.«

»Nein«, brummt er, »das stimmt wohl.«

Sie drängt sich durch die Dunkelheit, eine Silhouette unter vielen in der grauen winterschmutzigen Stadt.

»Sonst nichts?«, fragt Johannes. »Nichts Neues aus Sarajevo?«

»Nein.«

»Okay, melde dich.«

»Ja.« Sie legt auf, verstaut das Handy in der Handtasche und wirft einen Blick über die Schulter. Folgt ihr jemand?

Sie ist früh da, spürt die Leere im Haus, als sie ihre Karte ans Lesegerät hält und die Schranke passiert. Auf dem oberen Treppenabsatz bleibt sie stehen und blickt zum Eingang hinunter. Außer dem Mann an der Rezeption ist dort niemand. In den vergangenen Tagen war es beruhigend, dass ihr hierhin niemand folgen kann, dass sich in diesem Gebäude nur sie und andere Sida-Angestellte befinden, aber seit der gestrigen Entdeckung fühlt sie sich nicht mehr so sicher. Wonach hat Anders gesucht? Gibt es intern jemanden, der sie im Auge hat? Jemand, dem sie nicht vertrauen kann?

Während sie durch die große Eingangshalle geht, überlegt sie, wie sie hier wegkommen könnte, ohne dass ein eventueller Beobachter es bemerkt. Ihr fällt nur ein, dass sie sich von jemandem mitnehmen lassen könnte, der sein Auto in der Tiefgarage stehen hat. Um ganz sicherzugehen, könnte sie sich hinten in den Fußraum legen. Fragt sich nur, wie sie das dem betreffenden Kollegen am Steuer erklären soll.

Sie ist zwar früh da, aber nicht die Erste. Karin, die am Fenster sitzt, scheint schon ganz versunken in ihre Arbeit zu sein, sie hat sich auf den Schreibtisch gestützt und liest etwas auf dem Monitor, ihr Gesicht ist ein Oval in kaltem Blau.

»Hallo.« Sie blickt zu Ylva auf. »Wie sieht's aus, fährst du alleine nach Brüssel?«

Die Frage macht sie misstrauisch. Wozu muss Karin das wissen?

»Ja, wieso?«, bringt sie heraus. »Willst du mit?«

Karin lächelt ihren Bildschirm an. Ylvas Handy gibt in der Handtasche ein Ping von sich. Sie entschuldigt sich, kramt das Handy heraus, erkennt die Nummer nicht. »Ylva Grey, Sida.«

Heiseres Atmen am anderen Ende.

»Hallo.«

Kein Hallo mit Fragezeichen, sondern eine Begrüßung. Sie erkennt die raue Stimme.

»Mattias Klevemann«, sagt er. Dann ein Schnaufen.

»Hallo. Warum sind Sie so plötzlich verschwunden?«

Bis auf seine Atmung ist er stumm. War es dumm von ihr, das Treffen im Hotel anzusprechen?

»Sind Sie noch da?«, fragt sie, obwohl sie die Antwort weiß.

Klevemann hustet. »Sie sollten mit Gunilla Malm sprechen.«

Ylva sieht sich nach einem Blatt Papier um. »Gunilla Malm, wer ist das?« Sie hat eine Ausgabe des *Economist* gefunden, dreht das Magazin um und schreibt ganz oben auf eine weiße Fläche *Gunilla Malm*.

»Malm ist bei der ISP«, fährt Klevemann fort.

Ylva muss nachdenken. Mit Entwicklungshilfe hat das nichts zu tun, da ist sie sich sicher. Sie geht die Abkürzungen verschiedener Institutionen im Kopf durch.

»Inspektion für strategische Produkte.«

Es klingt, als würde er die vier Wörter mit letzter Kraft aussprechen.

»Ausfuhrgenehmigungen für Kriegsmaterial? Geht es darum?«

In der Leitung ist es jetzt mucksmäuschenstill. Keine Atemzüge.

»Hallo?«

Ylva nimmt das Handy vom Ohr und schaut auf das Display. Klevemann hat aufgelegt.

Als sie den Namen betrachtet, den sie auf den Rand des Zeitschriftenumschlags geschrieben hat, durchfährt sie ein merkwürdiger Schauer. Sie stellt sich vor, wie Anders nach dem Buch greift, den Schutzumschlag aufklappt und *Mattias Klevemann* hineinkritzelt. Für einen Augenblick ist sie mit Anders vereint.

Elias sitzt mit dem Rücken zum Schreibtisch und betrachtet den gerahmten Zeitungsartikel. Was hat sie gesagt? *Um mich daran zu erinnern, wozu ich fähig bin.* Hat sie das nötig? Und ist *fähig* positiv oder negativ gemeint?

Im yg-Ordner ist der Artikel auch. Elias hat sich zwar geschworen, ihn nicht anzuklicken, aber nachdem er die Dokumente in den anderen Ordnern überflogen hat, öffnet er auch diesen. Er redet sich ein, es aus purem Selbsterhaltungstrieb zu tun. Weil er schließlich wissen muss, bei wem er sich versteckt. Laut Personennummer auf dem Einkommensbescheid ist Ylva zweiundvierzig Jahre alt, achtzehn Jahre älter als Elias, am elften Juni wird sie dreiundvierzig. Sie hat ein Jahresgehalt von gut neunhundertfünfzigtausend bei Sida und ein paar Tausend Kronen Kapitalerträge versteuert. Nach Steuern stehen ihr monatlich ungefähr siebenundvierzigtausend Kronen zur Verfügung, auf der anderen Seite bezahlt sie monatlich mehr als achtundzwanzigtausend Kronen Miete.

Die Scheidung von Johan Ceder hat laut Amtsgericht Stockholm am vierten Juli vor sechs Jahren stattgefunden. Der Artikel über die Frau, die das Auto in den See gefahren hat, ist auf den sechzehnten April desselben Jahres datiert. Ylva hat ihr Studium an der Stockholmer Universität mit Bestnoten abgeschlossen. Anschließend Diplomatenausbildung und eine Stelle im Außenministerium, bevor sie zu Sida wechselte. Aus dem Inhalt des Ordners geht auch hervor, dass ihr Vater ebenfalls Diplomat und in Südamerika und Europa stationiert war, die gleichen Gebiete, für die Ylva momentan bei Sida zuständig ist. Ihre Mutter war ursprünglich Journalistin, hat aber nach den Jahren im Ausland in der Öffentlichkeitsabteilung der Nordic Construction Company gearbeitet. Ylvas Großvater war Amerikaner, daher der Nachname, aber dieser Zweig der Familie stammte ursprünglich aus Schottland.

Die restlichen Dokumente haben mit Sida zu tun. Projektbeschreibungen, Finanzierungspläne, Arbeitsverträge.

Elias schließt den Ordner, löscht das Verzeichnis der zuletzt geöffneten Dokumente und klappt den Laptop zu. Leicht beschämt schleicht er ins Erdgeschoss hinunter, wo er sich ungern aufhält, wenn es draußen dunkel ist und man leicht hineinschauen kann. Wenn die Lichter aus sind, fühlt er sich sicherer.

Er zieht die Stiefel an und steigt die knarrende Kellertreppe hinunter. Er öffnet nacheinander die Riegel der Stahltür, hört, wie sich das Echo durch den unterirdischen Gang fortsetzt. Mit kreischenden Scharnieren gibt die Tür nach, und er geht die nächste Treppe hinunter, die aus Beton ist.

Unten in dem Gang ist es kalt, noch kälter als draußen, nimmt er an. Fußboden, Wände und Decke sind aus Beton. Vereinzelte Lampen verbreiten einen gelblichen Schein.

Obwohl er genug Platz hätte, bewegt er sich leicht gebückt vorwärts. Um die Decke zu berühren, muss er sich auf die Zehenspitzen stellen. Seine Schritte zischen auf dem Beton und wachsen sich zwischen den Wänden zu tiefen Seufzern aus. Er fröstelt, hätte lieber die Jacke mitnehmen sollen. Die feuchte Kälte kriecht ihm unter die Kleidung, seine Finger sind eiskalt.

Es geht die ganze Zeit bergab, und das Ende des Ganges ist nicht zu sehen. Er hat das Gefühl, eine Ewigkeit zu gehen, andererseits bewegt er sich auch langsam und übertrieben vorsichtig vorwärts, als ob die Decke jeden Moment über ihm einstürzen könnte.

Endlich nähert er sich dem Ausgang, sieht eine ähnliche Tür wie die am Eingang. Mit steifen Fingern schiebt er die Riegel zur Seite und öffnet die Tür einen Spalt. Er kommt in einer Felsspalte in den Klippen heraus. Hinter ihm dichtes Gestrüpp und nur wenige Meter von ihm entfernt der See.

Mikael Grahn hält Wort. Unmittelbar bevor Ylva das Büro verlässt, druckt sie die Projektliste von Swedfund aus und steckt die Seiten in die Handtasche. Mit einer gewissen Erleichterung passiert sie die Schranke am Eingang. Die vielen Besprechungen heute, jeder noch so harmlose Kontakt mit den Kollegen war von ihrem Misstrauen belastet. Die anderen müssen es ihr angesehen haben, dass sie anders war. Das Gefühl der Befreiung hält nicht lange an. Nach wenigen Schritten beginnt sie, sich vor dem zu fürchten, was sie da draußen erwartet.

Sie hat die Maklerfirma im Värtaväg erreicht, die dort nach der unzeitgemäß gewordenen Videothek eingezogen ist, als ihr die vielen Leute auffallen, die aus dem U-Bahnhof strömen.

Sie spricht eine Frau in ihrem Alter an. »Fährt die U-Bahn nicht?«

»Nein, am Stureplan ist Schluss«, antwortet die Frau. »Irgendein technischer Fehler.«

Ylva ruft mithilfe der App von Taxi Stockholm ein Taxi zur Sida-Adresse und geht zurück. Zum Taxistand am Karlaplan zu gehen hätte keinen Sinn, die Schlange dort wird endlos sein.

Ein schwarzer Volvo fährt mit ausgeschaltetem Taxischild vor dem Sida-Gebäude an den Straßenrand. Sie setzt sich auf die Rückbank und bestätigt die Adresse, die sie bereits in der App angegeben hat. Was würde ein Verfolger jetzt tun? Auf die Schnelle ein Taxi zu bekommen könnte schwierig werden, und dass sie zu Fuß und mit dem Auto verfolgt wird, hält sie für unwahrscheinlich.

Sie dreht sich um und schaut durch die Heckscheibe, als das Taxi losfährt. Hinter ihnen ist die Straße leer, im Kreisverkehr fahren einige Wagen, aber keiner biegt in den Valhallaväg ab. Dann fällt ihr ein, was Elias gesagt hat, bevor sie die Polizei angerufen und von Mari-Louise berichtet hat. Er wollte nicht, dass sich ihr Handy am selben Ort befand wie das, von dem aus die Meldung gemacht wurde. Vielleicht brauchten sie sie gar nicht zu beschatten. Vielleicht ist sie ein Punkt auf einer Karte, der die ganze Zeit naiv blinkend verrät, wo sie sich gerade aufhält.

Als Ylva nach ihm ruft, antwortet Elias aus dem Obergeschoss.

»Ich habe eingekauft. Hoffentlich hast du den Tag gut überstanden«, sagt sie.

Sie stellt die Tüten ab. Diese Art von Familie hat sie schon lange nicht mehr gehabt. Anders war etwas vollkommen anderes. Wein, Leidenschaft, Verführung, ein paar geraubte Stunden hier und da, ab und zu ein Treffen in der Stadt am späten Nachmittag. Falls Einkaufstüten überhaupt vorkamen, waren sie mit Austern, Hummer und Rinderfilet gefüllt. Von Anders' Fähigkeiten in der Küche hatte sie nur eine vage Vorstellung, aber er konnte gut Austern öffnen und eine geronnene Hollandaise retten, und das stimmte sie optimistisch.

Elias kommt herunter, bleibt auf der unteren Treppenstufe stehen.

»Was ist?«, fragt sie.

»Ich weiß nicht, ob es gut ist, wenn ich hier unten bin.«

Sie versteht nicht sofort, was er meint, aber als es ihr aufgeht, stimmt sie ihm zu.

»Warte.«

Sie geht durch die Zimmer. Das Wohnzimmer geht nach Süden hinaus und hat dünne Raffrollos, mit denen man im Sommer die Sonne dämpfen kann.

»In der Küche gibt es keine Vorhänge, die solltest du also meiden.«

Er hat unerhörte Ähnlichkeit mit Anders, denkt sie, während sie die Einkaufstüten in die Küche schleppt, einer fast lächerlich jugendlich aussehenden Ausgabe von Anders. Wie ein altes Jugendfoto von jemandem, den man erst im Erwachsenenalter kennengelernt hat.

Hastig und ungeduldig essen sie im Wohnzimmer den in der Mikrowelle aufgewärmten Lachs, während Ylva von dem Telefonat mit Mattias Klevemann erzählt.

»Ich habe kurz eine kleine Recherche zu Gunilla Malm angestellt. Sie arbeitet bei der ISP.«

»Können wir sie treffen?«

Ylva legt das Besteck ab. »Ich finde, vorher sollten wir mehr wissen. Es besteht die Gefahr, dass wir sie verschrecken.«

Sie nimmt ein Echo von Karolina Möllers Warnung wahr.

Elias legt sein Besteck ebenfalls auf den Teller. Er hat noch nicht einmal die Hälfte seiner Portion gegessen. Ylva räumt die Teller ab und trinkt von dem Wein, den sie sich eingeschenkt hat. Sie wird sich heute mit einem Glas oder höchstens zwei begnügen.

»Ich habe über eine Sache nachgedacht«, sagt Elias. »Womöglich bringe ich dich in Gefahr, weil ich hier bin. Falls sie es herausbekommen...«

»Es ist, wie es ist«, fällt Ylva ihm ins Wort. »Ich war in diese Geschichte schon involviert, bevor ich dich in Grisslehamn abgeholt habe.« Sie antwortet, ohne groß zu überlegen, weil sie ihn beruhigen und ihm versichern will, dass sie ihn gerne hier hat, aber seine Frage geht ihr nicht aus dem Kopf. Was, wenn er recht hat?

»Wie machen wir jetzt weiter?«

Weitermachen? Was für eine absurde Frage. Wäre es besser für sie, das Ganze zu vergessen? Sich wieder ihrem normalen Leben zu widmen und die Trauer, den Zorn und die Verbitterung tief in ihrem Innern zu begraben? Oder ist es dafür bereits zu spät?

Strahlend beantwortet Elias seine eigene Frage. »Wir könnten Unterlagen von der ISP anfordern.«

»Die meisten Vorgänge, mit denen sie sich beschäftigen, unterliegen der Geheimhaltung.«

»Ja klar, aber einiges werden sie uns doch aushändigen müssen. Einen Versuch ist es wert.«

»Unsere Namen würden auffallen«, sagt sie. »Ich glaube, wir sollten vorsichtig sein.«

Hält Elias sie für feige? Es ist schwer zu erkennen.

»Aber wenn wir jemand anders bitten, jemanden, dem wir vertrauen können und der nicht mit uns in Verbindung gebracht werden kann?«

»Ich glaube trotzdem nicht, dass wir sonderlich viel Material bekommen würden.«

Elias beugt sich mit neuer Energie nach vorn. »Ich kenne jemanden, den wir fragen könnten.«

Ylva möchte seinen Enthusiasmus instinktiv dämpfen, aber seine Idee ist gar nicht schlecht.

Sie ziehen nach oben ins Arbeitszimmer um und versuchen stundenlang, das Material zu verstehen, das Ylva von Swedfund bekommen hat. Seite an Seite sitzen sie vor dem Monitor. In ihrer Nähe fühlt Elias sich sicher. Zwischen ihnen scheint eine besondere Verbindung zu bestehen. Oder nimmt nur er das wahr?

Das Verzeichnis der Projekte, an denen Mattias Klevemann gearbeitet hat, umfasst vierundzwanzig Seiten und reicht von dem Tag, an dem er bei Swedfund aufgehört hat, fünf Jahre zurück. Zahlreiche Unternehmen sind über seinen Schreibtisch gegangen. Elias sucht alle Adressen heraus und speichert sie in einem neuen Ordner. Die Firmen sind sehr unterschiedlich, und es lässt sich nur schwer ein Muster erkennen.

»Konzentrieren wir uns auf die, denen Förderung bewilligt wurde«, schlägt Ylva vor.

Elias öffnet die Liste erneut und liest vom Bildschirm ab, während Ylva sich Notizen macht. IT-Berater, Berater im Tiefbau, einer aus der Verpackungsindustrie, einer aus der Herstellung für Betonelemente, einmal Steuerungs- und Regelungstechnik, Radaranlagen, Telekommunikation und mehrere Personaler. Zwei Förderungen betreffen Firmenniederlassungen in Bosnien.

»Nicht sehr erleuchtend«, sagt Elias. »Viele Berater,

aber ich weiß nicht, was das zu bedeuten hat. Sollen wir uns die Eigentümer ansehen?«

»Ja, vielleicht finden wir da etwas.«

Sie verbringen noch ein paar Stunden damit, sich Firmenregister, Zeitungsartikel und Jahresabschlüsse anzusehen. Oft durchschauen sie die Eigentumsverhältnisse erst, nachdem sie mehrere Schritte zurückverfolgt haben. Es ist eine zeitraubende Tätigkeit, weil sich jede Spur verzweigen und sich dahinter noch ein weiterer Besitzer verbergen kann. Am Ende lässt sich in dem Durcheinander allmählich etwas erkennen.

»Dieser Name taucht immer wieder auf.« Elias deutet auf den Bildschirm.

Atlas ist eine große Unternehmensgruppe, die viele verschiedene Bereiche unter einem Dach vereint, die alle etwas mit Datenübertragung und Überwachung zu tun haben, angefangen von Alarmanlagen für Privathäuser bis zu militärischen Radaranlagen.

»Denen gehören drei der Firmen, für die Klevemann zuständig war und deren Förderanträge bewilligt wurden. Zwei von ihnen haben Anträge für Firmenniederlassungen in verschiedenen Ländern beantragt, es handelt sich also insgesamt um fünf Anträge.«

»Und wem gehört Atlas?«

»Haupteigner ist ein Unternehmen namens Hands Invest, und dessen einziger Eigentümer ist Eric Hands.«

Der Unternehmer Eric Hands gibt nicht gerne Interviews. Er ist auf Fotos von verschiedenen Jahreshauptversammlungen abgebildet und sieht aus, wie Unternehmer in solchen Zusammenhängen normalerweise aussehen, ordentlich frisiert, im dunkelblauen Anzug mit roter Krawatte. Auffällig ist nur sein gutes Aussehen. Dickes mittelblondes Haar, zurückgekämmt, aber nicht mit glänzendem Gel oder Wachs eingeschmiert, hohe Wangenknochen und etwas Wildes im Blick. Wie ein Fotomodell im reifen Alter.

Elias findet nur ein einziges Interview in *Dagens Industri* anlässlich einer Firmenübernahme, dafür gibt es im Netz reichlich Klatsch und Tratsch.

»Es scheint ihm an nichts zu fehlen«, sagt Ylva.

Laut einer Meldung im *Expressen* hat er sich im vergangenen Jahr zwei neue Sommerhäuser gebaut. Eins für mehr als achtzig Millionen Kronen auf Gotland und eins im Stockholmer Schärengarten, im Vergleich ein Schnäppchen, eine bescheidene Kate für fünfundvierzig Millionen.

In diesem Moment erscheint die Neuigkeit auf der Homepage vom *Expressen*: In der Nähe von Grisslehamn ist die Leiche einer Frau gefunden worden. Elias liest den kurzen Text, versteht ihn aber nicht.

Laut der Nachricht deutet alles darauf hin, dass die Frau auf den glatten Klippen ausgerutscht und mit dem Kopf aufgeschlagen ist, das Bewusstsein verloren hat und dann im Schneesturm erfroren ist. Ein tragischer Unfall.

»Wie können die schreiben, dass es ein Unfall war?«, fragt er.

»Sie haben sie vermutlich erst vor Kurzem gefunden. Sieht ganz danach aus.«

»Ist es dann nicht voreilig zu behaupten, es deute alles auf einen Unfall hin?«

Ylva liest immer noch, was auf dem Bildschirm steht.

»Alles deutet darauf hin? Gib zu, dass das seltsam ist.«

»Schon, aber vielleicht ist das die Formulierung des Reporters.«

Seufzend rutscht Elias auf seinem Stuhl nach hinten. »Ich weiß, dass es kein Unfall war. Ich sollte dort noch mal anrufen.«

Ylva kneift die Augen zusammen, aber sie sagt nichts.

»Sollte ich es deiner Meinung nach nicht tun?«

Sie wählt ihre Worte mit Bedacht.

»Du tust, was du für richtig hältst, aber ich glaube, sie wissen bereits, was sie wissen müssen. Wenn sie behaupten, es sei ein Unfall gewesen, dann behalten sie ihre Ermittlungsergebnisse entweder für sich, oder es sieht wirklich nach einem Unfall aus.«

»Es war kein Unfall!« Er steht so hastig auf, dass der Stuhl umfällt. »Wie kannst du so was überhaupt sagen?«

»Ich meinte nur...« Ylva ringt nach Worten.

»Es ist dort etwas passiert«, keucht er. »Ich habe es gesehen. Ich habe die Spuren gesehen. Sie haben ihr ein Haarbüschel ausgerissen.«

»Ich glaube dir ja. Ich versuche nur zu sagen, dass sie es möglicherweise geschafft hat, sich zu befreien, auf der Flucht aber gestürzt und mit dem Kopf aufgeschlagen ist. Dann kann es auf den ersten Blick wie ein Unfall aussehen. Aber wenn man ihr Haare ausgerissen hat, wird man das bei der Obduktion sehen.«

Da hat sie natürlich recht. Elias stellt den Stuhl auf.

»Es kann so oder so nicht schaden, wenn ich erzähle, was ich weiß. Aber keine Angst, ich werde nicht von hier aus anrufen, sondern ein Stück wegfahren und eine Prepaidkarte benutzen.«

»Tu, was du für richtig hältst, aber...« Sie holt angestrengt Luft.

»Aber was?«

»Solange du nicht erzählst, was du weißt, weiß auch niemand, dass du es weißt.«

»Aber...«

Schweigend durchdenkt er, was sie gesagt hat. Selbst wenn er anonym anruft, lässt sich natürlich leicht zurückverfolgen, dass die Information von ihm kommt, sobald sie Eva oder Annika Jarl erreicht.

»Warte mal.«

Ylva liest etwas auf dem Monitor. Elias sieht, dass die Nachrichten aktualisiert wurden. Die Tote wurde als Mari-Louise Waldoff identifiziert, Witwe des Sida-Angestellten Anders Krantz, der in der vergangenen Woche bei einem Bombenanschlag in Sarajevo verunglückt ist. Elias überfliegt den Rest des Textes und muss ihn noch einmal von vorne lesen, um ihn richtig zu verstehen. Es wird nicht explizit gesagt, aber es wird die Möglichkeit angedeutet, dass es Selbstmord gewesen sein könnte. Mari-Louise könnte wegen ihrer Trauer und zu vielen Schlaftabletten verwirrt gewesen sein und sich im Sturm verirrt haben.

Die Kälte in ihm lässt einfach nicht nach. Elias legt sich angezogen aufs Bett.

Als seine Mutter starb, war sein Vater bei ihm. Jetzt hat er nicht einmal mehr Mari-Louise. Bestimmt ein Jahr lang hat er seine Mutter vor sich gesehen, wenn er abends ins Bett ging. Es war eine Art Wachtraum, und er war darin ein Kind, sieben oder acht Jahre alt. Der Traum war ereignislos, bestand nur aus Anwesenheit. Seine Mutter war da, sie waren zusammen, er war sicher. Ein Kind, losgelöst von Vergangenheit und Zukunft. Sogar von der Sprache. In dem Gefühl konnte er sich ausruhen, weil es nichts enthielt, was auch nur im Geringsten beängstigend war.

Er war achtzehn Jahre alt, in seiner Vorstellung das Kind, das er nie mehr sein würde. Sechs Jahre sind seitdem vergangen. Er hat keine Eltern mehr. Und auch keine Stiefmutter.

Er schleicht ins Erdgeschoss hinunter, macht sich nicht die Mühe, das Licht anzuschalten, findet im schwachen

Schein seines Handybildschirms auch so ins Wohnzimmer. Mit geradem Rücken setzt er sich auf die vordere Kante des Sessels vorm Kamin. Er riecht leicht nach verbranntem Holz, was er vorhin nicht bemerkt hat. Schärft die Dunkelheit den Geruchssinn?

Er schiebt sich ein Beutelchen Snus unter die Oberlippe, dann ruft er Amanda an.

»Was ist los? Wie geht es dir?«

Ihre Stimme gibt ihm ein Stück Alltag zurück.

»Ganz okay«, antwortet er nicht besonders überzeugend.

»Ich habe das von deinem Vater gelesen«, sagt sie.

»Ja, es ist kaum zu begreifen.«

Stell keine Fragen, bittet er stumm.

»Wann kommst du zurück?«

»Weiß nicht. Ich muss hier noch einiges regeln. Das Begräbnis, den Nachlass, so Sachen.«

»Kommst du zum Schreiben?«

»Selten«, sagt er. Selbst das ist übertrieben.

»Ich wollte fragen, ob du mir bei einer Sache helfen würdest«, fährt er fort.

»Klar, wenn ich kann.«

Es ist nicht schwer, Amanda zu überreden, bei der ISP um die Herausgabe von Unterlagen zu bitten. Sie macht ein paar Vorschläge, wie man die Anfrage formulieren könnte, um so wenig Aufmerksamkeit wie möglich zu erregen. Eine Erklärung verlangt sie nicht.

»Halt meinen Namen raus. Das ist wichtig. Und benutz die Uniadresse.«

»Verstanden.«

Er beobachtet ein bläuliches Schimmern auf dem Vorhang. Es muss von der Außenlampe vor dem Gästehaus kommen.

»Noch etwas«, sagt er. »Ich erwarte einen Brief.«

»Es ist eine ganze Menge Post für dich gekommen«, sagt Amanda.

»Was von der Uniklinik?«

»Ich glaube nicht. Warte, ich gucke mal.«

Eine Weile ist es still. Elias lauscht nach Geräuschen von oben, fragt sich, ob Ylva wach ist, aber er hört nur ein leises Glucksen in einem der Heizkörper.

»Nein«, sagt Amanda, als sie wieder da ist.

»Okay, bist du sicher?«

Hat der Arzt nicht gesagt, dass die Laborergebnisse in den nächsten Tagen kommen würden? Oder hat er gesagt, in einer Woche? Wie viele Tage sind eigentlich vergangen, seit er Uppsala verlassen hat? Es muss jetzt mindestens eine Woche her sein.

»Ich sehe noch mal genauer nach«, sagt Amanda. »Vielleicht liegt der Brief woanders.«

»Oh, ja, tu das.«

»Ich werde danach suchen, versprochen. Sobald ich ihn gefunden habe, rufe ich dich an. Oder wenn er kommt.«

»Gut.«

»Erreiche ich dich unter dieser Nummer?«

»Das könnte schwierig sein, schick mir einfach eine Nachricht, wenn ich nicht ans Telefon gehe. Oder ich rufe dich wieder an. Weißt du, was? Mail mir am besten an meine Uniadresse.«

»Ach? Also per E-Mail?« Sie klingt verwirrt.

»Ja. Du kannst auch versuchen, mich anzurufen, aber Mailen ist besser. Okay?«

»Okaaay.« Skeptisch dehnt sie die zweite Silbe in die Länge und spricht mit ihrer Ich-bin-nicht-deine-Sekretärin-Stimme.

»Tut mir leid«, sagt er, »aber es ist wichtig. Ich melde mich.«

Sie verabschieden sich. Er legt auf und nimmt die SIM-Karte aus dem Handy. Aus der Hosentasche zieht er sein Portemonnaie und legt die SIM-Karte ins Münzfach, das er sonst nie benutzt, versinkt im Sessel und schließt die Augen. Am Boden zieht es, seine Finger fühlen sich steif an.

Markus. Er hat Markus vergessen. Bei dem Gedanken verkrampft sich alles in ihm. Mit Markus zu reden ist das Letzte, wozu er Lust hat, und trotzdem fühlt er sich verpflichtet, ihn anzurufen.

Er starrt lange in die Dunkelheit, fummelt an seinem Handy herum. Bei vertauschten Rollen hätte er gewollt, dass Markus ihn informiert. Auf der anderen Seite ist Markus nicht er.

Egal wie er es anfangen und was er ihm erzählen wird, Markus wird unfreundlich sein.

Schließlich holt er eine neue SIM-Karte hervor, steckt sie ein und wählt die Nummer von Markus' englischem Handy, die er im Adressbuch seines Vaters auf dem Laptop gefunden hat. Die vibrierenden Töne aus dem Hörer klingen fremdartig, die Pausen dazwischen sind kürzer.

»Hallo, hier ist Markus«, antwortet er mit englischem Akzent.

»Ich bin's, Elias.«

Schweigen. Dann: »Hallo.«

Weiß er es schon? Wie geht es ihm? Das einzelne Wort gibt keinen Anhaltspunkt.

»Hast du es gehört?«, fragt Elias.

Wieder eine Pause, als ob ihn etwas bremst.

»Ja.«

»Hat die Polizei dich angerufen?«, fragt er.

»Sie haben die Unipräsidentin angerufen. Die hat es mir erzählt.«

Elias würde gerne wissen, was sie ihm erzählt haben. Dass Mari-Louise verwirrt war und sich im Schneetreiben verirrt hat, dass sie deprimiert war und vorsätzlich in den Sturm hinausgegangen ist oder dass …

»Es tut mir leid«, sagt er.

Weiß Markus, dass er auch in der Hütte war? Was hat ihm Mari-Louise erzählt, bevor sie ihn zurück nach London geschickt hat?

»Es ist die Schuld deines Vaters, begreifst du das?«

»Aber …«

»Wenn Mama Anders nicht kennengelernt hätte, wäre das nie passiert.«

Jetzt versteht er das Schweigen, den nachtschwarzen, nur schwer beherrschbaren Hass.

»Sie …«

»Sie wollte leben.« Markus bellt die Worte wie ein Hund, um den man einen Bogen macht.

Elias will ihm erzählen, dass es kein Unfall war, kein Selbstmord, aber er bringt es nicht über sich, weil die Schuld seines Vaters dann noch schwerer wiegen würde.

»Der Teufel soll dich und Anders holen.«

Elias bekommt kein Wort mehr heraus. Es entsteht ein langes Schweigen, und er fragt sich, worauf Markus wartet. Warum legt er nicht auf, wenn er nichts zu sagen hat?

»Kann ich dich unter dieser Nummer erreichen?«, fragt Markus schließlich.

Er klingt nicht mehr so wütend, aber auch nicht, als ob er sich versöhnen will.

»Nein, das ist nicht meine Nummer«, sagt Elias, »und die alte funktioniert auch nicht mehr.«

Er klickt das Gespräch weg.

Danach nimmt er die SIM-Karte aus dem Handy, legt sie auf ein halb verkohltes Stück Brennholz im Kamin und zündet sie mit einem Feuerzeug an, das auf dem Kaminsims liegt, um sie abschließend mit den Zinken des Kaminbestecks zu zertrümmern. Er nimmt den Akku aus dem Handy und steckt die Einzelteile in die Hosentasche.

Sie haben beide ein Elternteil verloren. Das könnte sie zusammenschweißen, doch stattdessen wälzt Markus alle Schuld auf ihn ab. Nicht genug damit, dass Elias seinen Vater verloren hat, jetzt soll er auch noch die Verantwortung dafür übernehmen, dass Markus seine Mutter verloren hat.

Mit der Hand auf dem Geländer geht Elias langsam die Treppe hoch. Markus und er haben sich nie verstanden. Es war dumm zu glauben, das könnte sich jetzt ändern. Im Gegenteil, jetzt gibt es gar keinen Grund mehr dafür. Abgesehen von der Testamentseröffnung brauchen sie nie wieder etwas miteinander zu tun zu haben. Sie werden sich, wenn es hochkommt, höflich zunicken, wenn sie sich zufällig über den Weg laufen.

Auf dem Weg zurück in sein Zimmer hält er inne und wirft einen Blick auf Ylvas geschlossene Tür. Soll er bei ihr anklopfen? Ihren Namen flüstern, um herauszufinden, ob sie wach ist? Was soll er sagen, wenn sie antwortet?

Regungslos bleibt er stehen, stumm. Da hört er etwas. Knackt da eine Bodendiele?

Die Tür geht auf. Merkwürdig. Ylva steht in einem grün-gelb gemusterten Morgenmantel vor ihm. Sie sieht ihn ernst an, berührt seinen Arm mit der Hand. Er schiebt sich in ihre Umarmung, ihre Hände ganz leicht auf seinem Rücken, der Körper unter dem dünnen Stoff ist deutlich zu spüren. Sie stößt einen Seufzer aus. Jetzt zieht er sie an sich, seine Hand gleitet ihren Rücken hinunter, bleibt über der oberen Rundung ihres Pos liegen, abwartend, dann noch ein Stück, eine Handbreit weiter hinunter, seine Finger sind längst nicht mehr auf dem Rücken, ruhen auf dem weichen Fleisch und drücken sich vorsichtig hinein.

Elias erstarrt, als aus seiner Erinnerung ein mütterliches, mitfühlendes Seufzen und streichelnde, tröstende

Hände aufsteigen. Er lässt Ylva los und tritt einen Schritt zurück.

»Wie geht es dir?«, fragt sie.

»Schon okay«, sagt sie. »Ich war nur ... schon okay.«

Er murmelt ein Gute Nacht und geht in sein Zimmer.

Ylva kommt gerade aus dem Meeting der Leitungsgruppe, in dem es um Personalentscheidungen und die Europäische Entwicklungsbank ging, als ihr Handy klingelt. Sie wirft einen Blick auf das Display und steuert eine der klaustrophobisch engen Telefonkabinen an, wo sie niemanden stört und niemand hören kann, worüber sie spricht.

»Ylva Grey, Sida.«

Übertrieben förmlich. Sie ist sich sicher, dass Karolina Möller weiß, dass sie gesehen hat, wer anruft.

»Ich muss mit Ihnen sprechen«, sagt sie. »Haben Sie vor der Mittagspause Zeit?«

Ylva ist mit ihrem Zeitplan bereits in Verzug, eine spontane polizeiliche Vernehmung hat ihr gerade noch gefehlt und wird ihren Tagesplan vollständig aushebeln. Trotzdem sagt sie zu.

»Können Sie in einer halben Stunde hier sein?«

Ylva erhält eine SMS von Karolina Möller, in der sie mitteilt, dass sie ihren Wagen gerade vor dem Eingang des Filmhauses geparkt hat. Sie erreicht im gleichen Moment die Rezeption, als Karolina Möller durch die Türen kommt. Die schlanke, graziöse, aber offensichtlich starke Frau erinnert Ylva an eine Balletttänzerin.

Sie wartet, während Karolina sich einträgt, dann öffnet sie die Schranke für sie.

»Worum geht es?«, fragt sie, als sie die Treppe hinaufgehen.

»Das besprechen wir lieber unter vier Augen«, sagt Karolina.

In der Abteilung angekommen führt Ylva sie in einen Besprechungsraum, der eine halbe Treppe höher liegt, und macht die Tür hinter ihnen zu. Sie setzen sich nicht weit voneinander entfernt, aber über Eck an den Tisch. Karolina öffnet ihre Tasche und holt einen Laptop heraus.

»Es geht um Mattias Klevemann.«

Wissen sie, dass er angerufen hat? Ist sie deshalb hier?

»Klevemann ist tot«, sagt Karolina. »Er ist gestern Nachmittag vor eine U-Bahn gesprungen.«

Ylva zwingt sich, Karolina in die Augen zu sehen. »Wo?«

»Östermalms torg.«

Vor die U-Bahn. War das der Grund, dass sie gestern ausgefallen ist?

Die Übelkeit meldet sich so schnell wie bei einem verdorbenen Magen. An den Schläfen und im Nacken drückt ihr der Schweiß aus den Poren. Anders in Sarajevo, Mari-Louise in den Schären und jetzt Mattias Klevemann in der U-Bahn? Hat sie wirklich richtig gehört, oder verliert sie allmählich den Verstand?

Karolina Möller klappt ihren Laptop auf und fährt ihn hoch.

Ylvas Zunge klebt am Gaumen. Sie bekommt die Frage kaum heraus.

»Sind Sie sicher, dass er gesprungen ist?«

»Ja, aber mein erster Gedanke war auch, dass er geschubst worden ist.«

Karolina rückt den Laptop zur Seite, bis Ylva auf den Bildschirm schauen kann. Sie wird von zwei Mitarbeitern der Abteilung, die an der Glaswand vorübergehen, abgelenkt. Einer davon winkt ihr zu. Ylva lächelt automatisch, hebt aber nicht die Hand.

»Hören Sie, was ich sage?«, fragt Karolina.

»Ja, Entschuldigung.« Ylva wendet sich wieder dem Bildschirm zu. »Ich höre Ihnen zu.«

»Das Material haben die Überwachungskameras im U-Bahnhof aufgenommen«, sagt Karolina.

Sie klickt ein Video von einem der Bahnsteige am Östermalms torg an. Es ist Hauptverkehrszeit, man sieht eine dunkle Menschenmasse in Winterkleidung. Ylva kneift die Augen zusammen, entdeckt die Anzeigetafel, auf der »Ropsten 1 Minute« steht.

»Da«, sagt Karolina.

Mit einem Kuli zeigt sie auf eine Gestalt, die allein am Ende des Bahnsteigs steht. Jetzt erkennt Ylva Klevemann auch. Er trägt dieselbe Jacke wie bei ihrem Treffen. Um mehr Details zu erkennen, ist die Auflösung zu schlecht, aber seine Haltung ist unverkennbar. Müde, vornübergebeugt.

Die Anzeigetafel blinkt, die Minutenzahl verschwindet. Die U-Bahn nähert sich dem Bahnsteig. Als die Scheinwerfer der Lok im Tunnel auftauchen, ist Klevemann nur noch als Schatten an der Bahnsteigkante zu erkennen. Dann verschwindet er. Die Leute in seiner unmittelbaren Nähe weichen zurück, aber alle, die weiter entfernt sind, bekommen nichts mit.

Karolina wählt einen anderen Ausschnitt aus, auf dem dasselbe Geschehen aus einer anderen Perspektive zu sehen ist. Diesmal befindet sich die Kamera schräg hinter Klevemann. Er scheint dazustehen und zu warten wie alle anderen. Als er springt, geht alles so schnell, dass Ylva kaum begreift, was vor sich geht. Er rudert kurz mit den Armen und löst sich dann in Luft auf. Aber eins ist klar zu erkennen. Er wird nicht geschubst. Er steht etwas abseits von der Menge vor dem Tunnel.

Ylva senkt den Blick, will nicht noch mehr sehen. Zum Glück klappt Karolina den Laptop wieder zu.

»Warum zeigen Sie mir das?«

»Ich dachte, Sie sollten wissen, dass er nicht gestoßen wurde.«

Es schwingt etwas Undefinierbares in ihrem Tonfall mit, eine Art selbstzufriedener Großzügigkeit oder eine Aufforderung zu stummem Einverständnis, so als hätte sie Ylva einen großen Gefallen getan.

»Und warum sollte ich es wissen?«

»Das können Sie sich doch denken.«

Da ist sie wieder, diese Aufforderung zum stummen Einverständnis. Das Problem ist nur, dass Ylva nicht weiß, was sie meint. Sie starrt Karolina an.

Karolina seufzt. »Ich versuche zu sagen, dass in diesem Fall kein Rätsel gelöst werden muss, keine Verschwörung.«

Aber er wird nicht ohne Grund gesprungen sein, denkt Ylva.

»Haben Sie nach Ihrem Treffen im Hotel noch Kontakt zu ihm gehabt?«

Karolina hat es also die ganze Zeit gewusst, schon als Ylva abgestritten hat, ihn getroffen zu haben. Wen haben sie wohl beschattet, Ylva oder Klevemann? Was für eine Polizistin ist Karolina eigentlich? Vor Wut und Scham wird ihr heiß, aber sie reißt sich zusammen.

»Müssten Sie das nicht eigentlich wissen?«, erwidert sie kühl.

Karolina legt den Kopf schief. »Man kann auf viele Arten Kontakt haben. Per Telefon, E-Mail, Post… per Kurier.«

»Nein«, sagt Ylva, »ich habe nichts von ihm gehört. Ich verstehe eigentlich gar nicht, wieso er ins Hotel gekommen ist. Er hat nicht das geringste Interesse gezeigt, mit mir zu reden.«

Karolina Möller steckt den Laptop wieder in die Tasche und streicht das lange rote Haar zurück, als sie den Reißverschluss zuziehen will.

»Es wäre doch denkbar, dass jemand, der vorhat, sich das Leben zu nehmen, im letzten Moment noch etwas loswerden möchte.«

»Sie meinen eine Art Abschiedsbrief?«

»Ja, so ungefähr.«

»Ich kann den Gedanken nachvollziehen, aber mir hat er jedenfalls keinen geschickt.«

Ylva bringt die Polizistin zur Rezeption. Vor der Schranke bleibt Karolina stehen und streckt die Hand aus. »Danke, dass Sie sich Zeit genommen haben.«

Ylva gibt ihr die Hand. »Natürlich.«

Karolina hält ihre Hand fest, beugt sich vor und flüstert: »Sie schaffen das nicht, Ylva. Es ist zu groß für Sie.«

Dann geht sie durch die Türen in Richtung Borgväg. Ylva sieht ihr stumm nach, als ihr plötzlich etwas durch den Kopf schießt, und sie läuft Karolina hinterher.

»Was hat Anders bei Sida gemacht?«, fragt sie, als sie sie eingeholt hat.

Karolina bleibt stehen. Hinter ihr haben die Angestellten der Umweltbehörde soeben mit der Mittagspause begonnen.

»Wurde er als Spion angeworben, nachdem er bei uns angefangen hat, oder hatte er den Auftrag bereits, als er kam?«

Karolina schließt den Reißverschluss ihrer Jacke.

»Was hat er hier gemacht?«, wiederholt Ylva. Sie verschränkt die Arme vor der Brust und stellt sich Karolina in den Weg.

»Ich kann es Ihnen nicht sagen.«

»Es wäre leichter, Ihnen zu helfen, wenn ich wüsste, was Sache ist.«

Sie hat keine Jacke an, und es ist eiskalt.

»Okay, er hat uns Informationen beschafft, das wissen Sie ja bereits.«

»Aber zu welchem Zweck?«

Karolina blickt mit einem leichten Lächeln zur Seite.

»Was ist so witzig?«, fragt Ylva.

»Vielleicht habe ich Sie unterschätzt.«

»Was immer das bedeuten mag.«

Karolina scheint mit sich selbst zu beratschlagen, was sie darauf antworten soll.

»An Ihrer Stelle würde ich meine Mitarbeiter im Auge behalten.«

»Wie meinen Sie das, soll ich etwa Ihr neuer Anders werden? Wollten Sie das damit sagen?«

»Ich sage nur, seien Sie vorsichtig.«

Ylva zittert. Die Kälte kriecht ihr unter die Kleidung. »Mari-Louise ist nicht verunglückt.« Sie kann sich den Satz nicht verkneifen, bereut ihn aber, bevor er ganz ausgesprochen ist.

»Das zum Beispiel ist nicht vorsichtig«, sagt Karolina.

Ylva weiß, dass sie recht hat.

»Ich muss gehen, aber wie gesagt, mein Rat lautet, seien Sie vorsichtig und wachsam.« Sie winkt zum Abschied und geht in Richtung Borgväg.

»Was, wenn ich es bin?«, ruft Ylva ihr nach. Sie weiß nicht, was sie reitet. »Was, wenn ich diejenige bin, nach der Sie suchen?«

Karolina dreht sich hastig um. »Nein, das sind Sie nicht.«

Ylva schaut ihr hinterher und sieht Klevemann vor sich, der mit rudernden Armen vom Bahnsteig kippt und zwischen den grellen Scheinwerfern der U-Bahn verschwindet. Sollte das eine Warnung sein? Hat Karolina ihr die Videos deshalb gezeigt?

Sie fühlt sich nackt und schutzlos in der Kälte, hat aber keine Lust, wieder hineinzugehen.

Im Erdgeschoss sind die Vorhänge aufgezogen. Elias isst sein spätes Frühstück, das eher ein Mittagessen ist, an dem niedrigen Tisch im Arbeitszimmer. Hinter den Sprossenfenstern mit Blick auf den januargrauen Himmel und sonst nichts fühlt er sich sicher. Hinter den Vorhängen wird man zwar nicht gesehen, aber sie signalisieren, dass man etwas zu verbergen hat.

Einer von vielen Fehlern gestern. Das Telefonat mit Markus war auch einer. Obwohl Elias ihn mit einem Prepaidhandy angerufen hat, könnte der Anruf mit Markus' Hilfe zu dieser Adresse zurückverfolgt werden.

Die Erinnerung an den letzten Fehler des Vortages, den wortlosen Annäherungsversuch vor einer verschlossenen Tür und das, was passierte, als sie geöffnet wurde, weckt in ihm das Bedürfnis, die Hirnwindungen abzufackeln, in der diese Erinnerung abgespeichert ist. Hat Ylva etwas gemerkt? Er tut, was er kann, um sich selbst davon zu überzeugen, dass ihre mütterlichen Gesten spontan und nicht Teil einer Strategie waren, mit deren Hilfe sie eine peinliche Situation überspielen wollte.

Als es wieder dunkel und nach fünf ist, versteckt Elias den Laptop hinter der schwarzen Backofenluke. Er zieht seine Jacke an, die er an einen Haken beim Kücheneingang gehängt hat, weil es taktisch klüger ist, sie dort zu haben als vorne im Flur, und schnürt sich die Stiefel zu. Er geht in den Keller hinunter, leuchtet sich mit der Handytaschenlampe bis zur Stahltür durch. Widerwillig geben die Riegel mit dem gleichen Kreischen wie beim letzten Mal nach. Das Geräusch jagt ihm einen Schauer über den Rücken.

In dem unterirdischen Gang beschleunigt er seinen Schritt. Wenn er diesen Weg nimmt, sieht ihn niemand das Haus verlassen. Und Ylva hat gesagt, dass sie spät nach Hause kommt. Sie wird gar nicht merken, dass er weg war.

Elias erreicht das Ende des Ganges. Er zieht die Handschuhe an, setzt die Mütze auf, zieht sich die Kapuze über den Kopf und schaltet das Licht aus, bevor er vorsichtig die Tür öffnet und in den Winterabend hinaustritt. Er drückt die Tür hinter sich zu, tastet nach einem Riegel, aber von außen lässt sich die Tür nicht abschließen. Es behagt ihm nicht, sie offen zu lassen, aber wenn er nicht die ganze Aktion abblasen und wieder umkehren will, bleibt ihm nichts anderes übrig. Er findet einen Stein, den er so vor die Tür legt, dass sie zumindest geschlossen aussieht, zwängt sich ins Dickicht und bekommt von einem Zweig einen Peitschenhieb ins Gesicht.

Er macht einen großen Umweg durch ein Wohngebiet, um zur U-Bahn zu gelangen, wo er seine Karte einscannt, zum Glück sind noch einige Fahrten drauf, und geht hoch auf den Bahnsteig. Es ist kalt. Die U-Bahn steht schon da und wird in drei Minuten abfahren. Er wartet noch eine Weile, behält die Treppe im Auge, macht in den zu dünnen Handschuhen Fingergymnastik. Niemand kommt die Treppe hoch, unten an den Schranken ist auch niemand zu sehen. Eine Minute vor Abfahrt steigt er ein und setzt sich. Ungeduldig wartet er darauf, dass die Türen sich schließen, und als sie es tun, ist ihm niemand in den Waggon gefolgt.

Annika Jarl zu finden war nicht schwer. Im Großraum Stockholm ist nur eine Person mit diesem Namen gemeldet. Sie wohnt in Näsbypark. Laut ÖPNV-App braucht man von Farsta Strand neunundfünfzig Minuten dorthin. Er muss in die rote Linie umsteigen und dann von der Östra Station mit der Roslagsbahn weiterfahren.

An der Technischen Hochschule steigt Elias aus, geht die Treppen hinauf, durchquert das Gebäude des U-Bahnhofs, wo sich das Klappern von Besteck mit Kneipengesprächen mischt, stellt sich ans Ende des Bahnsteigs und wartet auf den Zug, der in zwölf Minuten fährt.

Einen Augenblick lang hat er das Gefühl, den Fremdkörper in seinem Kopf wachsen zu fühlen, aber da das Gehirn keine Schmerzrezeptoren besitzt, muss es Einbildung sein. Göran Gilbert hat diverse Symptome aufgezählt, Taubheit, Sinnestäuschungen, auf andere ist Elias beim Googeln selbst gestoßen: Zittern, Verlust von Gehör und Sehkraft, Persönlichkeitsveränderungen, Halluzinationen.

Nichts davon hat er bisher wahrgenommen. Abgesehen davon, dass sein Leben seit einer Woche zunehmend einer paranoiden Wahnvorstellung gleicht.

Er versucht, sich auf das konzentrieren, was unmittelbar vor ihm liegt. Seine Aufgabe.

Was soll er sagen?

Für das letzte Stück bis zu Annika Jarl wollte Elias ein Taxi nehmen, aber es sind weder Taxen noch eine Taxisäule zu sehen. Er beschließt, die höchstens fünfzehn Minuten zu Fuß zu gehen.

Je tiefer er in das Wohngebiet vordringt, desto mehr Schnee liegt auf den Bürgersteigen. Ein BMW-SUV rollt langsam an ihm vorbei. Er biegt in die Straße ein, in der Annika Jarls Haus liegt, studiert die Nummern auf den Briefkästen und erreicht nach einigen Querstraßen die Nummer sechsunddreißig.

Der große, weiß verputzte Bungalow aus den Sechzigern steht hinter einer niedrigen Hecke. In der Küche brennt Licht, und zwischen dem schmiedeeisernen Gartentor und der Haustür hat jemand Schnee geschippt.

Er legt die Hand auf die Klinke des Gartentors und öffnet es. Die Scharniere quietschen, und im Haus verändert sich das Licht. Es ist jemand da.

Er betritt das Grundstück und lässt das Tor hinter sich zufallen. Je näher er der Treppe kommt, desto schwerer und tauber fühlen sich seine Beine an. Hat er sich das auch gut überlegt? Annika Jarl ist auf die eine oder andere Weise an dem beteiligt, was in Grisslehamn passiert ist.

Es kostet ihn einiges an Überwindung, die drei Stufen hinaufzugehen und auf den Klingelknopf zu drücken. Er sieht nur die Tür, deren Konturen verschwimmen, und ist von seinen eigenen Atemzügen, seinem eigenen Pulsschlag erfüllt.

Ein metallisches Klicken dringt zu ihm durch, als die Tür aufgeschlossen wird und ein kleines Stück aufgeht. Die Frau schreckt zurück und verzerrt das Gesicht, sie hat einen Tick, der sich wie eine Welle von den Lippen bis zu den Augenbrauen bewegt.

ch weiß, dass ich versprochen habe, zur Verfügung zu stehen...«

Ylva hat sich erneut in eine der Telefonkabinen zurückgezogen. Es ist warm. Sie nimmt ihren eigenen Körpergeruch wahr. Parfüm und Schweiß.

»Ich verstehe einfach nicht mehr, was sie will. Sie scheint mich vor allem provozieren zu wollen.«

Johannes Becker lacht aus vollem Hals, als sähe er es vor sich.

»Das ist überhaupt nicht witzig.«

»Nein, nein, entschuldige.«

Sie weiß genau, was er denkt. Dass sie überempfindlich ist.

»Meine Zeit ist begrenzt.«

»Du betätigst dich doch wohl nicht als Privatdetektivin?«

Ylva verstummt für einen Augenblick, wie auf frischer Tat ertappt.

»Ich habe einfach wenig Zeit, habe ich das nicht gerade gesagt?«, sagt sie mit Nachdruck, beinahe unfreundlich.

»Aber irgendwas muss sie doch von dir gewollt haben. Konkret, meine ich.«

»Sie ... Es ging um einen Mattias Klevemann ...«

»Aha. Wer ist das?«

»Er ist gestern am Östermalms torg vor die U-Bahn gesprungen. Hat mal bei Swedfund gearbeitet. Aus irgendeinem Grund dachte sie, er hätte sich bei mir gemeldet.«

Becker schweigt.

»Bist du noch da?«

»Ich bin da. Hat er sich bei dir gemeldet?«

Seine Heiterkeit ist verflogen.

»Nein.«

»Schreckliche Geschichte. Er hat sich also das Leben genommen?«

»Ja. Sie hat betont, dass er gesprungen ist. Die Überwachungskameras haben es gefilmt.«

Ylva hat kurz überlegt, Becker von dem Treffen mit Klevemann zu erzählen, aber nach der Frage, ob sie sich als Privatdetektivin betätige, hat sie die Idee fallen gelassen. Sie rechnet fest damit, dass er von Karolina nichts erfährt, denn sonst würde er sie ja kaum als Vermittlerin brauchen.

»Ich werde sehen, wie ich Möller bremsen kann«, sagt er.

»Danke.«

»Aber ich kann nichts versprechen. Wie du weißt, ist die Sache ein wenig heikel.«

»Ich bin dir schon dankbar, wenn du es versuchst.«

Sie will das Gespräch beenden, aber Johannes hält sie davon ab.

»Eins noch. Wie kommt sie darauf, dieser Klevemann hätte Kontakt zu dir aufgenommen?«

»Wie gesagt, die Polizei gibt selten preis, warum sie bestimmte Fragen stellt.«

»Ja, stimmt, das hast du gesagt.«

Er lacht, aber sein Lachen klingt müde, und er sagt noch einmal, dass er mit Möller sprechen wird. Dann legen sie auf.

Ylva öffnet die Tür, zieht ihren Blazer aus und geht zurück an ihren Platz. Sie hasst diese Kabinen.

Was hat Klevemann dazu gebracht, sich vor eine U-Bahn zu werfen? Warum hat er ihr nicht mehr verraten als einen Namen? Sie versteht es nicht. Wozu diese Geheimniskrämerei, wenn er sich anschließend das Leben nimmt? Irgendetwas war seltsam daran. Warum hat er nicht mehr erzählt?

Sie legt den Blazer weg, sackt auf den Stuhl und lässt die verstellbare Tischplatte auf Sitzhöhe einrasten. Gegen ihren Willen wandern ihre Gedanken zu den Aufnahmen vom Bahnsteig zurück. Die U-Bahn, die plötzlich auftaucht, der flatternde Schatten.

Hat sie ihn auf dem Gewissen? Haben ihr Anruf, ihre Fragen diesem ohnehin unter Druck stehenden Mann den Rest gegeben?

Als sich die anfängliche Überraschung gelegt hat, bleibt Annika Jarl stehen und sieht Elias an, macht keinerlei Anstalten, die Tür wieder zu schließen oder sich im Haus Unterstützung zu holen.
»Kann ich reinkommen?«
Sie atmet nervös ein.
»Ja«, flüstert sie.
Wortlos öffnet sie die Tür, und Elias betritt den hell erleuchteten Hausflur. Er fühlt sich wie auf dem Weg zu seiner eigenen Hinrichtung.
Als er sich hinter der Eingangstür die Stiefel auszieht, sieht er sich das Haus fluchtartig verlassen und barfuß in den eiskalten Schnee hinausrennen. Er spürt den scharfkantigen Schotter unter den Fußsohlen, die nassen Socken.
Annika Jarl geht voraus. Sie ist groß und schlank, um nicht zu sagen mager, das schulterlange Haar trägt sie offen, cremeweiße Bluse zur schwarzen Hose, ganz anders als die robuste Sportkleidung, in der er sie zuletzt

gesehen hat. Elias behält die Jacke an, zur Sicherheit. Sie gibt keinen Kommentar dazu ab, bleibt vor einem schwarz-weiß gemusterten Sofa und zwei mit dem gleichen Stoff bezogenen Sesseln stehen.

»Wollen wir uns setzen?«

Das geräumige Wohnzimmer ist mit skandinavischen Designermöbeln der Fünfziger- und Sechzigerjahre eingerichtet, die man momentan in jeder Einrichtungszeitschrift findet. Vor dem Panoramafenster auf der Rückseite des Hauses erkennt man unter dem Schnee einen winterfest gemachten Pool.

Sie bleibt stehen, wartet auf ihn. Aus Höflichkeit oder um vorbereitet zu sein?

»Sie wollten uns erklären, warum wir nicht im Karlbergsväg bleiben können«, sagt er, bevor sie sich gesetzt hat. Seine Stimme zittert.

»Tut mir leid«, sagt sie.

»Was tut Ihnen leid?«, wirft er ihr vor die Füße.

»Was mit Mari-Louise passiert ist.«

»Das tut Ihnen leid?« Plötzlich hat er einen Kloß im Hals. Er hustet kräftig und trocken. »Sie haben uns doch...«

»Ich?«

»Sie haben uns doch da hingebracht und...« Es fällt ihm schwer, es auszusprechen, ihr vorzuwerfen, eine Mörderin zu sein, weil er einsieht, dass er es nicht wirklich weiß. »Was sollten wir dort eigentlich?«

Sie legt die Hände auf das eine Knie, drückt einen Augenblick lang die Arme durch und sieht ihn mitleidig an. »Manchmal ist es das Beste, die Toten ruhen zu lassen.«

»Ich habe keine Ahnung, was das heißen soll.«

»So schwer ist das doch nicht zu verstehen.«

Elias springt aus dem Sessel auf, würde am liebsten etwas kaputtschlagen. »Sie haben mich und Mari-Louise doch in diese Hütte in Grisslehamn gebracht, oder etwa nicht?«

»Ja.«

»Und als ich weg war, habt ihr Mari-Louise erschlagen und sie zwischen den Klippen liegen lassen.«

Und schon wird er unpräzise und vage. Ihr? Hat ihn die Frau, die vor ihm sitzt, dort festgehalten, oder hat Eva ihn daran gehindert, den Bus zu erwischen? Oder beide? Oder jemand ganz anderes?

»Was sagen Sie da?« Annika Jarl starrt ihn mit offenem Mund an.

»Ihr habt sie getötet.«

»Getötet… Wie kommen Sie denn darauf? Sie…« Annika hält inne, um Luft zu holen, und gestikuliert verunsichert mit beiden Händen.

»Was?«, brüllt er.

»Sie… Sie haben es doch selbst gehört. In den Nachrichten, meine ich.«

»Nachrichten?«

Während er das sagt, merkt er selbst, wie idiotisch sein abfälliger Tonfall in den Ohren von jemandem klingen muss, der kontinuierlich die Nachrichten verfolgt. Er muss ihr vorkommen wie ein faktenresistenter Höhlenmensch.

»Ich war dort. Ich brauche keine Nachrichten zu lesen oder zu hören. Ich war dort. Ich habe sie zwischen den Klippen gefunden.« Er zeigt aus dem Fenster, als lägen die Klippen hinter Annika Jarls schneebedecktem Swimmingpool. »Ihr habt sie mit Gewalt mitgeschleift, ihr habt ihr ein Haarbüschel ausgerissen. Sie lag tot zwischen den Klippen.«

Annika blinzelt nervös, sagt aber nichts.

»Wenn Sie es nicht waren, war es Eva.«

Annika bekommt Schluckauf.

»O mein Gott, ich muss ...« Sie will aufstehen.

»Sie bleiben sitzen!«, schreit er aus Angst vor dem, was sie vorhat. Will sie Hilfe holen? Oder eine Waffe?

Er klingt eher verzweifelt als entschlossen, aber es funktioniert trotzdem. Annika sackt zurück auf das Sofa. Sitzt stumm da.

»Haben Sie nichts zu sagen?«

Ihre Hand zittert, als sie sie wieder auf das Knie legt. Er versteht gar nichts mehr, zwingt sich selbst, einigermaßen ruhig zu werden.

»Okay«, sagt er. »Jetzt noch mal ganz von vorne.«

Sie wirft ihm einen scheuen Blick zu und nickt eifrig, als wäre sie bereit, all seine Fragen zu beantworten, nur damit er sich nicht auf sie stürzt. Spielt sie ihm etwas vor, oder hat er sie tatsächlich so eingeschüchtert?

Von Zweifeln geplagt holt er tief Luft.

»Warum waren Sie bei uns zu Hause im Karlbergsväg und haben das Arbeitszimmer meines Vaters leer geräumt?« Schritt für Schritt, ganz konkret und nur Dinge, von denen er sicher weiß, dass sie sie getan hat. »Und ich will nie wieder hören, dass man die Toten ruhen lassen soll«, fügt er hinzu.

Sie zupft am Bündchen ihrer Bluse. »Manchmal will man gar nicht wissen...«

»Stimmt, aber jetzt will ich es«, unterbricht er sie.

»Entschuldigung, ich wollte nur erklären...«

»Egal. Erzählen Sie mir, was Sie wissen. Von Anfang an.«

Was ist mit ihr los? Ist sie verrückt, oder ist er es? Ihr Dialog kommt ihm vor wie in einem Roman von Kafka. Versucht sie, Zeit zu gewinnen? Naht Hilfe, während sie ihn hinhält?

»Erzählen Sie«, wiederholt er.

Wird es plötzlich dunkler? Er ist müde, weiß nicht, wie er diese Entschlossenheit aufrechterhalten soll.

»Vergessen Sie nicht, dass Sie mich darum gebeten haben.«

Wenn etwas mittlerweile deutlich geworden sein sollte, dann, dass er sie darum bittet.

»Ich vergesse es nicht. Also los«, sagt er so gefasst wie möglich und in der Hoffnung, dass die Bedeutung der Worte zu ihr durchdringt.

»Ich sage das, weil...«

»Verdammt noch mal!«

Er schlägt mit der flachen Hand auf den Tisch, und sie zuckt zurück. Eine Lampe leuchtet auf, als ob er die Elektrizität im Raum durcheinandergebracht hätte.

»Keine Angst«, sagt er. Zu ihr oder zu sich selbst? Er

hat eine Hand zu einer beschwichtigenden Geste erhoben, die vermutlich kein bisschen vertrauenerweckend wirkt. Aber wieso eigentlich? Muss er sich bei ihr entschuldigen?

»Soweit ich gehört habe, wollte Ihr Vater Dinge weitergeben, die der Partei schaden können. Möglicherweise hatte er es bereits getan.«

»Der Partei?«

»Ja, und da wir an der Macht sind, somit auch dem Land und der Regierung.«

Elias schnaubt verächtlich. »Davon haben Sie nichts gesagt, als Sie uns abgeholt haben.«

»Ich habe nicht alles gesagt, aber ich habe nicht gelogen.«

»Doch, was Kjell betrifft, haben Sie gelogen.«

Sie erstarrt. Da kann sie sich schlecht herausreden.

»Das war ein spontaner Einfall. Sie haben sich quergestellt, und die Zeit drängte.«

»Aber mein Vater würde niemals… Außerdem hat er bei Sida gearbeitet. Wie soll er da der Partei geschadet haben? Das kann nicht sein.«

»Sie haben mich gebeten zu erzählen.«

Er ringt mit sich, muss sich beherrschen, um nicht laut zu protestieren, sondern zuzuhören.

»Okay«, sagt er, »von wem haben Sie das gehört?«

Sie blinzelt. »Ich weiß nicht, ob ich das sagen kann.«

»Von wem?«

»Sie müssen verstehen, dass ich gewisse Verpflichtungen habe. Womöglich verliere ich…«

Elias springt vom Sessel auf.

»Von wem?«, fährt er sie an.

»Von unserem Parteisekretär«, flüstert sie.

»Sie meinen ... Eriksson?«

»Ja, Henning Eriksson.«

»Henning Eriksson hat also gesagt, dass mein Vater Informationen verbreitet, die der Partei und dem Land schaden könnten?«

»Ja.«

Sie sieht mit jeder Antwort schuldbewusster aus, aber er ist überzeugt, dass sie nicht ihm gegenüber Schuldgefühle hat.

»Und woher hat er das?«, fragt er.

»Weiß ich nicht.«

»Und damit geben Sie sich zufrieden?«

»Ja. Wieso sollte ich das nicht tun?«

Elias setzt sich wieder. Merkt sie nicht, was für einen Schwachsinn sie von sich gibt? Sein Vater ist kein Verräter. Und was für Informationen sollte er denn schon weitergegeben haben? Sida ist eine der transparentesten Behörden des Landes, gerade weil ihre Arbeit so oft kritisiert wird. Das gesamte Budget ist im Netz einsehbar, jedes einzelne Projekt.

»Hat Eriksson Ihnen auch gesagt, dass Sie uns nach Grisslehamn bringen sollen?«

»Die Anweisung kam von ihm, aber er war nicht derjenige, der sie erteilt hat.«

»Sondern?«

»Einer seiner Sachbearbeiter.«

»So etwas würde mein Vater nie machen. Ich weiß nicht, warum, aber die haben Sie angelogen.«

»Ihr Vater war nicht der Heilige, für den Sie ihn halten.«

»Habe ich das gesagt? Ich stelle nur Ihre Behauptungen infrage. Weil Sie keinerlei Belege dafür haben.«

»Er hat nicht nur sein Land verraten.« Sie atmet durch die Nase ein. Schluckt. »Er hatte auch eine Affäre mit seiner Chefin.«

»Seiner Chefin?«

»Ja.«

Annika richtet sich auf, hat wieder ein wenig Boden unter den Füßen, weil sie ihn überrascht hat.

»Das kann nicht sein. Meinen Sie etwa die Generalsekretärin?«

Hat sie Mari-Louise diese Lüge auch aufgetischt, als sie ihre sozialdemokratische Hausdurchsuchung durchgeführt hat?

»Nein, die Abteilungsleiterin.«

Der Kronleuchter flackert immer heftiger, alle Lampen im Raum flimmern.

»Setzen Sie sich!«, brüllt er.

War sie überhaupt aufgestanden? Oder hat sie sich gerade wieder hingesetzt? Er denkt angestrengt nach. Es kommt ihm vor, als würde ihm ein Stück Zeit fehlen. Jedes Flackern frisst die Zeit auf.

»Ich habe Sie zu Ihrem Schutz nach Norrtälje gefahren…«

Elias hält sich an den Armlehnen des Sessels fest. Er

muss hier weg, bevor er vollständig die Kontrolle verliert. Sie hat doch das Zimmer verlassen, oder etwa nicht?

»Nein«, sagt er.

Er hat »still« gedacht, aber »nein« gesagt. Oder hat er »still« gesagt und »nein« gedacht? Was ist los? Er versteht es nicht. Warum hat sie das Licht gedimmt?

Sie sagt noch etwas, aber er hört sie nicht, kämpft sich hoch, wendet ihr den Rücken zu und geht in den Flur, auf die Haustür und seine Rettung zu. Er kann sich kaum aufrecht halten. Es ist wie ein kalter Rausch.

»Bist du ganz sicher, dass er gesprungen ist?«

Örjan zieht es vor, zu ihnen zu kommen, und ruft sie selten in sein Zimmer. Er steht vornübergebeugt am Kopfende von Karolinas Tisch und hat die Fäuste darauf gestützt.

»Ich kann dir die Aufnahmen der Überwachungskameras zeigen«, sagt sie.

Er richtet sich auf und macht eine abwehrende Handbewegung. »Nicht nötig. Und die Frau von Anders Krantz...«

»Mari-Louise Waldoff.«

»Ja?«

»Die Polizei kann nicht genau sagen, wie es passiert ist. Es könnte fahrlässige Tötung gewesen sein, genauso gut aber auch Mord.«

»Aber kein Unfall?«

»Aus juristischer Sicht nicht. Es waren Gewalt und eine Form von Freiheitsberaubung im Spiel.«

Örjan geht zum Fenster und schaut in die Dunkelheit.

Parkende Autos, dunkle Fassaden. Nicht viel zu sehen. Er dreht sich um und lehnt sich mit verschränkten Armen ans Fensterbrett.

»Es sieht so aus, als würde eine Einigung mit den Franzosen bevorstehen.«

Karolina dreht ihren Stuhl in seine Richtung. »Schlechtes Timing.«

»Ja.«

»Ein Toter bei einer Explosion in Sarajevo geht vielleicht noch an, aber nicht zwei Tote in Schweden.«

»Es hat keinen Einfluss auf die Einigung, aber wenn es rauskommt, blüht ihnen ein Shitstorm.«

»Die Regierung ist ohne Not eingeknickt.«

»Mehr oder weniger, ja«, sagt Örjan müde.

»Es wäre gut, zu Informationszwecken mit Eric Hands zu sprechen, aber ich nehme an, das wird im Moment nicht gern gesehen.«

Karolinas Chef lacht auf und steckt die Hände in die Hosentaschen. »Das kannst du vergessen. Du kommst nicht mal ansatzweise in seine Nähe. Angeblich befindet er sich auf einem Schiff irgendwo im Mittelmeer, aber niemand weiß, wo genau.«

Sie ist nicht überrascht. Nichts soll die Verhandlungen stören.

»Und wie sieht diese Übereinkunft jetzt genau aus?«, fragt sie.

»Das wollen sie nicht sagen, bevor nicht alles in trockenen Tüchern ist.«

»Wer verhandelt mit den Franzosen?«

»Das weiß ich nicht, aber Henning Eriksson ist der Architekt im Hintergrund. Ihm zufolge haben sie eine Lösung erarbeitet, die alle zufriedenstellen wird.«

Soweit Karolina weiß, gibt es solche Lösungen nicht. Normalerweise bleibt am Ende ein übervorteilter Verhandlungspartner übrig, der, egal ob es sich um einen Staat, eine Gruppe oder einzelne Individuen handelt, gerne vergessen wird.

»Mit ein wenig mehr Spielraum könnten wir Schadensbegrenzung betreiben oder zumindest dafür sorgen, dass es nicht noch schlimmer wird«, sagt sie. »Aber solange wir nur dasitzen und zuschauen können, ist das nicht so einfach.«

Örjan entfernt sich vom Fenster und knöpft geschickt sein Jackett zu.

»Wir werden unseren Spielraum bekommen. Aber erst wenn das Ergebnis der Verhandlungen feststeht. Erst dann wissen sie, wen sie opfern können.«

Genau, wie sie es vermutet hat. Es werden nicht alle zufrieden sein.

Elias weiß nicht, wie er es geschafft hat, sich die Schuhe anzuziehen, aber da er weder Kälte, Schotter noch schneenasse Socken spürt, muss er sie anhaben.

Informationen, die Schweden schaden könnten, ein Verhältnis mit seiner Chefin. Haben sie in der sozialdemokratischen Parteizentrale nichts Besseres zu tun, als sich schmierige Gerüchte aus den Fingern zu saugen? Wem bringt es Vorteile, einen Angestellten von Sida zu verleumden?

Im Laufschritt bewegt er sich durch das Wohngebiet, lässt eine Querstraße nach der anderen hinter sich. In der Kälte bekommt er langsam einen klaren Kopf. Als ihm bewusst wird, dass er keine Ahnung hat, wo er ist, bleibt er stehen, macht seine Jacke zu und sieht sich nach einem Straßenschild um.

Das billige und überhaupt nicht smarte Handy ist keine Hilfe. Ihm bleibt nichts anderes übrig, als zurückzugehen, bis er eine Straße findet, deren Namen er wiedererkennt. Es ist nicht dieselbe Strecke wie auf dem Hinweg, aber bald sieht er die hohe Bebauung im Zentrum, an der er sich orientieren kann. Er erreicht die Kirche und kommt an dem kleinen rosa Haus beim S-Bahnhof vorbei.

Mit zusammengekniffenen Augen versucht er, die Zahlen auf dem Fahrplan zu lesen, aber sie stehen einfach nicht still. Er hat gerade eine Bahn verpasst, die nächste fährt in einundzwanzig Minuten. Er zieht seine Mütze aus der Jackentasche, setzt sie auf und geht ungeduldig den Bahnsteig entlang. Der Schnee ist fest zusammengedrückt, fast wie Eis. Nachdem er einige Male auf und ab gelaufen ist wie ein alter Mann, der dringend pinkeln muss, geht er rüber zum Einkaufszentrum, das sich kalt und düster hinter einer hellgrauen Blechfassade verbirgt. Es ist nach sieben, und außer der Pizzeria, Hemköp und einem kleinen Wettshop hat alles geschlossen.

Elias betritt den Wettshop und bezahlt für einen Kaffee. Er füllt den Becher am Automaten, gießt einen Schluck Milch dazu, drückt den Deckel fest. Als seine Finger die dünne Ecke umschließen, die aus dem Serviettenhalter ragt, hat er das Gefühl, beobachtet zu werden. Er blickt auf. Ein Mann in schwarzem Parka und schwarzer Jeans steht mit dem Rücken zu ihm draußen vor dem Fenster und schaut hinunter zum S-Bahnhof. Außer ihm ist draußen niemand zu sehen, und Elias ist der einzige Kunde. Der Angestellte am Tresen, ein nordafrikanisch aussehender Mann um die vierzig, ist mit seinem Mobiltelefon beschäftigt, der Blick ist starr auf den Bildschirm gerichtet, der Zeigefinger schwebt dicht darüber.

Es muss der Mann vor dem Wettshop sein, dessen Anwesenheit er gespürt hat. Als Elias sich wieder zum Fenster umdreht, ist der Mann nicht mehr dort. Mit seinem Becher in der Hand verlässt er den Wettshop, kann den Mann aber nirgendwo entdecken.

Elias geht zurück auf den Bahnsteig, nippt am brühheißen Kaffee, der ziemlich wässrig ist, aber er will sich sowieso nur aufwärmen. Der Geschmack ist nicht so wichtig. Allmählich vertreibt der Kaffee die Kälte. Elias fixiert die Laternen an der parallel zu den Gleisen verlaufenden Straße. Konstantes helles Licht. Kein Flackern oder sonstige Fisimatenten.

Er beschließt, dass es nicht der Kopf war, sondern die Psyche. Die Anspannung, die Gefahr, in die er sich begeben hat. Es war nicht in seinem Schädel, sondern in… Ja wo eigentlich genau? Nicht im Gehirn und doch im Gehirn.

An dieser Stelle bleibt er einen Augenblick hängen. Wenn das Bewusstsein nur eine Illusion ist, wer oder was erlebt dann diese Illusion?

Fünf Minuten vor Abfahrt rollt der Zug in den Bahnhof. Er steigt ein und sucht sich einen Sitzplatz. Es trudeln noch zwei weitere Fahrgäste ein, Teenager auf dem Weg in die Stadt. Insgesamt sind sie zu dritt im Waggon.

Der Heizkörper direkt über dem Fußboden verströmt Wärme durch ein rostfreies Gitter. Die Digitalanzeige an der Decke zeigt 19:37 an. Die Jugendlichen vor ihm tippen Kurzmitteilungen in ihre Handys, weiße Kopfhörer in den Ohren. Er vermisst sein Handy, vermisst es, ohne Einschränkungen zu kommunizieren, wann, wo und mit wem er will.

Wenige Sekunden vor der Abfahrt gehen hinter ihm die Türen auf. Elias wirft einen verstohlenen Blick auf das Spiegelbild in der Scheibe. Es ist der Mann vom Kiosk. Er setzt sich direkt hinter Elias auf den Platz gegenüber der Tür.

Er hat natürlich auf den Zug gewartet, genau wie Elias, daran ist nichts Ungewöhnliches. Aber wo ist er in der Zwischenzeit gewesen? Im Hemköp zum Einkaufen? Er hat keine Einkaufstüte bei sich.

Elias versucht, seine Gedanken im Zaum zu halten. Sein Blick wird unweigerlich vom Fenster angezogen, und er muss sich zwingen, ihn auf die Anzeigetafel zu richten, auf der die Reihenfolge der Haltestellen angezeigt wird. Er genehmigt sich pro Halt einen Blick, ob der Mann noch da ist, mehr nicht. Ab Mörby sitzen zehn Personen im Waggon. Der Mann ist noch da. Auch sonst ist niemand ausgestiegen. Alle scheinen bis zur Endstation zu fahren.

Elias schätzt den Mann auf Mitte dreißig, er hat dunkles Haar und blaue Augen, kein Aussehen, das einem im Gedächtnis bleibt. Dafür ist er groß, bestimmt eins neunzig.

Elias überlegt, vor Östra Station auszusteigen, verwirft den Gedanken aber gleich wieder. Solange er keinen

Plan hat, was er tun soll, wenn er ausgestiegen ist, bleibt er lieber sitzen. Er hat keine Ahnung, was ihn an den verschiedenen Haltestellen erwartet. Er fährt zum ersten Mal im Leben mit der Roslagsbahn.

Wenn der Mann ihm an der Endstation bis zur U-Bahn folgt, muss er sich etwas einfallen lassen, aber das wird nicht passieren, weil das alles Hirngespinste sind.

Elias rennt die Treppe zum U-Bahnhof Technische Hochschule hinunter. Um acht Uhr abends sind nicht viele Leute unterwegs, und er will sich nicht zu oft umdrehen, damit nicht allzu offensichtlich ist, dass er sich nach jemandem umschaut.

Er wünschte, er hätte ein ordentliches Handy, mit dem er über seine Schulter fotografieren könnte. Stattdessen zieht er sein Schrotthandy aus der Tasche und nutzt die Bewegung, einen Blick hinter sich zu werfen.

Er sieht den Mann ganz hinten im Gang am Fuß der Treppe. Ist er wie die meisten Mitfahrenden aus der Roslagsbahn auf dem Weg zur U-Bahn?

Elias geht an den Ticketschaltern vorbei und eilt zum Ausgang auf der anderen Straßenseite. Dieser Abschnitt des Ganges ist vollkommen leer. Elias lauscht dem Echo im Tunnel. Hallen nur seine Schritte von den Betonwänden wider oder auch noch andere? Unmöglich zu sagen.

An der Treppe angekommen wagt er einen Blick schräg zur Seite. Der Mann folgt ihm noch immer und hat den Eingang zur U-Bahn hinter sich gelassen. Das kann kein Zufall mehr sein. Außer Sichtweite nimmt er zwei Stufen auf einmal, rennt bei Rot über die Straße zurück, entdeckt vor dem Bahnhofsgebäude ein freies Taxi und reißt auf der Straßenseite die Tür auf.

Der Fahrer wirft ihm im Rückspiegel einen verärgerten Blick zu, sagt aber nichts. Elias bittet ihn, zum Hauptbahnhof zu fahren, ohne die Ampel aus den Augen zu lassen. Kommt er dort? Im Dunkeln und aus dem fahrenden Taxi ist es schwer zu erkennen.

Selbst wenn er Elias gesehen hat, dürfte es schwierig für ihn sein, ihn einzuholen. Aber wenn es mehrere Verfolger sind, die mit Autos ausgerüstet sind, hat er keine Chance. Was haben sie vor? Wollen sie ihn nur observieren? Oder haben sie Schlimmeres im Sinn? Er muss mit dem Schlimmsten rechnen, wenn er nicht wie Mari-Louise enden will, steifgefroren irgendwo unter dem Schnee versteckt.

Er holt das Handy hervor, schaltet es aus, entnimmt Akku und SIM-Karte, dreht sich um und schaut durch die Heckscheibe. Weiße Lichtpunkte, anonyme dunkle Autos, Windschutzscheiben, die die Scheinwerfer des entgegenkommenden Verkehrs reflektieren.

Als sie sich dem Stureplan nähern, bittet er den Taxifahrer, zum Hötorget zu fahren. Auf der Kungsgata geht es nur langsam voran. Er tröstet sich damit, dass ein Verfolger auch nicht schneller vorankommt, aber als sie unter der Überführung der Regeringsgata schließlich ganz stillstehen, hält er es nicht mehr aus. Er wirft dem Fahrer das Geld auf den Beifahrersitz, springt aus dem Taxi und rennt zum nächsten U-Bahn-Eingang am Sveaväg.

Er hält die SL-Karte ans Lesegerät, als sich ein Schwarzfahrer im blauen Kapuzenpulli an ihm vorbeidrängelt. Elias beschließt, in die andere Richtung zu gehen.

Das war nur ein Schwarzfahrer, versucht er, sich zu beruhigen, aber die kurze Berührung, die Hand, die ihn angeschubst hat, hat seinen Puls nach oben gejagt. Er stellt sich hinter einen Pfeiler auf dem Bahnsteig und wartet auf den Zug, der in zwei Minuten angekündigt ist. Sein Herz beruhigt sich allmählich, bis er es nicht mehr spürt. Der Körper wird wieder eins mit ihm.

Die U-Bahn rollt dröhnend in den blauen Kachelsaal. Elias wartet hinter dem Pfeiler, bis sich die Türen geöffnet haben und die Ankommenden ausgestiegen sind.

Als sie im Tunnel verschwinden, starrt er mit leerem Blick ans andere Ende des Wagens und studiert gleichzeitig die Fahrgäste. Seinen Verfolger kann er nicht entdecken, aber er bemerkt den Jungen, der auf seine Kosten umsonst mitfährt. Hat er jetzt die Verfolgung übernommen? Nein, das wäre zu gewagt.

Er steigt eine Station später an der U-Bahn-Zentrale aus. Auf der Rolltreppe nach oben fällt ihm ein, dass er auch die S-Bahn nach Farsta Strand nehmen könnte, stellt aber am Ticketschalter fest, dass die nächste erst in elf Minuten fährt. Falls es ihm tatsächlich gelungen sein sollte, einen Vorsprung zu gewinnen oder die Verfolger gar abzuschütteln, wäre es dumm, so lange auf dem Bahnsteig herumzustehen. Er geht weiter durch den Tunnel und nimmt oben auf dem Bahnhofsvorplatz ein Taxi.

Geduckt auf der Rückbank fühlt er sich an den frühen, verschneiten Morgen zurückversetzt, als er aus Uppsala nach Hause kam, voller Sorge, aber immer noch mit der handfesten Hoffnung eines guten Ausgangs, dass sein Vater vielleicht nur verletzt war. Er rechnet nach. Das ist acht Tage her.

Elias bittet den Taxifahrer, nach Farsta Centrum zu fahren, lehnt den Kopf an die Scheibe und schließt die Augen, als sie sich auf dem Söderled einfädeln.

Wenn er die Augen schließt, ist sein Vater ihm noch näher, seine Stimme, sein Geruch und seine innere Ruhe, von der er selbst gern ein bisschen mehr hätte. Er ist weit weg und trotzdem da. Wie wäre er damit umgegangen, von jemandem verfolgt zu werden, der ihm schaden, ihn vielleicht sogar töten wollte? Was hätte er getan?

Was hatte sein Vater eigentlich bei Sida gemacht? Ist an dem, was Annika Jarl gesagt hat, möglicherweise etwas dran? Hat er auf irgendeine Weise die Partei oder das Land verraten? Nein, das passt nicht zusammen. Wenn er in Ruhe darüber nachdenkt, ist es nichts anderes als eine idiotische Behauptung. Er muss irgendetwas erfahren haben und aufgrund dieses Wissens getötet worden sein. Alles andere sind Lügen. Vielleicht glaubte Annika Jarl daran, aber sie können nicht stimmen.

Und das andere, Papa und Ylva? Wie war es damit?

Elias schlägt in dem Moment die Augen auf, als sie vom Söderledstunnel verschluckt werden. Der Taxifahrer drückt einen Knopf am Autoradio und schaltet von einem Quasselsender zu einem alten Stück von Kraftwerk um. »We are the Robots«. Elias hört zu, um nicht nachdenken zu müssen, und als sie nach Farsta abbiegen, verhallen die letzten Synthieklänge.

Das letzte Stück fährt er mit der U-Bahn und fühlt sich alles andere als sicher, vor allem, wenn er an den einsamen Weg vom U-Bahnhof bis zu Ylvas Villa denkt. Für einen Verfolger die Gelegenheit.

Drei Stunden sind vergangen, seit er das Haus verlassen hat. Er nimmt wieder den Umweg durch das Wohngebiet und denkt, dass er es geschafft hat, als er hinter sich ein Auto heranrollen hört, unnatürlich langsam, die Scheinwerfer blenden ihn. Elias tritt einen Schritt zur Seite und landet fast in einem Vorgarten. Als das Auto an ihm vorbeirollt, sieht er ganz kurz den Fahrer, ein Mann, aber nicht der aus Näsbypark.

Ohne Eile fährt der Wagen weiter, unter den Winterreifen knirscht das Eis. Sobald das Auto außer Sichtweite ist, rennt Elias in eine Querstraße und weiter in das Wäldchen hinein, das zwischen dem Wohngebiet und der Villa liegt. Hier ist der Schnee höher und lockerer, er kommt schlecht voran, sinkt bis zu den Knien ein. Elias kämpft sich durch den Wald, wo ihm Tannenzweige übers Gesicht wischen, bald sieht er gar nichts mehr. Er tastet sich zwischen den Bäumen voran, er strauchelt und fällt, aber er fällt weich, rappelt sich wieder auf, stößt mit dem Kopf gegen einen Ast und sieht die Scheinwerfer des Autos, das genauso langsam wie vorher zurückkommt.

Er wirft sich in den Schnee, knallt mit dem Ellbogen gegen einen Stein oder etwas anderes Hartes. Mit Mühe unterdrückt er den Schrei, als der Schmerz bis in die Schulter schießt. Er dreht den Kopf in Richtung Straße, drückt die rechte Wange in den Schnee. Ein abgebrochener Tannenzweig drückt ihm gegen die Stirn, und der Geruch der Tannennadeln erinnert ihn bizarrerweise an Weihnachten.

Die Scheinwerfer des Autos huschen zwischen den Bäumen herum, bewegen sich nach links, bis sie nicht mehr zu sehen sind.

Er bleibt noch fünf Minuten liegen, bis er es wagt aufzustehen und sich schwankend und stolpernd zwischen den Bäumen zu den Lichtern am See durchkämpft.

Als Ylva sich mit der schweren Tasche voller Hausaufgaben über der Schulter, mit deren Hilfe sie sich auf Brüssel vorbereiten will, dem Haus nähert, sieht sie die Scheinwerfer zwischen den Bäumen. Das ist doch nicht etwa schon wieder Karolina Möller? Es sieht aus wie ihr Auto. Wenn, dann ist das allmählich Schikane. Was will sie denn diesmal? Wissen, mit wem sie zu Mittag gegessen hat?

Aber es ist nicht Karolinas Auto, nicht einmal dieselbe Marke. Sie kann den Fahrer nicht erkennen, weil die Scheinwerfer sie blenden und die Seitenfenster getönt sind. Das Auto fährt langsam vorbei, wird aber schneller, nachdem es in die größere Straße eingebogen ist.

Ylva bleibt stehen und blickt den roten Rücklichtern hinterher, bis sie in einer Kurve oben auf dem Ullerudsbacke verschwinden. Sie ist allein in der Dunkelheit und hat zum ersten Mal auf dem Heimweg von der U-Bahn Angst. Das hat sie sonst noch nicht einmal, wenn sie spätnachts nach Hause kommt. Sie zieht das Handy aus der

Tasche, schaltet die Taschenlampe ein und leuchtet damit auf den Weg, aber dann macht sie das Licht wieder aus, weil sie fürchtet, dass es sie verrät.

Die Außenlampe vor dem Haus von Najide und Hossin ist hell genug, damit sie sehen kann, wo sie die Füße hinsetzen muss. Von nun an wird sie mit dem Auto zur Arbeit fahren. Den Stau auf dem Nynäsväg wird sie wohl oder übel in Kauf nehmen.

Sie klopft an die Tür des Gästehauses. Najide macht auf.

»Hast du das Auto gesehen, das eben hier war?«, fragt Ylva.

»Ja.«

»Hat es nur gewendet, oder was hat es gemacht?«

Najide nickt. »Es hat gewendet und ist zurückgefahren.«

»Es ist also nicht stehen geblieben? Niemand ist ausgestiegen?«

»Nein. Stimmt etwas nicht?«

Sie zieht die gelbe Strickjacke am Hals zusammen.

»Alles in Ordnung, ich wollte es nur wissen.«

Ylva geht zu sich nach Hause. Sie ruft Hallo, erhält aber keine Antwort, hängt ihren Mantel auf und ruft noch einmal.

»Elias?«

Kein Ton.

Sie geht die Treppe hinauf, die Tasche nimmt sie mit und stellt sie ins Arbeitszimmer. Sie kann sehen, dass Elias am Schreibtisch gesessen hat. Sie selbst schiebt den Stuhl immer an den Tisch.

Die Tür zum Gästezimmer ist zu. Sie klopft. Keine Antwort. Sie klopft erneut, diesmal fester, denkt, dass er vielleicht Kopfhörer aufhat. Immer noch kein Lebenszeichen. Sie öffnet die Tür, aber das Zimmer ist leer, das Bett gemacht, auch wenn die Tagesdecke noch über dem Stuhl neben dem Kleiderschrank hängt.

Im oberen Stock ist Elias auch nicht. Ylva rennt hinunter zur Garderobe. Elias' Jacke ist weg, die braunen Schnürstiefel stehen auch nicht mehr da. Macht er wider jede Vernunft einen kleinen Spaziergang, weil ihm die Decke auf den Kopf gefallen ist, oder ist er auf Nimmerwiedersehen verschwunden?

Ylva sinkt auf einen Stuhl im Eingangsbereich. Hätte er nicht eine Nachricht hinterlassen, wenn er nicht vorhätte zurückzukehren? Zumindest einen Zettel mit einem Dank?

Sie will nicht, dass er weg ist. Elias ist der Einzige, mit dem sie das hier teilen kann, der das, was passiert ist, genauso empfindet wie sie. Außerdem weiß sie seine Gesellschaft mittlerweile zu schätzen.

Ylva geht in die Küche, nimmt eine angefangene Flasche Grüner Veltliner aus dem Kühlschrank und schenkt sich ein Glas ein. Der Wein ist so kalt, dass sie ihn kaum schmeckt. Als sie das Glas auf der Arbeitsfläche abstellt, bleiben ein paar Krümel an ihren Fingerkuppen hängen. Sie hat schon seit Ewigkeiten keine vollgekrümelte Arbeitsfläche mehr zu Hause vorgefunden.

Sie reibt die Finger aneinander und hält mitten in der Bewegung inne.

Da ist es wieder, aus dem Keller, ein scharrendes Geräusch, dann ein dumpfes Echo. Was soll sie tun? Ihr Kopf ist beängstigend leer, kein einziger vernünftiger Gedanke kommt ihr zu Hilfe, die Beine sind schwer und wie gelähmt. Jetzt hört sie Schritte, näher als die anderen Geräusche. Ihr Blick bleibt an den Küchenmessern an der Magnetleiste über der Arbeitsfläche hängen. Wahnsinn, aber was soll sie sonst tun? Hastig schnappt sie sich eins der Messer und bewegt sich schnell und geräuschlos auf die Kellertür zu, weicht zurück zum Kücheneingang, versteckt das Messer hinterm Rücken. Leise Schritte auf der Treppe, kaum zu hören, als würde sich jemand anschleichen und stehen bleiben, um zu lauschen. Sie steht reglos da, gibt keinen Laut von sich, hält die Luft an.

Die Schritte kommen näher. Jeder Muskel ihres Körpers ist bis zum Äußersten gespannt, handlungsbereit. Die Hand hinter dem Rücken hält das Messer so fest umklammert, dass die Finger schmerzen. Die Klinke bewegt sich nach unten. Warum rennt sie nicht einfach weg? Rüber zu Najide und Hossin, um von dort die Polizei zu rufen?

Die Tür geht auf.

»Elias!«

Sie stößt seinen Namen reflexhaft anstelle des Arms nach vorn, und sie fühlt, wie etwas in ihr zur Ruhe kommt.

Er sieht zerzaust aus. Hat Schnee und Eis auf der Kleidung.

»Wo bist du gewesen?«

Er streicht die Kapuze zurück. »Was hast du da?« Er zeigt auf ihren rechten Arm, den sie immer noch hinter dem Rücken verbirgt.

Verlegen hält sie ihm das Messer hin und sieht ihn zurückweichen.

Elias hört Ylvas Frage nicht, völlig von dem scharfen Küchenmesser absorbiert, das in ihrer Hand blitzt.

»Was?«

»Entschuldige«, sagt sie, »ich dachte, es würde jemand kommen, jemand anders.«

Sie legt das Messer auf die Arbeitsfläche neben dem Herd. Elias kann den Blick nicht von ihr wenden. Jede ihrer Bewegungen weckt widersprüchliche Gefühle in ihm. Die Leichtigkeit, mit der sie die Füße aufsetzt, die weiche Drehung, als sie sich ihm wieder zuwendet. Er kann die Wärme nicht unterdrücken, die ihn durchrieselt, nun aber von nachdrücklichem Abscheu begleitet. Sein Vater ist auch im Raum, an ihrer Seite. Trotzdem kann er nicht wegschauen, starrt sie weiter an wie hypnotisiert.

»Was ist?«, fragt sie. »Du siehst...«

Er streicht sich durchs Haar und verschränkt die Arme vor der Brust, um die Hände still zu halten.

»Wo bist du gewesen?«

Sie kommt näher, bleibt aber einen guten Meter vor ihm stehen.

»Ich glaube, mir ist jemand gefolgt.«

Ylva reißt die Augen auf. »Das Auto, das hier war! Ich habe ein Auto gesehen, als ich nach Hause gekommen bin.«

»Das könnte es gewesen sein, ich weiß nicht.«

»Was ist denn passiert?«

Ja, was ist eigentlich bei Annika Jarl passiert? Er wünschte, er könnte die Frage beantworten.

»Jemand ist mir gefolgt«, sagt er, »vorher, im Zug. Bei dem Auto bin ich mir nicht sicher. Es könnte auch jemand gewesen sein, der sich verfahren hat.«

»Aber würde man da nicht anhalten und nach dem Weg fragen?«, wendet Ylva ein. »Ich meine, wenn man beim Herumirren auf eine Person stößt?« Sie deutet auf den Weg, der zum Haus führt.

»Ich weiß nicht«, sagt er.

»Was hast du draußen gemacht? Wo warst du?«

»In Näsbypark.«

»Näsbypark. Das ist am anderen Ende der Stadt.«

Sie klingt skeptisch.

»Ich war bei Annika Jarl.«

»Was?« Sie macht einen Schritt nach hinten, zieht den Fuß dann wieder nach vorn. »War das … klug?«

»Nein.«

»Entschuldige, aber das klingt geradezu riskant. Sie …«

»Sie hat behauptet, Papa hätte Informationen weitergegeben, die der Partei und der Regierung schaden könnten.«

»Was? Das glaube ich nicht.«

»Und sie hat noch etwas gesagt.«

Es kann alles Mögliche sein, ein Gerücht, eine Lüge. Vielleicht glaubt Annika Jarl selbst daran, genau wie sie zu glauben scheint, dass sie im Dienst der Partei und des Vaterlands gehandelt hat, als sie Papas Arbeitszimmer leer räumte. Falls das nicht alles Unsinn war, nur Theater und Manipulation.

»Du und Papa. Sie hat was von euch erzählt.«

Ylva erstarrt. Die Starre hält nur eine Sekunde an, könnte aber nicht deutlicher sein. Er war sich ganz sicher, dass Annika gelogen hat, aber jetzt ...

»Dass ihr ein Verhältnis hattet«, fährt er fort.

Sie sucht nach Worten, sammelt Kraft oder was auch immer, sagt nichts. Er muss sie fragen, obwohl er es schon weiß. Muss es von ihr hören.

»Ist das wahr?«

»Ja«, sagt sie, ohne seinem Blick auszuweichen. »Es stimmt.«

»Ihr habt also ...« Er will es wirklich nicht wissen, bringt sie zum Schweigen, als sie weitersprechen will.

»Elias ...«

Er geht weg, kann damit nicht umgehen, will nichts hören, weiß nicht, was er sagen soll. Er geht aus der Küche, die Treppe hinauf, fühlt sie dicht hinter sich.

»Elias, ich kann verstehen, dass sich das befremdlich anfühlt.«

Er bleibt mitten auf der Treppe stehen und dreht sich um. »Befremdlich? Das ist total krass. Ich muss...«

Er geht weiter die Treppe hinauf, dreht sich noch einmal um, bevor er das nächste Stockwerk erreicht hat.

»Elias, sie hat das benutzt, weil es...«

»Genau. Sie hat es benutzt, weil es möglich war.«

Er wendet sich ab und geht, immer noch mit Schuhen und Jacke, ins Schlafzimmer. Er braucht nicht zu packen, er hatte nur das, was er am Leib trug, dabei, als er ankam. Er rafft ein paar Notizen zusammen, stopft sie in die Jackentasche, zwängt sich an Ylva vorbei durch die Tür.

»Du kannst nicht gehen, Elias.«

Er ist bereits auf der Treppe. Sie folgt ihm stur.

»Denk nach. Wo willst du denn hin?«

Er stapft die Stufen hinunter, erfasst erst in dem Moment, als sie es ausspricht, dass er wieder auf der Flucht ist.

»Wir können darüber reden oder beschließen, nicht darüber zu reden, aber geh bitte nicht.«

Er kommt unten im Flur an, geht in die Küche und holt den Laptop seines Vaters aus dem Backofen. Er nimmt ihn so, wie er ist, in die Hand und geht mit der rußverschmierten Tüte in den Flur.

»Jetzt sei ein bisschen erwachsen, ich bitte dich.«

Abrupt bleibt er stehen, will es ihr heimzahlen, weiß aber nicht, wie.

»Erwachsen?«, ist alles, was er herausbekommt.

Möglicherweise reagiert er unreif, aber er kann mit dieser Situation nicht umgehen, weiß kaum, was er fühlt.

Es geht nicht um die Untreue, nicht um Mari-Louise und noch nicht einmal um seinen Vater. Es geht um Ylva. Ylva und Papa. Die beiden zusammen.

Elias, der den Blick kaum von ihren leichten Schritten losreißen konnte, ihr kaum widerstehen konnte.

»Am Montag fahre ich nach Brüssel und bin drei Nächte weg«, sagt sie. »Bleib solange hier, dann kannst du dir wenigstens in Ruhe überlegen, wo du hinwillst.« Sie zeigt auf die Tür hinter ihm. »Wer weiß, was dich dahinter erwartet.«

Elias spürt, wie sie seine Abwehr aufweicht.

»Bleib hier, bis ich wiederkomme. Das kannst du doch wohl machen.«

Er steht seitlich zu Ylva, wirft einen Blick auf die Klinke.

»Du hast selbst gesagt, dass dir jemand gefolgt ist.«

»Ich habe gesagt, dass ich nicht sicher bin. Den Verfolger vorher, bei dem ich mir sicher war, habe ich abgeschüttelt.«

»Du hast also alles im Griff.«

Der ironische Tonfall lässt ihn aufhorchen.

»Das habe ich nicht gesagt.«

Schweigend stehen sie da. Bis zur Haustür sind es nur ein paar Schritte, aber er zögert, wartet auf irgendetwas. Er sieht, wie sich Ylvas Brust bei jedem Atemzug hebt.

»Ich hatte schon wieder Besuch von Karolina Möller«, sagt sie. »Mattias Klevemann ist tot.«

Die Worte flackern in grellen Farben vor ihm auf. *Mattias Klevemann ist tot.* Ein Widerhall in Rot und Orange.

»Was ist passiert?«

»Er ist vor die U-Bahn gesprungen.«

»Gesprungen. Glaubst du das?«

»Ich habe die Aufnahmen aus den Überwachungskameras gesehen. Er stand allein am Ende des Bahnsteigs.«

»Solche Videos kann man sicher bearbeiten.«

»Möglich, aber es sah echt aus.«

»Dann hat er dich also angerufen, um dir von Gunilla Malm zu erzählen, um sich dann das Leben zu nehmen?«

»Man kann sich natürlich fragen, warum er nicht mehr erzählt hat, aber wer weiß, in welchem Gemütszustand er sich in dem Moment befand. Wir müssen froh sein, dass er nicht einfach so gesprungen ist. Um es makaber auszudrücken.«

Was bezweckt sie damit? Will sie ihn in eine Art Interessengemeinschaft hineinziehen? Ihn besänftigen und zum Bleiben bewegen? Warum eigentlich?

Elias dreht sich um und geht von der Garderobe in den Windfang.

»Warte!«, ruft sie ihm hinterher. »Wie kann ich dich erreichen? Ich muss dich erreichen können.«

Seine Hand hält kurz vor der Klinke inne, er schwankt zwischen der Lust, einfach hinauszugehen, und der Verlockung, doch nicht loszulassen.

»Das Handy, das du gekauft hast, liegt im Arbeitszimmer«, sagt er.

Er kramt eine Prepaidkarte aus der Jackentasche, erklärt ihr, dass sie sie in das neue Handy stecken und ihn damit anrufen soll, am besten von einem neutralen Ort, und wenn sie es nicht benutzt, soll sie das Handy ausgeschaltet lassen. Er schreibt seine Nummer auf die Rückseite eines Kassenzettels und gibt ihn ihr.

»Schick mir eine Nachricht, wenn ich nicht ans Telefon gehe«, sagt er.

Er drückt die Klinke hinunter. Der Wind pfeift durch den Türspalt, bevor er die Tür ganz geöffnet hat. Dann ist er draußen.

Elias kommt direkt vor dem hellblauen Neonschild des Restaurants Tranan vom U-Bahnhof Odenplan an die Oberfläche. Zögernd bleibt er, verborgen hinter den Spiegelungen von Scheinwerfern, Straßenlaternen und Leuchtreklamen, im gläsernen Aufzug stehen, während sich die Türen öffnen und schließen, öffnen und schließen, und Füße in Winterschuhen vorbeistapfen. Niemand schenkt ihm wirklich Aufmerksamkeit.

Er kann sich unzählige Möglichkeiten vorstellen, wie die Verfolger ihm auf die Spur gekommen sind: Sie wissen von dem unterirdischen Gang und sind ihm von dort aus gefolgt, sie haben ihn am U-Bahnhof Farsta Strand abgepasst, sie haben Annika Jarls Haus überwacht und dort seine Verfolgung aufgenommen. Oder Annika Jarl hat sie auf irgendeine Weise alarmiert.

Er tritt hinaus in den Wind, der ihm sofort die Kapuze in den Nacken weht, und zieht sich die Kapuze wieder über den Kopf.

Er hätte nicht so Hals über Kopf aus dem Haus in

Farsta Strand stürzen sollen, aber in dem Moment war ihm alles egal. Was passieren soll, wird sowieso passieren. Jeder Versuch, sich zu schützen, ist nur eine sinnlose Geste. Er war nicht einmal eine Figur in einem Spiel, er war ein Nichts, und ob er lebend aus dieser Sache herauskommen würde, lag voll und ganz in der Hand von anderen.

Die Resignation ist aus dem Moment entstanden und hat sich schon wieder gelegt, aber der Fehler ist irreparabel. Von nun an will er vorsichtiger sein.

Er geht bis ans Ende der Frejgata. Der Wind drückt die Jacke an seinen Rücken und bringt einen Streifen Klebeband, das an einem Laternenpfahl hängt, zum Knattern. Die Windstöße treiben kleine Schneewolken vor sich her, die auf der Straße und den Autos landen.

Elias gibt am Tor den Code ein, geht in den Hinterhof und zur Tür des Nachbarhauses. Er fährt mit dem langsamen Aufzug in den obersten Stock. Er horcht nach zusätzlichen Geräuschen zum Knacken des Fahrstuhls, einem Geräusch, das einen Verfolger verrät, hört aber nichts.

Mit einem metallischen Geräusch, das sich durchs Treppenhaus bis ganz nach unten fortpflanzt, kommt die Fahrstuhlmaschinerie zum Stillstand. Elias steigt im vierten Obergeschoss aus und geht die letzte Treppe zum Dachboden zu Fuß hinauf. Er geht an den Dachkammern und dem großen Trockenboden vorüber, der erstaunlicherweise nicht zu einer Dachgeschosswohnung umgebaut worden ist. Die alten Wäscheleinen aus Draht hängen noch da. Zwei Flügeltüren, die übrig geblieben sind, als im Haus Wände eingerissen wurden, lehnen am Schornsteinschacht.

Er gelangt durch eine Eisentür in ihren Treppenaufgang, geht leise die beiden Treppen hinunter und steckt den Schlüssel ins Schloss.

Karolina Möller ist fast zu Hause, als Vendelas Anruf sie erreicht.

»Möller«, sagt sie in das Mikrofon über dem Rückspiegel.

Vendela verschwendet keine Zeit mit Begrüßungsfloskeln. »Elias Krantz ist vor einer halben Stunde aus Greys Haus in Farsta gekommen.«

»Ha.«

Sie hat es geahnt. Ylva Greys ausweichendes und widerwilliges Verhalten.

»Bestimmt ist er bei ihr gewesen, seit er aus Grisslehamn verschwunden ist«, fährt Vendela fort.

»Jetzt wissen wir wenigstens, wo er ist, alles andere ist unwesentlich.«

Sie biegt vom Söder Mälarstrand ab, fährt über die Pålsundsbrücke und hinter der Werft bergauf, parkt vor der Mauer, der Motor verstummt.

»Er ist gerade im Karlbergsväg eingetroffen«, sagt Vendela. »Möglicherweise will er etwas holen.«

»Lass ihn nicht aus den Augen, aber unternimm sonst nichts.«

»Und was, wenn ... die Lage sich zuspitzt?«

»Bis auf Weiteres gilt, dass wir nicht eingreifen, aber das kann sich ändern. Also sorg dafür, dass ich dich jederzeit erreichen kann, okay?«

»Okay.«

Karolina steigt aus und geht durch den Schnee auf das gelbe Holzhaus zu, muss einen Umweg um die nackte Tanne machen, die sie als Gedächtnisstütze auf den Plattenweg gelegt hat, sich um sie zu kümmern.

»Melde dich, wenn er den Ort wechselt. Ich will wissen, wo er ist.«

»Das ist alles?«

Vor der Haustür bleibt Karolina stehen, sucht den richtigen Schlüssel.

»Ihn zu schützen ist nicht unsere Aufgabe. Du darfst auf keinen Fall die Polizei rufen.«

»Das weiß ich, aber ...«

Karolina schließt auf, wartet ab, wie es weitergeht.

»Und ich soll wirklich nicht eingreifen?«

Vendela war zu nah dran an ihm, das macht es immer schwierig, Distanz zu wahren. Sie hat das schon öfter bei Neulingen im Außendienst erlebt.

»Wenn du eingreifen kannst, ohne zu hohe Wellen zu schlagen, ist es in Ordnung«, sagt sie. »Aber vergiss nicht, dass du es aus eigenem Antrieb tust.«

»Danke.«

»Wofür? Es geht ja nicht um dich.«

Karolina beendet das Gespräch und geht ins Haus. Eigentlich hat sie gerade ihre Befugnisse überschritten, aber wenn Vendela so clever ist, wie sie wirkt, wird niemand davon erfahren.

Sie isst eine Banane, holt eine Säge aus dem Schuppen und bearbeitet damit die Tanne, bis die Einzelteile klein genug für den Kachelofen sind. Ausgerechnet bei ihr, die eigentlich gar keine große Lust auf Weihnachten hat, waren nun schon zum dritten Mal in Folge ihre Mutter, ihre depressive Schwester und deren zwei Kinder zu Besuch. Sie hat sich um alles gekümmert: den Christbaum, das Essen, die Misteln, den Weihnachtsmann und die Geschenke.

Sie macht das alles gerne, sie hat keinen pathologischen Widerwillen gegen Weihnachten. Und ihre Wohnung im Obergeschoss des alten Hauses, von dem aus man den Pålsund und die Boote am Söder Mälarstrand sieht, ist dafür nun einmal unbestreitbar gut geeignet.

Karolina füllt den Feuerholzkorb mit Tannenholz und schleppt ihn ins Haus. Sie zieht sich rasch um und macht sich bereit für ihre übliche Riddarfjärdsrunde. Jedes zweite Mal läuft sie zwei Runden, aber heute ist nur eine dran. Sie startet am Söder Mälarstrand und joggt gegen den Uhrzeigersinn. Es ist kalt, aber ihr wird bald warm, sie zieht den Reißverschluss sogar ein Stück hinunter, als sie sich der Eisenbahnbrücke zum Riddarholm nähert. Wenn sie nach Hause kommt, will sie ein Feuer machen und im Schein der Flammen zu Abend essen.

Nachdem sie in mäßigem Tempo über die Insel Kungsholm und durch den Rålambshovspark gelaufen ist, beendet sie die Runde mit einem Sprint bis zum höchsten Punkt der Västerbro, wird bergab langsamer und genießt die Aussicht auf das winterliche Stockholm und die zugefrorene Bucht. Als sie die Treppe von der Brücke auf die Insel Långholm hinuntersteigt, vibriert ihr Handy in der Hosentasche. Widerwillig holt sie es hervor und sieht, dass ihr Chef anruft.

»Hallo, Örjan«, keucht sie auf das Display.

»Hallo«, sagt er, »passt es gerade?«

»Sonst würde ich nicht drangehen.«

Sie schlüpft wieder in den Handschuh, den sie ausziehen musste, um den Anruf entgegenzunehmen, und geht weiter den Hügel hinunter.

»Ich habe es eben erfahren«, sagt Örjan. »Sie haben sich mit den Franzosen geeinigt.«

»Das ging ja schnell.«

»Du wirst bald wissen, warum.«

»Jetzt haben wir also unseren Spielraum?«

»Jetzt machen wir klar Schiff.«

Elias steht in dem engen Wohnungsflur und hält den Finger über den Lichtschalter. Wagt er es, das Licht anzumachen? Wenn das Haus unter Beobachtung steht, verrät er sich damit sofort, und der Umweg über die Frejgata und den Dachboden wäre sinnlos gewesen.

Seine Fingerkuppe auf einem schwarzen Stück Bakelit, angeschlossen an einen Kupferkontakt, der zwei elektrische Leitungen miteinander verbindet. Eine winzige Bewegung, eine minimale Anstrengung, die zwischen Leben und Tod entscheiden kann.

Er lässt die Hand sinken, schnürt die Schuhe auf, dreht sich um, verriegelt die Tür und legt die Sicherheitskette vor. Diese Vorrichtungen sind immer da gewesen, aber noch nie benutzt worden, und vermutlich haben sie auf diejenigen, vor denen er sich zu schützen versucht, auch keinerlei Wirkung.

Mit der Plastiktüte in der Hand geht er in die Wohnung hinein. Dank der hellen Straßenlaternen kann er sich ohne Probleme orientieren. Nur die Bereiche unterhalb der Fenster liegen im Schatten.

Könnte die Wohnung verwanzt sein? Sind irgendwo Webcams oder Bewegungsmelder montiert? Wie erstarrt bleibt er mitten im Raum stehen, vollkommen idiotisch, denn wenn von dem Szenario, das er sich ausmalt, irgendetwas real ist, ist es bereits zu spät.

Er stellt sich mit einem Abstand vors Fenster und schaut hinunter auf die Straße. Die wenigen Leute, die in dem scharfen Wind noch unterwegs sind, retten sich in ein Taxi, sobald eins vorbeikommt.

Er denkt an Ylva, die jetzt allein in dem großen Haus ist, dann an seinen Vater und Mari-Louise. Er fühlt ihre Anwesenheit, spürt, wie sie sich hinter ihm durch die Wohnung bewegen.

Elias geht in sein Zimmer und nimmt das Foto von Mama, Papa, Oma, Opa und ihm selbst von der Kommode. Sechs Jahre nach ihrem Tod ist Mama nur noch eine Erinnerung, aber Papa und Mari-Louise sind noch da.

Mit dem gerahmten Bild auf der Brust legt er sich auf das Bett. In den Zimmern zum Hinterhof ist es dunkler, der Wind prallt von den Hauswänden ab, im Wohnzimmer knackt das Parkett und richtet sich nach seinen Schritten wieder aus.

Kann er hier schlafen? Kann er überhaupt bleiben? Hätte er Ylvas Angebot annehmen sollen? Drei Tage allein im Haus? Was hätte das für eine Rolle gespielt?

Sein Kopf ist leer, überanstrengt. Er versinkt tiefer in

der Dunkelheit, die Gedanken werden immer langsamer. Er muss sich ausruhen, muss abschalten und wegdämmern. Die Augen fallen ihm zu, der Körper wird schwer und löst sich schließlich ganz auf. Er versinkt im Nichts.

Nein, es geht nicht. Erschrocken setzt er sich auf die Bettkante. Da drinnen ist etwas, eher Leere als Dunkelheit, ein Nichts. Er stellt das Foto weg, das er immer noch in der Hand hält, geht ins Wohnzimmer, wickelt sich in die graue Wolldecke und sackt aufs Sofa. Wovor hat er Angst? Dass jemand in die Wohnung kommt, während er schläft, und ihn tötet wie Mari-Louise? Oder sitzt das Gefühl buchstäblich in seinem Kopf? Passiert dort drinnen etwas? Verändert er sich?

Nachdem er auf dem Sofa gelegen und dem spärlichen Verkehr auf dem Karlbergsväg gelauscht hat, ohne es zu wagen einzuschlafen, baut er sich ein Bett auf dem Teppich hinter dem Sofa. Die harte Unterlage ist gut. So wird er nicht tief schlafen, nur ruhen, aber trotzdem bereit sein. Er wälzt sich komplett angezogen unter der Wolldecke hin und her. Wäre es besser, auch die Schuhe wieder anzuziehen, falls er plötzlich die Wohnung verlassen muss?

Er rückt näher an das Sofa heran, legt sich auf die linke Seite und schaut unter dem Sofa hindurch in den Raum. Wenn er den Sessel ein Stück zur Seite schiebt, kann er bis in den Flur sehen. Er steht auf und tut es, legt sich wieder hin und hat jetzt den Eingang perfekt im Blick, fühlt sich aber trotzdem exponiert. Es ist natürlich nur ein Gefühl. Wer die Wohnung betritt, wird ihn nicht sehen können, solange er oder sie sich nicht bis auf Taillenhöhe hinunterbeugt, und selbst dann ist es unwahrscheinlich, dass er im Dunkeln hinter dem Sofa zu sehen ist.

Warum zerbricht er sich den Kopf über solche Dinge? Er sollte lieber darüber nachdenken, was geschehen wird, wenn wirklich jemand kommt. Hat er überhaupt eine Chance? Soll er sich irgendwie bewaffnen? Sich wie Ylva ein Messer aus der Küche holen?

Elias wendet dem Sofa und dem Flur den Rücken zu. Schließt die Augen, horcht. Der Aufzug setzt sich in Bewegung, fährt flüsternd die Stockwerke hinauf, bleibt mit einem metallisch hallenden Schlag stehen. Rasselnd schiebt sich das Gitter zusammen, die Tür geht auf und schließt sich wieder. Schritte, dann Stille.

Er öffnet die Augen, dreht sich auf die andere Seite.

Zwei schlaflose Stunden später liegt er in einem Schlafsack auf einer dünnen Isomatte auf dem Dachboden. Der Schlafsack ist für minus zwanzig Grad konzipiert, und mit der tief über die Ohren gezogenen Mütze friert er überhaupt nicht. Der kleine Abstellraum befindet sich in der Nähe des Maschinenraums vom Fahrstuhl, aber es ist spät geworden, und um diese Zeit wird er nicht mehr oft benutzt. Bald wird der Aufzug völlig verstummen und ihn erst wieder wecken, wenn gegen acht die Ersten zur Arbeit gehen.

Er blickt hoch zu dem Dachfenster, vier bläulich schimmernden Scheiben hoch über ihm, und versucht, sich selbst davon zu überzeugen, dass er nicht auf dem besten Weg ist, den Verstand zu verlieren.

Es ist früh am Montagmorgen, und Ylva zwängt sich mit den fünf Crew-Mitgliedern von Norwegian in den Aufzug, der vom Arlanda Express zu den Terminals hinaufführt. Alle haben das gleiche Gepäck, aber es gibt zwei Arten von Uniformen: Piloten und Stewardessen.

Drei Tage sind vergangen, seit sie Elias zwischen den Fichten verschwinden sah. Sie kann ihn verstehen und zugleich auch nicht. Es hat ihr Albträume bereitet, dass er es erfahren könnte, aber so heftig hat sie sich seine Reaktion nicht vorgestellt. Ist er Mari-Louise gegenüber so loyal? Oder gilt seine Loyalität etwas anderem? Es ist schwer, Anders' Anteil zu erkennen, seine Verantwortung. Alles lastet auf Ylvas Schultern.

Elias scheint in erster Linie von Verzweiflung getrieben zu sein, als verschlösse er die Augen vor dem, was passiert ist. Oder überschattet die Wahrheit über sie und Anders alles andere?

Der Fahrstuhl bleibt stehen, und sie steigt zusammen mit der fröhlich plaudernden Besatzung aus. Sie hat online eingecheckt und nur Handgepäck dabei. Die Sicherheitskontrolle dauert nicht lange und schleust sie zwischen die verführerisch beleuchteten Regale voller Spirituosen und Parfüms im Duty-free-Shop. Sie geht hindurch, ohne etwas zu kaufen, und kommt direkt vor dem Pocketshop raus. Sie fliegt vom selben Terminal und vom selben Gate wie vor zwei Wochen ab, und in der Auslage wird immer noch für *Swing Time* geworben.

Die Dunkelheit kommt ohne Vorwarnung. Sie versucht, dagegen anzukämpfen, kann die Tränen aber nicht aufhalten, steht mitten in der Abflughalle zwischen Geschäftsleuten mit Rollkoffern und Asien-Backpackern und weint. Tränen laufen über ihr Gesicht, und sie gibt höchst unfreiwillige und ebenso aufsehenerregende Laute von sich.

Wie aus der Ferne hört sie eine Stimme, eine fürsorgliche Frage, dreht sich aber nicht nach der Stimme um, sondern hält sich stattdessen den Schal vors Gesicht und sucht Zuflucht auf der Toilette.

Sie weint mit bebenden Schultern und ist froh, dass schwedische Toiletten nicht nur Kabinen sind, sondern geschlossene Räume. Sie drückt sich den Schal vor den Mund, damit man sie nicht hört.

Es reißt in ihr, schwarz und wund. Sie ist so fürchterlich allein mit allem. Anders, ihrer Trauer, der Verrat, all die Dinge, die sie nicht richtig einordnen kann.

Hat Karolina Möller recht? Ist die Sache zu groß für sie?

Schließlich ebben die Tränen und das Schluchzen ab, und sie fühlt sich überraschend gefasst, fast stark. Sie schließt auf und wäscht vor dem Spiegel Tränen und verlaufene Wimperntusche ab und frischt ihr Make-up auf, bevor sie die Toiletten verlässt.

Sie hat noch genug Zeit, geht aber trotzdem zum Gate und kauft sich an dem kleinen lilafarbenen Stand einen Kaffee. Die junge Frau hinter dem Tresen braucht eine Ewigkeit, um ihren doppelten Espresso zuzubereiten. Den Angestellten nach zu urteilen, die ihr auf der ganzen Welt begegnen, muss die Arbeit auf Flughäfen das Langweiligste sein, was man tun kann. Sie versteht die Leute. Keine Stammgäste, keine Kommunikation, nur der ständige Strom immer neuer, gehetzter Gesichter, die die letzten fremden Münzen loswerden wollen.

Mit dem Pappbecher in der Hand sucht sie eine einigermaßen ruhige Ecke, setzt sich ganz ans Ende einer leeren Stuhlreihe ans Fenster und errichtet eine Barrikade aus Gepäck um sich herum. Sie wühlt in ihrer Handtasche nach dem Handy, das Elias ihr dagelassen hat, aber bevor sie es gefunden hat, klingelt ihr eigenes.

»Hallo, Ylva«, sagt Johannes Becker. »Wie geht es dir?«

»Ganz okay«, antwortet sie. »Ich bin unterwegs nach Brüssel.«

Eine Lautsprecherdurchsage, die zwei verspätete Passagiere nach Manchester aufruft, erstickt Johannes Worte.

»Entschuldigung?«

»Ich habe weitergeleitet, was du über Möller gesagt hast, aber ich weiß nicht, ob es etwas bringt.«

»Danke. Ich habe seitdem nichts mehr von ihr gehört, aber es war ja auch Wochenende.«

Eine Familie mit zwei Kindern im Teenageralter setzt sich ans andere Ende ihrer Reihe. Ylva dreht sich weg und starrt direkt in einen riesigen Flugzeugmotor.

»Du, etwas anderes«, sagt er. »Weißt du, was mit dem Jungen von Anders Krantz ist?«

»Elias, meinst du?«

»Ja, hattest du nicht Kontakt zu ihm?«

»Doch, gleich nach meinem Besuch bei der Familie. Er hat mich angerufen. Aber das ist über eine Woche her.«

»Danach hat er sich nicht mehr bei dir gemeldet?«

»Nein. Wieso fragst du?«

»Ich dachte nur, dass Sida vielleicht eine gewisse Verpflichtung hat, Kontakt zu halten. Im Hinblick auf die Rückführung auch das Außenministerium.«

»Habt ihr schon grünes Licht?«

»Nein, leider noch nicht.«

Ylva verstummt, weiß nicht genau, was er wissen will. Als Johannes merkt, dass sie nicht mehr zu sagen hat, bringt er das Gespräch zum Abschluss.

»Ruf mich an, wenn du was von Möller hörst, ja?«

»Klar.«

Eine große Maschine von Emirates steuert das gegenüberliegende Terminal an. Jetzt haben sich sowohl Johannes als auch Karolina nach Elias erkundigt. Sie würde selbst gerne wissen, wo er ist.

Ylva verstaut ihr Handy in der Handtasche und sucht das andere. Nachdem Elias am Freitagabend gegangen ist, war sie kurz davor, Karolina Möller anzurufen. Wäre sie nicht so in Lügen und Halbwahrheiten verstrickt, hätte sie es wahrscheinlich getan, aber am nächsten Morgen war sie froh, dass sie es bleiben gelassen hat.

Sie wählt die einzige auf dem Handy abgespeicherte Nummer und ist, obwohl sie damit gerechnet hat, enttäuscht, als sofort die Mailbox anspringt. Es ist nicht Elias' Stimme, die die Nummer herunterleiert, sondern eine Computeransage. Sie zögert, sieht sich nach der Teenagerfamilie und den Passagieren am Gate nebenan um, gleich muss sie etwas sagen, sonst wird die Verbindung unterbrochen.

»Sei vorsichtig«, ist alles, was ihr einfällt. Das Wichtigste.

Irgendwo über Jönköping auf ihrem Platz an einem der Notausgänge in der Mitte des Flugzeugs wird ihr schlagartig bewusst, dass sie etwas übersehen hat.

Die Umarmung vor ihrer Schlafzimmertür. Eine Grenzüberschreitung, nur ein kleiner Schritt, aber eindeutig, und die mehr als tröstende Geste war.

Sie sieht sich nach der Stewardess um. Wünschte, es wäre später am Tag, damit sie um einen Plastikbecher Rotwein hätte bitten können, ohne sich zu schämen.

Offenbar hat Ylva die ruhige Phase zwischen dem morgendlichen Berufsverkehr und der Rushhour zur Mittagszeit erwischt, denn das Taxi fährt sie zügig durch die sonst oft verstopften Brüsseler Straßen zum Albert Borschette Center in der Rue Froissart.

Die Termine der kommenden drei Tage sind minutiös vorbereitet, und die Brüsseler Bürokratie auf diesem Niveau veranstaltet selten Marathonmeetings.

Am ersten Tag sind sie tatsächlich um Punkt siebzehn fertig. Ylva geht zu Fuß zum Hotel, der Spaziergang tut ihr gut, ist aber nach dem fünf Stunden Eingesperrtsein in einem Konferenzsaal viel zu kurz. Um halb sechs erreicht sie das Radisson in der Rue du Fossé aux Loups nicht weit vom Grand Place. Normalerweise übernachtet sie in einem anderen Radisson, das näher am EU-Viertel liegt, nimmt aber an, dass es ausgebucht war.

In dem glasüberdachten Innenhof, dessen schummrige, ein wenig Übelkeit erregende bläulich violette Beleuchtung eher an einen Nachtclub als an ein Hotel erinnert, checkt sie ein.

Sie bekommt ihre Keycard ausgehändigt, versichert, dass sie in der Lage ist, ihr Bordcase selbst zu rollen, und nimmt Kurs auf die Fahrstühle. Ihr Zimmer ist im sechsten Stock.

Das Zimmer ist groß, und sie hat den Eindruck, auf Kosten des Hotels upgegradet worden zu sein. Sie legt ihren Koffer auf die Gepäckablage, nimmt das Schminktäschchen heraus und geht ins Badezimmer. Sie zieht Blazer und Pulli aus, um stattdessen eine Bluse anzuziehen, aber vorher wäscht sie sich das Gesicht mit kaltem Wasser. Sie wird um halb acht in der Nähe des Hotels mit den nordischen Kollegen zu Abend essen und hat noch fast anderthalb Stunden Zeit.

Es klopft zweimal kurz an der Tür. Ylva steht in Rock

und BH vor dem Spiegel, das Make-up hat sie zur Hälfte entfernt.

»Un moment!«, ruft sie. Hastig wischt sie das restliche Make-up ab, trocknet sich das Gesicht ab, streift den Pulli wieder über und eilt zur Tür.

Als sie sich vorbeugt, um einen Blick durch den Spion zu werfen, bemerkt sie das Rascheln von Papier unter ihrem einen Fuß. Es steht niemand vor der Tür, trotzdem öffnet sie sie und schaut in den leeren Gang.

Ylva schließt die Tür wieder und hebt die dünne Touristenbroschüre vom Boden auf. Ein kurzer Brüssel-Guide. An der Rezeption lag er stapelweise.

Sie faltet die Innenstadtkarte auseinander. Warum hat jemand sie unter ihrer Tür durchgeschoben? Sie fährt mit dem Blick die Straßen entlang. Ihr Hotel liegt auf der linken Seite, das EU-Parlament ganz unten, gleich rechts von der Falz und dort, nicht weit vom Parlament, ein kleines blaues Tintenkreuz auf einem der Spazierwege im Parc du Cinquantenaire. Direkt darunter steht auf dem Rand mit derselben Tinte geschrieben: *Mittwoch, 17:00. Es geht um Anders.*

Zum vierten Mal wacht Elias morgens auf dem Dachboden auf. Es schläft gut dort oben, der Schlafsack hält, was er verspricht. Der Dachboden ist nicht das Problem, er fühlt sich sicher dort. Alles andere ist ein Problem.

Er geht mit dem eiskalten Laptop in der rußigen Plastiktüte hinunter in die Wohnung. Das Stück Papier, das er zwischen Tür und Türrahmen geklemmt hat, steckt noch, aber es beruhigt ihn nicht. Was, wenn sein kleiner Trick zu amateurhaft ist und derjenige, der in der Wohnung war – oder ist? –, das Papier einfach wieder dort angebracht hat?

Er schließt auf, öffnet die Tür. Das Stück Papier segelt die wenigen Zentimeter auf den Kalksteinboden des Treppenabsatzes. Er hebt es auf und geht hinein.

Den Laptop legt er auf den Schreibtisch, noch wagt er nicht, ihn hochzufahren, will ihn erst ein wenig auftauen lassen. Er duscht heiß bei offener Badezimmertür und ohne Duschvorhang. Das gibt ihm die nötigen Sekunden

Frist, nicht in der Badewanne abgeschlachtet zu werden wie die Gäste in Bates Motel.

Er nimmt saubere Sachen aus der Kommode in seinem Zimmer, geht in die Küche und schaltet die Kaffeemaschine an. Er balanciert auf einem schmalen Grat zwischen Wahnsinn und Alltag. Jeder vertraute Handgriff wird zur Beschwörung. Er versucht, sich einzureden, weil alles aussieht wie immer, wäre auch alles wie immer, braucht diese Lüge, um das Fieber zu senken, das unter der Oberfläche glüht, die ständige Unruhe, die ihn langsam, aber sicher verrückt macht.

Mit zitternder Hand schenkt er den Kaffee ein. Bekommt er zu wenig Kohlenhydrate? Oder beruht das Zittern auf dem anderen, dem Wahnsinn, oder dem, was in seinem Kopf wächst und arbeitet?

Er überlegt, welcher Tag heute ist, und kann die Frage nicht beantworten, versucht zurückzurechnen und läuft schließlich, um die wachsende Panik einzudämmen, zur Wohnungstür, denn dort lag doch eine Zeitung, oder nicht? Nein, keine Zeitung. Hat er sie sich schon geholt, oder kommt sie nicht mehr?

Mit kaltem Schweiß auf der Stirn schaltet er den Laptop an. Dienstag. Klar. Das hat er sich doch die ganze Zeit gedacht. Er checkt seine Mails auf dem Uni-Account. Zwei sind von seinem Prof, der wissen will, warum er nicht zum vereinbarten Termin erschienen ist, eine von Amanda und eine von Markus mit dem Betreff »Karlbergsväg«.

Elias klickt die Mail von Amanda an. Es ist die Antwort von der Inspektion für strategische Produkte, aber da steht nichts von einem Brief vom Klinikum. Enttäuscht öffnet er die Mail von Markus.

Hi!

Ich habe beschlossen, die Wohnung im Karlbergsväg zu verkaufen, sobald Mamas Nachlass geregelt ist. Dachte, es wäre gut für dich zu wissen, damit du deine und die Sachen deines Vaters holen kannst. Ich melde mich, wenn ich Genaueres über den Zeitplan weiß, aber wahrscheinlich kommt die Wohnung noch vor Ostern auf den Markt.

MfG
Markus

Elias lacht laut auf, liest die Mail noch einmal und klickt sie weg. Er lacht erneut, es ist ein Reflex. Wie Schluckauf.

Die Wohnung ist ihm egal, aber trotzdem entbehrt es nicht einer gewissen Ironie, dass diese höchst wacklige Planke, an die er sich in seinem Leben gerade klammert, so bald wie möglich verkauft werden soll.

Aber müsste ihm nicht eigentlich ein Teil der Wohnung gehören? Oder hat Mari-Louise sie von Papa geerbt und Markus von ihr? Er ist nicht sicher, wie so etwas funktioniert. Markus hat sich bestimmt erkundigt. Oder will er ihn über den Tisch ziehen?

Er steht auf, dreht eine Runde im Wohnzimmer, um

seine Wut abzuschütteln, kehrt dann aber zurück an den Schreibtisch und öffnet die Mail von Amanda.

Hi, Elias!
Hab die Unterlagen von der ISP bekommen. Überraschend schnell! Ich dachte, die würden das ewig rauszögern. Extrem dürftiges Ergebnis. Hoffe, du kannst was damit anfangen.
   Keine Post von der Uniklinik. Wie geht es dir sonst?

Sei umarmt
Amanda

Elias öffnet die Anhänge und überfliegt sie rasch. Ylva hatte recht. Sie geben nicht viel preis. Bei jedem Projekt wird die Firma genannt, die Förderung beantragt hat, wer für die Angelegenheit zuständig war, Eingangsdatum des Antrags sowie das Datum des Beschlusses und ob es um eine Ausschreibung, einen Vertrag oder einen Export ging. Das ist alles. Es steht nicht einmal dort, was beschlossen wurde, Absage oder Bewilligung.

Er schlägt eine leere Seite auf seinem Collegeblock auf und geht die Angaben durch. Irgendetwas muss sich diesen spärlichen Informationen doch entnehmen lassen.

Er durchsucht das PDF nach Gunilla Malm und notiert sich die Namen der Firmen und die Daten der Beschlüsse, mit denen sie zu tun hatte. Dann recherchiert er der Reihe nach die Firmen und verschafft sich einen

Überblick über die Eigentümerverhältnisse und Jahresabschlüsse, soweit sie im Netz zu finden sind.

Nach einer guten Stunde Arbeit ahnt er eine Verbindung zwischen Gunilla Malm und Mattias Klevemann, die über das, was Klevemann Ylva über Malm gesagt hat, hinausgeht. Allein im vorigen Jahr war Malm für fünf Anträge von Firmen zuständig, die größtenteils oder zumindest zu einem bedeutenden Teil der Atlas-Gruppe gehören. In einem Fall braucht Elias gar nicht weiterzusuchen, der Name Atlas Schield sagt alles, aber bei den anderen Projekten durchschaut er die Eigentumsverhältnisse erst, nachdem er die Eigentumsstrukturen in den Jahresberichten im Detail studiert hat. Nach einer weiteren halben Stunde ist er sich sicher. In den Projekten von Gunilla Malm und Mattias Klevemann kommt Atlas regelmäßig vor. Nur ein einziges Mal waren sie beide mit dem Projekt einer anderen Firma betraut. In welcher Form auch immer ist also Atlas ihr gemeinsamer Nenner.

Doch was hat das zu bedeuten? Dass Malm und Klevemann aufgrund ihrer Arbeit über besondere Informationen über diese Firmen verfügen? Oder geht es um Korruption?

Klevemann könnte dafür gesorgt haben, dass die Atlas-Firmen Förderung bekamen, um sich in Entwicklungsländern zu etablieren, während Malm die Anträge auf Ausfuhrgenehmigung in die richtige Richtung gestupst hat. Das ist natürlich nur eine Vermutung. Es erscheint ihm unwahrscheinlich, dass Gunilla Malm im Alleingang einen so reglementierten Prozess wie das Ausfuhrgenehmigungsverfahren in entscheidender Weise gelenkt haben soll. Falls Korruption im Spiel ist, müssen mehrere Akteure involviert gewesen sein, aus dem Exportkontrollrat, vielleicht sogar jemand aus der Regierung oder zumindest jemand, der erheblichen Einfluss auf die Regierung ausüben kann.

Wie auch immer das alles zusammenhängt, irgendwas stinkt hier gewaltig. Drei Personen sind tot, Klevemann, Mari-Louise und sein Vater, und irgendwie scheint es etwas mit Atlas zu tun zu haben.

Ein Sonnenstrahl lugt zwischen den Wolken hervor und wirft einen Streifen warmes Licht auf die Fassaden der Hinterhäuser. Elias wirft einen besorgten Blick auf den Akkustand, der in der unteren Hälfte ist. Er hatte gehofft, in einer Schublade im Arbeitszimmer ein Ladekabel zu finden, aber das einzige, das er entdeckt hat, passt nicht. Wagt er es, sich im Dunkeln rauszuschleichen und eins zu kaufen? Die Frage ist, ob er genug Geld dabeihat. Allmählich geht ihm das Bargeld aus.

Er streckt sich und bewegt die Schultern, bevor er weitermacht. Der Schreibtisch ist einige unangenehme Zentimeter zu hoch, und sein Rücken tut weh.

Er beschäftigt sich eine Weile mit Titan Network, der Fima, in der Mattias Klevemann einen Leitungsposten bekommen hat, nachdem er bei Swedfund aufgehört hat. Er kann keine direkte Verbindung zu Atlas erkennen, aber als er die Vorstandssitzungen der Atlas-Firmen durchgeht, stößt er auf ein paar große Anteilseigner von

Titan Network. Es gibt eine versteckte Teilhaberschaft oder zumindest eine gegenseitige Abhängigkeit. Mattias Klevemanns reichlich bemessenes Jahresgehalt von 470 000 Kronen könnte die Honorierung für Dienste sein, die er Atlas während seiner Zeit bei Swedfund erwiesen hat.

Dass es schwierig ist, an Informationen über Eric Hands zu kommen, den Haupteigentümer der Atlas-Gruppe, haben Ylva und er bereits festgestellt. Aber den öffentlichen Verlautbarungen ist zumindest zu entnehmen, dass die Mutterfirma bei der letzten Steuererklärung Einnahmen aus Ausschüttungen und an anderen Kapitalerträgen in Höhe von gut 187 Millionen Kronen angegeben hat. Elias sucht lange, aber er findet nur noch Klatsch und Tratsch.

Eric Hands wohnt angeblich hinter einer zwei Meter hohen Mauer, bewacht von zwei weißen Schäferhunden, auf einem Gutshof in Sörmland, es gibt jedoch weder von der Mauer noch von den Hunden Fotos. Er ist geschieden und hat zwei Kinder um die zwanzig. Über die Tochter erfährt man im Netz nur, dass sie in den USA studiert, während der Sohn durchaus in den Klatschspalten vorkommt, etwa in einem Artikel über einen Autounfall in Italien, bei dem eine Person ums Leben kam. Spekulationen zufolge saß der Sohn von Hands betrunken am Steuer, aber es ist nie ermittelt worden, wer tatsächlich gefahren ist. Hands besitzt eine Segeljacht, die am Volvo Ocean Race teilgenommen hat, und auf dem kurzen Abschnitt zwischen Lissabon und Lorient war er persönlich an Bord. Ihm gehört auch eine 73-Fuß-Motorjacht mit Heimathafen Antibes, wo er zudem ein Haus besitzt. Man kann sich kaum vorstellen, wie er es schafft, all seine Sommerhäuser aufzusuchen und gleichzeitig eine große Unternehmensgruppe zu leiten, die weltweit Geschäfte macht.

Elias wird klar, dass er Ylva anrufen muss. Er horcht in sich hinein, um herauszufinden, ob es ihm widerstrebt oder ob er froh über den zwingenden Grund ist. Er ist sich auch dann noch nicht sicher, als er ihre Nachricht auf der Mailbox hört.

»Ruf mich heute Abend um sieben an«, spricht er ihr drauf.

Er schaltet das Handy aus und entnimmt Akku und SIM-Karte. Er nimmt an, dass sie vor dem Abendessen Zeit hat.

Der Empfang findet im direkten Anschluss an die letzte Besprechung des Tages statt. Ylva hat Kopfschmerzen. Ein Spaziergang und eine Stunde im Hotel hätten ihr gutgetan. Sie nimmt ein Glas Sekt von dem Tablett, das ihr hingehalten wird.

»Ylva.«

Eine leichte Hand legt sich auf ihren Unterarm. Es ist Helle, eine dänische Kollegin. Ihr flachsblondes Haar fällt auf einen grauen Blazer mit einem blau-schwarz gefleckten Top darunter.

»Es tut mir wirklich leid, was in Sarajevo passiert ist«, sagt Helle. »Ich kannte Anders ja aus seiner Zeit beim Außenministerium.«

»Danke.«

»Es muss furchtbar gewesen sein. Ich weiß nicht, ob ich so einer Situation gewachsen wäre.«

»Man ist so einer Situation nie gewachsen«, sagt Ylva, »man steht sie einfach durch.«

Helle nickt mit großen Augen und geschürzten Lippen. Das Gemurmel, das zu den Neonröhren in dem klassenzimmerartigen Saal aufsteigt, wird immer lauter, während immer mehr Beamte aus verschiedenen EU-Institutionen für internationale Zusammenarbeit und Vertreter der jeweiligen Länder eintreffen. Helle und Ylva nehmen sich je einen in Fenchel gewickelten Heilbutt und spülen ihn mit Sekt hinunter.

»Man fragt sich, was der arme Albert Borschette verbrochen hat, dass dieses Gebäude nach ihm benannt wurde.«

Höflich lächelt Ylva den schwarzhaarigen Mann im dunkelblauen Anzug an, der sich zu ihnen gesellt hat. Er hat ja recht, aber sie hört den Scherz nicht zum ersten Mal. Das Albert Borschette Congress Center muss das hässlichste Gebäude im gesamten EU-Komplex sein, im Innern absolut nichtssagend und gänzlich charmebefreit, von außen sieht es aus wie ein Kernkraftwerk.

Er gibt Ylva die Hand und stellt sich vor: Emmanuel Lambert aus Frankreich.

»Ylva Grey«, sagt sie, »ich arbeite bei Sida, Schweden.«

»Verzeihen Sie, aber es war nicht zu überhören, dass Sie über Sarajevo gesprochen haben.«

Die blauen Augen passen zum Jackett. Das Namensschild hat er lässig in die Hemdtasche gesteckt, das rote Band hängt im Bogen über der Knopfleiste. Rasch begrüßt er Helle, bevor er sich Ylva zuwendet: »Man mag kaum glauben, dass es uns, die wir an den weichen Themen arbeiten, so hart treffen kann, nicht wahr?«

Ylva ist sich nicht ganz sicher, was er damit sagen will,

und sucht sein Gesicht nach einer hochgezogenen Augenbraue oder einem ironischen Blick ab, aber seine Miene ist neutral und sein Lächeln höflich, aber unverbindlich.

»Anders Krantz hatte Pech«, sagt sie. »Er war zum falschen Zeitpunkt am falschen Ort.«

Der Franzose manövriert seine Schulter zentimeterweise zwischen Ylva und Helle. »Sind Sie sicher?«

Helle weicht ein Stück nach rechts aus, aber als Lambert nachrückt, verdreht sie die Augen und geht.

»Noch ein Schlückchen?«

Ylvas Glas ist fast leer. Wie ist es dazu gekommen?

»Nein, ich glaube nicht...«

Bevor sie mehr sagen kann, hat er sich ihr Glas geschnappt, es mit seinem eigenen leeren Glas dem Kellner übergeben und sich zwei neue vom Tablett genommen.

»Ist das die offizielle Einstellung? Dass er Pech hatte?«

»Offiziell warten wir, soweit ich weiß, die Ermittlungen ab, die die bosnische Polizei mit Unterstützung der schwedischen durchführt.«

»Klingt plausibel.«

In Ermangelung einer Antwort nippt sie an dem Sekt, der auf den Lippen prickelt.

»Was glauben Sie persönlich?«

»Meine Anwesenheit vor Ort hat mich leider auch nicht klüger gemacht.«

Ein schiefes Grinsen huscht über die neutrale Oberfläche. Ylva sieht sich im Saal um, hält nach jemandem Ausschau, den sie ihm vorstellen kann, um sich anschließend schleunigst davonzustehlen.

»Aber wenn Sie ganz genau wissen möchten, wie unsere offizielle Einstellung lautet, schlage ich vor, dass Sie sich an unsere Generaldirektorin oder die schwedische Ministerin für internationale Zusammenarbeit wenden.«

»Verzeihung.« Plötzlich hat er eine Sorgenfalte auf der Stirn. »Ich wollte nicht aufdringlich sein.«

»Kein Problem«, antwortet sie knapp.

Sie hofft, dass er jetzt geht, aber stattdessen macht er einen Schritt auf sie zu. Er kommt ihr nah, zu nah, und sie hält die Hand mit dem Glas vor die Brust, um ihn auf Abstand zu halten.

Den Blick auf einen Kellner mit langer weißer Schürze gerichtet, der sich mit einem Tablett einen Weg durch die Menge bahnt, sagt er: »Sie müssen vorsichtig sein. Sie sehen es nicht, aber die haben Sie im Auge. Fahren Sie Taxi, gehen Sie nicht zu Fuß. Und passen Sie auf, dass Ihnen niemand folgt, wenn Sie hoch auf Ihr Zimmer gehen.«

Ihre Hand, die das Glas umfasst, wird eiskalt, als sie begreift, was er ihr sagen will. Die Kälte breitet sich im ganzen Körper aus, aber sie reißt sich zumindest so weit zusammen, dass sie mit leicht bebenden Stimmbändern eine Frage stellen kann: »Wer sagt das?«

Er prostet ihr zu. »Ein Freund.« Dann wendet er sich zum Gehen.

»Warten Sie. Wer sind *die*?« Ylva fasst ihn am Arm. »Wollen Sie mich warnen? Oder soll das eine Drohung sein?«

»Es ist eine wohlmeinende Warnung. Seien Sie vorsichtig. Im Ernst.«

»Das müssen Sie mir aber genauer...«

Er befreit sich von ihrer Hand und ist kurz darauf weg. Sätze in schlecht ausgesprochenem Französisch und Englisch rauschen durch den Raum, während er im Getümmel verschwindet.

Sie isst mit Helle und zwei Niederländern in einer Kneipe hinter dem Grand Place zu Abend. Sie ist froh über die Gesellschaft, versinkt aber immer wieder in Gedanken und wird von Fragen herausgerissen, die sie nicht mitbekommen hat. Sie blinzelt in das grelle Licht der Schuhmacherlampen über dem robusten Esstisch und versucht, sich wieder ins Gespräch einzuklinken, merkt aber an den verwirrten Blicken, dass es ihr nicht gelingt.

Als die anderen sich über die Dessertkarte beugen, verabschiedet sie sich und bittet den Oberkellner, ihr ein Taxi zu rufen. Sie geht die fünfzig Meter von der Passage mit den geschlossenen Läden bis zur Gasse, in der das Taxi wartet. Sie nennt dem Fahrer die Adresse des Hotels, das Taxi rumpelt über das Kopfsteinpflaster, und sie späht durch das Seitenfenster, versucht dabei auszusehen, als würde sie müde und desinteressiert einer Spiegelung in den Schaufensterscheiben hinterherschauen.

Sie bezahlt die kurze Fahrt und betritt die Lobby. Im giftblauen Schein des Glasdaches kommt sie sich vor wie unter Wasser. Woher soll sie wissen, ob ihr jemand gefolgt ist? Es sind viel zu viele Leute unterwegs: in der Lobby, an der Bar und am Eingang. Woher weiß Lambert, dass sie observiert wird? Heißt das, dass er sie auch beobachtet?

Ylva geht an die Rezeption.

»Ich kann meine Tür nicht öffnen. Anscheinend stimmt da etwas nicht.« Sie winkt mit ihrer Keycard.

»Ich kann Ihnen eine neue Karte geben«, sagt die junge Frau mit den weinrot und golden schimmernden Lidern hinter dem Tresen.

»Mir wäre es lieber, Sie würden jemanden mit mir hinaufschicken. Ich glaube wirklich, dass etwas nicht in Ordnung ist.«

Die Frau zögert zunächst, entschließt sich dann aber, entgegenkommend zu sein.

»Selbstverständlich. Einen Augenblick.«

Sie greift zu einem Hörer, und kurz darauf offenbart sich ein junger Mann mit einer Universal-Keycard in der Hand.

»Bonsoir.«

Er lässt ihr den Vortritt in den Fahrstuhl, den er mit seiner Karte aktiviert, bevor er den Knopf zu Ylvas Stockwerk drückt.

Als sie sich ihrer Tür nähern, bittet er um ihre Karte und steckt sie in das Lesegerät, das sofort grün leuchtet. Er drückt die Klinke hinunter und öffnet die Tür.

»Voilà. Funktioniert einwandfrei.«

»Tut mir leid, ich konnte die Tür nicht öffnen.« Sie breitet die Arme aus. »Ich muss irgendetwas falsch gemacht haben. Verzeihen Sie, dass ich Ihnen Umstände gemacht habe.«

»Das macht doch nichts.« Er ist die Freundlichkeit in Person. Sie gibt ihm zehn Euro und kann die Tür hinter sich schließen, im Zimmer ist sie sicher. Demütigend, aber das war es wert. Sie wäre nicht in der Lage gewesen, allein hinaufzufahren, abzuwarten, was passiert, wenn sich die Fahrstuhltür öffnet, und durch den menschenleeren Gang zu gehen.

Sie sackt aufs Bett, stellt ihre Handtasche ab.

Es muss aufhören, aber wie?

Ylva kramt das andere Handy aus dem Seitenfach ihrer Handtasche, baut es zusammen und schaltet es ein. Sie hat eine Nachricht bekommen.

Als sie Elias' Stimme hört, steht sie vom Bett auf, als wollte sie sich auf das vorbereiten, was jetzt kommt. Er klingt angespannt, genau wie Anders, wenn er sich unwohl fühlt, und trotzdem wird ihr leichter ums Herz. Sie will nicht, dass es noch schlimmer wird, als es ohnehin ist, und als sie die Nachricht abhört, hat sie das Gefühl, etwas zurückzubekommen.

Amanda hat sich immer noch nicht wegen der Post gemeldet, auf die er wartet. Kann er darauf vertrauen, dass sie gründlich nachschaut? In ihrer chaotischen WG kann der Brief irgendwo zwischen Stapeln von Papier und Büchern gelandet sein. Oder er ist hinter die Kommode im Flur gerutscht. Amanda würde niemals die Kommode von der Wand rücken, um dahinter zu suchen, nicht einmal, wenn er sie ausdrücklich darum bittet.

Soll er sie noch einmal anrufen?

Er beruhigt sich. Ihre letzte Mail kam heute Morgen. Er muss sich gedulden. Manchmal hat er das Gefühl, dass mit seinem Zeitgefühl etwas nicht stimmt. Als wäre er wochenlang in der Wohnung eingesperrt gewesen.

Er schaltet den Laptop aus. Der schwarze Akkubalken ist beunruhigend weit nach links gewandert und wird bald rot werden. Morgen muss er sich ein Ladekabel besorgen.

Er schaltet das Licht aus, öffnet die Arbeitszimmertür, geht auf Zehenspitzen zum Sofa und legt sich in das schattige Dunkel unter den Fenstern.

Der Schlafsack liegt ordentlich in seiner Hülle verpackt da, handlich und bereit für minus zwanzig Grad. Es wird bald Zeit, auf den Dachboden zurückzukehren und sich die Mütze über die Ohren zu ziehen. Er schläft in einem Verschlag wie ein obdachloser Junkie. Aber es ist sein eigener Dachbodenverschlag. Es gibt nicht viele Obdachlose, die eine eigene Dachkammer und eine Wohnung im Karlbergsväg haben, wo sie sich tagsüber verstecken können. Aber was nützt das, wenn jeden Moment die Tür aufgetreten oder vielmehr elegant mit einem Dietrich geöffnet werden kann und jemand vor ihm steht, der ihn auf mehr oder weniger brutale Weise aus dem Weg räumen will?

Er zieht das Handy aus der Tasche und setzt den Akku und die Ylva-Karte ein. Er hat von Viertel vor sieben bis halb acht gewartet, aber sie hat nicht angerufen. Nun vermeldet das Telefon mit billigem Piepen eine neue Nachricht. Er ruft sofort die Mailbox ab, steht auf und schaut runter auf die verschneite Straße. Es ist windstill heute, auf den Gehwegen sind mehr Leute unterwegs, der Wind hat die Hauseingänge und Fenster gestern mit Zuckerguss verziert.

Hallo! Hier ist Ylva. Ich habe deine Nachricht zu spät bekommen, und nun ist es schon zehn. Bis morgen früh um sieben kannst du mich jederzeit anrufen.

Ylva dirigiert den Taxifahrer auf die nördliche Seite des Parc du Cinquantenaire, auch Jubelpark genannt.

»Hier, bitte«, sagt sie mitten auf der Avenue de la Renaissance.

Sie steigt aus und eilt durch die nächste Toröffnung in dem hohen Eisenzaun. Winterdämmerung hat sich auf die Stadt gesenkt, die wenigen Spaziergänger zwischen den nackten Bäumen im Park sind Schatten, die nur unter den Laternen Gestalt annehmen, um sofort wieder mit der Dunkelheit zu verschmelzen.

Mittwoch, 17:00. Es geht um Anders. Die heutige Sitzung ging bis siebzehn Uhr. Sie musste sich eine Ausrede einfallen lassen, um sich früher davonzustehlen, und ist gespannt, was sie erwartet. Ob es gut oder schlecht ist. Aber sie hat auf jeden Fall ein Taxi genommen.

Sie hat noch zehn Minuten und umkreist den auf der Karte markierten Treffpunkt. Sie ist sich nicht ganz sicher, an welcher Ecke das Kreuz eingezeichnet ist, und spaziert auf dem Kiesweg bis zu einem offenen Schacht, in dem man den Verkehr, der hier kurz den Tunnel verlässt, vorbeirauschen sieht. Sie geht bis ans Ende der Brüstung und dann nach rechts zwischen die Bäume. Jetzt braucht sie nur noch die Wegkreuzungen zu zählen.

An der nächsten Kreuzung bleibt Ylva stehen und sieht sich um. Niemand scheint zu verweilen, alle hasten durch den Park, als hätten sie ein bestimmtes Ziel oder einen Termin. Sie geht weiter. Der Boden ist gefroren, aber schneefrei. Auf der linken Seite überragt das Minarett einer Moschee die Baumkronen.

Sie passiert die dritte Kreuzung, kommt an einem verlassenen Spielplatz vorbei. Die nächste ist die mit dem Kreuz markierte. Es ist zwei Minuten vor fünf. Sie wird auf die Minute pünktlich eintreffen.

Als sie sich dem Treffpunkt nähert, wird sie langsamer, sieht sich nach rechts und links um, hat keine Ahnung, was sie erwartet, weiß nicht einmal, ob sie nach einem Mann oder einer Frau Ausschau halten soll. Nach einem gewissen Zögern tritt sie ins Licht. Als sie die Mitte der Fläche erreicht hat, kommt ein Mann unter einer Laterne hervor.

Er kommt ihr bekannt vor, zuerst weiß sie nicht, woher, aber dann erkennt sie ihn. Es ist der Mann von dem Foto, das ihr die Polizei in Sarajevo gezeigt hat. Er ist kleiner, als sie ihn sich vorgestellt hat, aber ansonsten sieht er genauso aus. Er scheint sogar denselben schwarzen Mantel zu tragen.

Klärt sich jetzt alles auf, oder ist sie jetzt an der Reihe? Er nähert sich. »Ylva Grey?«

Sie reicht ihm die Hand, hofft, dass er seinen Namen nennt, aber stattdessen packt er sie am Arm und macht auf dem Absatz kehrt.

»Wir bleiben in Bewegung«, sagt er auf Schwedisch.

Er zieht sie in raschem Tempo an einem Bolzplatz vorbei auf den Triumphbogen und die Gebäude am anderen Ende des Parks zu. Er riecht dezent nach Bitterorange und Nelke und trägt eng anliegende schwarze Handschuhe und einen dünnen Seidenschal, der gegen die Kälte nicht viel ausrichten kann.

»Wer sind Sie?«

Er antwortet nicht, sieht sich um.

»Sie sind derjenige, mit dem sich Anders Krantz in Sarajevo getroffen hat.«

Er sieht sie an, eindeutig überrascht, geht aber weiter.

»Ich habe Sie auf einem Foto gesehen, als ich von der SIPA in Sarajevo vernommen wurde. Sie und Anders standen vor einer geschlossenen Bar.«

Er rümpft die Nase, presst die Lippen aufeinander und geht schweigend weiter, bevor er murmelt: »Sogar bei der SIPA haben die jemanden. Die sollten lieber was gegen die Korruption unternehmen.«

»Die?«

Wortlos geht er weiter.

Ylva will sich losreißen.

»Sagen Sie mir, wer Sie sind, sonst komme ich nicht mit.«

Er bleibt stehen. »Ich werde es Ihnen sagen, aber hier können wir nicht stehen bleiben.«

»Wo gehen wir hin?«

»Hauptsache, wir bleiben in Bewegung. Wir gehen in das Museum hier.«

Er deutet mit einer Kopfbewegung auf den Triumphbogen, in dessen mittlerem Durchgang eine schlaffe belgische Flagge hängt. Ylva sieht kein Museum, geht aber weiter, als er mit Nachdruck an ihrem Arm zieht.

»Ich heiße Johan Dalgren.«

Johan wie ihr Ex.

»Bis vor einigen Monaten habe ich bei einem Unternehmen namens Atlas Schield gearbeitet, einer Tochterfirma der Atlas-Gruppe.«

Ylva läuft ein Schauer über den Rücken. Atlas, das Unternehmen, das immer wieder in Mattias Klevemanns Projekten auftauchte. Sie spürt, dass sie ganz nah an etwas dran ist und endlich erfahren wird, worum es eigentlich geht.

Johan Dalgren erhöht das Tempo.

»Warum haben Sie Kontakt zu mir aufgenommen?«, fragt sie.

»Weil Anders gesagt hat, ich könne Ihnen vertrauen. Falls etwas passieren würde…«

»Hatte er Angst, dass etwas passiert?«

»Er hatte den Verdacht, dass sich jemand in seinen Computer gehackt hatte und von seinem anderen Auftrag wusste.«

Sie passieren ein großes, beleuchtetes Gebäude mit der

Aura eines Bahnhofs, durchqueren den Triumphbogen und stehen plötzlich vor dem Eingang des Königlichen Armeemuseums. Johan Dalgren hält ihr die Tür auf, und sie gelangen in eine Säulenhalle mit einem Kassenschalter und einem Museumsshop.

»Sollen wir reingehen?« Ylva deutet auf die Kasse.

»Ich habe Tickets.«

Er schiebt sie auf die automatische Schranke zu und reicht ihr eine Eintrittskarte. Sie geht voraus, hält das Ticket an den Scanner.

Johan steuert einen großen Saal mit hoher Glaskuppel auf der rechten Seite an, in dem von einem alten Doppeldecker bis zu einem erst kürzlich ausrangierten Düsenjet alle möglichen Flugzeuge parken. Die Besucher werden auf einem schmalen Pfad, der mit an wackligen roten Pfosten hängenden Schnüren abgesteckt ist, zwischen den weit gespreizten Flügeln hindurchgelotst.

Vor einer alten Propellermaschine mit verbeultem Rumpf bleibt er stehen.

»Das passt ja.«

»Es geht also um Waffen, meinen Sie?«

Er macht eine mäßigende Geste. »Nicht so laut.«

Sie hat nicht mit der Akustik des Raums gerechnet. »Okay, aber ...«

»Eigentlich nicht, aber in gewisser Weise doch.«

Er führt sie weiter in einen kleineren Saal mit Vitrinen voller Degen und Kleidungsstücke und naturgetreuer Puppen in Uniformen aus dem neunzehnten Jahrhundert.

Johan Dalgren blickt auf zu dem Porträt eines hochdekorierten Befehlshabers und flüstert Ylva zu: »Tun Sie es nicht jetzt, aber wenn Sie nachher die Hand in Ihre linke Manteltasche stecken, finden Sie dort einen USB-Stick.«

Es zuckt in ihrer linken Hand, und sie muss die Arme vor der Brust verschränken, um sich zu beherrschen.

»Darauf ist eine Tonaufnahme, die vor anderthalb Jahren auf einem privaten Flug von Stockholm zum Flughafen Östersund gemacht wurde, genauer gesagt am vierzehnten September. Man hört die Stimmen von Eric Hands, dem Eigentümer und Vorstandsvorsitzenden der Atlas-Gruppe, und von Henning Eriksson, dem Parteisekretär der Sozialdemokraten. Sie sind auf dem Weg zur Elchjagd in einem Jagdgebiet in Jämtland, das Atlas gehört.«

Henning Eriksson? Annika Jarl arbeitet in der Parteizentrale im Sveaväg. Ylvas Magen krampft sich zusammen. Was ist in Näsbypark eigentlich passiert? Und was passiert jetzt? Elias hat sich in große Gefahr begeben, als er dort hingefahren ist.

Sie gehen vorbei an Bronzebüsten und Kriegstrommeln bis zu einer schimmernden Rüstung.

»Kern des Gesprächs ist, dass Henning Eriksson verspricht, Atlas dabei zu helfen, für gewisse Produkte Ausfuhrgenehmigungen zu bekommen, und dem Unternehmen gleichzeitig finanzielle Unterstützung bei der Etablierung von Tochterfirmen in Ländern zusichert, in denen das schwedische Ministerium für internationale Zusammenarbeit aktiv ist.«

»Das ist ja…« Es verschlägt ihr die Sprache. Karolina Möller hatte recht. Das ist zu groß für sie. Sie kann es kaum fassen. »Das ist ja unerhört. Ausgerechnet in Schweden und auf dieser Ebene, in einer Partei.«

»Ja, es ist beispiellos«, stellt Johan Dalgren fest.

»Henning Eriksson ist weder in der Regierung, noch arbeitet er in einer Behörde, die für diese Fragen zuständig ist.«

»Nein, und selbst wenn, wäre die Sache alles andere als koscher. Und damit nicht genug. Er verspricht Hands, ihn über ähnliche Anträge der Konkurrenz zu informieren.«

»Und ihm somit Einblick in Firmengeheimnisse zu verschaffen.«

»Sowohl was die Finanzen als auch was die Produkte anbelangt. Das ist einer der Gründe, warum die Anträge der Geheimhaltung unterliegen. In manchen Fällen sind diese Informationen äußerst wertvoll. Die beiden erwähnen zum Beispiel Saab. Deren Global Eye ist Atlas Schields größter Konkurrent auf dem Gebiet der militärischen Spionage und Schlachtfeldüberwachung.«

»Aber wie kommt Henning Eriksson an diese Informationen?«

»Über Insider.«

»Wie zum Beispiel Gunilla Malm?«, fragt sie.

Er bleibt stehen und sieht sie verblüfft an.

»Oder Mattias Klevemann?«

»Ja, zum Beispiel.«

Der wie ein Vogel mit den Armen flattert, bevor er unter der U-Bahn verschwindet. Ylva wischt sich mit der Hand über die feuchte Stirn, öffnet den Mantel, lässt ihn etwas über die Schultern hinabgleiten. Aus Angst, dass ihr der USB-Stick aus der Tasche fallen könnte, zieht sie den Mantel wieder ordentlich an.

»Gehen wir weiter«, sagt er.

Sie kommen zum Ersten Weltkrieg. Lafetten, Panzer, olivgrün und mit Tarnfarbe bemalt, einer mit Maschinengewehren bestückt, alle restauriert und gereinigt, museal geruchlos. Keine Munition, kein Blut.

»Atlas scheut keine Mühen, um Ermittlungen zu verhindern. Sie sind in den USA börsennotiert und riskieren daher einen Prozess vor einem amerikanischen Gericht. Eine Klage in den USA kann sehr viel höhere Bußgelder als in Schweden nach sich ziehen. In ähnlichen Fällen wurden Strafen in Höhe von zehn Milliarden Schwedischen Kronen verhängt. Das würde Atlas vielleicht noch überleben, aber wenn sie in den USA verurteilt werden, ziehen vermutlich andere Länder nach. Es würde ein Flächenbrand ausgelöst werden, der nicht mehr zu löschen ist. Der gesamte Konzern würde untergehen und mit ihm Eric Hands.«

Ylva geht schweigend neben ihm her. Bei dem Gedanken an Anders' Gegner, die nun ihre und Elias' Gegner sind, wird ihr übel.

»Und welche Rolle hat Anders gespielt?«, fragt sie schließlich.

»Er war Insider bei Sida.« Er geht ein paar Schritte weiter, bevor er merkt, dass sie stehen geblieben ist. »Entschuldigung, das war missverständlich. Er war dort, um herauszufinden, wer bei Ihnen Insider war.«

»Aber was hätte ihnen jemand von uns nützen können?«

»Das ist es ja gerade, sogar Sie stellen diese Frage. Wer eignet sich besser als Bote und Überbringer von Bestechungsgeldern als jemand, der bei einer höchst unschuldigen Entwicklungshilfeorganisation angestellt ist?«

»Ich denke, Henning Eriksson ist der Drahtzieher?«

»Ja, das ist er, aber er ist darauf bedacht, seinen Ruf nicht zu beflecken. Deshalb ist die Aufnahme so wertvoll.«

»Es geht um Korruption?«

»Ja, aber ich glaube nicht, dass Bündel von Geldscheinen in Taschen gesteckt oder auf irgendwelche Konten auf den Kaimaninseln überwiesen werden. Schwedische Beamte und Politiker bekommen jedenfalls kein Geld. Die richtig großen Summen landen in den Empfängerländern, wo sie die Vergabe von Aufträgen sichern sollen. Für Eriksson selbst ist es vor allem eine Investition in die Zukunft, ihm geht es um eine gutbezahlte, mäßig anstrengende Stelle als Seniorberater, wenn er im Ruhestand ist, vielleicht um Jobs für seine Kinder oder Zugang zu einem firmeneigenen Sommerhaus am Mittelmeer oder einem großen Apartment in Manhattan, kommt ganz drauf an, worauf man so steht. Vielleicht alles auf einmal. Es gibt viele Spielarten.«

Ylva glaubt ihm, hat aber gleichzeitig Schwierigkeiten, das Gehörte zu verdauen. Das klingt so ungeheuer schäbig, so abgedroschen.

»Was ist in Sarajevo passiert?«

»Ich glaube, wir sollten unseren Besuch nicht unnötig

in die Länge ziehen. Kommen Sie.« Mit einer Hand an ihrer Schulter führt er sie zum Ausgang.

»Aber...«

»Alle Ihre Fragen kann ich nicht beantworten, aber wie Sie sicher verstanden haben, ist die Aufnahme extrem wichtig. Einerseits ist sie der Beweis für Korruption und andererseits der Schlüssel zum gesamten Netzwerk. Eriksson ist die Spinne im Netz. Nur er kennt die Namen aller Beteiligten.«

Sie begeben sich aus den hell erleuchteten Sälen hinaus in die Dunkelheit, gehen den gleichen Weg durch den Triumphbogen zurück. Als die Kälte die Museumswärme auf einen Schlag wegweht, knöpft Ylva sich den Mantel zu.

»Was ist nun in Sarajevo passiert?«, fragt sie erneut.

»Ich weiß nicht, wie Anders' Auftrag lautete, aber im Nachhinein befürchte ich, dass er zu ehrgeizig geworden ist. Es war vermutlich ein Fehler, sich mit mir einzulassen.«

»Wie beruhigend, dass Sie das sagen, nachdem ich das ebenfalls getan habe.«

Er blickt zur Seite und läuft schneller, als ob er ihr davonrennen wollte. »Hier entlang.«

Bei dem offenen Tunnelschacht biegen sie rechts ab und begeben sich zwischen die Kastanien, deren weit ausladende Äste mit Frost bedeckt sind.

»Warum machen Sie das hier?«, fragt sie.

»Ich habe die Nase voll, habe zu viele Dinge gesehen, die ich nicht akzeptieren kann. Als ich begonnen habe, kritische Fragen zu stellen, hat man mir gedroht«, fasst er es kurz zusammen. »Aber jetzt müssen wir hier weg.« Er drängt sie mit der Hand an der Schulter zur Eile. »Wir trennen uns, bevor wir an der Straße sind. Nehmen Sie ein Taxi zurück zum Hotel. Ich warte, bis Sie weg sind.«

»Was ist denn nun in Sarajevo passiert?«, bohrt sie nach.

»Zum ersten Mal sind wir uns im Dezember in Belgrad begegnet. Es war nur ein kurzes Treffen. Ich wusste nicht genau, ob ich ihm vertrauen konnte. In Sarajevo haben wir uns wiedergesehen. Da habe ich ihm die Tonaufnahme gegeben, die jetzt in Ihrer Tasche steckt.«

»Vor zwei Wochen?«

»Ja.«

»Aber sie war nicht bei seinen Sachen. Jedenfalls weiß ich nichts davon.«

»Sie hätten auch kaum davon erfahren. Umso wahrscheinlicher ist es, dass jemand sie in Sarajevo an sich genommen hat.«

»Die Leute von Atlas?«

Sie gehen im Gleichschritt den Weg entlang.

»Ja, oder diejenigen, die für sie tätig waren. Es werden mit Sicherheit keine festen Angestellten gewesen sein.«

Sie greift nach seinem Arm und bringt ihn dazu, stehen zu bleiben. »Das heißt, Sie haben Anders kontaktiert und nicht er Sie?«

»Ja.«

»Aber woher wussten Sie davon?«

Jetzt hält er sie fest und zieht sie mit sich. »Wir müssen weiter.«

»Aber…«

»Es gab Leute bei Atlas, die wussten, dass Anders bei Sida war, um den Boten zu enttarnen.«

Er setzt sich mit ausgreifenden Schritten in Bewegung. Ylva muss rennen, um ihn einzuholen.

»Ich habe keine Ahnung, woher sie es wussten.«

Ohne Vorwarnung packt er Ylva und stößt sie neben den Kiesweg. Sie hört einen gedämpften Knall, als ihr Kopf auf die Erde aufschlägt. Das Gras dämpft den Aufprall auf dem gefrorenen Boden. Sie rollt auf den Rücken, starrt in eine immergrüne Stechpalme und rudert mit den Armen, um wieder auf die Beine zu kommen. Ihre aufgeschürfte Wange brennt.

»Liegen bleiben«, zischt er. Er drückt sie wieder zu Boden, hustet. »Liegen bleiben.« Diesmal flüstert er und drückt ihr etwas in die Hand. »Nehmen Sie die hier.«

Sie blickt auf den schwarzen, schweren Gegenstand.

Ist es dumm von ihm, in die Stadt zu gehen? Elias hat bereits Schuhe und Jacke angezogen, als er zögernd hinter der Tür stehen bleibt. Die Frage ist, ob es so viel klüger wäre, in der Wohnung zu bleiben. Er steht wie angenagelt im Flur und starrt Mari-Louises Jacken und den Nachdruck der Radierung an, auf der der Sturm auf die Bastille zu sehen ist, kann sich weder entschließen, die Tür zu öffnen, noch, die Schuhe wieder auszuziehen und hierzubleiben. Sekunden verwandeln sich in Minuten, verwandeln sich in Wahnsinn. Hinter seiner Stirn kocht es. Panik ist im Anmarsch. Entscheide dich, und zwar jetzt. Eins, zwei, drei... Er muss. Sich zu entscheiden ist wichtiger als die Entscheidung selbst.

Er tut es. Öffnet die Tür, wagt sich aus dem Haus, um auf dem kürzesten Weg einen kleinen Computerladen anzusteuern, den er mit dem letzten bisschen Akku im Internet ausfindig gemacht hat. Er macht einen Umweg durch den kleinen Park auf der Hälsinghöjd, geht die

Treppe zur St. Eriksgata hinunter, überquert die Straße und geht dann nach Norden in Richtung Vanadisplan.

Ylvas Stimme auf dem Handy. Es war schwierig, sie zu hören, und noch schwerer, mit ihr zu sprechen. In ihrer Gesellschaft hat er sich so erwachsen gefühlt wie noch nie, als gäbe es niemanden mehr, bei dem er sich anlehnen kann, als hinge jetzt alles von ihm ab. Gleichzeitig fühlt er sich neben ihr so klein, unfähig, diese Verantwortung zu schultern.

Sie hat anders geklungen, die Stimme wirkte dünn.

»Ist etwas passiert?«

»Nicht direkt, aber...«

Lange hörte er nur ihre Atemzüge, seltsam nah, er glaubte fast, ihren Atem an seinem Ohr und Hals zu spüren.

»Jemand hat mich gewarnt.«

»Wer?«

»Ich weiß nicht, ein Franzose auf einem EU-Empfang.«

»Wovor?«

»Er sagte, ich solle vorsichtig sein und nicht zu Fuß in die Stadt gehen. So habe ich ihn jedenfalls verstanden. Aber was bezwecken eigentlich die Leute, die mich warnen oder mir sagen, dass ich mich übernehme? Wollen sie mich beschützen, oder wollen sie mich einschüchtern?«

Sind sie überall? In Brüssel, in Sarajevo, Stockholm, Grisslehamn, Näsbypark. Elias sieht sich um. Der Verkehr fließt in beide Richtungen dicht und zäh, die Stadt leert sich für heute.

Er erreicht das Computergeschäft, das sich als unsortierter Kramladen erweist, in dem es von Stereoanlagen bis zu Taschenlampen alles gibt. Ein schlaksiger junger Mann mit gepflegtem Bart und senfgelbem Strickpullover mit Zopfmuster sucht ein gebrauchtes Ladekabel für seinen Laptop heraus. Es kostet zweihundertfünfzig Kronen, aber der Bart geht von selbst auf zweihundert hinunter.

Als Letztes hat Ylva ihn gebeten zurückzukommen.

»Aufgeben ist keine Option, glaube ich. Man kann nicht einfach die Augen schließen und hoffen, dass es aufhört.«

Sie hatte ja recht, aber Elias war ihr eine Antwort schuldig geblieben.

»Ich kann dich morgen abholen. Am besten irgendwo in der Stadt.«

Er geht denselben Weg zurück, trägt das Kabel in einer Plastiktüte, auch sie gebraucht, vom Vasa Zoo.

Er nimmt den Umweg über den Dachboden, bleibt vor der Eisentür zur Treppe stehen, bis er hört, wie unten die Haustür geöffnet wird, und geht dann im Schutz der Schritte eines unbekannten Nachbarn hinunter in die Wohnung.

Der Papierstreifen segelt aus dem Türspalt. Er hebt ihn auf und legt ihn, nachdem er abgeschlossen, verriegelt und die Sicherheitskette vorgelegt hat, auf die Kommode im Flur.

Haben all diese kleinen Sicherheitsvorkehrungen, die er hauptsächlich aus Filmen kennt, wirklich einen Nutzen?

Er schließt sich im Arbeitszimmer ein, steckt das Kabel in die Steckdose und fährt den Laptop hoch. Eine Mail von Amanda poppt auf. Sie hat sie erst vor wenigen Minuten geschickt.

Hi!
Der Brief vom Klinikum ist gekommen.
Amanda

Das ist alles. Er steht auf, setzt sich wieder, schließt die Augen. Hat sie nicht kapiert, dass sie ein Foto davon machen und es ihm mailen soll? Hat er das nicht gesagt?

H**ier, Sie müssen...«**

Ylva zieht die Hand von der Pistole weg, die er ihr gegeben hat.

»Sie müssen sie laden«, zischt er mit gurgelnder Stimme. »Mein Arm...«

»Was?«

»So, wie Sie es mindestens eine Million Mal im Fernsehen gesehen haben.«

Sie hat noch nie eine Pistole in der Hand gehalten und kaum Waffen gesehen, die nicht in einer Ausstellungsvitrine lagen. Der harte, eisige Boden, auf dem sie liegen, die Äste wie schwarze Reisigbesen vor den Laternen im Park. Ist sie überhaupt hier?

»Machen Sie schon.«

Die Verzweiflung in seiner Stimme bringt sie dazu, nach dem hinteren Teil der Pistole zu greifen. Sie fühlt sie in ihre Hand gleiten.

»Weiter, bis es...«

Sie hört ein Klicken und gibt Johan die Pistole zurück,

aber seine Hand ist schwach und kraftlos, kann nicht greifen.

»Nehmen Sie sie«, zischt sie.

Die Antwort ist nur ein undeutliches Murren, und sosehr sie sich auch bemüht, es gelingt ihr nicht, ihm die Waffe zu übergeben.

Sie bleibt in ihrer Hand. Irgendetwas schiebt sich in den Lichtkegel der nächsten Laterne. Als sie sich umdreht, sieht sie eine Silhouette, die eine Waffe auf sie richtet. Ylva hat den Finger am Abzug. Sie muss es tun, muss sich verteidigen oder sterben. Sie spannt den Zeigefinger an, aber bevor sie den Widerstand des Abzugs überwunden hat, ertönt ein Knall. Stirbt sie jetzt? Der Schatten vor ihr sackt in sich zusammen, verschwindet aus dem Licht, gefolgt von einem dumpfen Aufprall. Sie hält die Pistole noch in der Hand. Was ist passiert? Sie hat doch gar nicht geschossen. Oder doch?

Ylva rappelt sich auf alle viere hoch und krabbelt zu Johan Dalgren.

»Gehen Sie hier weg«, flüstert er.

An seinen Lippen klebt ein Streifen Blut.

»Aber Sie...«

»Ich komme schon zurecht.«

»Sie brauchen Hilfe«, sagt sie.

»Ich bekomme Hilfe, ich komme zurecht. Hauen Sie ab.«

Sie tastet nach ihrem Handy, als eine kräftige Hand sie hochzieht. Sie hat zu lange gewartet, hätte tun sollen, was Johan gesagt hat, einfach gehen. Jetzt ist es zu spät.

Verängstigt schaut sie zur Seite und erkennt Emmanuel Lambert von dem Empfang im Albert Borschette Center. Seine Augen schimmern im Schein der Laterne. Ein fremdartiger Geruch bohrt sich in ihre Nase, chemisch, scharf. Er erinnert an Silvesterraketen. Er nimmt ihr die Pistole aus der Hand und zieht sie hinter sich her.

Ein ganzes Stück entfernt sind zwei Personen auf dem Sandweg stehen geblieben. Eine davon zeigt zum wiederholten Mal in ihre Richtung, die andere hält ein Handy ans Ohr.

Elias mailt zurück, dass Amanda bitte ein Foto von dem Brief schicken soll, und wartet ungeduldig auf ihre Antwort. Nachdem er den Posteingang immer manischer und vergeblich überprüft hat, stellt er den Laptop so ein, dass er automatisch alle fünf Minuten neue Mails checkt.

Rastlos schreitet er die dunklen Räume ab. Er ist ein Schatten unter Schatten, sieht sich selbst beim Wandern zu, ein dunkles Bild in seinem Kopf. Draußen vor den Fenstern ist der Winter verstummt. Er hat nur noch Ohren für den Signalton, der das Eintreffen von Amandas Antwort in seinem Posteingang vermeldet. Das Signal, das nicht kommt.

Er geht ins Arbeitszimmer zurück, überprüft den Posteingang zur Sicherheit manuell, startet den Computer neu, schaut noch einmal. Immer noch nichts. Was macht sie denn? Hat sie kein Mail-App auf dem Handy?

Soll er sie anrufen? Wagt er es, von der Wohnung aus zu telefonieren?

Er geht hinaus, steckt das Stück Papier zwischen Tür und Rahmen, macht den gewohnten Umweg über den Dachboden. Es ist windstill und bitterkalt, die Luft ist trocken. Eine Straße vom Karlbergsväg entfernt ist es unnatürlich ruhig und still, die Frejgata liegt im Windschatten.

Er bleibt stehen und wählt Amandas Nummer. Sie geht sofort dran.

»Sorry, ich dachte, du willst nicht, dass ich ihn öffne. Ich meine, weil er vom Krankenhaus ist.«

»Schon okay«, sagt er. »Egal.«

»Sorry.«

»Kannst du ihn mir vorlesen?«

»Ich bin nicht zu Hause, sondern lerne gerade mit ein paar Leuten. Ich war nur kurz zu Hause und habe gesehen, dass der Brief gekommen ist. Wenn ich eine Nummer gehabt hätte, unter der ich dich hätte erreichen können … Tut mir leid.«

»Alles klar, kein Problem. Kannst du jetzt nach Hause gehen, ein Foto davon machen und es mir schicken?«

Am anderen Ende wird zwischen zusammengebissenen Zähnen kurz eingeatmet. »Ich bin bei meiner Lerngruppe. Die drehen durch, wenn ich jetzt gehe.«

»Amanda…«

»Es war die Hölle, diesen Termin zu finden…« Mit gesenkter Stimme spricht sie weiter: »Und ich habe am meisten Stress gemacht.«

»Das verstehe ich, Amanda, aber es ist sehr wichtig. Es ist ernst.«

Sie schweigt.

»Ich warte auf das Ergebnis einer Untersuchung«, sagt er.

»Wie ernst ist es?«

Wenn sie den Brief sowieso öffnet, kann er es ihr auch gleich sagen.

»Ich habe einen Scheißhirntumor.«

»Was?«

»Er ist nicht gefährlich, jedenfalls nicht direkt. Aber es ist trotzdem ernst. Seine Lage ist einfach ungünstig. Wenn ich den Tumor am Fuß hätte, wäre er so gefährlich wie eine Warze. Du verstehst, was ich meine.«

Er klingt wie der Arzt, kein Grund zur Sorge, es wird alles gut.

Am anderen Ende ist es still. Er fragt sich, ob das Gespräch unterbrochen wurde.

»Bist du noch dran?«

»Ja, ich bin noch da. Scheiße, Elias.«

»Und deshalb wäre es gut, wenn du nach Hause gehen und mir sagen könntest, was in diesem Brief steht.«

»Klar, mach ich. Gib mir eine halbe Stunde. Höchstens.«

»Danke. Ich warte. Ruf mich unter dieser Nummer an, sobald du zu Hause bist.«

»Klar, mach ich, Elias.«

Er klickt das Gespräch weg. Warum hat sie plötzlich seinen Namen verwendet, als ob er ein krankes Kleinkind wäre? Spricht man so mit Leuten, von denen man befürchtet, dass sie bald sterben?

Er geht zum Sveaväg hinüber. Mit seinem Gehirn

unter der Mütze. Es funktioniert alles, wie es soll, die Beine bewegen sich, der Körper friert, die Augen leiten auf dem Kopf stehende Bilder weiter und drehen sie irgendwo in seinem Hinterkopf richtig herum, Eindrücke, von denen sein Gehirn nur Fragmente wahrnimmt, werden anhand von gespeicherten Erinnerungen und erfahrungsbasierten Vermutungen zu vollständigen Bildern zusammengepuzzelt.

Alles scheint nach Plan zu laufen. Wie vom Arzt vage angekündigt ist der Brief nach einer Woche gekommen. Kein Grund zur Beunruhigung, alles wird gut. Man muss nur den Schädel aufbohren und den unschuldigen kleinen Knoten wegschneiden, und wenn der kleine Lümmel wiederkommt, dann wiederholt man die Prozedur einfach.

Elias überquert den Sveaväg, geht in den Vanadislund hinein und steigt auf den Hügel hinter dem Freibad. Der Himmel ist wolkenlos, aber die Lichter der Stadt löschen die weniger hellen Sterne aus und lassen nur die bekanntesten Sternbilder hoch oben am Himmel durch. Kassiopeia, der Große Wagen natürlich, der Oriongürtel und die obere Hälfte des Orions.

Er wirft einen Blick auf das Handy. Zwölf Minuten sind seit dem Gespräch vergangen. Amanda sitzt jetzt auf dem Fahrrad und ist vom Engelska Park unterwegs in die Tiundagata. Eine halbe Stunde ist viel. Er würde es in zwölf Minuten schaffen, wenn es sein müsste. Aber vielleicht hat sie das Fahrrad nicht dabei. Er steckt das Handy ein und geht hinüber zur Tulegata.

Was bezwecken die Leute, die mich warnen? Wollen sie mich beschützen, oder wollen sie mich einschüchtern?

Hastig verlässt er den Park, er sollte nicht über menschenleere Plätze und durch kleine Straßen streifen, sondern sich dort aufhalten, wo mehr Leben und Bewegung ist. Er entscheidet sich für die Odengata, von der Birger Jarlgata bis zum Sveaväg. An der Surbrunnsgata klingelt sein Handy. Er zieht den rechten Handschuh aus und meldet sich.

»Hallo?«

»Hi, hier ist Amanda.«

»Hast du den Brief aufgemacht?«

Er atmet eine sichtbare Wolke aus, seine Hand ist jetzt schon kalt. Das Schweigen macht ihn wahnsinnig.

»Amanda!«, brüllt er.

Sie murmelt vor sich hin, dann sagt sie klar und deutlich: »Du solltest ihn lieber selbst lesen.«

Eilig verlassen sie den Park, rennen fast zum Schuman-Rondell. Ylva versucht, mit Lambert Schritt zu halten und nicht zu stolpern. Er hält immer noch ihren Arm fest.

»Nehmen Sie ein Taxi zum Hotel«, sagt er. Er hebt die Hand und winkt ein Taxi heran, das den Blinker setzt und an den Straßenrand fährt. »Erzählen Sie niemandem davon.« Er lässt sie los und geht einfach weg.

Ylva sieht ihm hinterher, konnte sich weder verabschieden noch bedanken. Weiß nicht einmal, ob sie ihm zu danken hat. Das Taxi rollt einen halben Meter vorwärts, das Seitenfenster gleitet hinunter, eine Frau ruft etwas auf Französisch, das sie nicht versteht, aber die Botschaft ist unmissverständlich: Wollen Sie mit oder nicht?

Ylva tritt einen Schritt näher, öffnet die hintere Tür, sackt auf das Lederpolster.

»Wo wollen Sie hin?«

Sie beugt sich nach vorn und nennt der Taxifahrerin die Adresse des Radisson. Die Frau am Steuer ist um die fünfzig, trägt ein rundes Brillengestell aus Metall, und ihre Locken tanzen auf ihrem Rücken, als sie sich umdreht, um nach dem Verkehr im toten Winkel zu schauen.

Ylva hat immer noch den stechenden Geruch des Schusses, der abgefeuert wurde, in der Nase.

»Wo kommen Sie her?«, fragt die Taxifahrerin.

»Schweden.«

Wäre sie jetzt tot, wenn Lambert nicht gekommen wäre? Er hat im Park auf jemanden geschossen. Hat er ihn getötet? Was wird aus Johan Dalgren? Geht Lambert noch einmal zurück, um ihm zu helfen, oder lässt er ihn einfach dort liegen?

Ihre Gedanken rasen.

»Machen Sie Urlaub hier?«

»Nein, ich bin auf einer EU-Konferenz«, stammelt sie.

»Ah, Sie sind Politikerin.«

Aus irgendeinem Grund muss Ylva darüber lachen. »Nein, ich bin Beamtin.«

Sie weiß selbst nicht, wie sie dieses Lachen zustande gebracht hat und wie sie es überhaupt schafft, die Fragen zu beantworten, aber es erscheint ihr plötzlich ungeheuer wichtig, so zu tun, als ob alles völlig normal wäre. Der Taxifahrerin zuliebe. Vielleicht auch für sich selbst.

»In einer Entwicklungshilfebehörde«, fügt sie hinzu.

»Ah, Entwicklungshilfe.«

Die Taxifahrerin macht eine ausladende Geste. Es ist unklar, ob sie damit zum Ausdruck bringen will, dass sie Ylvas Antwort verstanden hat oder dass man ihrer Meinung nach gerne auf Entwicklungshilfe verzichten kann.

Ylva lehnt sich zurück und versucht, tief und ruhig zu atmen. Sie streicht sich über die aufgeschrammte Wange, die sich taub anfühlt, hat hinterher Blut an den Fingern, aber die Taxifahrerin hat im Dunkeln nichts bemerkt.

Es kann nicht weit zum Hotel sein, aber es herrscht dichter Verkehr, und sie brauchen fast zwanzig Minuten.

»Funktioniert Ihre Keycard?«, fragt die junge Frau an der Rezeption, als sie an ihr vorbeieilt.

»Danke, ausgezeichnet.« Ylva lächelt.

Sie hält sich die Hand an die rechte Wange, als wollte sie sie wärmen oder als hätte sie Zahnschmerzen.

Im Zimmer setzt sie sich auf die Bettkante und lässt sich auf den Rücken fallen. Der zu Boden sinkende Schatten, das Blut auf Johan Dalgrens Lippen. Wird er durchkommen? Ist er schon tot?

Sie reibt mit der Hand über ihren Mantel und hält abrupt inne, als sie auf Taillenhöhe ein Loch entdeckt, in das sie problemlos den Zeigefinger hineinstecken kann.

Als ihr aufgeht, was für ein Loch das ist, wagt sie zunächst nicht, sich zu bewegen. Unendlich langsam schiebt sie den Mantel zur Seite und legt behutsam die Fingerkuppen auf die Bluse. Sie scheint intakt zu sein. Oder? Sie fühlt keinen Schmerz, aber vielleicht ist es ja auch schon zu spät, vielleicht ist sie über jeden Schmerz hinaus und ihr Körper kurz davor, alle Funktionen einzustellen.

Sie streckt die linke Hand über den Kopf und erreicht gerade eben den Lichtschalter der Nachttischlampe, ohne sich zu bewegen. Grelles Licht fällt vom Kopfende des Bettes auf die Finger ihrer rechten Hand. Sie sind trocken, kein Blut. Sie zieht an ihrer Bluse, sieht auch hier kein Blut und kein Loch.

Sie schafft es, die Beine über die Bettkante zu schwingen und die Füße auf den Boden zu setzen, aber als sie aufstehen will, sinkt sie zurück aufs Bett, weil der Boden unter ihr schwankt. Sie fängt am ganzen Körper an zu schwitzen, in ihrem Kopf dreht sich alles, als ob ein Grippefieber sie erfasst hätte. Ihr ganzer Körper ist in Aufruhr.

Mit kraftlosen Händen schält sie sich aus dem Mantel. Im Abstand von zirka zehn Zentimetern entdeckt sie zwei Löcher auf derselben Höhe, eins hinten und eins vorne auf der rechten Seite. Sie lässt den Mantel auf den Boden fallen, betastet die Rückseite der Bluse. Nichts.

Der Mann im Schatten der Bäume hat auf sie geschossen, und die Kugel hat sich durch den Mantel gebohrt, ohne sie auch nur zu streifen. Es ist beinahe ein Wunder. War es die Kugel, die Johan Dalgren getroffen hat? Sie ist so erleichtert, dass ihre Augen tränen, und wird von Schluchzern geschüttelt.

Als sie sich etwas beruhigt hat, macht sie alle Lichter an und holt ihren Koffer aus dem Kleiderschrank. Sie muss hier weg, will nicht eine Sekunde länger in Brüssel bleiben. Jetzt geht es nur noch ums Überleben. Schnell packt sie ihre Sachen ein und schließt den Reißverschluss des Rollkoffers. Da fällt ihr der USB-Stick wieder ein. Sie hebt den Mantel auf, steckt die Hand in die linke Tasche. Da ist nichts.

Hat er wirklich links gesagt? Sie schiebt die Hand in die rechte Tasche. Auch sie ist leer. Hat sie ihn richtig verstanden? *Wenn Sie nachher die Hand in Ihre linke Manteltasche stecken ...* Hat er nicht genau das gesagt?

Der gehetzte Spaziergang im Park läuft in ihrem Kopf noch einmal ab. Der Parteisekretär und Eric Hands, Atlas, Korruption. Hat sie ihn verloren? Ist es ihre Schuld? Sie kann nicht klar denken.

Als ob sie an ein Wunder glaubte, tastet sie erneut in der linken Tasche. Sie sucht zuerst die Tagesdecke und dann den Fußboden rund ums Bett ab, schließlich kriecht sie ums Bett herum, hebt den Bettüberwurf und leuchtet mit der Handytaschenlampe darunter. Nichts.

Sie fegt den Mantel vom Bett und schüttet ihre Handtasche aus, geht jeden Gegenstand einzeln durch, greift in jedes leere Innenfach. Nichts.

Verzweifelt steht sie vor dem Bett und betrachtet den verstreuten Inhalt ihrer Handtasche, als ihr innerer Projektor eine andere Erinnerung abspielt. Nach dem Schuss, als Lambert ihr aufgeholfen und ihr die Pistole aus der Hand genommen hat. Hat er ihr mehr als nur die Waffe abgenommen? War er deshalb im Park? Um ihr die Tonaufnahme von Eric Hands abzunehmen?

Du hast doch schon gesehen, was da steht«, sagt er. »Jetzt lies vor.«

»Bist du sicher?«

»Tu es einfach, Amanda.«

In ihrer Stimme schwingt etwas Fremdes mit, das ihm nicht gefällt. Sie räuspert sich leise und raschelt mit dem Blatt Papier.

»›Ich habe mehrmals versucht, Sie telefonisch zu erreichen, um das Ergebnis der beiden Untersuchungen bei Ihrem letzten Termin persönlich mit Ihnen zu besprechen‹«, liest sie vor. »›Da es mir nicht gelungen ist, Sie zu erreichen, schreibe ich Ihnen stattdessen.‹«

Die Tage in der Hütte am Meer, Eva, die im passenden Moment auftauchte, der Schneesturm, Mari-Louise. Wo ist sein Handy abgeblieben? Hat es dort geklingelt, wo Annika Jarl es aufbewahrt, oder liegen seine Einzelteile in irgendeinem Gully in Norrtälje?

»Klingt, als wollte er sich absichern.« Amanda verstummt.

»Lies weiter.«

»›Zwecks Planung Ihrer weiteren Therapie sollten Sie mich oder die Klinik so bald wie möglich kontaktieren.‹«

Er umklammert das Handy, schaut zum Café auf der anderen Straßenseite hinüber, wo das Personal für heute die Stühle hochstellt. Dick eingemummte Schatten auf dem Weg von der Arbeit nach Hause gehen vor der Scheibe vorbei. Ein Kind versucht, aus dem Buggy zu klettern.

Alle sind mit ihrem eigenen Kram beschäftigt. Einer bekommt einen Brief vom Krankenhaus.

Die Abwesenheit von konkreten Begriffen und der Unwille, die Dinge beim Namen zu nennen, kommen ihm bekannt vor. Es klingt nach einem Todesurteil.

»Hier stehen mehrere Telefonnummern«, sagt Amanda. »Willst du sie haben?«

»Schick mir ein Foto davon.«

»Ja klar, mach ich.«

Jetzt sagt sie, die sonst überhaupt nicht hilfsbereit ist, schon zum dritten Mal *klar, mach ich*.

»Soll ich ihn dir nicht lieber per SMS schicken, dann hast du ihn sofort?«, fragt sie.

»Nein, schick ihn per E-Mail.«

»Okay, gut. Was hast du vor, wirst du gleich anrufen?«

»Ich weiß nicht, heute ist es wahrscheinlich zu spät. Es ist schon nach sechs.«

»Versuchen solltest du es auf jeden Fall.«

»Stimmt, das werde ich.«

Elias dankt ihr für die Hilfe. Amanda sagt, er soll sich melden, wenn sie noch etwas für ihn tun kann.

Er schaltet das Handy aus und macht sich auf den Heimweg. Tiefschwarze Dunkelheit umgibt ihn, hier und da von Lichtern durchbohrt. Er will nach Hause. Als er die vielen beleuchteten Fenster ringsherum sieht, möchte er in einen Hauseingang hineingehen, eine Wohnung betreten, unter Menschen sein und nicht allein auf einem Dachboden schlafen.

Er geht hintenherum in die Wohnung.

Wenn der Arzt mehrmals angerufen hat, muss es ernst sein, das liegt auf der Hand. Es eilt. Irgendetwas ist in seinem Kopf ernsthaft nicht in Ordnung. Nicht bösartig, aber die Lage ist ungünstig.

Das Ende?

Er überlegt, ob er auf alles pfeifen und sich in sein eigenes Bett legen soll. Nach vier Nächten auf einer Isomatte auf einem ausgekühlten Dachboden wäre es ein unfassbarer Genuss, sich in ein ganz normales Bett in einem ganz normalen Zimmer zu legen.

Soll er in ein Hotel gehen? Nein, da muss er mit der Karte bezahlen oder vorher Geld abheben, und außerdem müsste er sich anmelden. Es wäre vermutlich nicht wirklich gefährlich, aber er kann sich trotzdem nicht dazu überwinden. Er würde noch schlechter schlafen als auf dem Dachboden.

Er bleibt bis spät in die Nacht in der Wohnung, weiß, dass er sowieso wach liegen und zum Dachfenster hinaufstarren würde, wenn er jetzt hochginge und in den

Schlafsack kröche. Er wird das Bild von dem rosaroten Gewebeklumpen, der zwischen seinen Hirnwindungen wächst, nicht los. Wie groß ist er? Davon hat der Arzt nichts gesagt. Wie eine Erbse? Wie ein Tischtennisball? Er hat keine Ahnung. Wegen der ungünstigen Lage wird er wahrscheinlich auch dann Probleme verursachen, wenn er sehr klein ist.

Er hat das Gefühl, dass die Dunkelheit in der Wohnung sich verdichtet und es diesig wird, aber das muss am Schlafmangel liegen. Er hat mehrere Nächte hintereinander schlecht geschlafen und bezweifelt, dass er heute überhaupt einschlafen kann.

Um drei Minuten vor zwei kommt er auf die Idee, einen Blick in Mari-Louises Badezimmerschrank zu werfen, und findet tatsächlich eine Schachtel mit der Verordnung »1 bis 2 Tabletten pro Nacht bei Schlafstörungen«. Er nimmt eine, schluckt sie mit Wasser aus dem Hahn hinunter, das wie immer in dieser Jahreszeit eiskalt ist, und geht hoch in den Dachbodenverschlag.

Er zieht die Schuhe aus und legt sie in den Schlafsack, damit sie morgen früh, wenn er sie wieder anzieht, nicht tiefgefroren sind. Das Gleiche tut er mit der Jacke. Dann schlüpft er in den Schlafsack, zieht sich die Mütze über die Ohren und zieht den Schlafsack am Hals zu, öffnet ihn aber wieder, wühlt nach der Snusdose und schiebt sich eine Portion Snus unter die Oberlippe. Nur noch zwei Beutelchen sind übrig. Er steckt die Dose wieder ein, zieht den Schlafsack zu, legt sich auf den Rücken und wartet auf die Wirkung der Tablette.

Ylva hat auf einen Direktflug von Brüssel nach Bromma gehofft, ist aber selbst für einen Flug nach Arlanda zu spät dran. Das Beste, was heute Abend noch zu haben ist, wäre ein Flug nach Kopenhagen und von dort aus morgen früh um 9:05 Uhr weiter nach Arlanda. Hauptsache, weg aus Brüssel.

Sie bucht die Tickets mit dem Handy, während sie im Taxi sitzt. Auf dem Flughafen Zaventem angekommen geht sie trotzdem zum SAS-Schalter und fragt, ob jemand seine Buchung storniert hat. Vielleicht hat die App auf ihrem Handy etwas nicht mitbekommen? Der Mann, der offenbar Nachtdienst hat, starrt auf den Bildschirm und schüttelt bedauernd den Kopf.

Um 22:27 Uhr landet Ylva mit siebenundzwanzig Minuten Verspätung in Kastrup. Sie hievt ihren Rollkoffer aus dem Handgepäckfach und zieht den Mantel an. Das Einschussloch wird von ihrem rechten Arm verdeckt, zumindest das vordere, und außerdem könnten beide Löcher auch von einer Zigarette hineingebrannt worden sein, falls sich tatsächlich jemand die Zeit nehmen sollte, sich darüber den Kopf zu zerbrechen.

Bis zum Anschlussflug sind es zehn Stunden, und daher beschließt sie, im Clarion auf dem Flughafen einzuchecken, ein düsteres Hochhaus direkt vor dem Terminal. Sie rollt den Koffer über die Fahrbahn und betritt das Hotel, wo sie an der Rezeption von einem Mitarbeiter vor einer Waldtapete empfangen wird.

»Guten Abend. Check-in?«, fragt er.

Seine Haut ist vollkommen glatt und sein Teint so perfekt, als wäre er geschminkt.

»Ja bitte«, antwortet sie, »falls Sie noch ein freies Zimmer haben.«

In einem Flughafenhotel werden sie Spontangäste ohne Reservierung gewöhnt sein. Ylva lässt ihren Blick durch die Lobby schweifen, in der elegant gekleidete Menschen auf gestreiften Polstermöbeln sitzen, Alkohol trinken und sich so begeistert unterhalten, als hätte ihnen gar nichts Besseres passieren können, als in einem Hotel an der Landebahn zu stranden.

Sie reicht dem Mann ihren Pass und ihre Kreditkarte und behält den Eingangsbereich im Auge, während er ihre Daten eingibt. Er schiebt ihr ein Blatt Papier zum Unterschreiben hinüber, und sie bekommt ihre Keycard. Währenddessen treffen keine weiteren Gäste ein.

Der Raum ist in hellem, puristischem Stil eingerichtet. Sie hängt den Mantel auf, schlüpft aus den Schuhen und legt sich aufs Bett. Die Matratze gibt nach, dann wird es still.

Sie starrt an die Decke, lauscht ihrem eigenen Atem, spürt ihr Herz arbeiten. Sie ist aus Brüssel weggekommen, und sie ist noch am Leben. Es ist einerseits eine geradezu schwindelerregende Erleichterung, aber andererseits bedrückt sie die Sinnlosigkeit des Ganzen.

Wie viele Menschen haben im Park ihr Leben gelassen? Einer, zwei, keiner? Sie selbst wäre um ein Haar getötet worden. Der Schuss hat sie um Haaresbreite oder Sekundenbruchteile verfehlt. Hat Johan Dalgren sie gerettet, als er sie zu Boden stieß, oder Emmanuel Lambert, als er auf den Unbekannten im Park schoss? Wahrscheinlich beide. Innerhalb von kurzer Zeit ist sie zweimal davor bewahrt worden, erschossen zu werden.

Und nun liegt sie hier, ist am Leben, aber das Treffen hat nichts gebracht, der USB-Stick ist weg. Sie weiß jetzt mehr, kann es aber nicht beweisen. War Anders aufgrund dieser Information getötet, war sein Arbeitszimmer deswegen ausgeräumt worden? Wer hat die Aufnahme gemacht? Johan Dalgren selbst? Darüber hat er nichts gesagt.

Sie sinkt tiefer in die Matratze, will nur noch schlafen, weiß aber, dass sie einen Großteil der Nacht wach liegen wird. Sie ist in der Hoffnung, etwas Entscheidendes zu erfahren, in den Parc du Cinquantenaire gegangen. Und das hat sie ja auch, aber gleichzeitig ist alles noch beängstigender geworden.

Ist es an der Zeit, aufzugeben und Schutz zu suchen? Aber bei wem?

Ein Flugzeug hebt ab, und das Motorengeräusch geht

in ein gedämpftes Heulen über, als es im Nachthimmel verschwindet. Sarajevo, die vergessene Aktentasche in ihrem Zimmer, der Laptop. Sie setzt sich im Bett auf.

Eine Tonaufnahme. Nach einer Tonaufnahme haben sie nie gesucht.

Elias geht in den pechschwarzen kalten Wintermorgen hinaus. Die Temperatur muss in der Nacht noch einmal gesunken sein, es ist jetzt sicher unter minus zehn. Bei Ica Dalstan kauft er drei Dosen Snus der Marke Granit. Vor dem Eingang bleibt er stehen, schiebt sich ein Beutelchen Snus unter die Oberlippe und betrachtet die Anzeigen, in denen die Leute Hundesitter suchen, zu klein gewordene Schlittschuhe verkaufen wollen oder sich als Babysitter anbieten. Er ist fasziniert von der alltäglichen Trivialität um ihn herum, während er selbst nicht weiß, ob er an einem Hirntumor stirbt oder vorher schon getötet wird.

Die Wahrscheinlichkeit, dass er in einer Woche tot ist, schätzt er auf fünfzig bis siebzig Prozent. Er drückt mit einer Hand die Dose zu, zieht die Handschuhe an und geht wieder nach Hause.

In vierzig Minuten, um acht Uhr, beginnt die telefonische Sprechstunde der Klinik. Er ruft pünktlich auf die Sekunde an, hat aber trotzdem nur den automatischen

Anrufbeantworter dran, der ihn fragt, ob er in zwanzig Minuten unter der Nummer, von der aus er anruft, zurückgerufen werden möchte. Da ihm nicht viel anderes übrig bleibt, lässt er das Handy eingeschaltet auf dem Wohnzimmertisch liegen.

Er geht in die Küche, macht sich im Dunkeln eine Tasse Kaffee, die Straßenlaternen geben genügend Licht. Während er darauf wartet, dass der Kaffee durch die Maschine läuft, reibt er langsam die Fingerkuppen aneinander und spürt, wie es zwischen den Papillarlinien vibriert, als ob elektrische Spannung entstünde. Ist er empfindlicher geworden, oder hat er noch nie über das Phänomen nachgedacht, weil er normalerweise nicht so dasteht und die Fingerspitzen aneinanderreibt?

Er hat sein Handy sehr leise gestellt und überhört es beinahe, als es pünktlich um zwanzig nach acht klingelt.

Hastig angelt er es vom Tisch.

»Elias Ferreira Krantz.«

Er erklärt der Krankenschwester, mit der er noch nie gesprochen hat, worum es geht, und sie bittet ihn, seine Personennummer zu nennen, obwohl er sie bereits beim ersten Anruf eingetippt hat. Immer das Gleiche.

»Es geht um einen Operationstermin, nicht wahr?«, sagt sie auf diese langsame Art, die erkennen lässt, dass sie gleichzeitig auf einen Monitor schaut.

»Ich weiß nicht genau, im Brief stand, ich soll mich wegen der weiteren Planung melden...«

»Ja, jetzt sehe ich es«, sagt sie. »Das stimmt. Dann wollen wir mal sehen...«

Ihre Tastatur klappert.

»Im Moment ist der Doktor allerdings nicht zu sprechen.«

»Wer? Göran Gilbert?«

»Jaaa«, sagt sie gedehnt. »Und ich denke, Sie sollten am besten mit ihm sprechen, weil er Ihnen ja geschrieben hat. Hier steht, dass Sie zu uns kommen sollen, damit Sie mit ihm die weitere Therapie besprechen können. Wenn ich es richtig sehe, kann er Sie jedoch frühestens um halb elf zurückrufen.«

»Das ist okay«, sagt er.

»Geht das?«

»Ja.« Was soll er sonst sagen? »Ruft er mich an?«

»Genau. Irgendwann zwischen zehn Uhr dreißig und elf, wenn es für Sie in Ordnung ist.«

»Ja.«

Sie lügen auch. *Die weitere Therapie besprechen*. Sie hat es bereits ausgeplaudert. Es steht eine Operation an.

Halb elf, frühestens. Das ist in zwei Stunden. Er legt das Handy wieder auf den Tisch, hört den Straßenverkehr draußen, spürt den Luftzug von den Fenstern. Operation? Jetzt? Ins Krankenhaus gehen? Dort liegen, ans Bett gebunden, wehrlos, frisch operiert?

Wie dringend ist es?

Zwei Stunden seines Lebens. Während der Verkehr auf dem Karlbergsväg zur Ruhe kommt, wird es draußen immer heller. Die Schlaftablette vernebelt ihn noch immer. Er lauscht den Geräuschen aus den Nachbarwohnungen. Gurgelnde Abflussrohre, unbeschuhte Schritte auf dem Fußboden, knallende Absätze auf dem Fußboden, entschlossene Schritte, zögernde Schritte.

Um 10:24 Uhr klingelt sein Handy. Sechs Minuten vor der vereinbarten Zeit. Elias wird vorgezogen. Gar nicht gut.

Er meldet sich mit seinem vollständigen Namen.

»Hallo, Elias, hier ist Göran Gilbert.« Doktor Gilbert klingt frisch rasiert. »Wie geht es Ihnen?«, fragt der Arzt.

»Danke, gut«, antwortet Elias.

»Schön. Wir haben uns die Ergebnisse der Untersuchungen, die wir beim letzten Termin durchgeführt haben, jetzt gründlich angesehen, und ich nehme an, Sie haben meinem Brief entnommen, dass ich versucht habe, Sie zu erreichen.«

»Ja, das habe ich gelesen. Muss ich mir Sorgen machen?«

»Na ja, Sorgen müssen Sie sich meiner Ansicht nach nicht machen, aber angesichts der MRT-Aufnahmen würden wir die Sache gerne umgehend entfernen.«

»Also operieren?«

»Genau. Es hat sich eigentlich nichts verschlechtert, nur die Zeitspanne hat sich verändert.«

Die Zeitspanne bis zum Ende. Denn ein solches ist offenbar in Sicht, egal wie unbeschwert und entspannt der Arzt klingen mag.

»Der Knoten ist also schneller gewachsen, als Sie erwartet haben?« Er steht am Fenster. Eine einzelne Schneeflocke wirbelt durch die Luft.

»Nein. Er ist zwar gewachsen, aber nicht in dramatischem Ausmaß.«

»Was ist also der Grund?«

»Die Lage. Unter bestimmten Umständen wartet man lieber so lange wie möglich, eine Operation ist eben eine Operation, und man will, sozusagen, nicht unnötig stören, aber in diesem Fall steht uns eine noch kompliziertere Operation bevor, wenn wir zu lange warten, und das möchte man ja nach Möglichkeit lieber vermeiden.«

»Es ist also dringend?«

»Dringend wäre übertrieben, aber um auf der sicheren Seite zu sein und genügend Spielraum zu haben, würde ich es gerne so bald wie möglich machen.«

Jetzt ist es ausgesprochen. Die Operation sollte so bald wie möglich stattfinden. Hirnchirurgie. Eine Operation am Gehirn. Unter seinen Füßen schwankt der Boden. Wie machen sie es? Den Schädel aufbohren? Wo gehen sie rein? Oben am Haaransatz, von der Seite, am Hinterkopf? Wie in den Horrorgeschichten, die er im Internet gefunden hat, durchs Gesicht?

Einige Leute behaupten, eine Operation wäre ein bewusstloses Vakuum, aber er hat auch gelesen, dass man unter Narkose fürchterliche Träume träumt und der Körper sich an das Trauma der Operation erinnert.

»So schnell wie möglich, was heißt das genau?«

In einem Monat? Einer Woche?

»Sie müssen ein paar Tage vorher zu uns kommen, damit wir ein Röntgenbild machen und ein paar Proben entnehmen können, wenn heute also Donnerstag ist... ja, können Sie am Montag?«

»Am Montag?«

Der ganze Raum schwankt. Er muss sich hinsetzen, setzt sich aus irgendeinem Grund auf den Tisch und reibt mit der Hand über das Bein.

»Ja, Montag«, sagt Gilbert.

»Das ist bald.«

»Ja. Ich würde wirklich empfehlen, den Eingriff so schnell wie möglich vorzunehmen, aber falls der Zeitpunkt gar nicht passt, können wir die Operation natürlich um eine Woche verschieben. Ansonsten geht es Ihnen gut, sagen Sie? Keine Schwindel- oder Taubheitsgefühle?«

»Nein?«

»Keine Sehstörungen oder andere Auffälligkeiten?«

»Nein.«

»Müdigkeit? Konzentrationsschwierigkeiten?«

Schritte im Treppenhaus lenken Elias von Göran Gilberts Stimme ab. Vor der Tür verstummen sie. Aus dem Hörer dringt nur noch ein undeutliches Brummen.

Ein Schlüssel wird ins Schloss gesteckt.

Elias klickt das Gespräch weg, geht mit schnellen Schritten in sein Zimmer, schaltet das Handy auf lautlos, damit es nicht klingelt, und stellt sich dicht an die Wand, wo man ihn vom Wohnzimmer aus nicht sieht. Kein tolles Versteck, aber ein besseres ist auf die Schnelle nicht zu haben.

Die Tür wird geöffnet und sofort von einem leisen Klicken der Sicherheitskette gestoppt.

Der zweite SAS-Flug, der am Donnerstagmorgen von Kopenhagen nach Stockholm geht, landet pünktlich in Arlanda. Die Maschine bleibt am letzten der fünf Gates des Terminals stehen, und Ylva hastet durch die abschüssige Schleuse.

Elias mit der rußigen Plastiktüte in der Hand vor ihrer Tür geht ihr nicht aus dem Kopf. Ist die Tonaufnahme von Eric Hands und Henning Eriksson auf Anders' Laptop? Sie glaubt ja, ist sich fast sicher.

Er muss die Datei Montag- oder Sonntagnacht von Johan Dalgren bekommen haben. Am Dienstag hatten sie einen Außentermin in Mostar, wo sie auch übernachtet haben, und am Mittwochabend ist in der Rezeption des Hotels die Bombe hochgegangen. Mit anderen Worten, Anders hatte genügend Zeit, die Datei auf seinem Laptop abzuspeichern. Hoffentlich hat es ihm nicht widerstrebt, sie auf seinem Dienstlaptop zu speichern. Er hatte ja noch die zweite Konfiguration, die nicht automatisch eine Sicherheitskopie auf dem Server von Sida erzeugte.

Oder klammert sie sich an diesen Strohhalm, um davon abzulenken, was sie gefühlt hat, als sie die Hand in ihre linke Manteltasche steckte und nichts darin fand?

Sie schaltet das Elias-Handy ein und wartet im Gehen darauf, dass es sich mit dem Netz verbindet. Sie drängelt sich mit dem Rollkoffer durch die Menge, kommt am Zeitungsladen, dem Pocketshop und einem Café vorbei. Zwischen dem Duty-free-Shop und den schwedischen Delikatessen gibt es ein Ping von sich. Sie bleibt stehen und schaut auf das briefmarkengroße Display. Sprachnachrichten sind keine gekommen, sie hört die Mailbox sicherheitshalber trotzdem ab. Sie vertraut dem kleinen Plastikding, das sich wie ein Spielzeug anfühlt, nicht.

Auch hier keine Nachrichten.

Sie geht die Treppe zum Gepäckband und zum Ausgang hinunter. An der dunklen Bar auf der rechten Seite sitzen von Geschäftsreisen zermürbte Männer und kippen schon am Vormittag große Biere in sich hinein.

Sie wird Elias abholen. Um Punkt eins. Und dann? Können sie sich überhaupt zu ihr nach Hause trauen? Aber was wäre die Alternative? In ihr Büro? Gar keine gute Idee, falls es stimmt, dass die wichtigen Personen im Netzwerk bei Sida arbeiten. Dann werden sie sofort entdeckt.

Ylva sieht sich um. Wird sie beobachtet? Nein, der Strom der Reisenden reißt nicht ab, Ankunft und Abflug, in den Duty-free-Shop hinein und wieder hinaus. Was ist mit dem Typen an der Bar, der sie über ein halb ausgetrunkenes Glas Orangensaft hinweg anstarrt? Nein, er starrt ins Leere.

Wenn jemand weiß, dass sie mit dieser Maschine gekommen ist, steht diese Person vermutlich am Ausgang hinter dem Zoll. Aber wer sollte das wissen? Bei Sida ahnt niemand, dass sie einen früheren Flug genommen hat. Oder ist ihr jemand von Brüssel gefolgt?

Immer fantasievollere Szenarien gehen ihr durch den Kopf. Keins davon sonderlich realistisch, aber es lässt sich auch keins mit Sicherheit ausschließen. Vor der Schleuse zum Gepäckband zögert sie. Wenn sie dort durch ist, gibt es keinen Weg zurück. Was soll sie tun? Gibt es überhaupt eine Alternative?

Sie gibt sich einen Ruck und geht hindurch, eilt mit dem Rollkoffer im Schlepptau auf den Ausgang zu, gelangt in die niedrige Ankunftshalle, in der erwartungsvolle Gesichter und Taxifahrer mit nichtssagenden Mienen nach Verwandten und Kunden Ausschau halten.

Ylva nimmt den Fahrstuhl hinunter zur unterirdischen Verbindung mit dem Parkhaus, hängt sich an zwei Männer, die mit flatternden Rockschößen nebeneinander hergehen und sich lebhaft gestikulierend unterhalten. Solange sie mit anderen zusammen ist, müsste sie sicher sein.

Es wird einige Male an der Sicherheitskette gerüttelt, dann hört er Markus' Stimme: »Was soll der Scheiß?«

Die Kette rasselt, als ob Markus versuchen würde, sie von außen zu öffnen, aber das geht natürlich nicht. Weitere Schimpfwörter. Mit einem Knall, der durchs ganze Treppenhaus hallt, fällt ein Koffer um.

»Hallo! Elias, bist du da?«

Schrei noch lauter, du Idiot. Elias verlässt sein Versteck im Schlafzimmer und geht mit schnellen Schritten durchs Wohnzimmer in den Flur. »Ich komme.«

Markus linst mit einem Auge durch den Türspalt. »Warum zum Teufel hast du die Kette vorgelegt?«

Elias bleibt vor der Tür stehen. »Ich muss abschließen, damit ich...«

»Ja, schon klar«, fällt Markus ihm ins Wort.

Elias macht die Tür zu, löst die Sicherheitskette und macht die Tür wieder auf. Markus steht mit einem großen Koffer und einer hellbraunen Stofftasche, die er über der Schulter trägt, im Flur. Sobald er in der Wohnung ist, macht Elias die Tür schnell wieder zu.

»Du bist also hier?« Markus wendet ihm den Rücken zu und schält sich aus seiner Jacke.

»Ja, du wolltest doch, dass ich meine Sachen packe.«

Markus brummt irgendetwas in Richtung Garderobe.

»Was?«

»So dringend ist es auch wieder nicht.«

Markus hängt seine Jacke auf. Elias zieht sich ins Wohnzimmer zurück, um ihm Platz zu machen, aber auch, um auf eine erträglichere Distanz zu seinem Stiefbruder zu gehen. Jetzt, da ihre jeweiligen Elternteile nicht mehr leben, endet auch ihre konstruierte Verwandtschaft. Auch wenn man in diesem Punkt geteilter Meinung sein kann, ist die Wohnung, in der sie sich befinden, wohl die einzige Verbindung, die noch zwischen ihnen besteht. Elias beschließt, das Thema nicht anzusprechen und lieber auf die Testamentsvollstreckungen zu warten.

»Hast du schon entschieden, wann das Begräbnis stattfinden soll?«, fragt er.

»Nein, aber deshalb bin ich hier. Unter anderem.«

Markus hat sich die Schuhe ausgezogen und rollt seinen Koffer herein, unter dem grauer Schneematsch klebt.

»Und du? Wie läuft es mit...« Der Satz verebbt, und für einige lange Sekunden liegt ein Hauch von Versöhnung in der Luft, gegenseitiger Respekt.

»Papa ist immer noch in Sarajevo, ich weiß also nicht...«

Wenn Elias jetzt von sich erzählen würde, könnten sie

vielleicht ihre Erfahrungen miteinander teilen, aber es ist alles zu komplex, und es ist zu viel Zeit vergangen. Und wenn er Markus die Wahrheit sagt, muss es die ganze Wahrheit sein und nicht nur ein Teil davon. Dann muss er ihm auch erzählen, dass sein Vater Mari-Louise nicht treu war, was die Stimmung zwischen ihnen bestimmt nicht heben würde.

Markus trägt den Koffer in sein Zimmer, damit die Räder nicht den Boden einsauen.

»Bist du tagsüber hier?«, ruft er über seine Schulter.

»Ich gehe gleich«, antwortet Elias laut. Etwas leiser fügt er hinzu: »Du brauchst dir also keine Sorgen zu machen.«

Elias geht in sein Zimmer und hört Markus nebenan den Koffer öffnen.

»Warum hast du die Kette vorgelegt?«

»Ich ... ich weiß nicht.«

»Hast du vor irgendetwas Angst?«

Elias lacht. »Nein.«

»Kommt mir etwas rentnermäßig vor.«

Elias macht sich nicht die Mühe, etwas darauf zu erwidern. Er findet unten im Kleiderschrank in seinem Zimmer eine Sporttasche und sucht Unterwäsche, Socken, ein paar Hemden, einen Wollpullover und eine Cordhose heraus, die er schon lange nicht mehr angehabt hat. Der Schlafsack und die Isomatte sind auch praktisch, wenn er sich nicht mehr traut, in einem normalen Bett zu schlafen. Viel wichtiger als die Kleidungsstücke, wenn er es recht bedenkt. Der Schlafsack kann über Leben und Tod entscheiden.

Markus stapft in die Küche. Er dreht den Wasserhahn auf, dann wird es still. Elias beugt sich über das Bett und zieht gerade den Reißverschluss der Sporttasche zu, als es an der Tür klingelt. Wie eine Sirene hört sich die Klingel vermutlich nur in seinen Ohren an.

Nicht. Nicht aufmachen.

Handlungsunfähig und mit leerem Kopf steht er vor dem Bett. Es klingelt erneut.

»Ja, ja«, ruft Markus aus der Küche.

Elias stürzt aus seinem Zimmer, aber es ist zu spät, Markus ist bereits im Flur. Wie soll Elias ihm innerhalb von einer Zehntelsekunde begreiflich machen, dass er die Tür nicht aufmachen soll, wie soll er ihn dazu bringen, ihm zu glauben und nicht schulterzuckend den Knauf umzudrehen, und das Ganze am besten so, dass derjenige, der draußen wartet, die zwei Personen in der Wohnung nicht bemerkt. Und dann ist es wahrscheinlich nur ein Nachbar.

Ein Nachbar um Viertel vor elf am Vormittag?

Der Postbote mit einem Päckchen?

Elias weicht zurück ins Schlafzimmer, schnappt sich die Sporttasche vom Bett und drückt sich an die Wand.

Der Schließmechanismus klickt metallisch.

»Ja.« Markus' Stimme schallt ins Treppenhaus.

Ein gedämpfter Knall. Ein weiches Rumsen, als ein lebloser Körper im Flur zusammensackt. Noch ein dumpfer Knall. Die Wohnungstür wird zugemacht. Von außen oder von innen? Dann ist es totenstill.

Elias' Puls rast, seine Atmung genauso. Er versucht, sich zu beruhigen, durch die Nase zu atmen.

Ein zischendes Geräusch. Tastende Schritte auf dem Parkett. Stille. Dann plötzlich ungeniertes Getrampel auf knarrendem Eichenparkett. Elias zittert am ganzen Körper, macht sich auf furchtbare Schmerzen und dann nichts mehr gefasst.
Das Ende.
So würde es also sein. Nicht irgendwann um zweitausendachtzig herum in einem Altenheim mit beigen Wänden, sondern im Alter von vierundzwanzig Jahren in seinem Kinderzimmer, wo sein Gehirn zur Explosion gebracht wird, nicht von einem Tumor, sondern von einer Kugel, die den Schädel mit einer Geschwindigkeit von dreihundert Metern in der Sekunde durchbohrt. Er wünschte, er könnte seine Gedanken abstellen, es ist, als würden sie pro Sekunde einen Roman schreiben. Er sieht die Toten. Mama in dem Haus auf Tyresö. Er hat sich mit dem norwegischen Jagdmesser, das Papa ihm geschenkt hat, in den Finger geschnitten.
Atmen.
Atmen.
Atmen.
Die Schritte bewegen sich noch immer durchs Wohnzimmer und steuern wahrscheinlich das Arbeitszimmer an, das vom Flur aus gesehen am nächsten liegt. Es raschelt leise, dann hört er ein anderes Geräusch, das er nicht identifizieren kann, und danach werden Schubladen herausgezogen und wieder hineingeschoben. Drei schnelle Schritte und wieder Stille.
Will er die ganze Wohnung durchsuchen? Wenn ja,

dann hat er keine Chance. Elias sieht sich im Zimmer um. Kann er sich mit irgendeinem Gegenstand verteidigen, wenn sein Leben davon abhängt? Wie schützt man sich vor einer Schusswaffe? Er hat eine winzige Chance, ihn in dem Moment zu überraschen, wenn er ins Zimmer kommt. Warum ist er nicht einer von den Jungs, die einen Baseballschläger in der Ecke stehen haben? Sein Master in Friedens- und Konfliktforschung nützt ihm nicht viel.

Noch zwei Schritte. Er ist jetzt im Wohnzimmer. Elias hört ihn atmen. Schnell, aber nicht angestrengt, ein fast unmerkliches Pfeifen beim Einatmen, als ob die Nase verstopft wäre.

Atmen.

Entspannen.

Selbst das leiseste Knacken eines Gelenks kann ihn verraten.

Er hört nur die Atmung. Was macht er dort? Hat er sich die Schuhe ausgezogen und ist auf Socken ins Schlafzimmer geschlichen? Sollte es ihm tatsächlich gelungen sein, das Fischgrätparkett zu überlisten?

Elias ist dem Tod noch nie so nah gewesen, nicht einmal während seiner Flucht über die Klippen in Grisslehamn. Immer noch kein Geräusch. Wenn er das hier überlebt, überlebt er auch die Hirnoperation. Alles andere wäre absurd.

Er schnappt nach Luft, als die Schritte über die trockenen Eichenstäbe stampfen, aber sein Keuchen wird von dem unsensiblen Getrampel übertönt. Die Schritte entfernen sich.

Die Wohnungstür wird geöffnet und fällt ins Schloss.
Er wagt es nicht, sich zu bewegen. Bleibt minutenlang reglos stehen. Nach einer gefühlten Ewigkeit, aber mindestens nach fünf, höchstens fünfzehn Minuten beginnt er abzuwägen, ab wann er sich gefahrlos von hier entfernen kann. Auf der anderen Seite, wie lange kann er gefahrlos hierbleiben?

Die wachsende Panik gibt den Anstoß. Er muss hier weg. Langsam geht er aus dem Schlafzimmer, ist die ganze Zeit auf die Hölle gefasst. Ist darauf gefasst, dass die Tür, die geöffnet und geschlossen wurde, nur ein Bluff war, dass der Angreifer noch in der Wohnung ist und im Flur wartet, nur darauf wartet, ihn zu töten.

Er ist so sehr darauf fixiert, jeden Moment erschossen zu werden, dass er ganz vergisst, was ihn tatsächlich erwartet.

Markus liegt mit dem Kopf in Elias' Richtung in dem schmalen Flur, seine linke Hand ist an dem Ring hängen geblieben, der die Beine des altmodischen Kleiderständers zusammenhält. Rings um Kopf und Oberkörper hat sich eine große Blutlache ausgebreitet. Es stinkt nach Blut und Schwefel.

Es ist die Hölle.

Er muss hier weg. Das denkt er, aber sein Körper gehorcht ihm nicht. Er kann sich keinen jämmerlichen Zentimeter von der Stelle rühren. Er kann den Blick nicht von Markus losreißen, von dem durch den Schuss zerstörten Gesicht, der direkt unter dem Auge eingedrungen zu sein scheint. Etwas passiert mit ihm, etwas, wogegen er sich nicht wehren kann, als er seinen Stiefbruder, den er nie gemocht hat, in seinem eigenen Blut liegen sieht. Nach dem Tod auf Distanz in Sarajevo und gefrorenem Tod im Schneesturm kommt ihm der Tod jetzt ungeahnt nah. Klebrig, eklig, hässlich und grob. Er weiß nicht, ob es Schmerz, Schreck oder etwas anderes ist, aber es raubt ihm die gesamte Kraft und zwingt ihn in die Knie.

Markus war das letzte lebende Verbindungsglied zu den Toten, eine Verbindung, die er nicht wollte, aber trotzdem ein letztes Bruchstück von Familie. Was ist jetzt noch übrig? Einige entfernte Verwandte in Italien, die er kaum kennt und deren Dialekt er nur schwer versteht.

Der Fahrstuhlmechanismus erweckt ihn wieder zum Leben. Das kurze Singen, mit dem er startet, und dann das beharrliche Knarren der Räder.

Elias rappelt sich auf. Er muss hier raus. Jetzt, sofort.

Vor der Leiche auf dem Fußboden zögert er. Die Blutlache, in der Markus umgibt, scheint ihm buchstäblich unüberwindlich. Wie soll er daran vorbeikommen, ohne hineinzutreten?

Indem er sich am Türrahmen festhält, erreicht er halb kletternd und mit einem gelenkigen Riesenschritt ein nichtbesudeltes Stück Steinfußboden. Er schwankt, fegt Schuhe aus dem Schuhregal. Einer von Mari-Louises Turnschuhen landet in der Blutlache. Die weißen Schnürsenkel färben sich rasch rosa.

Markus ist auch mitten in die Brust geschossen worden. Der zweite Schuss. Oder der erste. Das Herz, das

Gehirn. Hier ist der Geruch noch stärker, ihm wird übel davon.

Er zieht die Jacke an und bindet sich gerade die Schuhe zu, als ihm der Laptop einfällt. Das Gepäck ist nicht so wichtig, aber den Laptop sollte er mitnehmen.

Wieder ein akrobatisches Kunststück um den Türpfosten, um dem Blut auszuweichen. Diesmal ist es etwas leichter. Er geht den gleichen Weg wie Markus' Mörder und ist im Arbeitszimmer, bleibt am Kopfende des Tisches stehen.

Er ist weg. Das hat er also hier drinnen gemacht, er hat den Laptop geholt. Elias bleibt einige Sekunden stehen und überlegt, ob es überhaupt eine Rolle spielt. War der Laptop es wert, jemanden zu töten, oder war er nur ein Bonus?

Er geht mit großen Schritten zurück in den Flur, steigt über Markus hinweg, gerät ins Wanken und muss diesmal die Sohle in der Blutlache absetzen. Angewidert wischt er den Schuh an der Fußmatte ab und überprüft, ob er trocken ist, bevor er aus der Wohnung stürzt, die Tür hinter sich zuzieht und drei Stufen auf einmal nehmend die Treppe zum Dachboden hinaufrennt.

Ylva fährt langsam aus dem Parkhaus, bleibt stehen, nachdem sie den Schlagbaum passiert hat, und zieht das Handy aus der Tasche. Das andere. Elias hat versucht, sie zu erreichen.

Sie ruft zurück, rechnet nur mit dem Anrufbeantworter und ist verblüfft, als er nach dem ersten Klingeln drangeht. Er scheint außer Atem zu sein.

»Wie geht es dir?«, fragt sie.

»Kannst du mich abholen?«

»Ich komme gerade vom Flughafen.«

Er atmet direkt in den Hörer, sagt nichts.

»Ist etwas passiert?«, fragt sie.

»Ja.«

Wieder still.

»Wo bist du?«

»Ich kann nicht… Wir reden später darüber. Wann kannst du mich abholen?«

»Ich brauche etwa eine Dreiviertelstunde in die Stadt.«

»Okay, das ist gut.«

Ylva ist sich nicht sicher, ob er mit sich selbst spricht oder mit ihr.

»Wo soll ich dich abholen?«

»Ruf mich an, wenn du dich Norrtull näherst. Wir entscheiden dann.«

»Na gut, aber…«

Er hat bereits aufgelegt.

Ylva lässt Arlanda hinter sich und gelangt auf die Zufahrtsstraße zur E4. Der fahle Januarhimmel hängt tief über der hellgrauen Schneelandschaft.

Sobald sie Elias eingesammelt hat, müssen sie eine Entscheidung fällen. Es wäre naiv zu glauben, dass es jetzt vorbei ist. Früher oder später werden sie sie wieder einholen. Sie schaffen es nicht allein, nicht mehr, aber sie ist sich nicht sicher, ob Elias ihr zustimmt.

Wie ferngesteuert fährt sie die bekannte Strecke und erwacht erst aus ihren Gedanken, als auf der Höhe von Haga der Verkehr dichter wird. Sie ruft Elias an.

»Ich bin bald da.«

»Wo bist du?«

»In der Nähe vom Karolinska-Krankenhaus.«

»Kannst du mich in der Norrtullsgata, Ecke Ynglingagata abholen?«

»Ja.«

Er klingt auf beunruhigende Weise gefasst und fokussiert.

»Kommst du im Taxi?«

»Nein, ich bin mit dem Auto unterwegs.«

Der Verkehr arbeitet sich an einigen Ampeln vorbei,

dann ist sie im Kreisverkehr am Wennergrens Center und biegt in die Ynglingagata ein. Sie schaut in Richtung Norrtullsgata, kann Elias aber nicht sehen. Er hat nicht gesagt, welche Ecke er meint.

Sie legt das letzte Stück im Schneckentempo zurück und bleibt eine Wagenlänge von der Kreuzung entfernt stehen. Immer noch kein Elias. Sie wirft einen Blick in den Rückspiegel, um sicherzugehen, dass sie niemandem den Weg versperrt, dann entdeckt sie ihn. Er kommt aus einem Café auf der anderen Straßenseite.

Ylva öffnet die Zentralverriegelung, bevor Elias die Tür aufreißt und auf den Sitz fällt.

»Fahr«, sagt er atemlos.

Wird er verfolgt? Es klingt so.

»Fahr«, sagt er noch einmal wie ein Bankräuber zum Fahrer des Fluchtautos.

Ylva legt den ersten Gang ein, aber als sie die Kupplung kommen lassen will, taucht neben ihnen ein Auto auf und bleibt schräg vor ihnen stehen. Ylva flucht verärgert. Sie kommt unmöglich an dem Wagen vorbei.

»Bürgersteig«, keucht Elias, »fahr über den Bürgersteig.«

Die Beifahrertür geht auf, und jemand steigt aus. Zu spät.

Elias öffnet die Tür und will aus dem Auto raus, als die Rothaarige ihm den Weg versperrt.

»Keine Angst«, sagt Ylva in seinem Rücken, »das ist Karolina, die Polizistin.«

Keine Angst. Alles in ihm ist in Aufruhr, sein Puls, die Atmung, seine Gedanken. Der gedämpfte Knall, der dumpfe Aufprall des leblosen Körpers, der zweite Schuss. Markus in einem See aus Blut. Immer und immer wieder. Er ist dort, hier ist dort. Er ist Markus.

»Setz dich, Elias«, sagt Ylva.

»Ja, setz dich ins Auto«, sagt die Frau vor ihm. »Wir haben einiges zu besprechen.«

Das ist das Letzte, was er will, aber er sieht ein, dass er keine Wahl hat. Irgendwie bringt er seine Muskeln dazu, ihm zu gehorchen und wieder ins Auto zu steigen, obwohl alle Instinkte auf Flucht eingestellt sind.

Die Frau, die also die Karolina Möller sein muss, von der Ylva gesprochen hat, geht um das Auto herum, während der Wagen, aus dem sie ausgestiegen ist, ein Stück vorfährt.

Das ist seine Chance, jetzt könnte er entkommen. Aber sie sind zu zweit und... Er wirft einen Blick auf das Auto, das an ihnen vorüberrollt. Als er sieht, wer am Steuer sitzt, erstarrt er. Was macht Eva hier? Er versteht gar nichts mehr.

Grisslehamn, Eva, die an der Hotelbar saß, nachdem er sich das Blut von der Oberlippe abgewaschen hat, die Nacht in dem Sommerhäuschen, ihr warmer Körper an seinem, das, was zwischen ihnen passiert ist oder auch nicht, und dann die Panik, die Flucht über die Klippen.

Es ist wirklich Eva, da ist er sich ganz sicher. Sie sieht ihn kurz an, verrät aber mit keiner Regung, was sie denkt.

Karolina öffnet die Tür auf Ylvas Seite.

»Ich fahre weiter«, sagt sie.

Ylva zögert einen Augenblick, aber dann steigt sie aus und setzt sich auf die Rückbank. Sobald sie die Tür zugeknallt hat, tritt Karolina aufs Gaspedal. Ein paar Sekunden lang hätte er eine Chance gehabt, aber er hat sie verpasst. Falls es überhaupt eine Chance war.

Als Karolina ein paar Straßen weiter an einer roten Ampel hält, dreht sie sich zur Seite, reicht ihm die Hand und wirft ihm einen kurzen Blick zu. »Karolina Möller.«

Er erwidert den Händedruck, ist aber zu aufgewühlt, um seinen eigenen Namen zu sagen. Erst als ihre rechte Hand wieder das Lenkrad umfasst, denkt er, dass das mit Sicherheit sowieso überflüssig ist, weil sie seinen Namen längst weiß.

»Sie ist keine Medizinstudentin, oder?«, fragt er in verächtlichem Ton, um nicht völlig ausgeliefert zu wirken.

Es wird grün, und sie fahren los.

»Wer?« Sie schaut nach vorne.

»Eva. Ihre Kollegin im anderen Auto.«

»Nein.«

»Falls sie überhaupt Eva heißt.«

Karolina antwortet nicht.

»In Brüssel ist etwas passiert«, sagt Ylva von hinten. »Ich bin beinahe erschossen worden.«

Sie verstummt, senkt seufzend den Blick.

Ylva erzählt weiter, eine unwahrscheinliche und leicht wahnsinnige Geschichte von einer Begegnung in einem Park, in dem zwei Menschen angeschossen und möglicherweise getötet wurden. Noch vor wenigen Wochen hätte Elias Ylva für eine notorische Lügnerin oder eine Frau mit paranoider Persönlichkeitsstörung gehalten, aber jetzt fügt sich alles, was sie berichtet, nahtlos in den Albtraum ein, in dem er lebt.

»Henning Eriksson, der Parteisekretär«, sagt Elias. »Das erklärt, warum ausgerechnet Annika Jarl Papas Sachen an sich genommen und mich und Mari-Louise nach Grisslehamn gebracht hat.«

»Ja, aber jetzt habe ich nur Johan Dalgrens Wort, dass auf dieser Tonaufnahme Henning Eriksson und Eric Hands zu hören sind.«

Elias schließt die Augen. Hat Henning Eriksson sie nach Grisslehamn bringen lassen, um sie zu töten? Wie sollen sie jemals aus dieser Sache herauskommen, wenn das stimmt?

»Außer Johan Dalgren und dem Mann, der auf uns geschossen hat, war noch jemand im Park«, fährt Ylva fort.

»Ich weiß nicht, ob er mir das Leben gerettet hat oder ob er nur da war, um an den USB-Stick mit der Tonaufnahme zu kommen.«

»Wissen Sie, wer es war?«, fragt Karolina.

»Ich habe ihn am Tag zuvor kennengelernt, ein Franzose, Emmanuel Lambert.«

Karolina schaut weiter durch die Windschutzscheibe und zeigt keine Reaktion auf diese Information.

»Er hat mich aus dem Park gebracht und mir gesagt, dass ich ein Taxi nehmen soll. Und als ich im Hotel ankam, war der USB-Stick nicht mehr in meiner Tasche. Ich weiß nicht, ob er jemals dort war oder ob ich ihn verloren habe, aber mir geht der Gedanke nicht aus dem Kopf, dass Lambert ihn mir weggenommen hat.«

Sie stehen jetzt an einer roten Ampel auf dem Sveaväg und warten darauf, links in die Odengata abzubiegen. In dieser Gegend wohnt Elias, aber eigentlich auch nicht. Schmutzige Schneewälle entlang des Mittelstreifens, grauer Matsch, salzverkrustete Autos.

»Es besteht noch eine kleine Chance«, sagt Ylva.

»Dass was?«, fragt Elias.

»Dass auf Anders' Laptop eine Kopie der Tonaufnahme abgespeichert ist.«

Elias lacht und schaut aus dem Fenster.

»Wir sind alle Dateien durchgegangen, aber auf die Idee, nach einer Tonaufnahme zu schauen, sind wir nicht gekommen.«

»Sie haben also seinen Laptop?«, fragt Karolina.

»Ja«, flüstert Ylva.

Elias schließt die Augen und lehnt die Stirn an die angenehm kühle Scheibe. Kann er nicht bitte bald aufwachen oder von ihm aus auch wegdösen? In ganz normalen tiefen Schlaf fallen, ohne Überraschungen, Schatten im Zug oder Mörder im Schneesturm?

»Nein«, sagt er.

»Wieso?« Ylva legt ihm eine Hand auf die Schulter. »Elias?«

Langsam dreht er sich zu ihr um, bemerkt dabei, wie Karolina Möller ihn im Rückspiegel beobachtet.

»Er ist weg.«

»Wer? Der Laptop?«

»Ja.«

»Wie kommt das?«

»Ich war die ganze Zeit zu Hause im Karlbergsväg. Heute Morgen ist Markus aufgetaucht. Er ist aus London gekommen, um die Wohnung zu verkaufen. Kurze Zeit später klingelte es an der Tür...«

Wieder schießen ihm die Bilder durch den Kopf. Der Schuss im Flur, das Stampfen auf dem Parkett, das Blut. Es wird grün, und Karolina biegt in die Odengata ein.

»Ich habe es nicht geschafft...« Sein Hals ist zugeschnürt, er räuspert sich. »Ich habe es nicht geschafft, ihn zu warnen. Jemand hat ihn in dem Moment erschossen, als er die Tür aufmachte...«

»Was?«, ruft Ylva.

»Ich war in meinem Zimmer, aber ich habe die Schüsse gehört. Es waren zwei. Ich habe nicht gewagt, mich zu rühren, und hab mich ganz still verhalten, während Markus' Mörder in der Wohnung herumgetrampelt ist.«

Während er Ylva den Rest erzählt und dass der Mörder den Laptop mitgenommen hat, ruft Karolina Möller jemanden an.

»Ja?«, ertönt es laut und deutlich.

»Du bist auf Lautsprecher. Markus Waldoff ist erschossen worden, die Leiche liegt wahrscheinlich in der Wohnung im Karlbergsväg.«

Evas Stimme. Oder die Stimme der Frau, die er als Eva kennt. Sie klingt so nah, als würde sie neben Karolina sitzen.

»Übernimm du das, ich kümmere mich um Ylva und Elias. Durchsuch die Wohnung nach einem Laptop.«

»Kannst du ihn genauer beschreiben?«

»Nimm alles mit, was entfernt an einen tragbaren Computer erinnert. Und alle anderen Speichermedien. Festplatten, USB-Sticks, Spielkonsolen, alles, worauf man Daten abspeichern kann.«

»Noch was?«

»Im Moment nicht.«

Es wird still, das Gespräch ist beendet. Elias dreht sich zu Ylva um, die auf ihrer Seite aus dem Fenster sieht und mit ihrem eigenen Albtraum beschäftigt ist.

»Wäre es nicht allmählich an der Zeit, dass Sie uns erzählen, worum es hier eigentlich geht?«, fragt er Karolina.

»Es fragt sich, ob Sie beide nicht mehr wissen als ich«, erwidert sie.

»Ganz bestimmt«, schnaubt er.

Sie antwortet nicht. Sie biegen bei der Birger Jarlsgata rechts ab und sind kurz darauf auf dem Karlaväg.

»Warum ist mein Vater gestorben?«

»Es ist gut möglich, dass diese Tonaufnahme, von der Ylva gesprochen hat, der Grund war, aber das ist nur eine Vermutung.«

Ylva erwacht aus ihren Gedanken.

»Warum in Sarajevo?«

»Dort sind Sie regelmäßig gewesen. Das hat die Vorbereitungen erleichtert. Und seit dem Krieg kommt man dort problemlos an Waffen und Sprengstoff. Die meisten illegalen Waffen, die in Schweden im Umlauf sind, kommen von dort unten. Die Bombe im Hotel Europe ist aus zwei Granaten hergestellt worden, die ursprünglich mit Mörsern abgefeuert werden sollten.«

Elias stellt sich umherfliegende, alles zerfetzende Metallsplitter vor. Eine Granate tötet alle ungeschützten Personen im Umkreis von dreißig Metern.

»Glauben Sie, dass eine Gruppe von schwedischen Beamten hinter diesen Morden steckt?«, fragt er. »Jemand, der bei Sida arbeitet?«

Karolina wechselt die Spur, fängt im Rückspiegel zufällig Ylvas Blick auf.

»Nein, das bezweifle ich. Es begann mit kleinen Gefälligkeiten, die mit der Zeit immer größer wurden. Atlas erhielt Ausfuhrgenehmigungen, die nicht hätten erteilt werden dürfen, Fördergelder, die sie vielleicht sowieso bekommen hätten, die ihnen aber nun von vornherein zugesagt wurden, und sie wurden mit geheimen Informationen über die Konkurrenz versorgt.«

»Industriespionage«, sagt Ylva.

»Ja. Und dann hat sich die Sache ganz anders entwickelt, als es sich diese schwedischen Beamten vorgestellt haben. Ich glaube, dass die schwedischen Beamten das, was mit der Bombe in Sarajevo angefangen hat, nicht mehr unter Kontrolle hatten. Einige haben vielleicht davon gewusst oder zumindest den Zusammenhang begriffen, konnten aber nicht in den Verlauf der Ereignisse eingreifen.«

»Dann hat Eric Hands also meinen Vater und mehrere andere Leute umgebracht, um die Bestechung von schwedischen Beamten zu vertuschen?«, fragt Elias.

Das klingt vollkommen geistesgestört.

Der Verkehr ist zähflüssig. Langsam fahren sie am Humlegård vorbei, wo in der fünfzig Zentimeter dicken Schneedecke die Spazierwege freigeschaufelt worden sind.

»Es geht um mehr als die Vertuschung von Bestechung«, sagt Ylva. »Es geht um die Sicherung von Milliardengeschäften. Die Zukunft der gesamten Atlas-Gruppe könnte auf dem Spiel stehen.«

»Genau«, fügt Karolina hinzu.

»Und mein Vater?«, fragt Elias. »Was hat er damit zu tun?«

»Er hatte einen Auftrag von uns. Wir brauchten jemanden bei Sida, dem wir hundertprozentig vertrauen konnten und der für uns Augen und Ohren offen hält. Jemand, der uns hilft, denjenigen zu finden, den Ylvas Kontaktperson in Brüssel als Boten bezeichnet hat.«

»Sie haben seinen Lebenslauf frisiert«, sagt Ylva.

Karolina scheint das anders zu sehen.

»Ausgeschmückt, würde ich es eher nennen. Aber nur marginal. Wir hätten niemals riskiert, Ihnen jemanden zu schicken, der seine Aufgaben nicht beherrscht.«

»Was ist dann passiert?«, meldet sich Elias wieder zu Wort. Er will endlich wissen, was mit seinem Vater war.

»Er sollte beobachten und berichten«, sagt Karolina. »Er sollte die Mitarbeiter observieren und sich einen Überblick über alle zugänglichen Dokumente, Dienstreisen, Gespräche, Kontakte und Zuständigkeiten verschaffen. Nach wiederkehrenden Mustern Ausschau halten.«

Mit anderen Worten das, was sie auf seinem Laptop gefunden haben.

»Er kam nur langsam voran«, fährt Karolina fort. »Was nicht an ihm lag. Die Person, nach der wir suchten, ging äußerst geschickt vor, was Anders maßlos frustriert hat, und da ist er, glaube ich, ein wenig zu ehrgeizig geworden.«

»Was ist daran verkehrt?«, hakt Elias nach.

Er hat sich nicht zurückhalten können. Irgendetwas daran, wie sie *ein wenig zu ehrgeizig* gesagt hat, provoziert ihn. Als ob es lächerlich wäre.

»Verkehrt habe ich nicht gesagt, aber es war riskant. Anders ist ein Risiko eingegangen. In Anbetracht dessen, was ihm in Aussicht gestellt wurde, war es ein vertretbares Risiko, aber es war nicht seine Aufgabe, es einzugehen. Im Nachhinein kann man sagen, dass es sich nicht gelohnt hat.«

»Im Nachhinein ist man ja immer klüger«, wendet Elias ein.

»Ja klar.«

Für eine Tonaufnahme in Stücke gerissen, war das die Erklärung? Eine Tonaufnahme, die einen ganzen Konzern ruinieren könnte?

»Es gibt eine Sicherheitskopie«, sagt er.

»Von der Tonaufnahme?« Karolina dreht sich zu Elias um.

»Nein, ein Backup des gesamten Laptops. Ich habe eine Festplatte gefunden und alle Dateien darauf abgespeichert.«

»Und die ist im Karlbergsväg?«, fragt sie.

»Nein, bei Ylva.«

Karolinas Augenbrauen senken sich, und sie schaut wieder nach vorn. Sie passieren die malaysische Botschaft und halten an der Sturegata an der nächsten roten Ampel.

»Ob eine Tonaufnahme dabei ist, weiß ich nicht«, sagt er. »Aber wenn sie auf dem Laptop war, ist sie jetzt auch auf der Festplatte.«

Und auf dieser Tonaufnahme hört man, wie Henning Eriksson Eric Hands eine bevorzugte Behandlung durch schwedische Behörden verspricht. Falls das, was Johan Dalgren Ylva erzählt hat, stimmt.

Es wird grün, Karolina Möller zögert einen Augenblick, lange genug, damit hinter ihnen jemand hupt, und biegt dann rechts ab in die Sturegata.

»Wir fahren gleich hin und holen sie.«

Der Blick brennt wie Feuer. Eingerahmt von einer schwarzen Mütze und einer schwarzen Trainingsjacke, die bis zur Nase hochgezogen ist, starren Najide Raubtieraugen an. Der Mann drückt Hossin die Pistole so fest an die Schläfe, dass sie die Haut blutig kratzt.

»Verstehen Sie, was ich sage?«

Die Stimme dringt dumpf durch den Stoff. Sie nickt schluchzend.

Der Mann wird lauter: »Verstehen Sie, was ich sage?«

»Ja.« Ein Flüstern.

»Verstehen Sie?« Er schüttelt Hossin, den er fest am Kragen gepackt hält. Der Kopf knallt gegen die Pistole.

»Jaaa«, wimmert die Frau, »ich verstehe.«

Die Nasenlöcher des Mannes weiten sich, als er mit lautem Zischen ausatmet. Er ist groß, Schultern und Arme muskulös. Er zerrt an Hossins Kragen und stößt ihn vor sich her aus dem Haus, tritt die Tür hinter sich zu. Das ganze Haus erzittert, als sie zufällt.

Najide rennt in die Küche, um ihnen hinterherzuschauen, strauchelt und muss sich am Tisch festhalten. Sie traut sich nicht zu nah ans Fenster heran, hat Angst vor dem, was passiert, wenn der Mann sie bemerkt, hält lieber ein paar Meter Abstand.

Auf dem kleinen Abhang ist es glatt. Hossin rutscht aus. Der Mann lockert seinen Griff, damit Hossin das Gleichgewicht halten kann, dafür drückt er ihm die Pistole jetzt an den Hals. Er braucht nichts zu sagen. Fügsam geht Hossin auf Ylvas Haus zu.

Sie versteht es nicht. Was macht er da? Was hat er mit Hossin vor?

Er führt ihn direkt zum Kücheneingang, und das Letzte, was sie von Hossin sieht, ist sein angsterfüllter Blick, der sich direkt in sie zu bohren scheint. Ihre Beine geben nach. Sie sackt neben den Resten ihres zerstörten Handys auf dem Küchenfußboden in sich zusammen. Was soll sie tun? Was *kann* sie tun? Nichts.

Im Schritttempo fahren sie an Najide und Hossin vorbei den Hügel hinunter. Als Ylva das große, weiß verputzte Haus vor sich aufragen sieht, ist sie von ihren eigenen Gefühlen überrascht. Erst jetzt wird ihr klar, dass sie nicht damit gerechnet hat, wieder nach Hause zu kommen. Während des Angriffs im Parc du Cinquantenaire hat sie sich nur aufs Überleben konzentriert, aber insgeheim hat sie bezweifelt, dass sie es schaffen würde.

Karolina wendet und parkt mit dem Kühler in Richtung Straße. Ylva steigt mit dem Gefühl aus, ihrem eigenen Leben einen Besuch abzustatten. Ist sie diejenige, die in dieser Luxusvilla wohnt? Das Haus sieht aus wie ein privates Botschaftsgebäude, ein eigenes kleines Reich am Ufer eines Sees.

»Sie schließen auf, ich gehe als Erste hinein«, sagt Karolina und reißt Ylva damit aus ihren Gedanken.

»Warten Sie. Ich will erst bei Najide und Hossin klopfen«, sagt sie.

»Ist das nötig?«

»Sie behalten das Haus im Auge, wenn ich nicht da bin.«

Karolina dreht sich um, blickt zu den dunklen Fenstern und dem Tannenwald hinter dem Haus. »Okay. Wir warten hier.«

Ylva geht den Weg zurück. Aus der Ferne sieht sie Najide, halb verborgen vom Küchenvorhang. Ylva winkt, und Najide winkt kurz zurück, dann verschwindet sie im Flur. Bevor Ylva angeklopft hat, wird die Haustür aufgerissen.

»Hallo, Ylva. Alles in Ordnung?«

»Ja, alles prima. Und bei dir?«

»Gut, gut.« Sie sieht Ylva mit großen, feuchten Augen an.

»Sicher?«

»Ja. Wie war Brüssel?« Najide lächelt.

»Es war... abenteuerlich. Ist jemand hier gewesen?«

»Hier? Nein, niemand. Alles ruhig.« Sie wirft einen Blick zur Villa.

»Freut mich zu hören.«

Najide wirkt verletzlich. Es muss einen Grund geben, etwas, worüber sie nicht sprechen möchte.

»Ich gehe rein«, sagt Ylva.

»Ja«, sagt Najide.

Ylva weicht langsam zurück, bleibt aber nach zwei Schritten stehen. »Sicher, dass alles in Ordnung ist?«

»Ja.« Sie nickt eifrig. »Ich habe die Post reingeholt.«

»Wie nett von dir. Danke.«

Ylva geht wieder hinunter zu Elias und Karolina Möller, die noch am Auto stehen, dreht sich mit dem Gefühl um, Najide stünde noch auf dem Treppenabsatz, aber sie ist schon weg, hat die Tür bereits zugezogen.

Ylva kramt den Schlüssel aus der Handtasche.

»Sie hat niemanden gesehen«, sagt sie »Alles ruhig.«

»Gut«, sagt Karolina Möller. Sie dreht sich zu Elias um. »Wo sollen wir nach der Festplatte suchen?«

»In der Küche.«

Ylva erstarrt, als sie Karolina den Reißverschluss ihrer Jacke öffnen und eine Pistole herausholen sieht, geht dann aber weiter die Treppe hinauf und schließt auf.

»Die nächste Tür muss ich auch aufschließen«, sagt sie.

Ylva öffnet den Windfang, geht hinein und schließt auch die große Eichentür auf.

»So.« Sie tritt einen Schritt zur Seite.

Karolina zieht die Tür zu und wirft einen Blick in die Garderobe, dann durchquert sie den Flur und die Küche. Es dauert eine Weile, bis sie aus dem Wohnzimmer zurückkommt. Sie winkt sie heran.

Elias geht als Erster in die Küche, Ylva folgt ihm. Karolina bleibt in der Tür zum Flur stehen. Sie hat die Waffe gesenkt. Die Stille im Haus hat etwas Beunruhigendes an sich.

Elias öffnet die schwarze Eisenluke des Backofens und steckt die Hand hinein.

Die Sicherheitskopie ist also auch im Ofen gelandet, denkt Ylva. Offenbar findet er nicht, was er sucht, denn er zieht die Hand mit schwarzen Fingern wieder heraus, greift nach dem Feuerhaken, der seinen Platz an der

Wand seit Ylvas Einzug nicht oft verlassen hat, und benutzt ihn als Verlängerung. Eine Weile scharrt er damit im Ofen, dann holt er ein in eine Einkaufstüte gehülltes Päckchen heraus, das mehrmals mit Klebeband umwickelt ist.

Elias pustet ein wenig Ruß von dem schmutzigen Paket und hält es ihnen mit zufriedener Miene hin.

»Wie gesagt, wenn die Aufnahme auf dem Computer war, ist sie hier auch drauf.«

Zwei laute Schüsse zerreißen die Stille. Karolina wird in die Küche geschleudert, verliert die Pistole, die über den Küchenfußboden direkt auf Ylva zurutscht, während ihr lebloser Körper mit einem klatschenden Geräusch auf dem roten Steinfußboden landet.

Ylva macht einen Schritt nach vorn. Karolina gibt kein Lebenszeichen von sich. Ylva legt eine Hand auf die Pistole und spürt, wie Elias sie am Arm packt und mit sich zieht. Ihre Hand gleitet über das Metall, der Zeigefinger legt sich in eine Vertiefung, sie krümmt ihn und versucht, die Waffe zu fassen zu bekommen, kann sie aber nicht halten.

Elias schubst sie unsanft durch die Tür zur Kellertreppe, als wieder ein Schuss von den Wänden widerhallt und ihr etwas Nasses und Warmes ins Gesicht klatscht. Mit dem linken Auge kann sie kaum noch sehen, es ist, als ob sich ein roter Filter davorgeschoben hätte, sie wischt das Auge mit dem Handrücken ab, der blutrot wird.

Aus der Ferne hört sie jemanden brüllen, dass sie weitergehen soll, und wundersamerweise bewegen sich ihre Füße tatsächlich die Treppe hinunter, obwohl sie in den Kopf geschossen worden ist. Schritte hämmern auf den Stufen. Mit der einen Hand hält sie sich am Geländer fest, sie spürt Elias' Hand am Arm, aber sie hält sie nicht mehr fest, stützt sie eher. Dann sind sie unten im Keller, Elias vor ihr zieht sie mit sich. Die rechte Gesichtshälfte ist blutverschmiert, darunter der Hals, die Jacke und das Haar. Er ist angeschossen worden, nicht sie. Sie hat Elias' Blut im Gesicht, Unmengen von Blut.

Sie haben die Stahltür erreicht, und sie weiß, was sie zu tun hat, ohne dass er etwas zu sagen braucht. Sie bückt sich und schiebt den unteren Riegel zur Seite, während er den oberen öffnet. Zweimal schallt es laut durch den unterirdischen Gang.

Haben sie eine Chance? Wie fühlt es sich an, wenn ein Geschoss in den Körper eindringt? Spürt man es überhaupt, oder ist einfach Schluss?

Elias öffnet die schwere Tür, und sie sind durch. Ylva dreht sich um, stemmt sich mit der Schulter dagegen und drückt sie wieder zu.

»Scheiß auf die Tür.« Er zerrt an ihr.

»Nein, mach den Riegel zu.«

Sein Griff wird fester. Er weiß nicht, was sie meint.

»Mach sie zu.«

Sie stellt sich auf die Zehenspitzen und greift nach einem Vorhängeschloss, das oben auf dem metallenen Türrahmen liegt. Endlich begreift er, drückt mit beiden Händen gegen den Sicherheitsriegel, Ylva hakt den Bügel des Vorhängeschlosses im Beschlag ein und macht es mit einem leisen Klick zu.

Schwere Schritte hinter der Tür. Es wird fest an der Tür gerüttelt, aber der Riegel bewegt sich nur ein paar Millimeter.

Ylva legt einen Finger an die Lippen, dann zieht sie die Schuhe aus. Diesmal versteht Elias sofort, was er tun soll, und beginnt, an seinen Schnürsenkeln herumzuhantieren. Blut tropft von seinem Gesicht auf die Erde und die Stiefel. Ylva hockt sich vor ihn, fegt seine Hände zur Seite und entwirrt die Schnüre.

Elias drückt sich eine Hand an die blutende Gesichtshälfte und hält mit der anderen die Schuhe fest, und dann gehen sie lautlos über den kalten Beton zum anderen Ende des unterirdischen Ganges.

Der Schmerz hört abrupt auf, ungefähr so, wie das Brennen im Mund nach scharfem Essen plötzlich verschwindet, weil die Nervenenden zu überreizt sind, um weitere Signale ans Gehirn zu senden.

Karolina dreht den Kopf und erblickt die Pistole auf der anderen Seite des Tisches. Sie wälzt sich auf die linke Seite, woraufhin einige putzmuntere Nervenzellen blitzschnell Schmerzreize durch den Körper leiten.

Sie ist sich nicht sicher, ob sie für einen Moment das Bewusstsein verloren hat, als die Kugel auf die Weste prallte, oder ob der Schmerz so heftig war, dass er für eine Weile alles andere ausradiert hat.

Sie stöhnt hinter zusammengebissenen Zähnen und schafft es, sich auf den Bauch zu drehen. Sie krabbelt auf die Pistole zu, hört jemanden im Keller, der mit festen Schritten hin und her eilt. Es schmerzt vor allem in der Brust und in der Zwerchfellgegend. Ist beim Aufprall der Kugel auf die Weste ein Organ verletzt worden?

Jede Bewegung schickt neue Schmerzstrahlen durch

ihren geräderten Körper, aber sie weiß, dass ihr nur wenige Sekunden bleiben, wenn sie das hier überleben will. Der Gedanke hilft ihr weiterzumachen, obwohl der Körper nach Ruhe schreit und nur noch auf den Boden sinken will. Sie wundert sich, dass er noch nicht auf dem Weg nach oben ist, und fragt sich, was da unten eigentlich vor sich geht. Schüsse hat sie nicht gehört.

Sie ist jetzt fast da, robbt wacklig auf den Unterarmen vorwärts, angeschossen und irgendwie auch nicht. Sie streckt die Hand aus, greift nach der Waffe, zieht sie heran, umfasst den Kolben, überzeugt sich davon, dass die Waffe schussbereit und nicht beschädigt ist, und dreht sich zur Kellertreppe um.

Als sie die Blutkaskade an der Wand sieht, zuckt sie zusammen. Sie hat keinen Schuss gehört, muss also doch eine Weile weg gewesen sein.

Sie legt sich unter den Tisch, hält die Pistole am ausgestreckten Arm mit beiden Händen und richtet sie auf die Stelle, an der derjenige, der unten im Keller ist, früher oder später auftauchen muss. Zuerst der Kopf und dann der Oberkörper. Sie wird schießen, sobald sie sich sicher ist, dass er es ist und nicht Ylva oder Elias, sie wird schießen, ohne ihm vorher eine Warnung zuzurufen, sie wird schießen, um ihn so schnell und effektiv wie möglich unschädlich zu machen. Er hat hinreichend bewiesen, wie gefährlich er ist.

Aus dem Keller dringt ein eigentümliches Plätschern. Sie versucht, es einzuordnen, und hört erst auf, sich den Kopf zu zerbrechen, als sie den Benzingeruch wahrnimmt. Er will die Leichen verbrennen und das Haus gleich mit. Er geht gründlich vor, das Geräusch wird von einem anderen abgelöst, die Treppe knarrt, dann wird es auf einmal still.

Sie entspannt einen Augenblick lang die Hände, ehe sie wieder die Waffe umfasst. Fest und entschieden, aber nicht verkrampft. Ein leises Zischen aus dem Keller, dann ein Knarren. Er ist auf dem Weg nach oben. In den Augenwinkeln der Blutfleck an der Wand. Sie schiebt die zahllosen Vorwürfe beiseite, die sie sich selbst macht. Sie muss jetzt hundertprozentig präsent sein, kann sich keine ablenkenden Gedanken erlauben, selbstkritisch kann sie sein, wenn alles vorbei ist.

Es knackt auf der Treppe. Jetzt kommt er. In wenigen Sekunden weiß sie, ob sie gewonnen hat. Wenn sie verloren hat, weiß sie gar nichts.

Er schaut durch den Türspalt, die ausgestreckte Pistole vor sich, sieht sich hastig um und merkt, dass sie nicht mehr an derselben Stelle liegt. Weil sie ihn beobachtet, hat sie einen kleinen Vorsprung, bevor er sie entdeckt. Sie schießt, weiß nicht, ob sie getroffen hat, sieht eine Rauchwolke aus seiner Waffe aufsteigen, bevor sich die Kellertreppe in einen fauchenden Lötkolben verwandelt, der meterhohe Flammen in den Raum stößt. Der Mann wankt, in eine lebende Fackel verwandelt, in die Küche, aber die Pistole hält er noch in der Hand.

Elias steht am zugefrorenen See, die Hand fest auf die Wange gedrückt, das warme Blut, das zwischen seinen Fingern hervorsickert, wird rasch kalt. Zwei Schlittschuhläufer in altmodischen Anoraks und mit Eisdornen um den Hals gleiten lautlos vorüber.

Wie ist er hier gelandet?

Das Letzte, woran er sich erinnert, ist ein brennender Schmerz, ein Peitschenhieb ins Gesicht.

»Wir müssen hier weg.«

Ylva neben ihm. Sie hat Blut im Gesicht.

»Ich binde dir die Schuhe zu.« Sie geht in die Hocke und schnürt seine Stiefel. »Im Idealfall glaubt er, wir wären da unten eingesperrt, aber wenn ihm klar wird, dass wir rausgekommen sind, wird es nicht lange dauern, bis er uns auf den Fersen ist.«

Elias will nicken, aber der Schmerz, der von seiner rechten Gesichtshälfte ausstrahlt, ist so stark, dass er den Kopf lieber ruhig hält.

»Wir gehen hier hinauf.« Ylva zeigt nach links. Sie hakt

sich bei ihm unter und zieht ihn mit sich. »Schaffst du das?«

»Geht schon...«

Jede Bewegung der Lippen jagt glühende Speere durch das Kinn und den Hals hinunter. Er nimmt die Hand herunter und geht weiter, ohne noch etwas zu sagen.

»Es ist bestimmt besser, wenn du deine Hand da liegen lässt.«

Aber sie irrt sich. Es ist besser so. Seine Hand reibt nicht mehr an der Wunde, und die Kälte lindert den Schmerz. Er erhöht das Tempo.

»Du blutest sehr stark.«

»Kann nicht sprechen«, nuschelt er.

Was ist mit Karolina? Ist sie tot? Vermutlich. War es derselbe Mann wie im Karlbergsväg? Schwer zu sagen. Die Schüsse klangen diesmal anders. In der Wohnung waren sie gedämpft, aber hier dröhnten sie durchs ganze Haus.

Sie hasten die Strandpromenade entlang und erreichen die erste Straße im Wohngebiet. Ylva zieht das Handy aus der Tasche.

Elias bemüht sich, ohne Worte zu kommunizieren, zeigt auf die Hochhäuser und hofft, dass sie ihn versteht.

Sie sieht unentschlossen aus.

»Meinst du, wir sollten noch weitergehen?«

»Ja.«

Im Laufschritt eilen sie weiter.

»Du hast recht, das ist wahrscheinlich besser.«

Sie steckt das Handy in die Tasche, und sie gehen auf

die Schule etwas weiter oben auf dem Hügel zu. Sie haben das Schulgebäude umrundet, als Elias ein entferntes Donnern und dann splitterndes Glas hört. Er dreht sich um. Über den Wipfeln steigt eine schwarze Rauchwolke auf, und ein gelber Feuerschein flackert ums Haus.

Zuerst ein Druck auf der Brust, der in beißende Leere in der Magengrube übergeht, zum Schluss vollkommen kraftlose Beine. Elias ganz dicht neben ihr, er blutet aus dem weggeschossenen Gesicht, Karolina Möller in dem brennenden Haus, tot oder sterbend. Das Feuer, das an der Fassade leckt, höhlt sie aus. Ylva will in den Schnee sinken und aufgeben.

Dann tut sie es, sie sackt zu Boden und setzt sich in den Schnee, aber nicht, um aufzugeben, sondern um die Kräfte zu sammeln, die sie noch hat. Elias sinkt neben sie, hoffentlich, damit man ihn nicht so leicht sieht, aber sie befürchtet, dass auch er mit seinen Kräften am Ende ist.

Ylva nimmt das Handy aus der Tasche und wählt die 112.

»Ich heiße Ylva Grey und wohne in Farsta Strand«, sagt sie, sobald sich jemand meldet. »Mein Haus brennt.«

»Wo wohnen Sie?«

Sie nennt die Adresse.

»Befinden Sie sich noch im Haus?«, fragt die Frau von der Notrufzentrale.

»Nein, ich bin draußen, aber mindestens zwei Personen sind noch dort drinnen.«

Ein lautes Knacken vom brennenden Haus lässt sie zusammenzucken. Was bislang nur ein orangefarbener Lichtschein war, hat sich zu sichtbaren Flammen entfaltet.

»Sie müssen auch die Polizei schicken«, sagt sie.

»Das ist Routine, die kommen immer.«

»Ich verstehe, aber es ist nicht so… Es befindet sich eine bewaffnete Person im Haus, die gefährlich sein könnte… nein, die extrem gefährlich ist. Ein Mann. Sie müssen vorsichtig sein. Und eine Frau, eine Polizistin. Sie ist möglicherweise tot oder schwer verletzt.«

»Moment mal«, sagt die Frau am anderen Ende. »Ich habe die Einsatzkräfte alarmiert, aber ich glaube, Sie sprechen lieber selbst mit der Polizei.«

Ylva legt auf. Es wird zu kompliziert, und sie hat andere Sorgen.

»Kannst du weitergehen?«, fragt sie Elias.

Der Teil seines Gesichts, der nicht mit Blut bedeckt ist, ist fast so weiß wie der Schnee, auf dem sie sitzen.

»Oder sollen wir hier bei der Schule bleiben?«

Elias schaut zur Villa. »Ich habe die Festplatte verloren.«

»Denk jetzt nicht daran.«

»Ich hatte sie doch.« Er ballt die blutige rechte Hand vor der Brust.

»Das ist es nicht wert«, sagt sie. »Dein Vater ist deswegen gestorben. Reicht das nicht?«

»Nicht nur er. Es hat noch lange nicht gereicht.«

»Ich weiß. Aber du sollst nicht auch noch sterben.«

Sie greift nach seiner linken Hand. Er überlässt sie ihr.

»Was willst du machen?«

Er sieht sie kraftlos an. Wie viel Blut hat er eigentlich verloren?

Der brennende Mann schwankt, hebt die Hand mit der Pistole. Es sieht aus, als würde er bis zum letzten Moment darum ringen, sie zu töten, als sei ihm das wichtiger, als sein eigenes Leben zu retten, aber vielleicht ist er auch bereits mehr tot als lebendig und die Bewegungen des ausgestreckten Arms sind von der Hitze ausgelöste Reflexe.

Die Pistole ist nur noch wenige Zentimeter davon entfernt, sich auf sie zu richten. Karolina Möller schießt mitten ins Feuer, und der Mann kippt kopfüber nach vorn und bleibt mit der Pistole neben sich auf dem Boden liegen. Hinter ihm rast das Feuer an den Wänden hoch und breitet sich rasch zu den Seiten und in Richtung Dach aus.

Sie zieht sich am Tisch hoch. Ihr Körper protestiert, aber sie hat keine Wahl. Bald steht der ganze Raum in Flammen. Vorsichtig nähert sie sich der Leiche, die, nachdem die Flammen alles leicht Entflammbare verzehrt haben, nicht mehr so stark brennt. Sie richtet weiter ihre

Waffe auf ihn, als sie seine Pistole, die direkt neben seiner Hand liegt, wegkickt. Sie weicht zurück, sieht sich nach etwas um, womit sie das Feuer löschen könnte, findet aber nichts, rennt ins Wohnzimmer und kommt mit einer dicken Wolldecke zurück.

Sie wirft sie über den Toten und klopft mit den Händen darauf, um die Flammen ganz zu löschen. Sie wartet einige Sekunden und hebt eine Ecke an. Es sieht aus, als wäre das Feuer erstickt, aber sie wartet noch ein paar Sekunden, bevor sie es wagt, die Decke vollständig zu entfernen.

Sie faltet die Wolldecke mehrmals zusammen und benutzt sie als Grillhandschuh, als sie ein Bein des Mannes packt und den leblosen Körper, ohne Rücksicht darauf, dass der Kopf hart auf Steinstufen knallt, durch den Flur, den Windfang und aus dem Haus schleift.

Als sie sich umdreht, erblickt sie eine Frau, die mit den Armen rudernd aus dem gelben Gästehaus gerannt kommt. Es ist Najide, die sie vorhin kurz in der Tür gesehen hat. Keuchend bleibt sie vor der verbrannten Leiche stehen und schaut dann Karolina an.

»Hossin ist da drinnen. Ich konnte nicht... Er hat gesagt, er würde ihn töten. Er...«

»Ist noch jemand im Haus?«, fragt Karolina.

»Hossin ist noch drin.« Sie zeigt auf die Leiche, die zwischen ihnen auf der Erde liegt. »Er hat gedroht. Ich hab nicht gewagt, was zu sagen.« Sie dreht sich zum Haus und zeigt mit beiden Armen auf die Tür. »Hossin ist noch drin.«

Eine Person namens Hossin befindet sich in dem brennenden Haus. Karolina glaubt, verstanden zu haben, wie es dazu gekommen ist, aber es spielt eigentlich keine Rolle. Nicht jetzt. Sie rennt zurück ins Haus und läuft die Treppe hinauf.

Sie hofft, dass Hossin nicht unten im Keller ist. Dann kommt jede Hilfe zu spät, genau wie für Ylva und Elias.

»Hossin!«, ruft sie im ersten Stock. Sie schaut in die beiden Schlafzimmer und das Arbeitszimmer und alle anderen Räume, in denen sich ein Erwachsener verstecken kann: Kleiderschränke, Badezimmer, Balkon. Niemand da. Sie rennt weiter ins nächste Stockwerk.

»Hossin!«, ruft sie laut.

Da, wo die Treppe vor einem gewölbten Fenster endet, schlägt ihr Rauch von der Küchentreppe entgegen. Hustend und leicht gebückt bewegt sie sich vorwärts und schließt die Tür zur Treppe, dann eilt sie ins nächste Zimmer. »Hossin.«

Auch hier niemand. Sie rast aus dem Zimmer und ins nächste.

Er liegt am Fußende des Bettes auf dem Boden, zusammengekauert wie bei einer Übung der Pfadfinder.

Sie wirft sich auf die Knie und zieht das Taschenmesser aus der Gürteltasche. Sie hat es in erster Linie, um es als Werkzeug und nicht als Waffe zu benutzen, aber falls nötig, eignet es sich auch als solche.

Schnell kappt sie den Strick, mit dem Hossins Beine gefesselt sind, befreit dann seine Arme und zieht ihm den Knebel aus dem Mund.

»Es brennt«, sagt sie, »wir müssen raus.«

Er sagt nichts, hustet ein paarmal und ringt gierig nach Luft.

»Können Sie aufstehen?«

Er starrt wortlos auf den Teppich. Karolina müht sich damit ab, auch die restlichen Stricke zu entfernen, damit seine Blutzirkulation wieder in Gang kommt.

»Ich helfe Ihnen.«

Immer noch keine Antwort.

»Reißen Sie sich zusammen, Hossin. Wenn Sie überleben wollen, müssen Sie jetzt aufwachen.«

Sie schüttelt ihn leicht.

»Okay, okay«, krächzt er.

Sie schafft es, ihn auf die Knie hochzuziehen, legt sich seinen linken Arm über die Schultern und ihren rechten um seine Taille und hievt ihn hoch. »Los jetzt.«

Er steht auf eingeschlafenen, kraftlosen Beinen, knickt ein und will sich hinsetzen.

»Verdammt noch mal!«, brüllt sie. »Stehen Sie gerade!«

Ungeheuer langsam, in winzigen Schritten, bewegen sie sich auf die Schlafzimmertür zu, was größtenteils ihr Verdienst ist. Im Treppenhaus scheint Adrenalin einzuschießen. Vielleicht liegt es an den grollenden Flammen, die aus dem Erdgeschoss heraufschlagen, oder am stechenden Rauchgeruch. Hossin sieht sie mit neuer Klarheit im Blick an. Er federt einige Male in den Knien, als wollte er seine Beine lockern, und macht einen Schritt nach vorn.

»Es geht wieder.« Er lässt sie los.

»Sind Sie sicher?« Karolina hält ihn nur noch am Oberarm fest.

»Es geht wieder«, wiederholt er.

Sie gehen die Treppe hinunter, Hossin mit einer Hand am Geländer. Er versichert, dass sie ihn nicht zu stützen braucht. Nach einem gewissen Zögern lässt sie ihn los und geht direkt vor ihm rückwärts die Treppe hinunter.

Mit jedem Schritt steigert er das Tempo, aber angesichts der Tatsache, dass es im Haus brennt, hätte sie nichts dagegen, noch schneller voranzukommen. Sie erreichen den ersten Stock. Am meisten Rauch scheint über die Küchentreppe zu entweichen. Hier riecht es auch stechend nach Rauch, aber in der Luft schweben nur dünne Schwaden des Brandrauchs.

Hossin geht mit steifen Beinen, aber zügig die Treppe ins Erdgeschoss hinunter. Karolina schiebt ihn zum Eingang und durch den Windfang. Als sie aus dem Haus kommen, ertönen schrille Schreie auf Dari, abwechselnd bestürzt und erleichtert. Hossin steigt die Stufen hinunter, macht einen Bogen um die verkohlte Leiche und geht auf seine Frau zu.

»Haben Sie die Feuerwehr gerufen?«, fragt Karolina.

Najide ist so beschäftigt damit, sich lachend und weinend zugleich um ihren Mann zu kümmern, dass sie die Frage nicht hört.

»Najide!«

Najide zuckt zusammen und blickt sie an.

»Haben Sie die Feuerwehr gerufen?«

»Ja, ja, die Feuerwehr.«

Karolina ist sich nicht sicher, ob das ein Ja ist, und wählt die 112. Sie erfährt, dass die Feuerwehr bereits alarmiert wurde und die Einsatzkräfte unterwegs sind. Viel mehr kann sie nicht tun. Sie steckt das Handy ein und betrachtet die Flammen, die durch das kaputte Fenster neben dem Kücheneingang züngeln. Das Haus wird vielleicht zu retten sein, aber für die Leute unten im Keller ist es mit Sicherheit zu spät, falls sie nicht bereits tot waren, als das Feuer ausbrach.

Sie hockt sich neben die verbrannte Leiche und durchsucht die Taschen, findet in einer Jackentasche die Festplatte, die noch immer mit der Plastiktüte und Klebeband umwickelt ist, und steckt sie in ihre Innentasche.

Elias blinzelt ins grelle Licht. In seinem Kopf brummt und dröhnt es, als hätte sich der Sehnerv ans Gehör angekoppelt.

Er ist eine Weile weg gewesen, aber es ist kein normales Erwachen. Die Wirklichkeit schwappt über ihn herein wie eine Pazifikwelle und füllt einen großen schwarzen Hohlraum in seinem Innern. Er hat nicht geschlafen, er war abgeschaltet. Ihm fehlt eine Zeitspanne. Sein Ich war unterbrochen.

Allmählich nimmt er die Umgebung wahr, ein Detail nach dem anderen. Das grelle Licht kommt von einer Lampe zwanzig oder dreißig Zentimeter über seinem Gesicht. Er liegt auf einem unbequemen Bett oder einer Liege, die Unterlage fühlt sich rau an.

Der große Raum hat keine Fenster. Sein Gesicht spannt, als ob es geschrumpft wäre und sein Kopf nicht genug Platz darin hätte. Und er bemerkt erst jetzt, dass sich eine Frau über ihn beugt. Obwohl eigentlich gar nicht genau zu erkennen ist, ob unter der blaugrauen

Kopfbedeckung und dem Mundschutz eine Frau oder ein Mann steckt, aber irgendetwas sagt ihm, dass es eine Frau ist. Es liegt an den Augenbrauen, begreift er nach einer Weile, an den gezupften Augenbrauen.

Sie müssen ihn in Narkose versetzt haben. Das erklärt die Leere, die fehlenden Teile von Zeit und Ich. Er befindet sich in einem OP oder Behandlungszimmer, und die Frau vor ihm ist Ärztin oder Krankenschwester.

Aber warum? Der Hohlraum hat sich wieder gefüllt, und er muss sich anstrengen, um das andere Ufer zu erkennen, wo sein bisheriges Leben wie der Rest einer eingestürzten Brücke zurückgeblieben ist.

OP. Ärztin. Kopf.

Da versteht er. Die Operation. Sie ist vorbei. Er muss stundenlang betäubt gewesen sein.

»Alles gutgegangen?«, flüstert er.

Auch wenn das Licht ihn blendet und anfangs einen Umweg über die Ohren genommen hat, kann er sehen. Er kann sprechen und anscheinend auch hören. Die raue Unterlage unter seinen Fingern deutet auf Tastsinn hin. Alles gute Zeichen.

»Machen Sie sich keine Sorgen«, sagt die Frau.

Elias hört ein Zögern aus ihrem Tonfall heraus. Oder arbeitet sein Kopf nur verlangsamt? Er entdeckt die Kanüle in seiner Armbeuge und den durchsichtigen Schlauch, der sich zu einem Tropf schlängelt.

»Wie lange war ich eingeschläfert?«

»Eingeschläfert?«

»Ja?«

»Betäubt, meinen Sie?«

Sie blickt auf eine Uhr an der Wand. Ihre Augen laufen zur Nasenwurzel hin spitz zu. Nicht extrem, aber wenn man nur die Augen sieht, fällt einem dieses Detail auf.

»Ungefähr eine halbe Stunde. Das Nähen hat eine Weile gedauert. Beim Gesicht bin ich lieber besonders sorgfältig.«

Sie streicht rasch über seinen Oberarm.

»Was stimmt denn nicht mit meinem Gesicht?«

Die Horrorgeschichten im Internet über Gehirntumore, die durch das Gesicht entfernt werden, kommen ihm in den Sinn.

Sie wendet sich einer Person auf der anderen Seite der Liege zu, und er folgt ihrem Blick.

»Ylva?«

Wie lange sitzt sie da schon?

»Elias?«

»Wissen Sie, wo Sie sind?«, fragt die Ärztin.

»Ja, in einem Krankenhaus.«

»Wissen Sie, welcher Tag heute ist?«

»Dienstag«, sagt er bestimmt, entscheidet sich dann aber um. »Oder Donnerstag?«

Ihm scheint, es wäre Donnerstag, aber ganz sicher ist er sich nicht.

»Wissen Sie, wie ich heiße?«

»Sie tragen kein Namensschild.«

Die Ärztin nimmt den Mundschutz ab und stemmt eine Hand in die Seite.

»Sie wissen nicht mehr, dass ich mich vorgestellt habe?«

»Nein«, sagt er irritiert. »Ich war in Narkose, da ist es doch kein Wunder, wenn ich etwas verwirrt bin.« Er zeigt auf Ylva. »Ich weiß, dass sie Ylva heißt.«

»Was ist das Letzte, woran Sie sich erinnern?«

Er verstummt und späht zum anderen Ufer hinüber. Es fällt ihm schwer.

»Wir müssen Sie eine Weile hierbehalten.«

»Warum? Stimmt etwas nicht?« Er sieht Ylva an. »Was soll das mit dem Gesicht? Haben sie durch das Gesicht operiert?«

»Elias, du bist nicht operiert worden. Sie haben dich im Gesicht genäht. Du hattest keine Narkose.«

Ihr besorgter Ton gefällt Elias nicht.

»Erinnerst du dich nicht? Bei mir zu Hause. Du und ich und Karolina Möller?«

Er setzt sich auf, als Karolina Möller in die Küche geschleudert wird und leblos auf dem Steinfußboden landet.

»Vorsichtig.«

Ylva hält ihm eine Hand hin, um ihn zu stützen. Im ersten Moment dreht sich alles, er umfasst die Kante der Liege, aber dann legt sich der Schwindel rasch.

Die Kellertreppe, der Peitschenhieb ins Gesicht.

Er betastet seine Wange.

»Nicht anfassen.«

Ylva hält seine Hand fest. Er lässt seine Hand sinken, ohne ihre loszulassen. Sie drückt sanft seine Finger.

»Erinnerst du dich?«

Das Letzte, woran er sich erinnert, ist das hier. Dass sie seine Hand nimmt. Dann die Leere. Mehr weiß er nicht.

»Habe ich wirklich keine Narkose gehabt?«

Sie nickt und atmet sorgenvoll durch die Nase aus.

»Oder war bewusstlos?«

»Nein, aber du warst mehrmals kurz davor.«

Nichts mehr, seit sie seine Hand genommen hatte. Nicht, wie er von Farsta Strand hierhergekommen ist, nicht, was sie mit ihm gemacht haben.

»Weißt du noch, dass es...«

»Feuer!« Der Feuerschein über den Tannen. Die Rauchwolke. »Was ist mit dem Haus?«

»Es ist zu retten.« Sie streckt die freie Hand zur Seite. »Oder eigentlich weiß ich es nicht... Es ist jedenfalls nicht niedergebrannt, aber in welchem Zustand es ist... Das Wichtigste ist doch, dass alle überlebt haben.«

»Alle haben überlebt? Karolina, Hossin?«

»Ja. Nur der Mann, der im Haus war, ist tot.«

Sein Kopf ist schwer, und die Gesichtshaut spannt, als würde sie in verschiedene Richtungen gezogen, obwohl er sich nicht bewegt. Lässt die Betäubung nach?

»Woher weißt du das alles?«

Ylvas Hand in seiner fühlt sich alles andere als selbstverständlich an, aber er will sie nicht loslassen.

»Als wir hier mit einer Schussverletzung ankamen, hat man uns eine Menge Fragen gestellt. Zum Glück konnte ich Karolina Möller erreichen, die alles bestätigt hat. Die Ärzte müssen ja einen Bericht schreiben.«

»Verstehe.«

»Ohne sie wäre es extrem schwierig geworden, das Ganze zu erklären.«

Elias kann es selbst kaum glauben. Wenn er nicht mit frisch genähtem Gesicht an diesem Ort gewesen wäre, hätte er alles für einen bösen Traum oder Einbildung gehalten.

»Elias«, meldet sich die Ärztin zu Wort. »Als Sie eingeliefert wurden, haben wir Ihren Kopf geröntgt, um uns ein möglichst genaues Bild von Ihren Verletzungen zu machen.«

»Und?«

»Es sah alles gut aus, keine Kieferfraktur, wie wir zuerst befürchtet haben, aber ...«

Aber was? Noch mehr schlechte Nachrichten?

»Als der Radiologe sich die Bilder ansah, entdeckte er etwas anderes, eine Sache, die nichts mit der Gesichtsverletzung zu tun hat, aber genauer untersucht werden muss.«

Jetzt versteht er. Er hebt die Hand, um sie zum Schweigen zu bringen.

»Ich schreibe Ihnen eine Überweisung...«

»Nicht nötig«, sagt er.

»Doch, ich glaube, es ist sehr wohl nötig. Wir haben auf den Bildern etwas gesehen, das wir gerne einem Spezialisten zeigen würden...«

»Ich weiß es bereits«, sagt er, »ich habe einen Tumor, ein Meningeom. Ich hätte schon vor einigen Tagen in der Uniklinik in Uppsala sein sollen, aber sie haben mich nicht erreicht.«

»Elias, jetzt redest du wieder wirres Zeug«, sagt Ylva. »Dir wurde ins Gesicht geschossen.«

Da ist wieder der besorgte Unterton.

»Ich weiß, dass man mir ins Gesicht geschossen hat, aber das ist es nicht. Ich habe einen Hirntumor, der rausoperiert werden muss.«

Ylva lässt seine Hand los und umfasst ganz fest seinen Unterarm, mit der anderen Hand packt sie seinen anderen Arm, drückt zu und sagt flehentlich: »Was redest du da?«

»Ich habe einen Tumor im Kopf.«

»Aber...«

Verzweifelt starrt sie ihn an, ihr Mund steht offen.

»Er ist gutartig«, beruhigt er sie. »Es ist kein Krebs, aber er muss raus. Er drückt...«

Ylva sieht ihm tief in die Augen, sucht nach Anzeichen von Wahnsinn oder schwarzem Humor.

»Ist das wahr, Elias?«

»Ja, es ist wahr.«

Ylva schaut die Ärztin an. »Stimmt das?«

»Die Röntgenbilder bestätigen es jedenfalls, so viel kann ich sagen.«

Die Zimmertür wird von einer neuen Welle aufgestoßen, einer Welle, die die Wirklichkeit hinwegreißt und lautlos wogende Dunkelheit hinterlässt.

In einer rosa Sahnetorte, einen Katzensprung vom Humlegård entfernt und auch nicht allzu weit weg von Ylvas weitaus funktionalistischerem Arbeitsplatz, sind also Karolina Möller und ihre Kollegen untergebracht. Eine etwas andere Polizeidienststelle, aber Ylva hat schon lange begriffen, dass Karolina keine gewöhnliche Polizistin ist, falls sie überhaupt eine ist, und fragt daher nicht nach. Die vergangenen Wochen haben sie gelehrt, zwischen wichtigen und unwichtigen Fragen zu unterscheiden.

Erst vor wenigen Tagen hat sie gesehen, wie Karolina angeschossen wurde. Jetzt sitzt sie ihr, allem Anschein nach völlig unberührt von den Ereignissen, in einem dunkelgrünen Sessel gegenüber. Ylva weiß, dass die schusssichere Weste ihr das Leben gerettet hat, aber es sah trotzdem unheimlich brutal aus.

Der Raum ist hell und funktional eingerichtet, und der alte Kachelofen bildet einen exotischen Kontrast zu den modernen Büromöbeln. Die Stimmung ist anders als bei ihren früheren Begegnungen. Karolina serviert Kaffee in weißen henkellosen Tassen, und ihre Kollegin Vendela hat sich zu ihnen gesetzt. Karolina hat ihr langes Haar zu einem Knoten hochgesteckt. Sie sieht ernster und weniger mädchenhaft aus.

»Was ist mit der Festplatte?«, fragt Ylva. »Haben Sie etwas gefunden?«

»Genau wie Elias gesagt hat, war das Backup drauf«, sagt Karolina, »aber die Tonaufnahme des Gesprächs haben wir nicht gefunden. Wir haben in jede Sounddatei reingehört, um ganz sicherzugehen, dass die Aufnahme nicht hinter einem Popsong versteckt wurde, aber sie ist leider nicht dabei.«

Ylva verspürt einen Anfall von Mutlosigkeit. Die Begegnung im Park, bei der sie nur um Haaresbreite mit dem Leben davongekommen ist. Es ist so viel aufs Spiel gesetzt worden, und es hat überhaupt nichts gebracht.

»Kann man Emmanuel Lambert aufspüren? Falls er den USB-Stick an sich genommen hat, meine ich?«

»Wir gehen der Sache nach«, sagt Karolina. »Mal sehen, was dabei herauskommt.«

»Und alles andere? Anders, Mari-Louise und ihr Sohn? Und Johan Dalgren, was ist mit ihm?«

Vendela schlägt ein schlankes, schwarz angezogenes Bein über das andere. »Es sah aus, als würde er es schaffen, aber er ist am Samstag im Krankenhaus seinen Verletzungen erlegen.«

Ylva schaut zum Haus auf der anderen Straßenseite hinüber, in dem an einem vollbesetzten Konferenztisch offenbar gerade ein Meeting stattfindet. Männer in dunklen Anzügen, Frauen in Schwarz. Ihre Reisen rund um den ganzen Globus haben sie gelehrt, wie wenig ein Menschenleben manchmal wert ist. Bisher hat sich das auf weit entfernte Orte beschränkt, aber jetzt ist es plötzlich nicht mehr weit weg, jetzt geht es um ihr eigenes Land, ihr eigenes Zuhause und ihr Leben.

»Der Mann, der Sie in Ihrem Haus angegriffen hat, war vermutlich dieselbe Person, die auch Markus Waldoff getötet hat«, fährt Vendela fort. »Zumindest wurde dieselbe Waffe verwendet. Er hat sich in extrem rechten Kreisen bewegt und offenbar wegen Mordes eine vierjährige Gefängnisstrafe abgesessen. Er war allerdings nicht derjenige, der Sie und Johan Dalgren in Brüssel attackiert hat. Das war ein Serbe aus Bosnien-Herzegowina, wohnhaft in Belgrad. Er ist im Park gestorben. Wer Mari-Louise getötet hat, wissen wir noch nicht, wir warten noch die Ergebnisse der DNA-Tests und der anderen technischen Untersuchungen ab.«

Ylva schüttelt sich. »Und Anders?«

»In seinem Fall haben wir keinen Verdächtigen, aber die Ermittlungen gehen weiter, sowohl hier als auch in Sarajevo.«

»Es war also keiner von diesen beiden?«

»Soweit wir wissen, waren sie an dem Tag nicht in Sarajevo oder haben jemals einen Fuß auf bosnischen Boden gesetzt.«

»Aber was ist mit den eigentlichen Verantwortlichen? Denjenigen, die hinter der ganzen Sache stecken? Es muss jemand bei Atlas sein. Wer sollte sonst ein Interesse daran haben, dass das Treffen von Eric Hands und Henning Eriksson nicht bekannt wird?«

»Logisch betrachtet stimmt das«, sagt Karolina. »Es gibt allerdings auch noch andere Möglichkeiten. Einer der Kunden von Atlas zum Beispiel, der nicht will, dass ans Licht kommt, in was für kriminelle Machenschaften das Unternehmen verwickelt war.«

Ylva sieht sie müde an, ohne etwas zu sagen.

»Aber klar, es deutet einiges auf Atlas hin«, gibt Karolina zu. »Das Problem ist, dass wir keine schlüssigen Beweise haben. Wir müssen wissen, wer diejenigen beauftragt hat, die die Drecksarbeit gemacht haben. Ich hoffe, dass wir das in Erfahrung bringen, aber es wird einige Zeit dauern. Der oder die Auftraggeber verbergen sich hinter vielen verschiedenen Firmennamen und Akteuren.«

»Ungefähr so wie bei Mattias Klevemanns Vorstandsposten?«

»Ja, ungefähr so. Man kommt so nah heran, bis man Atlas riechen kann, aber weiter nicht.«

»Das klingt nicht gerade zuversichtlich.«

»Ich glaube, früher oder später kommen wir an sie heran.«

Ylva fragt sich, was Elias zu alldem sagen würde, wenn er es wüsste. Er liegt in der Neurochirurgie in Uppsala und wartet auf seine Operation. Morgen ist es so weit, um neun Uhr morgens. Sie wollen früh anfangen. Einen Tumor zu entfernen kann viel Zeit in Anspruch nehmen.

»Aber an Gunilla Malm und Annika Jarl, und wer sonst noch dazugehört, muss doch ranzukommen sein«, sagt Ylva.

»Gunilla Malm wurde gestern in ihrem Sommerhaus in Antibes verhaftet«, antwortet Vendela.

Antibes. Genau wie Johan Dalgren gesagt hat: Wohnungen in Manhattan, Ferienhäuser am Mittelmeer. Gibt es wirklich Menschen, die für ein Luxusleben am Mittelmeer ihre Seele verkaufen?

»Und Annika Jarl?«

»Wir haben sie vernommen, aber in ihrem Fall ist die Sache unklar«, sagt Karolina. »Ehrlich gesagt glaube ich, dass Henning Eriksson sie tatsächlich aufgefordert hat, Elias und Mari-Louise zu ihrem Schutz nach Grisslehamn zu bringen, vorrangig allerdings, um sich selbst zu schützen. Ich nehme an, Eric Hands hat irgendwie erfahren, dass die beiden sich in der Hütte befanden, und war alles andere als angetan von der Verbindung zwischen Henning Eriksson und Mari-Louise. Was als Vorsichtsmaßnahme gedacht war, hat das Gegenteil bewirkt.«

»Ist es keine Straftat, in fremden Arbeitszimmern herumzuschnüffeln und Eigentum zu konfiszieren?«

Karolina breitet seufzend die Arme aus. »Keine schwere Straftat, zumindest, sofern man es nicht tut, um eine andere Straftat zu vertuschen, oder eine Form von Spionage betreibt. Und wenn eine Angehörige die Erlaubnis erteilt hat, schnüffelt man ja nicht heimlich herum.«

»Muss sich dafür niemand verantworten?« Ylva wird laut. »Fünf Personen sind tot, die Mörder nicht mitgezählt. Elias wurde angeschossen, Hossin als Geisel genommen. Man hat Firmen Ausfuhrgenehmigungen erteilt, die keine hätten bekommen dürfen. Es wurde gegen die Geheimhaltungspflicht verstoßen. Firmen, die niemals solche hätten erhalten dürfen, haben große Fördersummen bekommen. Es muss doch möglich sein, dafür noch mehr Verantwortliche als Malm zu finden. Henning Eriksson? Eric Hands?«

Sie umklammert die Armlehne und ringt um Fassung. Vendela schaut zur Seite, aber Karolina hält ihrem Blick stand.

»Ohne die Tonaufnahme lässt sich nichts beweisen.«

»Aber Eriksson ist mit Eric Hands nach Östersund geflogen, müsste sich das nicht zurückverfolgen lassen?«

»Doch, er steht auf der Passagierliste des Atlas-Flugs«, sagt Karolina, »das haben wir überprüft. Er war mit Hands in Jämtland auf Elchjagd. Und? Es ist kein Geheimnis, dass sie sich privat kennen. Klar, es ist vielleicht ein wenig unangemessen, wenn sich ein Politiker von einem mächtigen Unternehmer zur Elchjagd und einem Flug im Privatjet einladen lässt, aber da Eriksson außerhalb der Partei kein politisches Amt hat, ist es auch nicht mehr als das.«

Ylva seufzt. »Aha. Na dann.«

Sie weiß, dass die beiden nichts dafür können. Gesetz ist Gesetz. Sie fühlt sich trotzdem im Stich gelassen. Karolina und Vendela sehen sich an.

»Eine Sache würden wir gerne mit Ihnen besprechen«, sagt Karolina.

»Nur zu.«

»Anders hat nie herausgefunden, wer bei Sida die Gefälligkeiten für Atlas erledigt, wer das Bindeglied zu Eriksson ist, falls er überhaupt der Verantwortliche ist.«

»Natürlich ist er das.«

»Kurz gesagt, wir brauchen Ihre Hilfe.«

Es dauert eine Weile, bis ihr die Tragweite dessen, was Karolina gesagt hat, bewusst wird. Sie will wirklich, dass Ylva Anders' Erbe antritt und ihre Kollegen ausspioniert.

»Die Person, die wir suchen, wird vermutlich ganz besonders wachsam werden, sobald Informationen über Malm und Klevemann durchsickern. Es könnte also schwierig werden.«

»Vielleicht bekommt die Person aber auch Angst«, wirft Vendela ein, »und wir erreichen vielleicht etwas, wenn wir sie ein wenig provozieren.«

Hört das denn nie auf? Sie kann nicht mehr, will nicht mehr. Dann denkt sie an Anders und an Elias und an all die Menschen, die er verloren hat.

»Denken Sie in Ruhe darüber nach«, sagt Karolina. »Aber egal wie Sie sich entscheiden, behalten Sie es unbedingt für sich.«

»Ich habe nicht die Absicht, öffentlich mein Herz auszuschütten«, sagt sie.

»Das klingt vernünftig.«

Und was, wenn nicht? Wenn sie unvernünftig ist? Ylva hat nicht das Gefühl, dass die beiden Klartext reden. Haben sie ihr gerade verboten, sich öffentlich zu äußern? Sie kommt zum Schluss, dass es besser ist, nicht nachzufragen. »Nun«, sagt sie stattdessen, »was ist der Plan?«

Glaubst du, sie hat es verstanden?«, fragt Vendela, als Ylva Grey gegangen ist.

»Sie ist nicht dumm«, sagt Karolina.

Sie sitzen an ihren Schreibtischen, die sich im größten Raum gegenüberstehen.

Karolina sieht ein, dass sie Vendela in alle Details der Atlas-Affäre einweihen muss.

»Ich bezweifle, dass wir an Hands herankommen«, sagt sie.

»Es wird nicht leicht, das sehe ich ein«, sagt Vendela, »aber wenn es uns gelingt, die Kontaktperson bei Sida ausfindig zu machen...«

»Das ist nicht das Problem«, unterbricht Karolina sie.

»Ach.« Vendela fummelt an einem rosa Post-it-Block auf dem Schreibtisch herum, während sie darauf wartet, dass Karolina weiterspricht.

»Du weißt, dass die Franzosen etwas gegen die Ausfuhrgenehmigungen hatten, die Atlas erteilt wurden. Damit hat alles angefangen.«

»Ja, deshalb wurden wir involviert.«

»Sie wollten das Geschäft mit der Türkei verhindern, obwohl Atlas bereits ein Angebot gemacht hatte. Ihr Druckmittel war, dass sie wussten, dass Atlas sich bestimmte Genehmigungen der ISP mithilfe von Korruption erschlichen und auch andere schwedische Behörden bestochen hat. Für dieses Dilemma musste eine Lösung gefunden werden.«

»Ja, aber hätte die Regierung den Antrag denn nicht ablehnen können?«

»Zu spät«, sagt sie. Karolina beugt sich nach vorn. »Selbst wenn es rein formal möglich gewesen wäre«, fährt sie fort, »hätte es zu viel Aufmerksamkeit erregt. Warum greift die Regierung zu einem so späten Zeitpunkt in einen Entscheidungsprozess der ISP ein? Proteste aus der Türkei. Im schlimmsten Fall wäre herausgekommen, dass man von den Franzosen unter Druck gesetzt worden ist. Aufmerksamkeit ist das Letzte, was die Regierung in dieser Sache haben will.«

»Nicht in einem Wahljahr«, sagt Vendela.

»Vor allem in einem Wahljahr nicht.«

»Es kam also zu einer anderen Lösung?«, fragt Vendela.

Karolina streckt sich und lehnt sich wieder zurück. »Es kam zu einer Lösung, die alle bei Laune halten und gleichzeitig zum Schweigen bringen sollte. Atlas Schield verspricht den Franzosen, ihnen innerhalb von zwei Jahren ein verbessertes Verschlüsselungssystem zu liefern, eine Version, die sich in einem solchen Ausmaß von der früheren unterscheidet, dass eine Analyse der alten Version wertlos wird. Sie bauen in das Produkt, das sie der Türkei verkaufen, auch noch eine Hintertür zur Kommunikationsabteilung ein und bieten Frankreich den Schlüssel an. Extrem verführerisch. Die Franzosen müssen für kurze Zeit ein gewisses Risiko für Terroranschläge auf den Flugverkehr in Kauf nehmen, aber diesen Preis sind sie bereit zu zahlen.«

Vendela hebt theatralisch die Hände. »Und die Regierung braucht die Franzosen nicht einmal zu bitten, alles zu vergessen, was sie über korrupte Beamten in schwedischen Behörden wissen.«

»Natürlich nicht. Und Emmanuel Lambert hat nie etwas von einem USB-Stick gehört, der angeblich in einem Park in Brüssel auf Abwege geraten ist.« Karolina setzt ein gespieltes Grinsen auf. »Das war sein Dank.«

»Zumindest hat er Ylva Grey lebend aus dem Park hinausgebracht.«

Vendela verstummt und hält den Post-it-Block still. Karolina nimmt an, dass sie sich den Rest selbst zusammenreimt. Ein hörbares Ausatmen durch die Nase deutet an, dass der Groschen gefallen ist.

»Damit ist das Geschäft von Atlas sanktioniert«, sagt sie. »Und obendrein haben sie eine unausgesprochene Garantie, dass niemand sie wegen irgendwelcher Unstimmigkeiten zur Rechenschaft zieht. Weder wegen Bestechung noch wegen Mord. Da sind sie bestimmt sehr zufrieden.«

»Sie haben nicht nur eine Garantie. Sie haben eine Waffe. Solange die Regierung nicht selbst untergehen will, kann sie ihnen nichts anhaben.«

Karolina steht auf und geht langsam auf Vendelas Seite des Tisches hinüber.

»Bislang war es wenigstens theoretisch möglich, etwas dagegen zu tun. Es wäre natürlich ein Skandal gewesen, aber damit hätte man noch umgehen können. Jetzt sind sie wirklich in einer Zwickmühle. Ich kann es mir nicht anders erklären, als dass derjenige, der bei diesem Arrangement die Fäden gezogen hat, genau das bezweckt hat. Wenn es jetzt ans Licht käme, wäre es reiner Selbstmord.«

»Was zum Teufel haben sie sich dabei gedacht?«

»Der größte Fehler war, Henning Eriksson zu bitten, sich um Atlas zu kümmern. Wobei ich den Verdacht habe, dass er von sich aus seine Hilfe angeboten hat, ein Angebot, das man nicht gut ablehnen konnte. Sie hatten keine Ahnung, mit wem sie es zu tun haben. Jedenfalls nicht zu dem Zeitpunkt. Und jetzt ist es zu spät. Er ist ein durchtriebenes Arschloch und hat keine Scheu, Risiken einzugehen.«

»Wir können also nichts tun?«

»Nein.«

Ylva erwacht im Obergeschoss von Fredrika Tillbergs Haus auf Lidingö. Das ist bereits die dritte Nacht hier, und allmählich gewöhnt sie sich daran. Das helle Zimmer ist ein wenig unpersönlich, irgendwo im Niemandsland zwischen Gästezimmer und einem noch nicht vollständig zurückeroberten Kinderzimmer. Über dem Bett hängt ein Andy-Warhol-Plakat mit drei leeren Colaflaschen drauf.

Die Versicherung würde ihr ein Hotelzimmer bezahlen. Das war auch ursprünglich der Plan, aber am Samstag hat Fredrika sich gemeldet und darauf bestanden, dass sie bei ihr und Ernst wohnt, bis sie eine Wohnung für die Übergangszeit gefunden hat. Ylva wusste nicht genau, was sie machen sollte. Sie mag Fredrika, und sie haben immer gut zusammengearbeitet, aber privat hatten sie, von ein paar gemeinsamen Abendessen abgesehen, eigentlich nie etwas miteinander zu tun. Der Vorschlag hat sie überrascht, und wenn Fredrika nicht so hartnäckig gewesen wäre, hätte sie das Angebot wohl abgelehnt. Ja, sie hat es auch abgelehnt, mehrmals sogar, ist aber überredet worden.

Es ist zehn vor acht am Dienstagmorgen. In einer guten Stunde liegt Elias auf dem Operationstisch. Es fällt ihr schwer, sich auszumalen, was er alles durchgestanden hat.

Nachdem sie geduscht und sich angezogen hat, einer der Nachteile, wenn man Gast in einem fremden Haus ist, versucht sie, ihn zu erreichen, aber er geht nicht ans Handy. Wird er schon vorbereitet? Oder will er nicht mehr mit ihr reden, weil er jetzt nicht mehr muss?

Ylva geht in die kleine, gemütlich eingerichtete Küche mit einer festmontierten Vitrine aus den späten Fünfzigern hinunter, in denen das Haus gebaut wurde. Fredrika sitzt am Küchentisch und überfliegt auf ihrem iPad die Tageszeitungen. Ernsts leere Kaffeetasse steht noch auf dem Tisch. Er geht um halb sieben aus dem Haus, um es vor der Arbeit noch ins Fitnessstudio zu schaffen.

Fredrika blickt vom Bildschirm auf. »Guten Morgen. In der Thermoskanne ist Kaffee.«

Dankbar schenkt sich Ylva einen der Becher mit dem blau-weißen Blumenmuster voll. Fredrika mag den Kaffee stark, fast zu stark für Ylvas Geschmack, aber sie schüttet einfach Milch dazu, bis das Getränk genießbar aussieht.

Wie viele Tage kann sie hierbleiben, ohne dass es zur Belastung wird?

»Du musst mir sagen, wenn ich dir auf die Nerven gehe«, sagt sie. »Oder Ernst.«

»Das überlegen wir von Tag zu Tag«, sagt Fredrika.

Eine sehr viel bessere Antwort, als wenn sie versichert hätte, Ylva würde sie doch niemals nerven. Sie sind immer ehrlich zueinander gewesen.

»Bist du dir ganz sicher?«, fragt Fredrika auf dem Weg zum Auto.
»Ja. Wenn ich zu Hause bleibe, denke ich die ganze Zeit an mein abgebranntes Haus.«
»Es ist nicht abgebrannt.«
»Vom Feuer verwüstet.«
Sie war gestern und am Freitag zu Hause, das reicht.
Sie setzen sich ins Auto, und Fredrika fährt rückwärts aus der Einfahrt. Bis zur Brücke schweigen sie.
»Versprich mir, dass du nach Hause gehst, wenn es dir zu viel wird.«
»Versprochen.«
»Setz dich nicht unter Druck. Das nützt niemandem etwas.«
»Ich weiß. Versprochen«, wiederholt sie. »Ich will nicht die Heldin spielen.«
»Gut.«

Ylva geht die Mails durch, die sich während ihrer Abwesenheit angesammelt haben, bereitet die nächste Sitzung mit den Abteilungschefs vor und sucht nach einem Datum für eine Dienstreise nach Bukarest. Nach kurzer Zeit breitet sich Ruhe in ihr aus, das sichere Gefühl, Aufgaben zu erledigen, die sie bewältigen kann. Routiniert beantwortet sie Mails, pflegt Kontakte, organisiert Meetings.

Dann kommt eine Mail von der Versicherung mit einem langen Fragenkatalog. Das reicht, um sie aus der Fassung zu bringen.

Was ist ihr geblieben? Sie hat Anders verloren. Sie hat das Gefühl, ihn nicht nur einmal, sondern zweimal, vielleicht sogar dreimal verloren zu haben. Einmal, als er starb, dann, als sie die Datei mit den Angaben über sich auf seinem Laptop entdeckt hat, und zum letzten Mal, als das Haus, der Ort ihrer Erinnerungen, niedergebrannt ist.

Oder vom Feuer verwüstet wurde.

Die Küche, in der Anders die Weine geöffnet hat, die sie zusammen getrunken haben, wo er die Hollandaise mit einem Eiswürfel gerettet hat, der Tisch, an dem sie ihre romantischen Abendessen zu sich genommen haben, oft hektisch und gierig, damit sie es noch ins Schlafzimmer schafften, bevor er zurück nach Hause musste.

Ein einziges Mal ist er über Nacht geblieben. Das war am vierzehnten Dezember. Ylva wusste nicht, warum, wollte es nicht wissen, hat sich aber darüber gefreut. Sie haben im Wohnzimmer vor dem Kamin gefrühstückt, in dem sie Feuer gemacht hatte. Sie hatten alle Zeit der Welt, um in der Hitze des Feuers und sich im kalten Luftzug auf dem Fußboden zu lieben.

Ein Brennen strahlt in ihren ganzen Körper aus, und sie muss sich kerzengerade auf den Stuhl setzen. Sie fühlt sich gehetzt, ohne zu wissen, wovon. Es ist, als würde ihr die Zeit davonrennen. Wofür lebt sie eigentlich noch?

Sie fasst sich in den Nacken, fühlt kalten Schweiß an den Fingern.

»Wie geht's?«

Sie dreht sich um. Kjell hat sich von hinten angeschlichen.

»Hallo«, sagt sie kraftlos.

»Alles okay?«

Sie räuspert sich, fürchtet, die Stimme verloren zu haben. »Ich weiß nicht.«

Er sieht sie ernst an, ist aber klug genug, nicht zu fragen, ob etwas passiert ist.

Sie betrachtet die lange Liste von der Versicherung. »Ich glaube, ich muss nach Hause.«

»Nach Hause? Du meinst zu …«

»Ich muss raus nach Farsta Strand.«

»Gibt es einen besonderen Grund?«

»Ich muss da einfach hin«, sagt sie leise.

Weil sie nicht im Büro bleiben kann, nicht bei Fredrika zu Hause im Weg sein will und weil sie mit eigenen Augen sehen will, was von ihrem Heim übrig geblieben ist.

Sie kommt sich klein und jämmerlich unter Kjells fragendem Blick vor und versucht, sich zusammenzureißen.

»Es ist wegen dieser beschissenen Liste da«, sagt sie mit bemühter Lockerheit und deutet auf den Bildschirm.

Als müsste sie sich rechtfertigen.

»Ich kann dich fahren.«

»Nein«, sagt sie und winkt ab. »Das ist wirklich nicht nötig.«

»Ist doch selbstverständlich.«

Sie hält inne. Sie vergisst ihren Auftrag. Sollte das Angebot nicht ablehnen.

»Sicher? Hast du auch wirklich Zeit dafür?«

»Hör schon auf. Natürlich fahre ich dich.«

»Okay«, sagt sie schließlich, »wenn du dir sicher bist. Danke.«

Ylva klickt auf Drucken, will den Fragenkatalog mitnehmen, zumindest pro forma. Sie holt die ausgedruckten Seiten und ruft Fredrika an, um ihr zu sagen, dass es wohl doch keine so gute Idee war, heute zur Arbeit zu gehen.

»Habe ich dir doch gesagt«, antwortet Fredrika. »Ich finde, du solltest dir den Rest der Woche freinehmen. Erst mal. Du hast viel durchgemacht, Ylva. Das braucht seine Zeit.«

»Sieht so aus.«

»Hast du schon einen Termin beim Therapeuten?«

»Ich muss ihn noch anrufen.«

»Tu das.«

Sie sagt das nicht nur so, sie will wirklich da anrufen, aber es widerstrebt ihr. Jedes Mal, wenn sie zum Hörer greift, denkt sie an all das, worüber sie nicht reden möchte.

»Ich fahre kurz in Farsta vorbei«, sagt sie. »Ich habe das Gefühl, es tun zu müssen.«

»Ich kann dich fahren«, sagt Fredrika.

»Danke, nett von dir, aber Kjell hat sich bereits angeboten.«

»Nein, ich mache das. Ich will es so.«

Fredrikas Eifer überrascht sie genauso wie ihr Wunsch, dass Ylva zu ihnen nach Lidingö zieht. Was soll sie jetzt machen? Kjell ist bereits seine Jacke holen gegangen.

»Du hast doch jede Menge zu tun«, sagt sie versuchsweise.

»Manchmal muss man Prioritäten setzen. Jetzt widersprich mir nicht. Ich komme gleich runter.«

Ylva erklärt Kjell die Situation. Sieht er enttäuscht aus? Sie hat nicht den Eindruck.

Auf dem Weg nach unten zerbricht sie sich den Kopf darüber, ob sie sich richtig entschieden hat. Hätte sie hart bleiben und doch mit Kjell fahren sollen? Die Frage lässt sich nicht beantworten.

Als sie im Auto sitzen, kommt sie auf andere Gedanken.

»Was willst du dort machen?«, fragt Fredrika.

Erneut rechtfertigt sie sich mit dem Fragenkatalog von der Versicherung.

»Aber eigentlich«, sagt sie dann, »will ich sehen, wie es dort aussieht.«

»Warst du seit dem Brand nicht dort?«

»Nein.«

»Ich dachte...« Sie hält inne. »Bist du sicher, dass das eine gute Idee ist? Ich meine, es könnte belastend sein...«

»Ich muss«, sagt Ylva. »Ich will wissen, wie es aussieht und worauf ich mich einstellen muss. Sonst male ich mir die ganze Zeit irgendetwas aus und mache mir Hoffnungen. Oder verzweifle. Verstehst du das?«

»Ja.«

Fredrika lenkt mit ausgestreckten Armen, auf der Nase eine Sonnenbrille, die in einem Fach im Armaturenbrett lag. Es ist inzwischen Februar. Die Sonne steht immer noch tief am diesigen Himmel, aber man ahnt schon, dass die Tage heller werden.

Ylva wirft einen Blick in den Rückspiegel, ohne zu wissen, wonach sie Ausschau halten soll.

»Weißt du, was mit dem Haus passieren wird?«, fragt Fredrika.

»Nein. Es wird eine Weile dauern, bis ich das erfahre.«

»Sie können dich doch nicht einfach vor die Tür setzen, oder?«

»Ich habe wie bei jedem anderen Mietvertrag auch einen Besitzanspruch, aber wenn sie nach diesem Vorfall die Miete erhöhen oder beschließen, das Haus abzureißen... Dann werden sie mir wahrscheinlich eine Zweizimmerwohnung in einem der Hochhäuser anbieten.«

»Müssen sie dir nicht etwas annähernd Gleichwertiges anbieten?«, fragt Fredrika.

»Das bezweifle ich. Wir haben den Vertrag nur wegen Johan bekommen, ich bin ohnehin nur geduldet gewesen.«

»Eine Zweizimmerwohnung ist natürlich nicht vergleichbar.«

»Nein.«

Sie biegen vom Nynäsväg ab. Ylva versucht, sich vorzustellen, wie es wäre, dort wegzuziehen. Vielleicht wäre das genau das Richtige. Eine Veränderung wagen. Neu anfangen. Alte Erinnerungen hinter sich lassen. Johan und die Putzfrau. Das Auto im See. Anders. Karolina Möller leblos auf dem Küchenfußboden. Elias' blutverschmiertes Gesicht. Und zum Schluss das Feuer.

Würde es ihr guttun, noch einmal bei null anzufangen? Im Moment fühlt sie sich entwurzelt, traurig und allein, aber das ist sie ja auch.

»Bist du sicher, dass wir hineingehen dürfen? Ist das Haus nicht abgesperrt?«

»Ich habe mich erkundigt. Ein Teil der Zimmer ist noch abgesperrt, aber wir dürfen ins Haus.«

Außer einem großen Rußfleck über der zerstörten Küchentür ist die nördliche Fassade intakt. Eine Tanne in unmittelbarer Nähe des Hauses hat aufgrund der Hitze alle Nadeln abgeworfen, und einige Zweige sind angesengt.

Der Kücheneingang ist mit einem blau-weißen Band abgesperrt, und Fredrika stellt das Auto in respektvollem Abstand ab. Ylva betritt den Hof und wird von dem säuerlichen Gestank eines gelöschten Feuers überwältigt, hat gleich wieder den Geschmack auf der Zunge. Auf der Erde haben schwere Löschfahrzeuge, Stiefel und Schläuche Spuren hinterlassen. Bei Najide und Hossin brennt kein Licht. Sie sind nach dem Schreckerlebnis zu Bekannten in Farsta geflüchtet, vorübergehend oder vielleicht für immer.

Ylva schließt die Tür zum Windfang auf. Außer dem Dreck, den die nassen Sohlen der Feuerwehrleute hinterlassen haben, sind hier keine Spuren des Feuers zu sehen. Sie geht weiter, und als sie die nächste Tür öffnet, schlägt ihr der Geruch mit doppelter Kraft entgegen.

»Was für ein Gestank.«

Sie versteht in diesem Moment, was der Begriff Rauchschaden bedeutet. Auch wenn das Haus nicht abgebrannt ist, ist es zerstört. Vielleicht ist eine Sanierung möglich, aber es würde bei Weitem nicht ausreichen, die Stellen zu renovieren, an denen das Feuer selbst gewütet hat.

Der Steinfußboden im Flur ist nass, im Wohnzimmer ist das Wasser in die Ritzen im Parkett eingedrungen, das schmutzig und grau aussieht. Es ist kaputt, wird reißen und sich verziehen, wenn es getrocknet ist. Die Küche ist abgesperrt, aber Ylva sieht durch die offene Tür, dass alles, was nicht verbrannt ist, verrußt und verkohlt ist. Sie wendet sich ab und muss sich zusammenreißen, um nicht in Tränen auszubrechen.

»Geht es?«, fragt Fredrika.

Sie hat sich kaum gestattet, wegen Anders zu weinen, da kann sie jetzt doch nicht um ein Haus weinen. Stattdessen geht sie zur Treppe und zeigt stumm nach oben.

Fredrika sagt etwas von Gebälk, das möglicherweise vom Feuer in Mitleidenschaft gezogen worden ist, aber in dem Fall hätte man ihr sicher nicht erlaubt, ins Haus zu gehen. Ylva geht die Treppe hinauf, ohne sich umzusehen.

Der Geruch ist überall. Jeder Gegenstand, jedes Stück

Stoff, all ihre Sachen. Die Vorhänge und ihre Kleidung müssen gewaschen, die Wände gestrichen werden, aber nützt das etwas, kann es hier jemals so werden wie vorher? Sie hat Schwierigkeiten, es sich vorzustellen.

»Was für ein Elend.«

Fredrika legt die Arme um sie. »Das wird schon. Sie bringen das alles wieder in Ordnung, es wird nur ein wenig dauern. Und wenn nicht, müssen sie dir etwas anbieten, was zumindest Ähnlichkeit mit dem hier hat.«

Das Absurde daran, dass zwei Frauen in höchster Position bei Schwedens Entwicklungshilfebehörde eng umschlungen den Verlust einer sechshundert Quadratmeter großen Luxuswohnung beklagen, entgeht ihr nicht. Sie bereut das Wort Elend.

»Du hast recht«, sagt sie nüchtern. »Wird schon werden.«

Sie schluckt ihre Tränen hinunter und sieht sich den Rest des Hauses an. Das Zimmer über der Küche, in dem Elias geschlafen hat, hat es am schlimmsten getroffen. Der Boden ist schwarz, und in die Wände hat sich der Rauch in mehreren dunklen Schichten hineingeätzt. Die restlichen Wohnräume sind einigermaßen glimpflich davongekommen, es stinkt dort, und alles ist mit Ruß bedeckt, aber es ist nichts verbrannt. Die Räume unterm Dach sind ebenfalls unversehrt, nur die Dienstmädchentreppe ist verbrannt und abgesperrt.

Je länger sie durch die Räume geht, desto leichter wird es. Sie lebt, das darf sie nicht vergessen. Sie hat zwei Mordversuche innerhalb von ebenso vielen Tagen überlebt. Auf wundersame Weise haben vier Personen das überlebt, was vor fünf Tagen hier im Haus passiert ist. Sie, Elias, Karolina Möller und Hossin. Die Wahrscheinlichkeit, dass sie alle sterben und im schlimmsten Fall niemand erfährt, was hier vor sich gegangen ist, war viel höher.

Sie geht wieder hinunter ins Arbeitszimmer, macht aber in der Tür auf dem Absatz kehrt, holt einen Lappen aus dem Badezimmer und wischt Stuhl und Schreibtisch ab.

»Warte, ich wische dir auch einen Stuhl ab«, sagt sie zu Fredrika.

Fredrika nimmt ihr den Lappen aus der Hand. »Das kann ich selbst.«

Sie wischt über einen der Stühle an dem kleinen Wohnzimmertisch. Ylva setzt sich und wirft einen Blick auf die Liste der Versicherung, geht im Geiste die Antworten durch, trägt aber nichts ein. Sie kann die Liste später ausfüllen, hat jetzt nicht die Kraft dazu.

»Hat Anders dir was erzählt?«, fragt Fredrika.

Ylva blickt auf, versteht nicht, was Fredrika meint.

»Von der Sache, in die er verwickelt war.«

»Kein Wort.«

Ylva dreht sich zum Bücherregal um, steht auf und nimmt *Swing Time* heraus.

»Das hat Anders gelesen, als wir in Sarajevo waren«, sagt sie. »Ich hatte es ihm empfohlen. Er hat es sich vor dem Hinflug in Arlanda gekauft.«

Sie legt das Buch auf den Tisch, schlägt die Seiten auf,

zwischen denen noch der Kassenzettel steckt, und liest vor: »Unser zweiter Aufenthalt fand vier Monate später statt, während der Regenzeit. Wir trafen, nach einem verspäteten Flug, im Dunkeln ein, und als wir das rosa Haus erreichten, konnte ich mich einfach nicht mit seiner merkwürdigen Ausstrahlung arrangieren, mit der Traurigkeit und Leere darin, dem Gefühl, mich in den gescheiterten Träumen anderer Menschen einzurichten.«

Fredrika hört aufmerksam zu, sitzt steif auf der vorderen Stuhlkante, um sich nicht schmutzig zu machen. Müsste sie nicht langsam ungeduldig werden? Will sie den ganzen Tag in Ylvas verbranntem Haus verbringen?

»Bin das ich?«, fragt Ylva.

Fredrika antwortet nicht.

Man strebt nach so vielen Dingen und rackert sich ab, aber wenn man schließlich angekommen ist, wo man immer hinwollte, ist es anders, als man gedacht hat, dann zerrinnt einem alles zwischen den Fingern.

»Wir sollten zurückfahren«, sagt sie.

»Das glaube ich auch.«

Als Ylva das Buch zuklappt, sieht sie, dass sich oben das Kapitalband und der Papierstreifen, an dem es festgeklebt ist, vom Buchrücken gelöst haben. Nicht ganz, aber einen guten Zentimeter, sodass sich in der Mitte des Rückens ein Kanal gebildet hat. Sie schlägt das Buch noch einmal auf und hält es ins Licht der Schreibtischlampe.

»Was ist?«

»Nichts«, sagt sie, »ich komme gleich.«

Sie nimmt das Buch mit ins Bad und versucht, mit

einer Pinzette das kleine Stück Plastik in dem Buchrückenkanal zu fassen zu kriegen, das immer wieder wegrutscht. Beim dritten Versuch bekommt sie es zu fassen und zieht es heraus. Es ist eine Speicherkarte, kaum größer als eine SIM-Karte. Ylva nimmt die Speicherkarte zwischen Daumen und Zeigefinger und legt die Pinzette weg.

Bist du darauf, Eric Hands?

Die Tür wird aufgerissen, und Fredrika steht vor ihr.

»Denkst du, es war Anders?« Sie deutet mit einer Kopfbewegung auf das Buch.

»Das habe ich nie gesagt.«

»Aber es war sein Buch.«

Ylva antwortet nicht. Fühlt sich ertappt.

»Und das da?«

Sie steht immer noch mit der Speicherkarte zwischen den Fingern da.

»Ich weiß es nicht.«

»Doch, das tust du.«

Fredrikas aggressiver Ton gefällt ihr nicht. Wo ist die fürsorgliche und einfühlsame Chefin geblieben, die sie unbedingt fahren wollte? Ylva lässt die Hand sinken und will die Karte in die Tasche stecken, als Fredrika ihr die ausgestreckte Handfläche hinhält.

»Die nehme ich besser an mich.«

Ylva umschließt die Speicherkarte mit der Hand. »Wieso?«

»Gib sie mir einfach.«

»Aber...«

Fredrika rückt ihr weiter auf die Pelle. »Bekomme ich sie jetzt?«

»Sollten wir sie nicht besser Karolina Möller geben?«

»Darum kümmere ich mich.«

Ylva steht noch immer mit der geballten Faust da. Sie begreift, was los ist, ohne zu überblicken, was das für sie in diesem Augenblick bedeutet. Was passiert, wenn sie sich weigert? Fredrika kann ihr die Speicherkarte ja nicht gewaltsam wegnehmen. Oder doch?

»Es ist für alle das Einfachste, wenn du tust, was sie sagt«, ertönt eine Stimme hinter der Tür.

Die Tür fliegt auf. Schräg hinter Fredrika steht der große, eigenwillige Staatssekretär.

»Johannes!«

Einen Augenblick lang glaubt sie, er käme ihr zu Hilfe, aber dann geht ihr auf, dass es genau umgekehrt ist. Er ist da, um Fredrika zu unterstützen.

Etwas flammt in ihr auf. Johan Dalgren hatte recht, Anders war von Anfang an verraten und verkauft. Ylva wünschte, sie hätte die Pistole aus dem Park dabei, die Lambert ihr abgenommen hat, dann hätte sie jetzt beide erschossen.

»Gib Fredrika jetzt die Speicherkarte.«

»Und das Buch«, sagt Fredrika.

»Und was passiert dann? Wollt ihr mich dann auch aus dem Weg räumen, mich erschießen? Oder habt ihr jemanden, der das für euch erledigt?«

»Sei nicht albern«, sagt Johannes Becker, »gib einfach die Sachen her.«

Sie will ihm die Faust, die die Speicherkarte umschließt, ins Gesicht rammen, weiß aber, dass sie gegen den zwei Meter großen Mann keine Chance hat.

Dann tut sie es trotzdem. Sie knallt die Faust direkt auf seine Nase, fühlt den Schmerz in den Knöcheln, als sie ihn von schräg unten trifft. Er schreit auf und pariert ihren Schlag, der sie gegen den grünen Marmor der Badezimmerwand und dann zu Boden schleudert. Einen Augenblick später sind sie beide über ihr. Johannes zwingt ihre Finger auseinander, und Fredrika schnappt sich das Buch.

Wo sind sie? Worauf warten sie? Er bricht ihr fast die Finger.

In irrsinniger Wut ballt Ylva die Faust. Einen Tropfen Blut aus Johannes' Nase landet auf dem Knöchel ihres Zeigefingers. Es muss etwas schiefgegangen sein. Niemand kommt ihr zu Hilfe. Sie haben sie hängen lassen, haben sie verraten oder sind auf eine falsche Fährte gelockt worden. Sie schließt die Augen. Wird man sie erschießen oder wie Mari-Louise erschlagen?

Sie kann sich nicht mehr wehren, muss die Hand öffnen, wenn sie ihre Finger retten will. Sie gibt nach und schafft es gleichzeitig, den Arm so nach vorn zu schleudern, dass das kleine Stück Plastik über den Fußboden davongleitet.

»Lassen Sie sie los und treten Sie zurück.«

Ein scharfes Kommando übertönt den Tumult. Eine bekannte Stimme. Sie haben sie nicht aus den Augen verloren. Ylva spürt, wie sich jeder Muskel ihres Körpers entspannt, sinkt auf dem Boden in sich zusammen, dämmert weg, verfolgt das Geschehen aber wie auf einem Fernsehschirm am anderen Ende des Raums.

»Ziehen Sie sich zurück. Ganz ruhig.«

Karolina Möller blockiert die Treppe mit vorgehaltener Pistole.

Johannes zuckt zusammen und sieht sich nach der Dienstmädchentreppe um.

»Das würde ich Ihnen nicht empfehlen, denn ich bin nicht allein gekommen. Wenn Sie Glück haben, werden Sie nur angeschossen.«

Johannes erstarrt, sieht sich aber immer noch panisch im Raum um.

»Sie gehen jetzt zurück und knien sich hin.«

»Ich bin Staatssekretär im Außenministerium.«

In Johannes' Versuch, eine Hierarchie wiederherzustellen, in der er sich Karolina Möller als Untergebene vorstellt, hat sich ein weinerlicher Unterton eingeschlichen.

»Ich weiß, wer Sie sind. Und jetzt auf die Knie.«

Fünf Minuten später haben Vendela und ein weiterer Mitarbeiter von Karolina Johannes und Fredrika aus dem Haus und in ein wartendes Auto abgeführt, das sofort abfährt.

Ylva sitzt noch immer auf dem Fußboden im Badezimmer.

»Wie geht es Ihnen?«, fragt Karolina.

»Ich glaube nicht, dass ich aufstehen kann«, sagt sie. »Ich kann überhaupt nichts mehr.«

Karolina setzt sich auf den Toilettendeckel. »Ruhen Sie sich ein bisschen aus.«

Ylva schüttelt den Kopf. »Ich dachte, ich wäre ganz allein.«

Ein Hauch von Mitleid blitzt in Karolinas Blick auf.

»Mir ist bewusst, dass einem in so einer Situation Sekunden wie eine Ewigkeit vorkommen können, aber wir haben Sie ununterbrochen überwacht. Das habe ich Ihnen doch gesagt.«

»Ich weiß, aber ich dachte, es wäre etwas dazwischengekommen. Ich dachte wirklich, es wäre aus.« Ylva streckt die Beine aus, atmet tief, aber langsam ein und aus. »Ich mochte Becker. Fredrika auch.«

Sie hatte Kjell in Verdacht. Fredrika ist ein blinder Fleck gewesen. Sie ist nicht einmal auf die Idee gekommen.

»Hört es nie auf?«

»Ich glaube, es ist jetzt vorbei.«

»Sie glauben?«

»Etwas Besseres habe ich nicht zu bieten. Aber wenn das hier ist, wofür ich es halte, haben wir zumindest ein Gleichgewicht des Schreckens erreicht.« Sie zeigt auf die Speicherkarte, die Ylva vom Boden aufgehoben hat.

»Ich nehme an, Sie sind die nächste Interessentin in der Schlange, die sie an sich nehmen möchte.«

Karolina macht ein nachdenkliches Gesicht. »Sie klingen enttäuscht.«

»Denken Sie, es macht einen großen Unterschied, wenn Sie sie bekommen?«

»Für Sie doch wohl eindeutig. Sie sind sehr viel sicherer, als Sie es gewesen wären, wenn die beiden sie hätten.«

Das muss Ylva natürlich zugeben.

»Doch. Danke!«, sagt sie.

»Ich habe zu danken.«

Karolina streckt zwei Finger aus und nimmt die Speicherkarte aus ihrer ausgestreckten Handfläche. Ylva sieht sie in der Brusttasche von Karolinas Jacke verschwinden, und dann schließt Karolina sorgfältig den Reißverschluss. Es ärgert sie, dass sie vermutlich nie erfahren wird, ob Eric Hands und Henning Eriksson darauf zu hören sind.

Elias schläft. Das Kopfende des Bettes ist erhöht, und sein bandagierter Kopf ruht schwer auf dem Kissen. Ylva erkennt ihn kaum wieder, das Gesicht ist geschwollen und grün und blau von der Schussverletzung und teilweise bandagiert. Vermutlich ist es nach der Operation noch stärker angeschwollen.

Er liegt allein in dem Zimmer, das ein Fenster zum Fyriså und dem Stadtzentrum hat. Ylva ist seit achtzehn Jahren nicht in Uppsala gewesen und musste aufs Handy schauen, um zur Uniklinik zu finden. Elias war wach, als sie kam, und strahlte, als er sie erblickte, wurde aber bald immer abwesender, bis ihm die Augen zufielen. Jetzt schläft er seit einer halben Stunde tief und fest.

Sie ist sitzen geblieben. Nicht weil sie hofft, dass er noch mal wach wird, sondern weil es ihr ein Bedürfnis ist, bei ihm zu sein, auch wenn er nicht wach ist. Vielleicht hat ihre Anwesenheit eine positive Wirkung. Nicht zuletzt auf sie selbst.

Sie haben in kurzer Zeit viel zusammen durchgemacht. Es besteht eine Verbindung zwischen ihnen, wenn auch keine völlig unproblematische, und es muss gut für ihn sein, jemanden in seiner Nähe zu haben, der ihn versteht, ohne dass er Dinge erklären muss, über die er nicht gerne spricht, jemanden, der ihm glaubt.

Soweit die Ärzte es zu diesem Zeitpunkt beurteilen können, ist die Operation erfolgreich verlaufen. Alle Proben sind negativ, und er erholt sich gut. Ob der Eingriff ihn nicht doch auf irgendeine Weise beeinträchtigen wird, lässt sich erst mit hundertprozentiger Sicherheit sagen, wenn er in seinen Alltag zurückgekehrt ist und sich wieder seinen gewohnten Tätigkeiten zuwendet, körperlich wie geistig. Aber eine Operation wie diese richtet normalerweise keine Schäden an. Sie betrachtet die Vorbehalte als das Kleingedruckte im Vertrag. Ausnahmen gibt es immer.

Elias hat ihr erklärt, dass er in der ersten Zeit nach der Operation einige merkwürdige, aber an sich vollkommen harmlose Phänomene erlebt hat. Nachdem der Tumor entfernt worden ist und keinen Druck mehr ausübt, nimmt das Gehirn wieder seine ursprüngliche Form an. Während es sich sozusagen wieder vorwölbt, können plötzliche und unvorhersehbare Sinneswahrnehmungen entstehen, die Auswirkungen auf das Gleichgewichtsgefühl haben, sicht- oder hörbare Halluzinationen und andere Effekte erzeugen, normalerweise aber schnell vorübergehen.

Ylva bleibt noch eine Weile am Bett sitzen, betrachtet die geschlossenen Augen, das eine mit einem roten

Fleck auf dem Lid. Für einige Minuten findet sie im Krankenzimmer Ruhe, lässt ihren eigenen Schmerz und ihre Grübeleien, ihr abgebranntes Haus und das Hotelzimmer los und ist nur hier bei ihm. Angesichts seines konkreten Leidens, falls es das passende Wort ist, fühlt sie sich stark und befreit, weil sie es sein muss, weil sie für jemand anders stark und frei sein muss.

Als sie aus dem Krankenhaus kommt, erblickt sie Karolina Möller, die soeben per Fernbedienung ihr Auto abschließt.

»Ich wollte mal schauen, wie es Elias geht«, sagt Karolina, als sie Ylva bemerkt.

»Er schläft sehr viel.«

»Aber es ist gut gelaufen?«

»Ja.«

Karolina steckt die Hände in die Jackentaschen. Es ist kalt, minus zwölf Grad.

»Nicht leicht, das mit sich herumzuschleppen und gleichzeitig durchzumachen, was er in den vergangenen Wochen durchgemacht hat.«

»Darüber habe ich auch nachgedacht. Wo nimmt er bloß die Kraft her? Das kann nicht jeder.« Ylva will weitergehen, bleibt aber stehen, kann sich die Frage nicht verkneifen: »Haben Sie die Tonaufnahme gefunden?«

Lächelnd schaut Karolina zu den vielen Fahrrädern vor dem Eingang hinüber. Mit dieser Frage hat sie nicht gerechnet. Sie blickt in eine andere Richtung, als ob die Antwort nichts mit Ylva zu tun hätte.

»Ja.« Dann wendet sie sich wieder Ylva zu. »Nett, Sie kennenzulernen. Vielleicht sehen wir uns mal wieder.«

»Ja, wer weiß?«

Karolina geht in die Neurologie und Ylva zu ihrem Auto. Sie wird den Gedanken nicht los, dass Karolina nicht nur, um zu schauen, wie es Elias geht, bis nach Uppsala gefahren ist. Sie muss noch aus einem anderen Grund hier sein.

Sie hat sich angeschnallt und gerade den Motor angelassen, als ihr Handy klingelt. Sie nimmt den Gang raus und zieht das Handy aus der Tasche, sieht, dass es Vanja Magnusson-Hallgren ist, die Ministerin für internationale Zusammenarbeit.

»Schön, dass ich dich erreiche«, sagt Vanja.

»Ich habe einen Krankenbesuch gemacht und hatte mein Handy ausgeschaltet«, sagt Ylva.

Die Fichten auf der Anhöhe neben dem Parkplatz sind hübsch mit Raureif bedeckt. Man hört fast das leise Klirren der eisigen Kälte in der Luft.

»Wie geht es dir?«, fragt Vanja.

»Ganz okay«, antwortet sie, »aber ich habe mich entschlossen, ein paar Wochen zu Hause zu bleiben. Oder was heißt schon zu Hause? Ich wohne ja im Hotel.«

Vanja schweigt einen Moment. »Wenn du gerade die Ruhe vorziehst, kommt mein Anliegen vielleicht in einem ungünstigen Moment, aber...«

»So schlimm wird es schon nicht sein«, sagt Ylva.

Sie ist gespalten, einerseits wünscht sie, sie hätte das Handy nicht eingeschaltet, andererseits ist sie neugierig.

»Ich nehme an, du hast mitbekommen, dass Fredrika sich entschieden hat zu kündigen. Aus familiären Gründen. Völlig unerwartet.«

»Ja, in der Tat«, sagt Ylva.

Sie fragt sich, ob sie beide lügen oder ob sie die Einzige ist.

»Ich hätte dich gerne als neue Generaldirektorin«, sagt Vanja.

Ylva verstummt. Auf den Gedanken ist sie nicht gekommen. Sie ist davon ausgegangen, dass es jemand von außen werden würde.

»Du kannst es dir natürlich ein paar Tage überlegen. Ich nehme an, das willst du auch, nach alldem.«

Generaldirektorin. Ylva weiß, dass sie der Aufgabe gewachsen wäre, mehr noch, sie würde ihre Arbeit gut machen. Aber warum macht man ihr dieses alles andere als selbstverständliche Angebot? Was beinhaltet ihre Zusage? Will man sie kaufen?

Andererseits, was wäre die Alternative? Soll sie erhobenen Hauptes gehen?

Der Zug nach Stockholm wirbelt den Schnee in die Januarnacht. Die weißen Kristalle legen sich auf die Scheiben, bis nur noch winzige Gucklöcher zur Außenwelt übrig sind. Er sieht nur noch aufgeregte Schneeflocken, die kurz aufblinken, bevor sie in der Dunkelheit verglühen.

Elias sitzt im dunklen Waggon in der Mitte, den mit den Abteilen. Er lehnt den Kopf an das braune Kunstleder, die Augen fallen ihm zu, aber er wird wieder wach, als jemand auf den Sitz schräg gegenüber plumpst. Beiger Dufflecoat und grau-grüne Wollmütze. Auf der Mütze glitzern Schneekristalle. Elias erkennt ihn wieder, es ist lange her, er ist jetzt erwachsen, aber das Gesicht kennt er. Seine rundlichen Züge strahlen etwas Kindliches aus, oder liegt das daran, dass er versucht, die Erinnerung an einen Jungen aus dem Gesicht des Erwachsenen herauszulesen?

Er sagt ihn nicht, den Spitznamen von Elias. Stattdessen fragt er nach seinem eigenen.

»Du erkennst mich nicht, was?«, sagt er, als Elias nicht antwortet.

»Doch.«

»Dann sag meinen Namen. Sag meinen Namen.«

Ein Name fällt ihm nicht ein, aber er weiß, wer das ist. Das ist doch, na, der. Er weiß es ganz genau.

»Gib zu, dass du keine Ahnung hast.«

Elias öffnet den Mund, um ihm zu widersprechen, aber der Sitz ist leer. Er schlägt die Augen auf, muss doch eingeschlafen sein. Es ist still. Über die Trennwände der kleinen Abteile ragt der eine oder andere Kopf, aber niemand geht durch den Waggon.

Eine dunkle Gestalt verdeckt das schummrige Deckenlicht. Da ist er wieder, steht im Gang, schwingt mit den Bewegungen des Zuges mit. Er beugt sich nach vorn und sieht Elias mit zusammengekniffenen Augen an. »Nein«, murmelt er. Seine Mütze glitzert. »Entschuldige«, sagt er dann, »ich dachte, du wärst jemand anders.«

Er ist weg.

Elias öffnet die Augen, unter dem Kopf ein weiches Kissen, Wände in zartem Apricot, ein Nachttisch mit eingebautem Radio und vor ihm Eva. Sie hat ihr Haar zu einem losen Zopf zusammengebunden, der ihr über die eine Schulter hängt.

»Was machst du hier?«

Instinktiv hält er Ausschau nach dem Notrufschalter, mit dem man die Schwester ruft. Karolinas Besuch hat ihn nicht gestört, aber dass Eva an seinem Bett steht, während er schläft, macht ihm Angst.

»Danke, ich freue mich auch, dich zu sehen«, sagt sie.

Er weiß, dass sie nichts mit Mari-Louises Tod zu tun hat, aber er wird das Gefühl nicht los, dass sie mehr hätte tun können, um ihn zu verhindern.

»Entschuldige«, sagt er. »Ich bin noch nicht richtig wach.«

»Wie geht es dir?«

»Wie gesagt, ich bin nicht ganz wach.« Er streckt die Hand nach einem Becher mit dem Trinkhalm aus. Eva will ihm helfen, aber er kommt ihr zuvor. »Schon okay.«

Er nimmt den Trinkhalm heraus, wirft ihn auf den Nachttisch und leert den Becher mit wenigen Schlucken. Alles hier ist auf Dreijährige zugeschnitten. Trinkhalme, Schnabeltassen und Teller mit Kante und Gummiring am Boden.

»Du studierst nicht Medizin«, sagt er.

»Nein.«

»Und heißt nicht Eva.«

Sie streckt die Hand aus. »Ich bin Vendela.«

Er drückt ihre Hand, fühlt die starken Finger.

»Ich bin der Prophet«, sagt er plötzlich. Zum einen, um ihr etwas entgegenzusetzen, zum anderen, um sich zu entziehen. Sie weiß schließlich seinen Namen, er ihren aber nicht. Woher weiß er, dass sie jetzt den richtigen sagt? »Ganz im Ernst, warum bist du hier? Sollst du mich beobachten?«

»Ich wollte nur wissen, wie es dir geht.«

Elias weiß immer noch nicht genau, was in dieser Nacht in dem Sommerhäuschen passiert ist. War das

Ganze nur ein wirrer Alkoholtraum? Er mustert sie, um ihrem Gesichtsausdruck ein Zeichen zu entnehmen, aber es kommt nichts dabei heraus, und fragen will er sie auch nicht.

»Sie haben die Verbände abgenommen«, sagt sie.

»Was?«

»Sie sind weg.« Sie deutet auf ihr eigenes Gesicht.

Er will fragen, wann das gemacht wurde, will sich aber nicht anmerken lassen, dass er sich nicht im Geringsten daran erinnern kann. Wie ist das möglich? Ist das hier eine andere Variante des Traums von der Zugfahrt? Ist er immer noch nicht aufgewacht? Es war so real, als sie sich die Hände geschüttelt haben. So greifbar und gar nicht träumerisch.

Er hat ihren Arm umfasst, lässt ihn aber sofort wieder los, als er die Struktur ihres Pullovers und den muskulösen Arm unter dem Stoff spürt.

»Was ist?«

»Nichts.«

Der Verband, hat sie gesagt. Dann muss es wohl so sein.

Er schwingt die Beine über die Bettkante, rutscht vor, bis seine Füße den Boden erreichen, bleibt einen Augenblick stehen und wartet ab, ob ihm schwindlig wird. Als er zum ersten Mal aufgestanden ist, hat es sich in seinem Kopf so gedreht, dass ihm übel geworden ist. Er geht die wenigen Schritte zum Spiegel über dem Waschbecken. Reglos im Bett zu liegen ist lebensgefährlich, seine Beine sind kraftlos, er kommt sich vor wie ein Achtzigjähriger.

Schweißgebadet bleibt er vor dem Spiegel stehen. Er fällt und fällt, versinkt im Boden, fällt Tausende von Metern durch die Wolken, rettet sich, indem er sich am Waschbecken festhält. Er hat nicht die geringste Ahnung, wer ihn da im Spiegel anschaut. Er murmelt etwas, das er selbst nicht versteht.

»Alles okay?«, fragt Vendela hinter ihm.

Er dreht sich um.

»Warum?«

Sie sieht ihn verständnislos an.

»Warum?«

Er zeigt auf sein Gesicht.

»Warum bin ich...«

Alles steht kopf. Er sucht nach Antworten.

»Habt ihr das gemacht?«

»Wir? Denkst du, wir könnten über die Ärzte bestimmen?«

Er wendet sich wieder dem Spiegel zu. Starrt das Spiegelbild an, das er nicht versteht, weil es unbegreiflich ist.

»Wer bin ich?«

»Das hast du doch selbst gerade gesagt. Du bist der Prophet.«

Voller Zorn dreht er sich um, viel zu schnell diesmal, und muss sich wieder ans Waschbecken klammern.

»Was zum Teufel hat das zu bedeuten?«, zischt er und sieht sie wütend an.

»Irgendetwas mussten sie mit deinem Gesicht machen. Du erinnerst dich doch...«

»Ja«, blafft er sie an, »ich erinnere mich.«

Elias sieht sich erneut im Spiegel an. Es ist also kein Albtraum, keine Halluzination, aber es kommt ihm wie eine vor. Das hier ist jetzt er. Ein fremdes Gesicht.

»Vielleicht ist es gut für dich, wie jemand anders auszusehen«, sagt Vendela. »Mit einer anderen Haarfarbe würden dich wahrscheinlich nicht mal deine nächsten Angehörigen wiedererkennen.«

»Ich habe keine Angehörigen mehr.«

Er fängt ihren Blick im Spiegel auf. Sie sieht nicht weg, sondern kommt näher.

»Ich hätte da einen Vorschlag, falls du Interesse hast.«

Ich möchte allen danken, die zur Entstehung dieses Buches beigetragen habe: Elsa Håstad, Bengt Norborg, Gabriel Kihlmann, Irene Perini, Marie Bergström, Carl-Johan Wislander, Josefine Lindén und Nermin waren mir bei der Recherche und beim Faktencheck behilflich. Ohne Lotta Kühlhorn, Fabian Kühlhorn, Miriam Bäckström, Hilma Bäckström, Viktor Gårdsäter, Lisa Åkesdotter Hultgren, Ivan Gedin und Suzanne Ramström würde das Buch anders aussehen. Last, but not least danke ich meinem Verleger Johan Axelsson, dem Lektor Dimitris Alevras, der Übersetzerin Katrin Frey sowie den Agenten der Grand Agency, Lena Stjernström und Jenni Brunn haben mich auf dem gesamten Weg begleitet.

Um die ganze Welt des
GOLDMANN Verlages
kennenzulernen, besuchen Sie uns doch
im Internet unter:

www.goldmann-verlag.de

Dort können Sie
nach weiteren interessanten Büchern *stöbern*,
Näheres über unsere *Autoren* erfahren,
in *Leseproben* blättern, alle *Termine* zu Lesungen und
Events finden und den *Newsletter* mit interessanten
Neuigkeiten, Gewinnspielen etc. abonnieren.

Ein *Gesamtverzeichnis* aller Goldmann Bücher finden
Sie dort ebenfalls.

Sehen Sie sich auch unsere *Videos* auf YouTube an und
werden Sie ein *Facebook*-Fan des Goldmann Verlags!

www.goldmann-verlag.de
www.facebook.com/goldmannverlag